文春文庫

青い虚空

ジェフリー・ディーヴァー
土屋 晃訳

文藝春秋

脳は機械であると私が言うとき、それは心に対する侮辱ではなく、機械の潜在能力を認めることを意味する。人間の心がわれわれの想像を下回るのではなく、機械にはるかな可能性があると考えているのである。

W・ダニエル・ヒリス

『思考する機械コンピュータ』

目次

用語解説

【**ボット**　bot】（ロボット robot から）それ自体で作動し、ユーザーや他のプログラムの補助となるソフトウェア・プログラム。エージェントとも。

【**バグ**　bug】プログラムの作動を妨げ、あるいは阻むソフトウェアのエラー。

【**チップ＝ジョック**　chip-jock】ハードウェアの開発および販売に携わるコンピュータ労働者。

【**一般人**（シビリアン）　civilians】コンピュータ産業に従事していない人々のこと。

【**コード**　code】ソフトウェア。

【**コード・クランチャー**　code cruncher】単純で平凡なプログラミング作業をおこなう想像力に乏しいソフトウェア・プログラマー。

【**コードスリンガー**　codeslinger】革新的な仕事を評価される、才能あるソフトウェア・プログラマー。サムライとも。

【**クラック**　crack】データの窃盗や破壊のため、または他人にそのシステムを利用させないため、違法にコンピュータに侵入すること。

【デーモン demon】（または daemon）ふだんは目立たず潜伏しているが、ユーザーのコマンドで動くだけでなく、独自にも作動するというソフトウェア・プログラム。コンピュータ内がある一定の状況になったとき、活動をはじめるというものが多い。

【ファイアウォール firewall】 コンピュータ保護を目的として、望ましくないデータの侵入を阻止するコンピュータのセキュリティ・システム。

【フリーウェア freeware】 その開発者によって無料で提供されるソフトウェア。

【導師（グル） guru】 コンピュータの達人。**ウィザード**。

【ハック hack】 この言葉には本来、限定した目的に沿ってソフトウェアをすばやく書きあげるという意味があったが、しだいに革新的なソフトウェア・プログラムを研究して書く行為に対して使われるようになった。**一般人**の用語として、悪意をもってコンピュータに侵入するという意味が強くなっているが、その行為はより正確には**クラッキング**と呼ばれる。見事なプログラミングを指して名詞の形でも用いられる。

【ICQ】（I seek you）**IRC**と似ているが、もっぱら個人の会話を扱うインターネットのサブネットワーク。インスタント・メッセージと似ている。

【IRC】（インターネット・リレー・チャット Internet Relay Chat）人気あるインターネットのサブネットワーク。特定の話題に絞られたオンラインのチャットルームで、大勢の参加者がリアルタイムの会話を楽しむことができる。

【JPEG（ジェイペグ）】（ジョイント・フォトグラフィック・エキスパーツ・グループ joint photographic experts group の略）画像をデジタル化し、圧縮保存するためのフォーマット。このフォーマットの画像は、ファイル名の後に.jpgをつけて表示される。

【クルージ kludge】 特別な意図のために手早く、それもしばしば即興で書かれるソフトウェア・プログラムのことで、**バグ**取りのほかコンピュータの動作における不備の改善を目的とする場合が多い。

【マシン machine】 コンピュータ。

【MUD（マッド）】（マルチユーザー・ドメイン Multiuser Domain、マルチユーザー・ディメンション Multiuser Dimension、あるいはマルチユーザー・ダンジョンズ Multiuser Dungeons）**IRC**に関連するサブネットワークで、そこに参加した者はリアルタイムのゲームをプレイしたり、擬似活動をおこなう。

【MUDヘッド MUDhead】 **MUD**の参加者。

【パケット packet】 デジタル化されたデータの小さな列。インターネットに伝達されたあらゆる情報——eメール、テキスト、音楽、画像、グラフィック、サウンド——はパケットに分解され、受信者の側で使用できるフォームに組み立てなおされる。

【パケット・スニッファー packet-sniffer】 ルーター、サーバー、個人のコンピュータにロードして、パケットを第三者のコンピュータへと方向転換させてしまうプログラム。ユーザーのメッセージを読む、パスコードその他の情報を入手するなど、たいがい違法な目的に用いられる。

【フィッシング phishing】他人の情報を得るためにインターネットで検索すること。

【フリーク phreak】主に通話を無料にしたり、盗聴やサービスの混乱を意図して電話システムに侵入すること。またそうした行為におよぶ人間を指す。

【ルート root】Ｕｎｉｘのオペレーティング・システムで、**シスアドミン**などコンピュータおよびネットワークを管理する個人のこと。また管理する行為そのものを指すこともあり、たとえば〝ルートを奪う〟とはコンピュータを乗っ取ることを意味する。

【ルーター router】インターネットを通じて**パケット**をその目的地まで導くコンピュータ。

【スクリプト script】ソフトウェア。

【サーバー server】たとえばインターネットなどのネットワーク上にあって、ウェブサイトやファイルなど、ユーザーがアクセス可能なデータを蓄積する大型で演算処理の速いコンピュータのこと。

【シェアウェア shareware】その開発者によって名目だけの料金で、あるいは利用を制限したうえで提供されるソフトウェア。

【ソース・コード source code】プログラマーが数あるプログラミング言語のひとつを用いてソフトウェアを書く際の形式。文字、数字、印刷上の記号を使用する。ソース・コードを変換したマシン・コードが、実際にコンピュータ上で走ることになる。ソース・コードは極秘の扱いで、開発者または所有者によって厳重に保管されていることが多い。

【シスアドミン sysadmin】（システムズ・アドミニストレーター systems administrator の

略）コンピュータの運用および、またはある組織のネットワークを管理する個人。

【Unix（ユニックス）】Windowsに比肩する、高性能なコンピュータ・オペレーティング・システム。インターネット上にあるコンピュータの大半が用いているオペレーティング・システムである。

【ウェアズ　warez】違法にコピーされた商業ソフトウェア。

【WAV（ワヴ）】（ウェーヴフォーム　waveform　の略）サウンドをコンピュータ上でデジタル化して保存するためのフォーマット。このフォーマットのサウンドは、ファイル名の後に.wavをつけて表示される。

【ウィザード　wizard】コンピュータの達人。**グル**。

青い虚空

主な登場人物

ワイアット・エドワード・ジレット……サンノゼ矯正施設の受刑囚　ハッカー
アンディ・アンダーソン……カリフォルニア州警察コンピュータ犯罪課主任　警部補
スティーヴン・ミラー……同　巡査部長
トニー・モット……同　警官
リンダ・サンチェス……同　技官
パトリシア・ノーラン……コンピュータ・セキュリティ・コンサルタント
フランク・ビショップ……カリフォルニア州警察殺人課刑事
ロバート・シェルトン……同
チャールズ・ピットマン……サンタクララ郡保安官
アーサー・バックル……国防総省犯罪捜査部捜査官
エラナ・パパンドロス……ジレットの元妻
ジェニー・ビショップ……フランク・ビショップの妻
ララ・ギブソン……護身術HPの主宰者〈フェイト〉の被害者
ジェイミー・ターナー……セント・フランシス・アカデミー二年生
ジョン・パトリック・ホロウェイ……連続殺人犯　ユーザー名〈フェイト〉
〈ショーン〉……〈フェイト〉の協力者

I　魔法使い

できるね……ほとんどの犯罪はコンピュータでできる。コンピュータを使って人殺しだってやれる。

ロサンジェルス市警のある警官

00000001／1

　くたびれた白いヴァンが彼女の不安を掻きたてている。

　カリフォルニア州クパティーノのデ・アンザ沿いにある〈ヴェスタズ・グリル〉のバーで、ララ・ギブソンはマティーニ・グラスの冷たいステムをつまみ、若いチップ－ジョックふたりが投げてくる浮ついた視線を無視していた。

　あらためて霧雨のなかに目をやると、数マイル離れた家からこのレストランまで、ずっと尾行してきたような気がする窓のないエコノラインは見当たらなかった。ララはバー・スツールから降りて窓辺に行き、外を見渡した。レストランの駐車場にヴァンはいない。通りをへだてたアップル・コンピュータの駐車場にも、その隣りのサン・マイクロシステムズの敷地にも車はなかった。彼女を見張るつもりなら、そのいずれかに車を駐めるのが理にかなった行動だった——運転する人間が本当にストーキングをしているのなら。

ちがう、あのヴァンはただの偶然にすぎないとララは思いなおした。妄想の棘によって増幅された偶然だ。

バーに戻ったララは若い男たちを見て、かわるがわる気づかないふりをするふたりに微笑を送った。

いかにもハッピーアワーにここへ来る若者らしく、男たちはカジュアルなスラックスとタイなしのドレスシャツという服装に、そこらじゅうで目につくシリコン・ヴァレーの記章――細いキャンバスの紐に通した企業のＩＤバッジを首から下げていた。ふたりがこれ見よがしにしているのはサン・マイクロシステムズの青いカードだった。ほかにこの土地を代表するのはコンパックであり、ヒューレット・パッカードであり、アップルであり、さらに新顔となると、ヴァレーの古株に牛耳られている駆け出しのインターネット会社がおびただしい数にのぼる。

ララ・ギブソンは三十二歳で、ふたりの崇拝者よりおそらく五歳は年上だった。またコンピュータ会社と関わっているオタクとは無縁の、自営のビジネスウーマンという立場で、収入は五分の一以下である。だがこの男たちにとって、そんなことは問題ではなかった。すでに彼らは漆黒の髪につつまれたエキゾチックな容貌、アンクルブーツ、赤とオレンジのジプシー・スカート、そして締まった二の腕をあらわにする黒いノースリーヴのトップに心を奪われている。

あと二分でひとりが近づいてくるというララの予測は、わずか十秒の誤差を生じた。

若い男が、これまで何十回と聞かされてきた台詞のバリエーションを披露した。あの、邪魔する気はないんだけど、こんな美人をバーでひとり待たせるボーイフレンドの脚を折ってあげたくなるね。とにかく、きみがどっちの膝にするか決めるあいだに一杯おごらせてくれない？こんなとき、どうすることもできずに怒る女もいるし、口ごもったり赤面したり、困惑を表に出す女もいる。相手に調子を合わせて、飲みたくもない酒を注文させる女もいるだろう。でも、そういう女たちは弱いのだ。ララ・キブソンはかつて『サンフランシスコ・クロニクル』で評されたとおり、〝都会における護身の女王〟だった。彼女はうわべだけの笑顔で男の目を見入りながら言った。「いまは誰も相手にしたくないの」いたってシンプルに。会話を打ち切る。

その率直さに面食らった男は、揺らぐことのない彼女の視線を避けるように友のもとへと戻っていった。

力……これが力というものだ。

ララは酒を口にした。

じつのところ、あの白いヴァンのことがあったせいで、ララは女性たちに今日の社会で身を護る術を指導する人間として、いままでに体得した方法を総動員していたのである。レストランに来る途中、何度か覗いたルームミラーに、三、四十フィート後方を走るヴァンが映った。運転していたのは少年だった。白人のくせに髪を茶色のむさ苦しいドレッドロックにして、戦闘服姿で、しかも雨に煙るなかサングラスをかけていた。むろんここは怠け者（スラッカー）とハッカーの巣窟シリコン・ヴァレーであり、ヴェンテ・スキム・ラテを買いに寄った〈スターバックス〉で、スキンヘッドにボディ・ピアスをちりばめ、ストリート・ギャングさながらのなりをしたティーンエイジャーに丁重な応対をされることも珍しくない。しかしヴァンを運転する少年には、薄気味悪い敵意が感じられたのだ。

ララは無意識のうちに、バッグに忍ばせた催涙スプレーの缶をいじっていた。

また窓の外に視線をやった。ヴァンはいない。目につくのはドットコム・マネーが購う高級車ばかりだ。

室内を見回す。無害なオタクしかいない。

リラックス、と彼女は自分に言い聞かせて濃いマティーニを啜った。

壁の時計を見ると七時十五分。サンディは十五分遅れていた。彼女らしくない。ララは携帯電話を取り出したが、ディスプレイには〈圏外〉の表示が出ていた。

公衆電話を探すつもりで顔を上げたとき、バーにはいってきた若い男が彼女に手を振った。どこかで会った記憶はあるのだが、誰なのかはっきり思いだせない。手入れはしているが長く伸びたブロンドの髪と、山羊ひげは印象に残っていた。ホワイトジーンズに皺の寄ったブルーのワークシャツという恰好で、アメリカ企業の一員であることを自ら示しているのがネクタイである。つまり、いかにもシリコン・ヴァレーのビジネスマン風だったけれど、そのタイの柄はストライプでもジェリー・ガルシアの花模様でもなく、漫画のトゥィーティーだった。

「やあ、ララ」男は歩いてきて彼女の手を握ると、バーに寄りかかった。「ぼくをおぼえてる？　ウィル・ランドルフ。サンディの従兄弟の。シェリルとぼくはナンタケットできみに会ってる――フレッドとメアリーの結婚式で」

そうだ、それで見おぼえがあったのだ。彼と妊娠中の妻が、ララとボーイフレンドのハンクと同じテーブルにいた。「ああ。調子はどう？」

「いいよ。忙しいね。ところで、待ちぼうけ？」

男のプラスティック製首飾りには〈ゼロックス・コーポレーションPARC〉と書かれている。ララは感心した。オタクの間にかぎったことではなく、ここから北へ五、六マイル行った場所にあるゼロックスのパロ・アルト・リサーチ・センターの名は鳴り響いている。

ウィルはバーテンダーを呼んでライトビールを注文した。「ハンクは元気？　サンディの話だと、ウェルズ・ファーゴで仕事を探してるらしいね」

「そう、それでうまくいったのよ。いまはLAでオリエンテーションを受けてるわ」

ウィルは出されたビールに口をつけた。「おめでとう」

駐車場に白い影がよぎった。

ララは緊張して目を走らせた。だが、その車は若いカップルが乗った白のフォード・エクスプローラーだった。

彼女の視線はフォードを越えて通りに注がれ、やがて駐車場に戻った。そういえばレストランの駐車場に車を入れるとき、通り過ぎていったヴァンの横腹を見ている。赤黒い染みがついていた。たぶん泥だったのだが、そのときは血に見えなくもないと思った。

「大丈夫？」とウィルが訊いた。

「ええ。ごめんなさい」ウィルに向きなおったララは、仲間ができたことにほっとしていた。

これも都会の護身術のうちなのだが、ひとりよりふたりにこしたことはない。いまはそこに、たとえその仲間が五フィート十インチ足らずの瘦せっぽちで漫画のタイをしているオタクでも、という条件をつけくわえた。

ウィルがつづけた。「家に帰ろうとしてたらサンディが電話してきて、きみへの伝言を頼まれたんだ。きみの携帯にかけてもつながらなかったみたいで。約束に遅れるから、彼女のオフィスの隣りにある店で会えないかって。先月きみも行った〈チローズ〉だっけ？　マウンテン・ヴューの。八時に予約を入れたそうだ」

「わざわざあなたをよこさなくても、自分でバーテンダーに連絡すればいいのに」

「結婚式で撮った写真を、ぼくから渡せるようにしたかったらしいよ。今夜にでもふたりで見てもらって、欲しければ焼き増しするから」

ウィルはバーのむこうに友人の姿を認めて手を振った――シリコン・ヴァレーは何百平方マイルもの広さがあっても、実際は小さな町なのである。ウィルはララに言った。「今週末に、シェリルとふたりで写真を持ってくつもりだったんだ――サンタ・バーバラのサンディのところに……」

「そう。私たちは金曜に行くのよ」

ウィルは妙に秘密めかした笑顔を見せると、札入れから一枚の写真を抜き出した。そこには自分と妻と血色のいい小さな赤ん坊が写っていた。「先週さ」と彼は誇らしげに言った。「クレアだよ」

「まあ、すごく可愛い」とララはつぶやいた。

「そんなわけで、しばらくは家から離れられそうにないんだ」

「シェリルはどうなの？」

「元気だよ。赤ん坊もね。おかげさまで……。でも正直言って、父親になると人生ががらっと変わる」

「でしょうね」

ララはまた時計に目をやった。七時半。夜のこの時間、〈チローズ〉までは車で三十分かかる。「そろそろ行くわ」

と、不意に警戒心がめばえて、彼女はヴァンと運転手のことを思い返した。

ドレッドロック。

へこんだドアについた錆色の染み……。

ウィルが会計の合図をして金を出した。

「そんな、いいのよ。私が払うから」

彼は笑った。「きみはもう払ってる」

「えっ？」

「結婚式のときに話してたミューチュアル・ファンドさ。きみが買ったばかりだった」

ララは去年六十パーセントも急騰したバイオテック関連のファンドのことを、臆面もなく吹聴した自分を思いだしていた。

「ナンタケットから帰って、そいつを山ほど買わせてもらったんだ……。だから……ありがとう」ウィルはビールを彼女のほうにかたむけた。それから席を立つと、「支度はいいかい？」

「いいわ」ふたりで歩きながら、ララは落ち着かないまなざしを扉に向けた。

ただの妄想なのだ、と彼女は頭でくりかえした。そしてこれは時おり頭をかすめることなのだけれど、こうしてバーに集まっている連中のように、ちゃんとした仕事につくべきだと考えた。暴力の世界に浸りすぎてはいけない。

そう、ただの妄想……

それにしても駐車場に車を入れたとき、ドレッドロックの少年が走り去る間際に視線を投げてきたのはなぜなのか。

外に出たウィルが傘をさしかけてきた。

ララはまたひとつ都会の護身術を思い起こしていた。助けを求めるときは気後れや横柄な態度は禁物。

スナップ写真を受け取ったら、車までついてきてほしいとウィル・ランドルフに頼もうとして、ララはふと考えた。ヴァンに乗っていた少年が本当に危ない人物なら、ウィルを危険に巻きこむというのは自己本位ではないのか。夫であり、父親になったばかりの彼には守らなくてはならない人たちがいる。それはやはり——

「どうかした？」

「べつに」

「大丈夫？」ウィルはなおも訊いてくる。

「じつは、ここのレストランまで尾けられてたみたいなの。若い子なんだけど」

ウィルはあたりに目を配った。「いるかい？」

「いまはいないわ」

「たしか、きみはウェブサイトを持ってたよね。女性が身を護る方法についての」

「ええ」

「そいつはサイトのことを知ってるんじゃないか？　それできみを困らせようとしてるのかもしれないよ」

「そうね。私が受け取る嫌がらせのメールを見たら、あなたも驚くと思う」

ウィルは携帯電話を手にした。「警察に連絡する？」

ララは考えこんだ。

助けを求めるときは気後れや横柄な態度は禁物。

「いえ、いいの。ただ……よかったら、写真をもらったら車までついてきてもらえるかしら」

ウィルは微笑した。「もちろんさ。空手は得意じゃないけど、助けを呼ぶことなら誰にも負けないよ」

彼女は笑った。「ありがとう」

ふたりでレストラン前の歩道を歩きながら、ララは車をチェックしていった。駐車場にはシリコン・ヴァレーのありふれた光景で、サーブやBMWやレクサスがずらりと並んでいる。ただしヴァンはない。少年もいない。血の染みもなかった。

ウィルは裏手の車を駐めた場所に顎をしゃくった。「いるかい？」

「いいえ」

ふたりはビャクシンの木立を過ぎ、傷ひとつない銀色のジャガーに向かっていた。

結局シリコン・ヴァレーの人間って、私以外はみんなお金を持ってるってこと？

ウィルがポケットからキーを出して、ふたりはトランクのほうにまわった。「結婚式では二本しか撮らなかったけど、けっこういいのもあるよ」ウィルはトランクをあけると、そのまま駐車場を見渡した。ララも同じことをした。そこに駐まっているのは彼の車一台だけだった。

ウィルは彼女に目をやった。「きみが心配してるのはドレッドのことだと思うんだ」

「ドレッド？」

「ああ。ドレッドロックだよ」声が変わっていた。平板で狂気を思わせた。笑いを浮かべていても顔は変わっていた。飢えたような表情だった。

「どういうこと？」ララは穏やかに訊ねたが、身体の内側では恐怖が弾けそうになっていた。気がつけば、裏手の駐車場の入口は封鎖されている。車を入れたあと、彼が自分で鎖を渡したのだ——他人が駐車しないように。

「ウィッグだったのさ」

ああ、神さま。二十年も祈ったことがないララ・ギブソンは必死で念じた。

彼は女の瞳を覗きこみ、そこに映る恐怖を心に刻んだ。「先にジャグをここに駐めてからヴアンを盗んで、あんたを家から尾行した。コンバット・ジャケットを着て、ウィッグをかぶってね。それもあんたが気にして不安になって、おれを近づけるようにするためだった……。あんたのルールは全部知ってるよ――例の都会の護身術ってやつ。人気のない駐車場に男とはいるもんじゃない。結婚して子供のいる男は独身よりも安全だ。で、家族の写真か？　財布の？　あれは雑誌の『ペアレンツ』の写真をハッキングした」

ララは諦めのなかで囁いた。「じゃあ、あなたは……？」

「サンディの従兄弟？　知るわけがない。ウィル・ランドルフにしたのは、そいつがあんたが知ってそうで、おれに似てそうなやつだったからさ。そうじゃなけりゃ、ひとりここに連れ出すなんてできやしないだろうが。あんたがおれのことを知らなかったり、知らないと思ってるうちは。おっと、手はバッグから出すんだな」彼は催涙スプレーの缶を持ちあげてみせた。

「歩いてるときにもらっておいた」

「でも……」ララは絶望に肩を落とし、すすり泣いていた。「あなたは誰？　私のこと、知らないのに……」

「それはちがうな、ララ」彼は低声で言うと、尊大なチェス・マスターが敗れた相手の顔を観察するように、女が苦悶する様子に目を注いだ。「あんたのことはなんでも知ってるよ。何もかもね」

00000010／2

ゆっくり、ゆっくり……

傷つけずに、壊さずにやれ。

小型ラジオの黒いプラスティック製の外枠から、ちっぽけなネジがひとつずつはずされ、若い男の長くてやけにたくましい指のなかに落ちた。男は一度、ごく小さなネジ山をつぶしそうになり、しかたなく手を止めて椅子にもたれると、気が落ち着くまで小窓からサンタクララ郡を覆った曇り空を眺めた。時刻は午前八時で、男がその根気のいる作業をはじめて二時間が過ぎている。

ラジオの枠を固定していた十二個のネジがようやく全部はずれて、黄色いポストイットの糊がついた面に並べられた。ワイアット・ジレットはサムスンのシャーシを取って内部に見入った。

いつものように、彼の好奇心は競走馬さながら前がかりに突っ込んでいく。設計者はどうして基板と基板の間にこんな隙間をつくるのか。チューナーにこの規格のストリングを使うのはなぜか。はんだ付けに用いる合金の比率はどうなっているのか。

これが最適なデザインなのかもしれないし、ちがうのかもしれない。

エンジニアたちが怠慢だったり、気が散っていたのかもしれない。

ラジオを組み立てるもっといい方法はあるのだろうか。

彼は分解作業をつづけ、回路基板をはずしにかかった。

ゆっくり、ゆっくり……

二十九歳のワイアット・ジレットは痩せこけた顔がめだち、身長六フィート一インチで体重百五十四ポンド、他人が見れば十人が十人、もっと肥ったほうがいいと思うような男である。髪はほとんど黒に近い暗色で、最近は切ってもいないし洗ってもいなかった。右腕には、ヤシの木の上を飛ぶカモメを描いた下手なタトゥーがある。色の抜けたブルージーンズも、グレイのワークシャツもぶかぶかだった。

春の冷気に身ぶるいが出た。その拍子に、指に力がはいってネジ山をひとつつぶしてしまい、ジレットは溜息をついた。彼ほど機械いじりに才能をみせる男でも、ふさわしい工具がなければこの程度なのだ。いま使っているのはペーパークリップを自分で改造したネジ回しで、そのほか道具になるものといえば指の爪だけである。剃刀の刃があれば便利なのだが、そんなものはジレットが現在仮住まいしているカリフォルニア州サンノゼ、警備が中程度の連邦男子矯正施設では入手不可能だった。

ゆっくり、ゆっくり……

回路基板を分解し、ようやく探し求めていた聖杯――灰色のトランジスタ――を見つけ出すと、そのワイアを曲げて疲労させた。そしてトランジスタを何カ月も取り組んできた小さな回路基板に置いて、リード線と慎重に撚りあわせていった。

それが終わろうかというとき、近くの扉が開け閉てされ、廊下に靴音がした。ジレットは緊張して顔を上げた。

誰かが房にやってくる。くそっ。

靴音は二十フィートほど離れている。ジレットはいじっていた回路基板を雑誌『ワイアード』の間に挟んだ。ばらした部品は枠のなかに入れて、ラジオを壁際に置いた。

彼は寝台に寝そべり、ハッキング雑誌の『2600』をめくりながら、無神論者の囚人でさえ交渉を持ちかけるような万能の神に向かって祈った。連中がガサを入れませんように。もしそうなっても、どうか回路基板は見つかりませんように。

看守が覗き穴を見て言った。「位置につけ、ジレット」

囚人は立ちあがって奥へ行き、両手を頭にやった。

看守が狭い薄暗い独房にはいってきた。だがこれはガサ入れではなかった。看守の男は房内に視線を走らせることはなく、ジレットの手を黙って身体の前で拘束すると外に連れ出した。

行政隔離棟と一般棟の廊下が交差する部分まで来て、看守は馴染みのない廊下のほうにジレットを導いた。運動場から聞こえてくる音楽と人声が遠ざかり、やがてジレットはテーブルとふたつのベンチがいずれも床に固定された小部屋に入れられた。卓上には四人の拘束具を留めるリングがついていたが、看守はジレットにはそれを使わなかった。

「座れ」

ジレットは従った。

看守が外に出て扉を閉めると、ひとり残されたジレットは好奇心とともに、早く回路基板のもとに帰りたいという衝動をおぼえた。いま身をふるわせながら腰をおろしている窓のない部屋は、時代が中世に設定されたコンピュータ・ゲームの一シーンよりも現実世界（リアル・ワールド）からかけ離れている感じがする。おそらくこの房は、拷問にかけられた異端者たちがつぎに死刑執行人の斧を待つ場所なのだ。

トーマス・フレデリック・アンダーソンは多くの名前をもつ男である。

小学校のころはトムかトミーだった。

カリフォルニア州メンロー・パークのハイスクール時代には、〈ステルス〉とか〈クリプトO〉などいくつものハンドルがあり、トラッシュ-80やコモドールやアップルを使って掲示板を開いたりハッキングをやっていた。

AT&T、スプリント、セルラー・ワンのセキュリティ部門で、ハッカーやフォン・フリーク、コール・ジャッカーを追跡していたころはT・F。仲間たちはこのイニシャルを、彼が警察に協力して犯人逮捕に成功した確率九十七パーセントに照らして、〝しつこい野郎〟の略と決めつけていた。

サンノゼの駆け出し刑事だったころには、また別の名があった。オンラインのチャットルームで〈コートニー334〉〈ロンリーガール〉〈ブリタニーT〉として知られていた彼は、十四歳の少女の人格をまとい、小児性愛者に幼いメッセージを書き送っていた。その手の連中は夢に想い描いた少女たちにeメールで誘惑をもちかけ、ロマンチックな関係を結ぼうと郊外のショッピングモールに姿を現わすのだが、現実にデートするのは令状と銃を携えた警官五、六人ということになる。

近ごろはアンダーソン博士――これはコンピュータ会議で紹介される場合である――または単にアンディと呼ばれることが多い。ただし公式の記録においてはカリフォルニア州警察コンピュータ犯罪課（ＣＣＵ）主任、トーマス・Ｆ・アンダーソン警部補だった。

四十五歳になり、カールした茶色の髪が薄くなりはじめた痩身のその男が、犯罪者と警官の双方から〝サンホー〟と称されるサンノゼ矯正施設の肥満した体躯の所長と並び、寒々と湿気が淀む廊下を歩いていた。たくましいラテン系の看守が同行している。

ある扉の前まで来て所長がうなずいた。看守がそこを開くとアンダーソンは室内に足を踏み入れ、四人に目を注いだ。

ワイアット・ジレットは顔色が悪い――その青白さは皮肉をこめて〝ハッカー焼け〟と呼ばれる――そして痩せぎすだった。髪の毛と爪が薄汚ない。見るからにシャワーと髭剃りから遠ざかっている。

警官はジレットのダーク・ブラウンの目に奇妙な表情を認めた。何かに驚いた様子だ。そのジレットが口を開いた。「あんた……アンディ・アンダーソンだろう？」

「アンダーソン刑事だ」所長が鞭打つような声で正した。

「州のコンピュータ犯罪部門を率いてるんだったな」

「私を知ってるのか？」

「何年かまえに、COMSECであんたの講義を聞いたよ」

コンピュータとネットワークのセキュリティに関するCOMSECの会議に参加できるのは、身分の証明されたセキュリティの専門家と法執行官に限られ、外部の人間には閉ざされている。アンダーソンは知っていたが、若いハッカーたちにとって、登録されたコンピュータにクラックして入場バッジを手に入れることは国民的娯楽なのである。この会議の歴史上、それをやってのけたのはまだ二、三人にすぎない。

「どうやってはいった？」

ジレットは肩をすくめた。「誰かさんが落としたバッジを拾った」

アンダーソンは訝しそうにうなずいた。「私の講演はどうだった？」

「あんたの意見に賛成する。シリコン・チップは大多数の人間が考えるより早く時代遅れになるね。いまにコンピュータは微小電子工学に則って動くようになる。つまりユーザーは、いずれハッカーから身を守るまったく新しい方法と向きあわなくちゃならなくなる」

「会議では、そんな印象をもった人間はひとりもいなかった」

「相当野次られてたしな」

「でも、きみはちがったのか？」

「ちがった。ノートをとってたよ」

所長が壁に寄りかかり、警官はジレットの向かいに腰をおろした。「きみは連邦コンピュータ詐欺および濫用法によって受けた刑期三年のうち、一年を残している。たしかウェスタン・ソフトウェアのマシンをクラックして、プログラムのソース・コードの大半を盗んだんだったな」

ジレットはうなずいた。

ソース・コードとはソフトウェアの頭脳であり心臓であって、所有者が死に物狂いで守ろうとするものだ。それを盗み出した泥棒なら、その出所とセキュリティ・コードを消し、パッケージしなおして自分の名前で売ることも簡単にできる。ウェスタン・ソフトウェアのソース・コードはゲーム、ビジネス・アプリケーション、ユーティリティをつくる社の主要な財産だった。仮に悪辣なハッカーがコードを盗んでいたら、この十億ドル企業はビジネスの世界から葬られていたかもしれない。

ジレットが言った。「おれはコードには手をつけてない。ダウンロードしてから消去した」

「すると、あそこのシステムをクラックした理由は？」

ハッカーは肩をすくめた。「CNNかなんかで、あの会社の社長を見たんだ。うちのネットワークには誰もはいりこめないって言った。セキュリティ・システムは絶対だってね。それが本当かどうか確かめたかった」

「どうだった?」

「実際のところ、ああ、フールプルーフだった。ただ、間抜け相手に身を守ってもしかたないんでね。おれみたいな人間から身を守らないと」

「なるほど、だったら侵入したあとに、セキュリティの欠陥のことを会社に教えてやればよかったじゃないか。正義の味方になって」

白い帽子とは、コンピュータ・システムにクラックしてから、その犠牲者に対してセキュリティの問題を指摘するハッカーのことを言う。その動機は名誉のためであったり、金のためであったりする。それが正しい行動と信じてという場合もある。

ジレットは肩をすくめた。「それはむこうの問題だ。できるはずがないって、あの男は言ったんだ。こっちはできるかどうかを確かめたかっただけさ」

「なぜ?」

また肩をすくめて、「おもしろそうだったから」

「連邦にここまで追い込まれた理由は?」とアンダーソンは訊いた。FBIはハッカーがビジネスを混乱させたり、盗んだものを売ろうとしていなければ、連邦地検に上げるのはもちろんのこと、捜査に着手することさえめったにない。

その問いに答えたのは所長だった。「理由はDoDだ」

「国防総省?」アンダーソンはそう口にして、ジレットの腕に彫られた俗悪な刺青に目をやった。飛行機だろうか。いや、鳥らしい。

「でたらめさ」ジレットはつぶやいた。「洒落にもならない」

警官に見つめられて、所長が説明した。「ペンタゴンは、この男がＤｏＤの最新暗号化ソフトウェアをクラックするプログラムか何かを書いたと考えている」

「連中のスタンダード12を?」アンダーソンは笑った。「ｅメールを一通クラックするのに、一ダースのスーパーコンピュータを六カ月フル稼働させなくちゃならない」

スタンダード12は最近になってＤＥＳ——国防暗号標準——に取って代わった、最新技術の粋を集めた政府向けの暗号化ソフトウェアである。秘密のデータやメッセージを暗号化するのに使用されている。暗号化プログラムは国家の安全保障にとってきわめて重要なもので、輸出法の下では軍需品とみなされる。

アンダーソンはつづけた。「しかし、仮に彼がスタンダード12に関して、暗号化されたものをクラックしたところで、それがどうした。暗号解読は誰だってやるだろう」

暗号化された文書が機密扱いされていないかぎり、もしくは盗まれたのではないかぎり、これは違法行為ではない。現実に多くのソフトウェア製作者たちは、自らのプログラムで暗号化した文書の解読を賞金つきで呼びかけたりしているのだ。

「ちがう」とジレットが言葉を挟んだ。「ＤｏＤは、おれが連中のコンピュータにクラックして、スタンダード12の仕組みについて何かを見つけて、文書を解読するスクリプトを書いたんだって言ってる。ものの数秒でやってのけるようなやつをね」

「無理だ」アンダーソンは笑いながら言った。「できるわけがない」

「だから、おれもそう答えたんだ。信じてもらえなかった」

アンダーソンは濃い眉の下に落ちくぼんだ男のはしこい目と、落ち着きなく動かされる両手を見つめながら、このハッカーは本当にそんな魔法のプログラムを書いたのだろうかと考えていた。アンダーソン自身、そんな芸当はできなかったし、できる人間も知らない。だが彼が帽子を手にしてこの場所にいるのは、ジレットがハッカーたちの用語で、マシン・ワールドで最高レベルの技術（スキル）に達した者を指す魔法使い（ウィザード）だったからである。

扉にノックの音がして、男がふたり部屋にはいってきた。ひとりは四十がらみの細面で、バックに流した焦げ茶の髪をヘアスプレーで固めている。もみあげまでがっちりと。グレイの安物スーツに、洗いざらしのワイシャツはサイズが大きすぎて半ばはみ出していた。男は興味のかけらも示さずジレットを一瞥すると、「どうも」と抑揚のない声で所長に声をかけた。「フランク・ビショップ刑事です、州警殺人課の」そしてアンダーソンに投げやりな会釈をして黙りこんだ。

つぎに年齢は若干下で、体重は相当上の男が所長、アンダーソンとふたりの手を握った。

「ボブ・シェルトン刑事です」顔に少年時代を引きずるあばたが残っている。

アンダーソンはシェルトンを知らなかったけれども、ビショップとはすでに話をした経緯があり、今度の事件にこの男が介入してきたことには複雑な思いを抱いていた。おそらくビショップはビショップなりに魔法使いなのだろうが、その専門分野はオークランドの埠頭やハイトー・アシュベリー、悪名高いサンフランシスコ・テンダーロインなど荒んだ地域で殺人鬼や強姦魔を追跡するところにある。コンピュータ犯罪課には単独で殺人犯を追う権限がなく、というかそれができる装備もなく、暴力犯罪担当から人手を借り受けるわけだが、アンダーソンにとって何度か電話で短い折衝をおこなったビショップの印象は好ましいものではなかった。その殺人課刑事はユーモアも魅力もなさそうで、さらに厄介なのがコンピュータの知識がゼロであることだった。

またビショップ本人がコンピュータ犯罪課との仕事を嫌がっているという噂も、アンダーソンの耳には届いている。ビショップはMARINKILL事件——犯罪現場にちなんでFBIがそう名づけた——をやりたいと上に願い出ていた。数日まえ、三人組の銀行強盗が、マリン郡サウサリートにあるバンク・オブ・アメリカの支店で見物人二名と警官一名を殺害し、東に向けて逃走する姿が目撃された。つまり犯人たちが南へ転じて、現在のビショップの持ち場であるサンノゼ地区に向かう可能性も大いにあったわけである。

事実、ビショップはここに来て、まず最初に携帯電話の画面を覗いた。担当換えに関するページやメッセージの有無をチェックしたらしい。

アンダーソンは刑事たちに「きみたちも座るか？」と言って、金属製のテーブルを囲むベンチを顎で示した。

ビショップは首を横に振り、そのまま立っていた。シャツをたくしこんで腕組みした。シェルトンはジレットの横に腰をおろした。だが肥った刑事は受刑囚に嫌悪のまなざしを向けて席を立つと、テーブルの反対側に座りなおした。そしてジレットに、「たまには風呂にはいったほうがいい」と囁いた。

すると囚人のほうもすかさず、「そっちこそ、週に一度しかシャワーを使わせない理由を所長に訊いたほうがいい」とやり返す。

「それはだな、ワイアット」と所長が感情を抑えて言った。「きみが刑務所の規則を破ったせいだ。だから行政隔離になった」

アンダーソンは堪え性がない。それにいまは口論に参加する暇もなかった。「われわれは問題を抱えていて、きみに助けてもらえないかと考えている」とジレットに話しかけてビショップに目をやり、「きみから説明するか？」と訊ねた。

州警察の慣習に従えば、事件を指揮するのはフランク・ビショップということになる。しかし刑事は首を振った。「いや、そちらでお願いします」

「昨夜、クパティーノのレストランで女性が誘拐され、殺された。死体はポルトラ・ヴァレーで発見された。刺殺だ。性的暴行は受けておらず、明白な動機がない。

その被害者のララ・ギブソンは、女性の護身術に関するウェブサイトを開き、方々で講演をおこなっていた。新聞にずいぶん取りあげられて、『ラリー・キング・ライヴ』にも出演している。で、事件の経過だが、彼女がいたバーに、知り合いと思われる男がやってきた。バーテンダーの話では、男はウィル・ランドルフと名乗った。きのうの夜、被害者が夕食の約束をしていた女性の従兄弟の名前だ。ランドルフは事件に関わっていない——この一週間はニューヨークに滞在していた——しかし、被害者のコンピュータで本人のデジタル画像を見つけたんだが、その男とランドルフはよく似てる。だからこそ犯人はその名を騙ったんだとわれわれは考えているんだが。

しかも犯人は被害者の情報を知りつくしていた。友人関係、旅をした先、日常の活動、所有する株式の銘柄、ボーイフレンドの存在と。そのうえバーでは、ほかの人間に手を振っていたらしい。だが殺人課できのうの晩店にいた客をあたってみても、その男を知る者は出てこなかった。つまり犯人は芝居を打ったわけだ——店の常連をよそおって被害者を安心させるために」

「彼女に社会工学をしたわけだ」とジレットが言った。

「なんだって？」シェルトンが訊いた。

アンダーソンはその言葉を知っていたが、解説の役目はジレットに譲った。「自分じゃない誰かのふりをして他人を騙すことさ。データベースや電話回線やパスコードにアクセスするとき、ハッカーが使う手口だ。フィードバックできる情報が多ければ多いほど信用は増して、相手は自分の望みどおり動いてくれるようになる」

「で、ララが会うはずだった女友達——サンドラ・ハードウィックによると、ララのボーイフレンドを自称する男から、夕食の約束をキャンセルするという電話がかかってきたそうだ。彼女はララに連絡をとろうとしたが、電話が通じなかった」

ジレットはうなずいた。「そいつが女の携帯電話をクラッシュさせたんだ」と、そこで眉を寄せて、「いや。たぶん通話区域全体だな」

アンダーソンもうなずく。「モバイル・アメリカの報告では、850区域できっかり四十五分間の停電があった。スイッチを切って、また元に戻すというコードを載せた人間がいる」

ジレットが目を細めた。興味をそそられた様子だった。

「すると」ハッカーは考えこんだ。「男は女が信頼する人間になりすまして女を殺した。それも女のコンピュータから取った情報を利用して」

「そのとおり」

「女はオンライン・サービスを使ってたのか？」

「ホライゾン・オンーラインだ」

ジレットは笑った。「まったく、あの手のセキュリティときたら。男はそこのルーターにハックして女のeメールを読んだのさ」そして頭を振るとアンダーソンの顔を見つめた。「でも、そんなのは幼稚園程度。誰だってできる。つづきがあるんじゃないのか？」

「そうだ。われわれは被害者のボーイフレンドと話をして、彼女のコンピュータを調べてみた。バーテンダーが耳にしている、犯人が彼女に語った情報の半分はeメールには書かれていないことだった。マシンのなかにあった」

「たぶん、ダンプスター・ダイビングをやって情報を仕入れたんだろう」

アンダーソンはビショップとシェルトンに説明した。「ごみ箱をあさってハッキングに役立つ情報を入手することだ——廃棄された会社のマニュアル、プリントアウト、請求書、領収書といった類を」だがジレットにはこう言った。「それはどうかな——犯人の知り得たことはすべて彼女のマシンに記憶されていた」

「ハード・アクセスってことは？」とジレットが訊いた。ハード・アクセスとは、ハッカーが家やオフィスに侵入して、被害者のマシン本体を覗く行為を意味する。離れた場所から他人のコンピュータにオンラインで侵入するのがソフト・アクセスである。

アンダーソンは答えた。「ソフト・アクセスだったはずだ。私はララが会うことになっていた友人のサンドラと話した。彼女が言うには、ふたりで夜に会う約束をしたのは当日の午後、それもインスタント・メッセージだけで、彼女は一日在宅していた。すると犯人は別の場所にいたことになる」

「それは興味深い」とジレットはつぶやいた。

「私もそう思う」アンダーソンは言った。「結論を言うと、犯人は被害者のマシンにはいりこむのに新たなウィルスらしきものを使ったのではないか。問題はコンピュータ犯罪課にそれが発見できないこと。そこでわれわれは、きみに見てもらえないかと考えている」

ジレットはうなずくと汚れた天井を見据えた。アンダーソンは若者の指が小刻みに動いているのに気づいた。最初は痙攣しているか緊張でふるえているのだと思ったが、やがてその意味を悟った。ハッカーは無意識のうちに見えないキーボードを叩いている——それが習い性となっているようだった。

ハッカーはアンダーソンに視線を向けた。「彼女のドライブを覗くのに使ったのは？」

「ノートン・コマンダー、ウィルス・スキャン5・0、FBIの科学捜査パッケージ、リストア8、それにDoDのパーティション／ファイル・アロケーション・アナライザー6・2。サーフェス－スカウアも試してみた」

ジレットは当惑ぎみに笑った。「それで何も見つからなかった？」

「そうだ」

「あんたにできなかったことを、おれにやれって言うのか？」

「きみが書いたソフトウェアを一部拝見したことがある――あんなスクリプトを書けるのは世界でも三、四人しかいない。きみはわれわれより優れたコードを持っている――なんらかの手は打てるだろう」

ジレットはアンダーソンに訊いた。「こっちの利益はどうなる？」

「なんだと？」ボブ・シェルトンがあばた面に皺を寄せてハッカーを睨みつけた。

「手を貸したとして、こっちには何が戻ってくる？」

「きさま」シェルトンは声を荒らげた。「女がひとり殺されたんだぞ。何も感じないのか？」

「同情はする」とジレットは言い返した。「でも手を貸すなら見返りが欲しい」

アンダーソンは訊いた。「たとえば？」

「マシンを一台」

「コンピュータは認めない」と所長が鋭く言った。「だめだ」そしてアンダーソンに、「それが隔離している理由だ。この男は図書館でコンピュータに向かっていた——インターネットにつないで。裁判官が出した判決では、オンラインでは利用させないことになっている」

「オンラインにはしない」ジレットは言った。「いまのE棟に残るし、電話回線にはアクセスしない」

所長は嘲笑まじりに、「きみはやはり行政隔離のまま——」

「独居拘禁」とジレットは訂正した。

「——コンピュータを使うためにか？」

「ああ」

アンダーソンが訊いた。「隔離されたままではオンラインにするチャンスはない、それならいいんですね？」

「そうだな」と所長が答える。

警部補はジレットに向かって、「契約成立だ。きみにラップトップをあたえる」

「こいつと取引きするんですか？」シェルトンが不審そうに疑問を発した。彼は助けを求めてビショップを見たが、痩せた刑事は時代錯誤のもみあげを撫でながら携帯電話に目を凝らしている。刑の執行停止を待ちわびているのだ。

アンダーソンはシェルトンの問いには答えず言い添えた。「だがきみにマシンを渡すのは、被害者ギブソンのコンピュータを分析して完全なリポートをもらってからだ」

「もちろん」囚人は瞳を輝かせて言った。

「彼女のマシンはありふれたIBM互換機だ。一時間以内に持ってこさせる。すべてのディスクとソフトウェアも――」

「いやいや」ジレットはきっぱりと言った。「ここじゃできない」

「なぜ？」

「メインフレームにアクセスしないと――たぶんスーパーコンピュータに。テック・マニュアル、ソフトウェアが必要になる」

アンダーソンが目をやったビショップは、話をまるで聞いてなかったという顔をしている。

「ぜったいだめだ」と口にしたのは、語彙が少ないとはいえ、この殺人課のコンビでは口数の多いシェルトンのほうだった。

アンダーソンが自問自答をくりかえしていると、おもむろに所長が切り出した。「みなさん、ちょっと廊下のほうに来てもらえるだろうか」

00000011／3

楽しいハックだった。

しかし、やりがいはといえば望んだほどでもない。

〈フェイト phate〉――その画面上の名は、最高のハッカーのひそみに倣ってfではなくphで綴られている――は、シリコン・ヴァレーの中心にあるロスアルトスの自宅へ車を走らせていた。

けさは忙しかった。まずはきのう、ララ・ギブソンの妄想に火をつけた血染めの白いヴァンを始末した。それから変装用具を捨てた――ドレッドロックのウィッグ、コンバット・ジャケットにサングラスというストーカー用とサンディ・ハードウィックの人のいい従兄弟、ウィル・ランドルフの清潔なチップ－ジョック風衣装。

いまはまったくの別人だ。むろん本名でも本人でもない――二十七年まえ、ニュージャージーのアッパー・サドル・リヴァーに生まれたジョン・パトリック・ホロウェイではなかった。最近になって創り出した架空の六、七人のうちのひとりになりすましている。そうした人物は彼にとって友人のようなもので、運転免許証、社員ＩＤカード、社会保障カードから個人の秘密情報まで、今日欠くことのできない書類が完璧にそろっていた。しかもこのキャストには、たゆまぬ練習の成果として異なるアクセントや癖があたえられている。

〝きみは誰になりたい？〟

その質問に対する〈フェイト〉の答えはこうだ。世界中のかなりの人間に。

彼はララ・ギブソンのハックを振り返り、都会における護身の女王を標榜する相手にしては少々あっけなかったと考えている。

だからこそ、今度のゲームでは得点を稼がなくては。

朝のラッシュアワーのなか、〈フェイト〉のジャガーはインターステート二八〇号線、フニペロ・セラ・ハイウェイをのろのろ進んだ。西にそそり立つサンタクルーズ山脈が、サンフランシスコ湾に流れこむ霧にかすんでいた。この数年渇水で悩まされてきたヴァレーだが、今年の春は――たとえば、きょうのように――雨がちで、植物は豊かな緑に色づいている。だがそんな景観に〈フェイト〉の関心は向かない。彼はＣＤプレーヤーが再生する音に耳をかたむけている――『セールスマンの死』。好きな作品だった。ときに科白に合わせて口を動かしたりする（彼はすべての役を諳んじていた）。

十分後の八時四十五分、ロスアルトスのエル・モンテ・ロードをはいったストーンクレスト地区にある、大きな一軒家のガレージに車を入れた。

車を駐め、ドアを閉めてから、彼は染みひとつないはずの床に、ララ・ギブソンの血がぞんざいに打ったコンマの形で滴っているのを見つけた。それを見逃した自分を戒めながら血痕を拭い去ると、家にはいってドアの錠をおろした。

新築六カ月あまりの家は、絨毯を貼った糊と甘いペンキの匂いがする。

歓迎の挨拶に訪れる隣人たちがその玄関に立てば、垣間見えるリビングルームに、チップ・マネーがここヴァレーの住人たちにもたらしてきた、アッパー・ミドル・クラスの家庭の快適な暮らしぶりを感じとるはずだった。

どうも、はじめまして……。ええ、そうなんです——先月引っ越してきたばかりで……。パロ・アルトでは新参のドットコム企業に勤めてます。オースティンからはぼくと家具の半分が先に来て、キャシーと子供たちは——学校の終わる六月に越してくる予定で……。あれがそうですよ。一月にフロリダで休暇を取ったときに写したんですが。トロイとブリタニー。男の子が七歳。女の子のほうは来月で五歳になります。

マントルピースや高価なエンドテーブル、コーヒーテーブルの上に、〈フェイト〉とブロンドの女性の写った写真が何十枚と飾られている。海辺で撮ったもの、乗馬中のスナップ、スキーリゾートの山頂で抱きあったり、結婚式で踊っている場面もある。そのほかに夫婦とふたりの子供たちの写真。家族旅行、サッカーの練習、クリスマス、イースター。

本当なら夕食にでもお招きするところなんですが、立ちあがったばかりの会社に死ぬほど働かされていて……。たぶん、家族がこっちに来るまで待ったほうがよさそうだ。社交の旗振り役はもっぱらキャシーのほうなので……。料理もぼくよりずっと上手です。ではまた近いうちに。

こうして隣人たちは、歓迎のしるしとしてワインやクッキーやベゴニアを彼に手渡して家へ戻っていくが、創意に富むソーシャル・エンジニアリングの真髄において、そのシーン全体が映画のセット同様に紛い物であるとは思いも寄らないだろう。

これらの写真はララ・ギブソンに見せたスナップ同様、彼がコンピュータ上で創り出したのである。男性モデルの顔を自分の顔とすげ替え、キャシーのほうは『セルフ』に載っていたモデルをモーフィングして、ありきたりの女性の顔にした。子供は『ヴォーグ・バンビーニ』から採った。家自体も見せかけだった。調度をそろえたのはリビングルームと玄関だけで、それはもっぱら訪ねてくる人間を欺くための仕掛けである。ベッドルームにあるのは簡易ベッドとランプ。ダイニングルーム――〈フェイト〉のオフィス――にはテーブル、ランプ、ラップトップ・コンピュータ二台と事務用の椅子。地下には……地下にはそのほかの道具も若干置いてあるが、それらが人目にふれることはない。

場合によっては、すべてを残して家を飛び出せばいいと思っている。大事な所持品――収集していた時代物のコンピュータ、IDカード・マシン、生活の手段として売買しているスーパーコンピュータのパーツといった高額のハードウェア――は遠く離れた倉庫に収納していた。その場所を警察に嗅ぎつけられるような手がかりは何もない。

彼はダイニングへ行ってテーブルに陣取ると、ラップトップのスイッチを入れた。

画面上にC:プロンプトが瞬いた。その明滅するシンボルの登場とともに、〈フェイト〉は死から甦る。

〝きみは誰になりたい？〟

そう、この瞬間はジョン・パトリック・ホロウェイでもウィル・ランドルフでもない、ウォレン・グレッグでもジェイムズ・L・シーモアでも、これまで創りあげてきたどのキャラクターでもない。いまの彼は〈フェイト〉だった。もはやブロンドの髪に五フィート十インチの細身の体形で三次元の家、オフィス、店、飛行機、ハイウェイというコンクリートのリボン、枯れた芝や金網や半導体工場やモールやペットや人、人、人、蝿のようにあふれる人の間を目的なく漂う男ではない……。

モニターの内側の世界、それが彼の現実なのだ。

彼はいくつかのコマンドを打ちこむと、興奮に股間が疼くのを感じながら、モデムがハンドシェイクする際の官能的な音色を耳にした（ふつう本物のハッカーがオンラインにするときには、こんなふうにのろいモデムと電話回線を使わずダイレクトに接続する。だが〈フェイト〉は妥協せざるを得なかった。いまは速度よりもつねに移動が可能であること、世界中に張りめぐらされた電話回線に紛れこむことのほうがはるかに重要だった）。

ネットにつながるとeメールをチェックした。〈ショーン〉からの手紙はすぐに開封するつもりでいたが、一通も来ていない。ほかはあとで読むことにしてメールリーダーを出ると、別のコマンドを入力する。画面にメニューが現われた。

去年、〈ショーン〉とトラップドア用のソフトウェアを書いたとき、彼はこのメニューを、使う人間はいなくてもユーザーに優しいものにしようと決めた。理由は簡単で、それが優秀なコードスリンガー、ウィザードのやり方だからである。

トラップドア

メインメニュー

1　以前のセッションを継続しますか？
2　バックグラウンド・ファイルを作成／開く／編集しますか？
3　新しい標的を見つけますか？
4　パスワードかテキストをデコード／デクリプトしますか？
5　システムを終了しますか？

3にスクロールしてエンターキーを押す。

するとトラップドアのプログラムが礼儀正しく訊いてくる。

標的のeメールアドレスを入力してください。

記憶を頼りにスクリーン・ネームを打ってエンターを押すと、十秒もしないうちに他人のコンピュータとつながっていた。実質、何も知らないユーザーの肩ごしに覗きこんでいるのと変わらない。それをしばらく読んでから、彼はメモをとりはじめた。

ララ・ギブソンは楽しいハックだったが、今度はもっとよくなる。


「これをあの男が作った」と所長が言った。

刑事たちはサンホーの倉庫にいた。棚に並んでいるのはドラッグの吸引具一式、ナチの装飾品、ネイション・オブ・イスラムの旗、手製の武器――棍棒、ナイフ、ブラスナックル、銃も数挺ある。そこは施設の問題ある居住者から没収した物品を、この何年かにわたって保管している場所だった。

しかし、いま所長が示しているのは見るからに脅威を感じるような代物ではなかった。二×三フィートほどの木箱に、ベルの引き紐を細く割いて接続した何十という電子部品がぎっしりおさまっている。

「なんだこれは？」ボブ・シェルトンがしかつめらしく訊いた。

アンディ・アンダーソンがひとしきり笑ってつぶやく。「なるほど、コンピュータか。自家製コンピュータ」彼は身を乗り出すと仔細に眺め入った。単純化した配線、はんだを使わずにつなげた見事な手際、スペースの有効利用。原始的とはいえ驚くほど優雅な出来ばえである。

「人がコンピュータを作れるとは知らなかったな」とシェルトンは洩らした。痩せたフランク・ビショップは無言だった。

所長が言った。「ジレットは私がこれまで見たなかでも最悪の中毒者だ——ここには長年クスリを常習してきた連中が収監されているんでね。ただし、あの男が溺れているのは——コンピュータだ。請けあってもいいが、オンラインに接続するためなら、あの男はなんでもやる。人を傷つけることも厭わない。むろん大怪我をさせるということだ。これもインターネットをやるために組み立てた」

「モデムは内蔵してるのか？」アンダーソンは相変わらず機械に見とれていた。「待てよ、あ、はいってるな」

「だから外に出すことには迷いがある」

「それはこっちで管理できる」アンダーソンは答えると、ジレットの発明品からしぶしぶ目を離した。

「できると思うのは勝手だが」所長は肩をすくめた。「ああいう男は、オンラインにつなぐためならどんなことだって口にするぞ。アルコール中毒とまるで変わらない。彼の妻のことは聞いているかね？」

「結婚してるのか？」とアンダーソンは訊いた。

「過去に。結婚後はハッキングをやめようと努力したができなかった。そして逮捕され、夫婦は法廷費用と罰金の支払いですべてを失った。離婚は二年ほどまえだ。妻のほうから書類が届いたときには私もここにいたが、本人は平然としたものだった」

扉が開き、看守が使い古されたマニラ・フォルダーを手にはいってきた。所長は受け取ったフォルダーをアンダーソンにまわした。「あの男に関するわれわれのファイルだ。本当に欲しくなるかどうか、そちらの決断の参考になるかもしれない」

アンダーソンはファイルをめくってみた。囚人にははるか以前に遡る記録があった。青少年拘置所に入所しているが、深刻な罪ではない。ジレットは公衆電話——ハッカーは要塞電話（フォートレス・フォン）と呼ぶ——からパシフィック・ベル本社に電話をかけ、長距離電話が無料になるようにプログラムした。フォートレス・フォンは若いハッカーたちにとっての小学校である。彼らはこれを使って、たかだか巨大コンピュータ・システムにすぎない電話会社の交換機に侵入する。電話料金をただにするため、あるいはそれに挑戦すること自体を目的として電話会社にクラッキングする技術をフリーキングと呼ぶ。ファイルにあった記録によると、ジレットが盗んだ通話先はパリ、アテネ、フランクフルト、東京、アンカラの時報と気温の情報だった。これは彼が力試しにシステムを破ったことを示唆している。金めあてではない。

若者のファイルを繰りつづけると、所長の言葉を裏づける記述が出てきた。たしかにジレットの行動は中毒性のものだった。過去八年間で十二件におよぶ、大がかりなハッキング事件との関連を追及されている。ウェスタン・ソフトウェアのハックに対する公判で、検察側は有名なハッカー、ケヴィン・ミトニックに刑を宣告した裁判官の表現を借りて、ジレットは「キーボードで武装すると危険」であると発言した。

しかしコンピュータにまつわるこのハッカーの行動は、かならずしも法に触れるものばかりではなかった。彼が渡り歩いたシリコン・ヴァレーの企業では、そのプログラミング技術は例外なく高い評価を得ていた――それは徹夜でハッキングに熱中して欠勤したり、仕事中に居眠りしたあげくに解雇されるまでの話だが。また優秀なフリーウェアやシェアウェア――欲しがる人間が誰でも入手できるソフトウェア・プログラム――をいくつも書いているし、プログラミング言語やセキュリティの進歩に関して会議で講演もおこなっている。

やがてアンダーソンはあることに気づき、思わず笑った。彼が目にしていたのはワイアット・ジレットが数年まえ、雑誌『オン‐ライン』に書いた記事を再録したものだった。記事そのものはよく知られており、アンダーソンも最初に掲載された当時に読んでいたが、著者のことはまったく意識になかったのである。題名は〈青い虚空（ブルー・ノーウェア）の生活〉。コンピュータは心理学から娯楽、知性、肉体的な快適性、悪にいたるまで人間生活のあらゆる側面に影響をもたらす歴史上初の技術的発明であり、そのため人間と機械の関係はますます接近していくというテーマに沿って、この変化は恩恵がある一方、危険も多くはらんでいるとしていた。〝ブルー・ノーウェア〟という言葉はコンピュータの世界を示す〝サイバースペース〟と置き換えてもいいし、あるいはマシン・ワールドと呼ぶこともできる。ジレットの創り出したフレーズのなかで、〝ブルー〟はコンピュータを動かす電気を意味し、〝ノーウェア〟は実体のない場所を指している。

さらにアンディ・アンダーソンは、ジレットの最も新しい公判記録のコピーに目を留めた。

処罰の軽減を求めて、本人が判事に提出した文書が数十にのぼる。ハッカーの母親はすでに死亡していた――五十代で、心臓発作による急死だった――だが若者は父親と他人が羨むような関係をきずいていたらしい。エンジニアとしてサウジアラビアに働くジレットの父からは、息子の減刑を嘆願するeメールが何通も判事宛てに届いていた。またハッカーの兄でモンタナ州職員のリックも、処罰軽減を願い出る手紙を一度ならず法廷にファクスしている。リック・ジレットは哀訴に近い調子で、弟は自分や妻と一緒に「世俗とは無縁の山間に」暮らせばいいのだと書いていた。澄んだ空気と肉体労働によって、ハッカーの犯罪的性向は治療できると考えているようだった。

アンダーソンはこうした事情に感じ入ると同時に驚いてもいた。これまで彼が逮捕してきたハッカーの大半は、機能不全におちいった家庭環境にあったのだ。

彼はビショップにファイルを渡した。ビショップは気がなさそうに目を通していたが、マシンに関する技術的言及には面食らった様子だった。「ブルー・ノーウェアだって？」とつぶやくと、すぐにあきらめてフォルダーを相棒にまわした。

「釈放に向けての予定は？」シェルトンがファイルをめくりながら訊いた。

アンダーソンは答えた。「まずは裁判所の書類仕事だ。治安判事をつかまえて署名をもらえば、ジレットはこっちのものになる」

「私からひとつ忠告をさしあげよう」所長が不吉な声を出すと、手作りのコンピュータに顎をしゃくった。「釈放を進めたいのならご自由に。ただし、あの男のことは二年間針と縁を切ったヤク中ということにするんだな」

シェルトンが言った。「FBIに連絡すべきでしょう。この件なら捜査官を使える。やつに目を光らせる頭数がふえるわけだし」

だがアンダーソンは首を振った。「連中に話したらDoDにも伝わる。スタンダード12をクラックした男をわれわれが釈放したと聞いたら卒倒するぞ。ジレットは三十分で房に逆戻りだ。やはり黙っていたほうがいい。釈放命令は匿名で出してもらう」

アンダーソンが目をやったビショップは、ふたたび音なしの携帯電話をチェックする作業に熱中している。「きみはどう思う、フランク？」

痩せた刑事はまたシャツをたくしこむと、ようやく完成されたセンテンスを紡いだ。「そうですね、やつを出すのは早いにこしたことはないと思いますよ。たぶん、その殺しの犯人はだらだらおしゃべりはしてないでしょうから。われわれみたいに」

00000100／4

冷たい中世のダンジョンに腰を据えたまま、ワイアット・ジレットはつらい三十分をやりすごした。それが現実になるのか——釈放されるのかと想像することは自分に許さなかった。希望は一片でも持ってはいけない。監獄では、期待が死への第一歩だ。

扉がほとんど音もなく開き、警官たちが戻ってきた。

顔を上げたジレットはアンダーソンの左の耳朶に、すでにふさがっているイアリングの穴の茶色い点を見つけた。「治安判事が一時釈放命令に署名した」と警官は言った。

ジレットは自分が歯を食いしばり、肩をいからせていたことに気づいた。その知らせを聞いてほっと力が抜けた。ありがとう、ありがとう……。

「そこで、きみには選択権がある。外に出るあいだ手錠をつけるか、追跡用の電子アンクレットをはめるか」

ハッカーは考えこんだすえに、「アンクレット」と答えた。

「これは新種でね」とアンダーソンは言った。「チタニウム製だ。着脱には特別のキーが必要になる。はずしたやつはひとりもいない」

「いや、ひとりいますよ」ボブ・シェルトンが屈託なく言った。「足をちょん切ってね。そいつは一マイルも行かないうちに出血多量で死んだ」

なぜだか嫌悪を露骨に示す恰幅のいい刑事に、ジレットは早くも反感をおぼえていた。

「六十マイルの距離を追跡して、しかも金属を通して発信する」とアンダーソンがつづけた。

「そっちの言い分は通ったんだ」とジレットは言って所長を見ると、「こっちは房から持ち出したいものがある」

「何をだ？」所長が唸るように声を出した。「そんなに長く出るわけじゃないんだぞ、ジレット。荷造りなど必要ない」

ジレットはアンダーソンに言った。「本とノートが要る。使えそうなプリントアウトもいっぱいある――『ワイアード』や『2600』の」

CCUの警官は所長に向かって、「いいだろう」

近くでけたたましい電子音が鳴った。ジレットはぎょっとした。サンホーでは聞いたことのない音で、すぐにはその正体に思い至らなかったのだ。フランク・ビショップが携帯電話に応答した。痩せた刑事はもみあげをつまみながら耳をかたむけていたが、やがて答えた。「はい、警部……。それで？」長い間があくなかで、刑事の口もとがかすかに緊張する。「どうにもならない？……。わかりました」

刑事は電話を切った。

アンダーソンが眉を上げた。殺人課の刑事は淡々と切り出した。「バーンスタイン警部です。ＭＡＲＩＮＫＩＬＬ事件のことで、また報告がはいりました。犯人がウォルナット・クリーク付近で目撃されたんですよ。たぶんこっちの方角に向かってる」刑事は一瞬、ベンチの染みでも見るような目をジレットに向けるとアンダーソンに言った。「正直言うと――この事件からむこうに移してくれと願いを出しました。答えはノーだった。バーンスタイン警部の判断では、私はこっちにいたほうが役に立つらしい」

「話してくれてよかった」とアンダーソンは言った。だがジレットの見たところ、ＣＣＵの警官は不本意ながら事件にくわわろうという刑事に対して、とりたてて感謝しているようでもない。アンダーソンはシェルトンに訊ねた。「きみもＭＡＲＩＮＫＩＬＬをやりたかったのか？」

「いいえ。私はこっちが希望でした。この女性は私の裏庭で殺されたようなもんです。こんなことは二度と起きないようにしたい」

アンダーソンは腕時計に目をやった。九時十五分。「ＣＣＵに戻ろうか」

所長が巨漢の看守を呼んで指示をあたえた。看守はジレットを廊下に出し、独房へ向かわせた。五分後、必要なものをまとめたジレットはトイレを使い、上着を着ると、看守の前を歩いてサンホーの中央部まで行った。

扉をひとつふたつと抜け、ジレットが月に一回程度友人と面会していた場所を過ぎ、彼とエリーから身ぐるみはがしていった男とむなしい交渉で時を費やした接見室を過ぎた。

そして押し寄せる興奮に息を弾ませながら、ジレットは最後の扉を通り、事務室と看守の更衣室になっているエリアに出た。刑事たちはそこで待っていた。

アンダーソンがうなずき、看守が手錠をはずした。ジレットはこの二年で初めて、刑務所というシステムによる肉体的抑圧から解放された。なにがしかの自由を手に入れたのだった。

ジレットは手首をさすりながら、刑事たちと出口に向かった。耐火性のガラスを格子状にめぐらせた木製の扉のむこうに灰色の空が見える。「アンクレットは外ではめる」とアンダーソンが言った。

不意にシェルトンがハッカーに歩み寄って囁いた。「よく聞け、ジレット。両手が自由になって、武器でもすぐにつかめると思ってるんだろう。いいか、ちょっとでも妙な目つきをしてみろ、痛い目にあうぞ。わかるか？　おれは躊躇なくおまえを殺るからな」

「おれはコンピュータに侵入した」ハッカーは怒りに駆られて言った。「やったのはそれだけだ。人を傷つけたんじゃない」

「いま言ったことを忘れるなよ」

ジレットはわずかに歩調を速めてアンダーソンに並んだ。「どこへ行くんだ？」

「サンノゼの州警察コンピュータ犯罪課のオフィスだ。本体とは切り離されてる。で——」

金属探知機を通ると警報が鳴りやみ、赤いライトが点滅した。入所ではなく出所する彼らに対し、警備区域に配置された看守がブザーを止めて、そのまま進めと合図をよこした。

だがアンダーソンが正面の扉を押そうとしたそのとき、「すまないが」と声がした。声の主はフランク・ビショップで、ジレットを指さしている。「こいつを調べてくれ」

ジレットは笑った。「狂ってる。おれは外に出るんだ、はいるんじゃない。刑務所から物を持ち出すやつがどこにいる？」

アンダーソンは無言だったが、ビショップが手招きした看守はジレットの身体に金属探知機のロッドを這わせた。ロッドがスラックスの右ポケットに来ると、探知機が甲高い音を発した。

看守はポケットに手を入れ、配線が芽吹いた回路基板を抜き出した。

「なんだこれは？」シェルトンが怒鳴った。

アンダーソンは基板を観察した。「レッドボックスか？」訊ねられたジレットは天井を仰いだ。「ああ」

警部補はビショップとシェルトンに言った。「むかしはこんな回路をおさめた箱が何十種類もあって、フォン・フリークが電話会社を騙すのに使っていた——無料で電話をかけたり、他人の通話を盗聴したり、盗聴器を遮断するためにだ……。それも色で区別がついていた。いまはもう、このレッドボックスしか見ることもないんだが。これは公衆電話にコインが落ちる音をそっくり模倣する。世界のどこへでも電話をして、あとは通話料ぶんの回数だけコインの落ちる音を出すボタンを押せばいいわけだ」彼はジレットを見つめた。「こいつをどうするつもりだった？」

「迷ったときに電話ができるようにと思って」

「レッドボックスなら街で売ることもできる。そうだな、フォン・フリーク相手だったら二百ドルってところか。もしもきみが逃げて、金が必要ってことになれば」

「そうするやつもいるかもしれない。でも、おれはそんなことはしない」

アンダーソンは基板をつくづく眺めた。「素晴らしい配線だ」

「どうも」

「はんだ付けを省いたわけだな？」

ジレットはうなずいた。「そうだ」

「もう一度こんなことをしたら、きみはパトロールカーの手配がつきしだい所内に逆戻りだ。わかったか？」

「わかった」

「惜しかったな」とボブ・シェルトンが小声で言った。「だが人生なんて、結局は大きな失望じゃないのか？」

ちがう、とワイアット・ジレットは思った。人生は大きな挑戦（ハック）だ。

シリコン・ヴァレーの東端で、十五歳になる小肥りの生徒が猛烈な勢いでキーボードを叩いている。彼が部厚い眼鏡ごしにモニターを覗いているのは、サンノゼの由緒ある私立男子校、セント・フランシス・アカデミーのコンピュータ・ルームだった。

しかしその部屋の名前はふさわしいとはいえない。たしかにコンピュータは置いてあるけれど、〝ルーム〟と呼ぶのはちょっとちがうんじゃないかと生徒たちは感じている。地下に押しこめられた恰好で、窓には格子がはまって独房を思わせる。実際、過去にはそうだったのかもしれない。建物のその部分は二百五十年まえに築かれ、一説にはかつてカリフォルニアで名を知られた宣教師フニペロ・セラ神父が、まさにこの部屋でネイティヴ・アメリカンを上半身裸にして、彼らがイエス・キリストを受け入れるまで鞭打ったとされる。そして改宗を強制され、不幸にして生き延びることができなかった者の幽霊が房のなか、つまりこの〝ルーム〟をさまよいつづけているという話が上級生から下級生へと語り継がれているのだ。

いま亡霊の存在を無視して、光速でキーを打っているのはジェイミー・ターナー、不恰好で黒髪の二年生である。成績が九十二点以下に落ちたことはなく、学期末にはまだ二カ月もあるのに、すべての科目の読書課題を――そのうえ宿題の大半も――終えていた。彼はセント・フランシスのどの生徒のふたりぶんより多く本を持っていて、『ハリー・ポッター』のシリーズは五回ずつ、『指輪物語』は八回、それにコンピュータ／SFの予言者ウィリアム・ギブスンの書いたものは一語も逃さず、自分でもかぞえきれないくらい読み返している。

消音器をつけた機関銃の銃声さながら、キータッチの音が小さな部屋にあふれていた。背後に軋るような音を聞きつけ、彼はすばやく後ろを振り返った。誰もいない。

それから弾ける音。静寂。いまは風が鳴っていた。

なんだ幽霊か……。くそくらえ。仕事に戻れ。

ジェイミー・ターナーは重い眼鏡を押しあげると作業を再開した。格子をめぐらした窓から、雨模様の灰色の光が染みとおってくる。外のサッカー場では級友たちが走りまわり、得点を挙げて歓声をあげたり笑ったりしている。九時半から体育の時間がはじまったばかりだった。本当ならジェイミーもそこに参加しているはずで、こんなところに隠れていてはブーティの機嫌を損ねてしまう。

でもブーティは知らない。

ジェイミーとしては、寄宿学校の校長が嫌いなわけではない。むしろその逆だ。自分のことを気にかけてくれる他人を嫌いになるのはむずかしい（たとえば、「二十三日に会おう……。いや、待てよ。母さんと私は出かけることになってる。こっちに戻るのは一日か七日だ。それなら間違いない。愛してるぞ、それじゃあ」と電話をしてくる両親とはちがう）。ただブーティの疑心暗鬼が苦痛だった。夜は例のアラームやらセキュリティやらで監禁状態に置かれて、生徒たちは四六時中行動を監視される。

また年上のまじめな兄弟同伴で、他愛もないロックコンサートへ行こうとしても、許可申請に親の署名がないかぎり認めてもらえなかったりする。それは大事なことだとしても、だいたい親の居場所がわからないんだから、すぐにサインをさせてファクスで返送させるなんてことは無理だ。

〝愛してるぞ、それじゃあ……〟

だが今回、ジェイミーは自ら事を運ぼうとしている。オークランドのコンサート会場でサウンド・エンジニアをしている兄のマークから、今晩セント・フランシスを脱け出すことができたらサンタナのコンサートに入れてやる、たぶん無制限のバックステージ・パスも二枚渡せると言われていた。しかし六時半までに学校を出られなければ、兄は予定どおり仕事にはいってしまう。その時間設定が問題だった。というのもセント・フランシスを脱けるには、古い映画で子供たちが夜中によくやる、シーツをロープがわりに垂らしてという方法は使えない。セント・フランシスはスペインの古城を思わせる外観でも、その警備態勢にはハイテクが駆使されていた。

もちろん部屋を出ることはできる。夜でもドアの錠はおろされていない（セント・フランシスは本物の刑務所じゃない）。火災報知機を効かなくすれば、非常扉を通って建物の外へも行けるのだが、それでようやく校庭にたどり着くというだけだ。校庭を囲む十二フィートの石塀のてっぺんには、有刺鉄線が張りめぐらされている。そこを乗り越える手立てはない――少なくとも、高さが苦手なデブのオタクのジェイミーには――だから通りに面した門を開けるパスコードをクラックするしかない。そんなわけでジェイミーは我が総統ブーティ、いやウィレム・C・ボーテ博士のパスコード・ファイルをクラッキングしていたのだった。

ここまでは順調で、ブーティのコンピュータにハックして、パスコードをふくむファイルをダウンロードした（ファイル名はなんと〝セキュリティ・パスコード〟になっていた。知恵が働くじゃないか、ブーティ！）。中身は当然暗号化されたパスワードで、使うためには解読が必要だった。しかしジェイミーのやわな互換機でクラックすると何日もかかってしまうので、いまは近くのコンピュータ・サイトにハッキングして、魔法の刻限に遅れずクラックできる強力なマシンを探していた。

ジェイミーは、インターネットが本来情報を秘匿するのではなく、研究成果の交換を促進する学術的ネットワークとして出発したことを知っている。ネット経由でリンクした最初の組織——大学——は、最近になってオンライン利用を可能にした政府機関や企業にくらべるとセキュリティ面ではるかに劣る。

そこで北カリフォルニア工科大のコンピュータ研究室の扉を叩くと、ジェイミーはこんな言葉で迎えられた。

　ユーザーの名前は？

ジェイミーは答えた。ユーザー。

　パスコードは？

答え。ユーザー。

するとメッセージが浮かびあがる。

　ようこそ、ユーザー

なるほど、セキュリティはFマイナスだなと思いながら、ジェイミーはマシンのルート・ディレクトリ——メインのもの——をブラウズして、学校のネットワーク上に超大型のスーパーコンピュータらしきものを見つけ出した。たぶん旧式のクレイだろう。いまは宇宙の年齢を計算している最中だ。おもしろそうだがサンタナほどクールじゃない。ジェイミーはその天文学プロジェクトを脇へ押しやり、自分で書いたプログラムをアップロードした。〝クラック‐アー〟と名づけたプログラムは、ブーティのファイルから英語のパスワードを抜き出すという肉体労働を開始した。すると——

「あっ、クソ野郎」ジェイミーはおよそブーティの言語らしからぬ言葉を吐いた。またしてもコンピュータがフリーズしてしまったのだ。

最近何度かフリーズが起きて、その原因がわからないのがむかつく。コンピュータの知識は完璧なのに、こういうジャミングの理由が突き止められずにいる。きょうはクラッシュなんかしてる場合じゃない。締切りは六時半。とはいえ少年はこまめなコードスリンガーなら誰もがやるように、その状況をハッカー・ノートにメモすると、システムを再起動させてオンラインに戻した。

クレイを調べてみると、大学のコンピュータはジェイミーがオフラインにしていたあいだも本来の仕事を放棄して、ブーティのパスワード・ファイルにクラック‐アーを走らせていた。

どうやら——

「ターナーくん、ターナーくん」近くで声がした。「ここで何をしているのかね？」

その言葉に背筋が凍った。だがクレープソールの靴を履いたブーティ校長がコンピュータ・ターミナルに忍び寄ってくる間に、ALT＋F6を押すだけの気転は利いた。画面には違法なクラッキング・プログラムから送られてくるステータス・リポートに代わって、熱帯雨林の窮状を訴えるエッセイが映し出されている。

「どうも、ボーテ先生」ジェイミーは言った。

「ほう」痩身長軀の男が背を丸めて画面を覗いた。「下品な絵でも見ているのかと思ったが、ターナーくん」

「いいえ。そんなことはしません」

「環境問題を勉強して、母なる自然に対するわれわれの仕打ちに思いを致そうというわけか。よろしい、いいことだ。しかし私としては、いまがきみの体育の時間であることを思わずにはいられない。まずは母なる自然を肌で体験したまえ。運動場に出て。カリフォルニアのおいしい空気を胸いっぱい吸って。走ってボールを蹴って」

「雨じゃないんですか？」とジェイミーは訊いた。

「あれは霧雨と言う。それに、雨のなかでサッカーをやると人格が養える。さあ行くんだ、ターナーくん。緑チームの人数がひとり足りない。ロクネルくんが左に回ろうとして足首を右に捻った。援軍に行きたまえ。みんながきみを必要としているぞ」

「システムを切らなくてはなりません。あと二、三分はかかります」

校長はドアに向かって歩きながら言った。「十五分以内に支度をととのえて、外で会おう」

「わかりました」ぬかるんだ芝と頭の悪い生徒たちのために、マシンを見捨てなくてはならない落胆を押し隠してジェイミー・ターナーは答えた。

ALT＋F6で熱帯雨林のウィンドウから出ると、ジェイミーはクラック‐アー・プログラムがパスコード・ファイルにどこまで食いこんだかを見るための要求を入力した。しばらくして、彼は異変に気づいて画面を凝視した。いつもより文字が微妙にぼやけている。揺れているようにも見えた。

しかもキータッチに対する反応もすこし遅い。

なんだか不気味だった。何が問題なのだろうか。まえに書いた診断プログラムがいくつかあるので、パスコードを抜き出してから試してみようと思った。それで問題が判明するかもしれない。

トラブルはシステムフォルダーのバグのせいだろう。おそらくグラフィックス・アクセラレータだ。そっちを先にチェックしよう。

だがジェイミー・ターナーは、ふと馬鹿げたことを思いついていた。にじんだ文字とキーの反応の鈍さはオペレーティング・システムとはまったく関係がない。自分とマシンの間をさまよう死んだインディアンのせいなのだ。人間の存在に憤った亡霊たちが、その見えない指で助けを乞うメッセージを必死に叩いている。

00000101／5

〈フェイト〉の画面の左上に、小さなダイアログボックスが開いている。

トラップドア——追跡モード
標的：JamieTT@hol.com
オンライン：する
オペレーティング・システム：MS‐DOS／Windows
アンチウィルス・ソフトウェア：無効

〈フェイト〉が画面上に覗いていたのは、数マイル離れたセント・フランシス・アカデミーでジェイミー・ターナーが見つめるそのものだった。

このゲームでのキャラクターはひと月まえ、少年のマシンに初めて侵入したときから〈フェイト〉の興味をそそっている。

かなりの時間を割いてジェイミーのファイルを覗いてきた結果、〈フェイト〉は故ララ・ギブソン同様に少年のことを知った。

例を挙げると、

ジェイミー・ターナーは運動と歴史が嫌いで、数学と科学が得意。本をむさぼるように読む。そしてMUD(マッド)ヘッドである――インターネットのマルチユーザー・ドメイン・チャットルームに入り浸り、ロール・プレイング・ゲームで空想の社会を創って動かすことに熱中して、MUDの世界では有名な存在になっている。またジェイミーは優秀なコードスリンガー、つまり独習のプログラマーだった。自身でデザインしたウェブサイトが、ウェブサイト・レヴュー・オンラインで第二位を獲得している。少年が発想した新しいコンピュータ・ゲームには、〈フェイト〉でも惹きこまれそうな、商業的に成功するだけの魅力があった。

少年がもっとも恐れているのが視力を失うことだった。オンラインの検眼士に、破砕防止の特製眼鏡を注文している。

家族のなかで唯一、ほとんどeメールで連絡をとりあっているのが兄のマークだ。裕福で多忙な両親は、息子がメールを五、六通送ってやっと返事を出すような具合だった。

ジェイミー・ターナーは才能があり、想像力が豊かで、脆い。これが〈フェイト〉の結論である。

しかも、いつかは彼を凌ぐことになりそうなハッカーのひとりだった。

〈フェイト〉は、偉大なコンピュータ・ウィザードの多くがそうであるように、神秘的な側面をもっている。心から神を受け容れる物理学者や、フリーメーソン的神秘主義に傾倒する頑迷な政治家と通じるところがある。マシンには表現のしようがない神秘的な部分があって、それを否定できるのは狭窄した視野の持ち主なのだと〈フェイト〉は思っている。

だから、迷信深くなるのは柄にもないとは言い切れない。この数週間、トラップドアを利用してジェイミー・ターナーのコンピュータを探った結果、少年には究極のコードスリンガーという〈フェイト〉の地位を奪いとるだけのスキルがあると確信できた。

ジェイミー・T・ターナー少年にはこれ以上、マシン・ワールドの冒険をつづけさせるわけにはいかない。そこで〈フェイト〉は少年を止めるとりわけ有効な方法を計画したのだ。

彼はさらにファイルをスクロールした。その〈ショーン〉からのeメールには少年の学校、セント・フランシス・アカデミーについての詳細な情報が書きこまれていた。

この寄宿学校は教育機関として有名だが、〈フェイト〉にとってより重要なのは、戦術上の難関であることだった。ゲームでキャラクターを殺すことに困難とリスクが伴わなければ、これはプレイする意味がない。その点、セント・フランシスには相当の障害物が用意されていた。数年まえに生徒一名が殺害され、教師一名が重傷を負うという強盗事件の現場となったことから、学校は強力な保安態勢を敷いている。そうした事件は二度と起こさないという固い決意のもと、校長のウィレム・ボーテは生徒の親たちを安心させるため、学校全体を要塞に作り変えたのである。建物は夜間には施錠されるようになり、校庭は二重のゲートで仕切られ、窓と扉にはアラームが設置された。敷地を囲む塀は有刺鉄線が張りめぐらされて、出入りするにはパスコードが必要になった。

学校内にはいりこむこと、それがすなわち〈フェイト〉にとっての挑戦だった。ララ・ギブソンからのステップアップ——ゲームのなかで、より高度でむずかしいレベルに移行する。たぶん——〈フェイト〉は画面に目を凝らした。またなのか。ジェイミーのコンピュータが——ということは自分のコンピュータも——クラッシュした。十分まえにも同じことが起きた。これがトラップドアのたったひとつのバグだった。ときどき、自分のマシンと侵入したコンピュータが突然動かなくなることがある。そうなると両方のコンピュータをリブート——再起動——して、オンラインに接続しなおさなくてはならない。

それがもたらす遅れは一分ほどのことなのだが、〈フェイト〉にとってはとんでもない欠陥なのである。ソフトウェアは完璧でなくてはならないし、優雅でなくてはならない。彼と〈ショーン〉は、このバグを取り除こうと何カ月ものあいだ努力を重ねてきたが、いまのところツキに見放されている。

やがて若い友人のほうもオンラインに戻ったところで、〈フェイト〉は少年のマシンのブラウズを再開した。

〈フェイト〉のモニターに小さなウィンドウが開き、トラップドアのプログラムが訊ねてきた。

標的の人物が〈マーク・ザ・マン〉からインスタント・メッセージを受け取りました。

モニターしますか？


おそらくジェイミー・ターナーの兄マークだろう。〈フェイト〉はYのキーを押し、画面上に兄弟の会話を呼び出した。


〈マーク・ザ・マン〉インスタント・メッセージ、できるか？

〈ジェイミーTT〉いまから玉いじり。サッカーのことだけど。

〈マーク・ザ・マン〉（笑）今夜の件は継続か？

〈ジェイミーTT〉もちろん。サンタナ最高！！！！

〈マーク・ザ・マン〉楽しみだ。六時半に、北門の通りを渡ったところで。ロックンロールの用意はいいか？


〈フェイト〉は思った。もちろんだとも。

入口で立ち止まったワイアット・ジレットは、過去に連れ戻されたような感覚に襲われた。彼が目にしているカリフォルニア州警察コンピュータ犯罪課は、州警サンノゼ本部とは数マイル離れた古い平屋の建物にあった。「恐竜の檻じゃないか」

「われわれのね」とアンディ・アンダーソンは答えた。そして別段興味のなさそうなビショップとシェルトンに向かって、コンピュータの黎明期に、IBMやCDC製のメインフレームのような巨大計算機を収めた特殊な部屋のことを〝恐竜の檻〟と呼んでいたのだと説明した。檻を特徴づけるのが隆起したフロアで、これは形状が大蛇に似ていることから〝ボア〟と称される、太いケーブルが何本も走っているからである（しかもこのケーブルの反発力は半端ではなく、技術者が負傷することもあった）。またエアコンディショナーのダクトが部屋を縦横に通っていた。冷房システムは大型コンピュータのオーバーヒート、発火を防ぐためにも不可欠だった。

コンピュータ犯罪課は、サンタクララに近いサンノゼの地価の安い商業地区、ウェスト・サンカルロスのはずれに位置していた。たどり着くには車のディーラー——**手ごろな価格！　スペイン語話します**（セ・アブラ・エスパニョール）——を何軒も過ぎ、鉄道の線路を何本も渡ることになる。ごてごてした形の平屋は塗装と修繕とが必要な状態で、たとえばアップル・コンピュータ本社の、共同創立者スティーヴ・ウォズニアクの長さ四十フィートにおよぶポートレイトを飾った素朴かつ未来的なビルとはあきらかに異なっている。CCUにある唯一の芸術品といえば、玄関の脇に鎮座する壊れて錆びたペプシの自動販売機だった。

大きな建物内には、暗い廊下と空のオフィスがめだつ。警察が使っているのはほんの一部分だけで、中央の作業スペースにモジュール式のブースが並べて設けられていた。そこにあるのはサン・マイクロシステムズのワークステーションが八台、IBMとアップルが数台、ラップトップが十台以上。あたりかまわず伸びるケーブルは、ダクトテープで床に留められていたり、密林の蔓のように頭上に垂れさがっていたりする。

「こんな古びたデータ処理施設なら、二束三文で借りることができる」アンダーソンはジレットにそう説明して笑った。「CCUをようやく認知した州警が、二十年遅れの隠れ家を用意してくれたのさ」

「スクラム・スイッチか」ジレットは壁の赤いスイッチに顎をしゃくった。**緊急時のみ使用**と薄汚れた表示がある。「初めて見たよ」

「なんですか？」とボブ・シェルトンが訊いた。

アンダーソンは解説した。旧式のメインフレームは熱をもちやすく、冷却システムが故障するとオーバーヒートして、たちまち発火することがある。燃えたコンピュータの樹脂、プラスティック、ゴムから発生するガスは、炎より先に人命を奪いかねない。そこで〝恐竜の檻〟にはかならずスクラム・スイッチが設置される。その名は原子炉の緊急停止スイッチに由来するものである。出火時にボタンを押すとコンピュータは止まり、消防署へ通報がいくとともに、消火剤のハロンガスが放出される。

アンディ・アンダーソンはジレット、ビショップ、シェルトンをCCUの面々に引き合わせた。最初はリンダ・サンチェス、小柄で太り肉の身体に、黄褐色のスーツを窮屈に着こんだラテン系の中年女性だった。本人によると、課のSSL――押収、捜索、情報収集――担当官で、犯人のコンピュータを確保して仕掛けの有無のチェック、ファイルのコピー、ハードウェアおよびソフトウェアの証拠立てをおこなうのだという。また彼女はデジタルの証拠を復旧するスペシャリストで、ハードディスク内の〝発掘〟――隠されたり、消去されたデータの捜索――を得意としていた（こうした技官は、コンピュータ考古学者という名でも知られる）。「私はチームのブラッドハウンドなの」と彼女はジレットに言った。

「連絡は、リンダ？」

「まだよ、ボス。私の娘は世界一の怠け者ね」

アンダーソンはジレットに言った。「リンダはもうすぐおばあちゃんになる」

「一週間も遅れちゃって。身内は気が気じゃないわ」

「それからこっちが私の副官、スティーヴン・ミラー巡査部長だ」

アンダーソンより年上で、そろそろ五十に手が届くミラーは灰色の髪がむさ苦しい。なで肩の熊を思わせる梨型の体形に、慎重な態度をまとっている。ジレットはその年配から、男はコンピュータ・プログラマーの第二世代だろうと見当をつけた。第二世代とはつまり、七〇年代初頭のコンピュータ業界における革新者たちのことである。

三人目のトニー・モットは陽気な三十歳でストレートの長髪、首から下げた蛍光グリーンの紐の先にはオークリーのサングラスがある。モットのブースには、スノーボードやマウンテンバイクを楽しむ彼と、アジア系の可愛い娘の写真が所狭しと飾られていた。デスクにはヘルメット、隅のほうにスノーボードのブーツ。モットはいわばハッカー最新世代の典型といったところだ。家でスクリプトを書く一方、スケートボードのハーフパイプでハイレベルの競技会に出場する、アスリートの資質をもった冒険家なのである。またジレットはCCUの警官のなかで、モットがいちばん大きな拳銃——銀色のオートマティック——を腰に挿していることにも気づいた。

コンピュータ犯罪課には受付の女性もいたが、きょうは病欠だった。州警察のヒエラルキーの底辺にあるCCUに対して（同僚の警官から、〝オタク部隊〟と呼ばれている）、本部は臨時の補充要員を出そうとしない。したがって電話を取るのも、郵便や書類を選り分けるのも班のメンバー自らがやらなければならず、それが当然のように各人の不興を買っている。

ジレットは壁際に並ぶホワイトボートのひとつに目を留めた。ホワイトボードは証拠を記載するのに使われているのだが、そこに一枚の写真が貼ってある。撮影されたものが判然としないまま近づいていったジレットは、やがて驚きに足を止めた。写真に写っていたのはオレンジと赤のスカート、上半身が裸で、青ざめた肌を血で濡らして草むらに横たわる若い女性の死体だった。ジレットはショックを受けた。コンピュータ・ゲームはいくらでもやった——モータル・コンバットもドゥーム・レイダーも——だが、そうしたゲームが陰惨なものであっても、この現実の犠牲者に降りかかった、静止したおぞましい暴虐とは較べものにならなかった。

アンディ・アンダーソンが見やった壁時計は、コンピュータ・センターにふさわしいデジタルではなく、長針と短針がある古ぼけたアナログのモデルだった。時刻は午前十時。警部補は言った。「そろそろはじめよう……。われわれはいまから、事件に対して二通りのアプローチを試みる。ビショップ、シェルトン両刑事には、殺人事件の捜査を通常どおりにおこなってもらう。CCUのほうはコンピュータ関連の証拠を扱う——ここにいるワイアットの力を借りて」彼はデスク上のファクスを見て言い添えた。「もうひとり、シアトルからコンサルタントを迎えることになっている。インターネットとオンラインに関するエキスパートだ。パトリシア・ノーラン。まもなく現われるだろう」

「警察ですか？」とシェルトンが訊く。

「いや、民間人だ」アンダーソンは答えた。

ミラーが口を開いた。「企業のセキュリティ部門の人間を使うのはいつものことでね。テクノロジーはめまぐるしく変化するから、こちらで最新の成果をすべて把握するのは無理なんだ。犯人はつねに一歩先んじている。だからわれわれとしては、民間のコンサルタントを使えるかぎり使う」

トニー・モットが言った。「手を貸したいって連中は、たいがい列をつくって待ってる。ハッカーを逮捕したって履歴書に書くのがいまの流行だからさ」

アンダーソンはリンダ・サンチェスに訊ねた。「ところで、被害者ギブソンのコンピュータはどこだ？」

「分析室に」女は中央のスペースから伸びている暗い廊下の一本を顎で指した。「鑑識の人間が来て指紋を採取しているところ——犯人が被害者の家に侵入して、潜在指紋をきっちり残してる場合もあるからって。十分もすれば片がつくはずよ」

モットがフランク・ビショップに封筒を手渡した。「これがあんた宛てに、十分まえに届いた。犯罪現場の仮報告書だ」

ビショップはごわついた髪を手の甲でさっと撫でた。スプレーできつく固めた髪型は、櫛を通した跡がくっきり見える。刑事は書類に目を通したが無言だった。その薄い紙の束をシェルトンに回すと、またシャツをたくしこんで壁に寄りかかった。

ずんぐりした刑事は書類を開き、しばらく中身を読んで顔を上げた。「目撃証言によると、犯人は白人男性、中肉中背、白のスラックスにライトブルーのシャツ、漫画のキャラクターが描かれたネクタイをしていた。二十代後半、三十代前半。いかにもあのあたりにいる技術屋らしい恰好だったとバーテンダーは話してる」刑事はホワイトボードのところへ行き、その手がかりを書き出すとつづけた。「首から下げたIDカードにはゼロックス・パロ・アルト・リサーチ・センターとあったが、それは明らかな偽物だ。結びつく点はない。口ひげに山羊ひげ。髪はブロンド。それから被害者に付着していたブルーデニムの繊維は、彼女の自宅のクローゼットにあった衣類とは一致しなかった。犯人のものとも考えられる。凶器はおそらく、刃が鋸状になったケーバーのミリタリーナイフ」

トニー・モットが訊いた。「どうしてわかる？」

「傷口がその武器のタイプと合致する」シェルトンは書類に目を戻した。「被害者は別の場所で殺害され、ハイウェイの近くで棄てられた」

モットがまた口を挟む。「そう言い切れる根拠は？」

シェルトンの顔が曇った。話がそれることを望んでいないのだ。「現場に残った血の量だ」若い警官はブロンドの長い髪を揺らしながら、その情報を頭に刻みこもうとするようにうなずいた。

シェルトンはさらにつづけた。「死体が遺棄された付近で目撃者が出てない」と周囲に険のある目を向けると、「困ったことに……。そこでわれわれは現在、犯人の車の割り出しに力を入れている――犯人とララは一緒にバーを出て、裏手の駐車場へ歩いていくのを目撃されているが、運転する姿は誰にも見られていない。犯行現場はラッキーだった。バーテンダーが、犯人がビールのボトルをナプキンで包んでいたのを思いだして、鑑識がごみ箱でそいつを見つけた。だがボトルとナプキン両方の指紋を採っても収穫はゼロ。科研が壜の口から接着剤らしきものを検出したが、その正体は不明。毒性がないということしかわからない。科研のデータベースで符合するものはない」

そこでフランク・ビショップがようやく口を開いた。「コスチューム・ストアだ」

「コスチューム？」とアンダーソンが訊き返す。

「犯人がそのウィル・ランドルフになりすますのに、必要なものもあったはずだ。口ひげか顎ひげをつけるのに使った糊かもしれない」

ジレットは同意した。「ソーシャル・エンジニアリングのうまい人間は変装も得意なんだ。おれの友達にも、パシフィック・ベルの作業員の制服を完璧に複製したやつがいる」

「なるほど」トニー・モットがビショップに向かってそう言いながら、継続中のエデュケーション・ファイルにデータをつけくわえた。

アンダーソンはうなずき、この提案に承認をあたえた。シェルトンがサンノゼの殺人課に電話をして、接着剤を演劇で使用される糊のサンプルと比較するよう手配した。

フランク・ビショップは皺の寄った上着を脱ぎ、椅子の背に注意深く掛けると、腕組みして写真とホワイトボードを見つめた。すでにまた弛みが出ているシャツ。爪先の尖ったブーツ。バークレーの学生時代、ジレットは仲間たちとパーティ用にポルノフィルムを借りたことがある。五〇年代、あるいは六〇年代に作られたその映画に出演していた俳優が、ビショップそっくりの着こなしをしていた。

現場の報告書をシェルトンから取りあげ、ぱらぱらめくっていたビショップが顔を上げた。「バーテンダーの話だと、被害者はマティーニ、犯人はライトビールを飲んで、支払いは犯人がした。伝票が手にはいれば指紋も採れるんじゃないだろうか」

「どうやってやるつもりだ？」と質したのは大柄のスティーヴン・ミラーである。「おそらくバーテンダーは昨夜のうちに処分してるはずだ――ほかの千枚ぶんと一緒に」

ビショップはジレットに顎をしゃくった。「人を割いて、さっき彼が言ったことをやらせよう――ダンプスター・ダイビング」そしてシェルトンに、「連中にバーのごみ箱をあさらせて、マティーニとライトビールのはいったレシートを探させろ。午後七時半前後のタイプスタンプがはいったやつだ」

「時間がかかるぞ」とミラーは言った。だがビショップがそれを無視して合図すると、シェルトンは電話で追加の指示を伝えた。

ジレットはふと自分のそばから人が離れていることに気づいた。周囲の清潔な服、シャンプーした髪、垢のない指の爪に目をやると、彼はアンダーソンに訊ねた。「そのコンピュータがまわってくるまで時間があるんだったら……ここにはシャワーはないのかい？」

アンダーソンはピアスの跡が残る耳朶を引っぱると、いきなり笑いだした。「その話題をいつ持ち出そうかと思っていたんだ」彼はモットに向かって、「更衣室に案内しろ。ただし、そばからは離れるな」

若い警官はうなずくと、ジレットを連れて廊下を歩いた。その間、警官はしゃべりどおしだった。最初の話題はLinuxオペレーティング・システムの利点について。これは最近、多くの人がWindowsから乗り換えている名作UNIXの変種である。熱意のこもった話しぶりには豊富な情報がふくまれていた。

つぎにモットはCCUの組織に関して語った。結成されて一年にも満たない〝オタク部隊〟には、常勤の警官がさらに半ダースはいても不思議はないのだが、その予算が出ないらしい。ハッキングからサイバーストーキング、児童ポルノ、ソフトウェア著作権の侵害まで、現在の人員では処理しきれないほどの事件があり、そのうえ月ごとに仕事量が増していきそうな勢いなのである。

「なぜはいった？」とジレットは訊いた。「CCUに？」

「ささやかな興奮を期待したのさ。マシンが好きだし、そっちに集中できると思ったんだが、コードを調べて著作権違反探しをすることになるとはね。なんて言うか、もうすこし刺激があるんじゃないかと思ってたよ」

「リンダ・サンチェスは？　彼女はオタクなのか？」

「そうでもない。頭がいいし、マシンが命ってわけじゃない。もとは〝レタス・ランド〟、そう、サリーナスの不良娘だった。それがソーシャルワークに参加して、アカデミーに入学することになった。何年かまえ、パートナーがモンタレーで撃たれて大怪我をしてね。子供は――妊娠中の娘とハイスクールに通う女の子がいて――亭主は家に帰らない。入国帰化局の職員なんだ。それで、少々おとなしめの部署に移る潮時だって考えたわけだ」

「あんたとは正反対だ」

モットは笑った。「そうかもな」

シャワーを浴びたジレットが身体を拭いていると、モットが自分のワークアウト用の着換えをベンチに置いた。Tシャツ、黒のスウェットパンツ、ウォームアップ用のウィンドブレイカーである。モットはジレットに較べて上背がなかったが、基本的には同じような体格だった。

「どうも」ジレットは服を着た。瘦せた身体から特別な汚れを、刑務所の垢を落として爽快な気分になっていた。

中央の部屋に戻る途中、小さなキチネットの前を通った。コーヒーポットと冷蔵庫、テーブルの上にはベーグルを盛った皿が置いてある。ジレットは足を止め、食べ物に物欲しげな視線を送った。そして並んだキャビネットに目をやった。

ジレットはモットに訊ねた。「ポップターツはないんだな」

「ポップターツ？　ないね。ベーグルならあるけど」

テーブルに歩み寄ったジレットはカップにコーヒーを注ぎ、レーズン・ベーグルをつかんだ。

「それはちがう」モットは言うと、ジレットの手からベーグルを取りあげ、床に落とした。ベーグルはボールのように弾んだ。

ジレットは顔をしかめた。

「これはリンダが持ってきた。ジョークだよ」怪訝な面持ちで見つめるジレットに対して、警官はつけたした。「わからないのか？」

「何が？」

「きょうは何日だ？」

「見当もつかない」刑務所では日付のことなど気にしていない。

「エイプリル・フール。そのベーグルはビニール製だ。要するにアンディをかつぐつもりで、けさ、リンダとおれで用意しておいたんだが、アンディはまだ引っかからない。たぶんダイエット中なんだろう」モットはキャビネットをあけ、焼きたてがはいった袋を出した。「こっちだ」

ジレットはそれをたちまち平らげた。モットが言った。「食えよ。もう一個」

つづけてもう一個を、大きなカップに注いだコーヒーで流しこむ。何年も感じたことがない最高の味だった。

モットが冷蔵庫からキャロット・ジュースを出して、ふたりはＣＣＵの中枢へ戻った。

ジレットは〝恐竜の檻〟を眺めた。隅のほうで接続されぬまま転がる〝ボア〟の群れ、エアコンディショナーの通気孔を見つめるうち、彼の頭は激しく回転しはじめていた。「エイプリル・フールか……すると殺人が起きたのは三月三十一日？」

「そうだ」とアンダーソンが認めた。「それが重要なことなのか？」

ジレットは自信がなさそうに言った。「ただの偶然かもしれない」

「つづけろ」

「だから、三月三十一日はコンピュータの歴史のなかで、赤い字で書かれる日なのさ」

ビショップが質した。「なぜだ？」

入口のほうで、女のしゃがれた声がした。「Ｕｎｉｖａｃ（ユニヴァック）の第一号が導入された日じゃなかったかしら？」

00000110／6

振り返った彼らが見たのは、年齢は三十代半ば、腰の張ったブルネットの女だった。陰気なグレイのセータースーツに真っ黒の靴を履いている。

アンダーソンが訊いた。「パトリシア？」

女はうなずいて部屋にはいってくると、アンダーソンの手を握った。

「こちらはパトリシア・ノーラン、さっき話していたコンサルタントだ。ホライゾン・オンーラインのセキュリティ部門にいる」

ホライゾンは商業インターネット・サービス・プロバイダーの最大手で、アメリカ・オンライン（AOL）をも凌いでいる。加入者は数千万人にものぼり、しかも個人がそれぞれ友人や家族向けに八個までユーザー名を持てるので、ホライゾン・オンーライン経由で株式相場をチェックしたり、チャットルームで嘘をついたり、ハリウッドのゴシップを読んだり、物を買ったり、天候を調べたり、eメールを送ったり、ソフトコア・ポルノをダウンロードしたりという人々の数はつねに世界で相当の割合を占めることになる。

ノーランはジレットの顔を見つめていた。それからヤシの木のタトゥーと、憑かれたように空を叩く指に視線を移した。

アンダーソンが説明した。「ホライゾンは犠牲者が顧客と知った時点で連絡をよこして、助っ人の派遣を申し出てくれた」

警部補がチームの面々と引き合わせているあいだ、ジレットは女をじっくりと観察した。洒落たデザイナー・ブランドの眼鏡はおそらく衝動買いしたもので、男っぽい十人並みの面立ちを引き立てる役目は果たしていない。だが眼鏡の奥の印象的な緑の瞳は鋭く敏捷で、ジレットには彼女が面白がるあまり、自分がいま古風な〝恐竜の檻〟にいることさえ気づいていないのだとわかる。張りがなく血色の悪い肌を、一九七〇年代に流行していたような――過剰とも言える――メイクで厚く塗り隠していた。ブルネットはひどい剛毛で、ともすれば顔にかかってしまう。

ひと通り紹介がすむと、ノーランはすぐにジレットのところへ戻ってきた。髪の毛を指に巻きつけながら、とくにまわりを気にするでもなく、素気ない調子で言った。「私がホライゾンで働いてるって聞いたときのあなたの目を見たわ」

大手のインターネット・サービス・プロバイダー、たとえばＡＯＬ、コンピュサーヴ、プロディジーなどと同様、ホライゾン・オン－ラインは真のハッカーたちから侮蔑の対象とされていた。コンピュータのウィザードたちは、Telnet（テルネット）プログラムを使って自分のコンピュータから他人のコンピュータへ直接飛び、恒星間旅行用にカスタマイズされたウェブブラウザでブルー・ノーウェアを駆けめぐる。そんな彼らはホライゾンのような家庭の娯楽用に設定された低脳、低馬力のインターネット・プロバイダーを利用しようとは考えない。

ホライゾン・オン-ラインの加入者は俗に〝ホラ穴〟〝ホラ吹き〟として知られる。あるいはジレットの最近の呼び方に従えば、単純に〝ホー〟。

ノーランはジレットに向けて話をつづけた。「だから手の内をさらしておくけど、私はMITの学部から、修士と博士はプリンストン──どっちもコンピュータ・サイエンス」

「AI（エーアイ）？」とジレットは訊いた。「ニュージャージーの？」

プリンストンの人工知能研究所は全国でもトップの位置を占める機関である。ノーランはうなずいた。「そうよ。それにハッキングだってやってきたわ」

女が警察にではなく、ひとり交じった犯罪者の自分に対して自己弁護をくりひろげるところがおかしい。声には険がふくまれていたし、話し方には練習を重ねた感じがある。これはたぶん女性であるがゆえのことなのだ。雇用機会均等委員会には、ブルー・ノーウェアで道を拓こうという女性に対する冷酷な差別を止める権限がない。彼女たちはチャットルームや掲示板から追い出されるばかりか、露骨に辱めを受けたり、脅迫されることも頻繁にある。ハックをしたがる十代の娘たちには賢さとともに、同等の男に較べて十倍のタフさが必要とされる。

「Univacのことでなんか言ってたね」とトニー・モットが訊いた。

ノーランは答えた。「一九五一年三月三十一日。Ｕｎｉｖａｃの第一号が国税調査局の通常業務に導入されたのよ」

「そいつは何物だ？」とボブ・シェルトン。

「ユニヴァーサル・オートマティック・コンピュータの略」

ジレットは言った。「マシン・ワールドでは、とにかく略称が多いのさ」

ノーランが言った。「Ｕｎｉｖａｃはご承知のとおり、現代のメインフレーム・コンピュータの草分け的存在よ。この部屋ぐらいの大きさがあるわ。もちろん、いまではもっと速くて百倍も処理できるラップトップが買えるけど」

アンダーソンが考えこむように言った。「日付か。偶然なんだろうか」

ノーランは肩をすくめた。「どうかしら」

「たぶん犯人にはなんらかのテーマがあるんだ」とモットが発言した。「つまり、コンピュータの記念日と、シリコン・ヴァレーの中心で起きた動機不明の殺人と」

「その線で追ってみよう」アンダーソンは言った。「ほかのハイテク・エリアで、今回の手口と共通する未解決の殺人事件がないか調べる。シアトル、ポートランド――あそこにはシリコン・フォレストがある。シカゴにはシリコン・プレーリー。ボストン郊外の一二八号線」

「テキサス州オースティン」とミラーが口を添える。

「なるほど。それからＤＣ郊外のダレス有料道路の一帯。そこからはじめて何が出てくるか。ＶＩＣＡＰにリクエストを出せ」

トニー・モットが情報を入力して数分後には返事が戻ってきた。モットは画面を読みながら言った。「ポートランドにありました。今年の二月十五日と十七日。未解決の殺人が二件、手口は一緒でここのと似てる——被害者はいずれも胸を刺されて死亡。犯人は白人男性で二十代後半とみられる。被害者と知り合いだった様子はなく、強盗やレイプが動機ではなかった。被害者は裕福な企業の重役——男性——とプロの女性アスリート」

「二月十五日?」ジレットが訊いた。

パトリシア・ノーランがジレットを見た。「ENIAC?」

「ああ」ハッカーは説明した。「ENIACはUnivacと似たようなものだけど、時期は早い。四〇年代にオンラインを実現した。それが完成したのが二月十五日」

「その略称はどこから?」

「電子数値積算器兼計算機」ジレットはハッカーの例に洩れず、コンピュータの歴史マニアだった。

「くそっ」シェルトンはつぶやいた。「模倣犯か。素晴らしい」

VICAPからまたメッセージが届いた。ジレットは画面に目をやり、その文字が司法省の暴力犯罪者逮捕プログラムを略したものと知った。

どうやら警官もハッカーに負けず劣らず略称を使うらしい。

「おっと、もうひとつある」モットが画面を見つめる。

「まだあるのか?」スティーヴン・ミラーが驚きの声をあげた。デスク上で六インチの高さに積もったディスクと書類の山を、どこか上の空で整理していた。

「約十八カ月まえ、外交官一名とペンタゴンの大佐一名が――どちらも護衛が付いていながら――ヴァージニア州ハーンドンで殺害された。ダレス有料道路のハイテク地帯だ……。いま完全なファイルを要求してます」

「ヴァージニアの殺人が起きた日付は？」とアンダーソン。

「八月十二日と十三日」

アンダーソンはそれをホワイトボードに書き留めると、眉を上げてジレットを見た。「何か？」

「ＩＢＭのＰＣ第一号」とハッカーは答えた。「発売されたのが八月十二日」ノーランがうなずいた。

「やっぱりテーマがあるわけだ」とシェルトン。

フランク・ビショップが、「ということは、この先もつづけるってことか」

モットが座っていたコンピュータ端末が小さなビープを発した。

若い警官が身を乗り出すと、例の大型オートマティックが椅子にあたって騒がしく音をたてる。モットは顔をしかめた。「問題が発生した」

画面上に現われた文字は、
ファイルのダウンロードは不可

その下には長めのメッセージが出ている。

アンダーソンはそのテキストを読んで頭を振った。「ポートランドとヴァージニアの殺しに関するVICAPの事件ファイルが消えている。シスアドミンのメモによると、データストレージの事故でダメージを受けたらしい」

「事故ね」とつぶやいたノーランがジレットと顔を見合わせた。

リンダ・サンチェスが目をまるくして言った。「まさか……だって、VICAPのクラックなんてできっこないわ。誰もそんなこと」

アンダーソンは若い警官に言った。「州のデータベースをあたれ。オレゴンとヴァージニア州警の事件記録だ」

指示されたモットはやがて顔を上げて、「それらの事件についての記録は一切なし。消失しています」

モットとミラーは曖昧に視線を交わした。「怖くなってきた」とモットが言った。

アンダーソンは頭をひねった。「しかし動機はどうなる？」

「そいつがハッカーだからだ」とシェルトンが低い声で言った。「それが動機ですよ」

「やつはハッカーじゃない」とジレットは言った。

「じゃあ何だ？」

ジレットは石頭の刑事を教育する気にはなれなかった。アンダーソンに目を向けると、そのアンダーソンが説明をした。「ハッカーという言葉は賛辞なんだ。創造力に富んだプログラマーのことを指す。たとえばソフトウェアを手早くつくることを〝ハッキングする〟というように。真のハッカーが他人のマシンに侵入するのは、それが可能で中身を覗けるかどうかだけを目的にする――つまり好奇心の問題だ。見るのはいいが、ふれてはいけない、これがハッカーの倫理となる。破壊や盗みのためにシステムに侵入する連中は〝クラッカー cracker〟と呼ばれる。金庫破り（セーフクラッカー）と同じ伝で」

「おれだったら、その呼び方はしない」とジレットが言った。「クラッカーは盗みや破壊はするかもしれないが、人は傷つけない。おれはそいつをkのつく〝クラッカー kracker〟と呼ぶね。殺し屋（キラー）だから」

「cのついたクラッカー、kのついたクラッカー」シェルトンがぼそぼそと言った。「いったいどこがちがうんだ？」

「ぜんぜんちがう」とジレット。「phをつけて綴った〝フリーク phreak〟は電話を不正に利用する連中のことを言う。〝フィッシング phishing〟は――phがつくと――ネットで他人の身元を探る意味になる。〝ウェアズ wares〟をsじゃなくzで綴れば、それは家庭雑貨じゃなくて盗んだソフトウェアのことだ。ハッキングでは、とにかくスペルが問題なんだよ」

シェルトンは釈然としないまま肩をすくめた。

カリフォルニア州警察科学捜査課の鑑識係の数人が、ぼろぼろのスーツケースを転がしてCCUの中枢に戻ってきた。そのひとりが一枚の紙に見入った。「部分的な潜在指紋を十八個、部分的に顕在するものを十二個採取しました」と肩に掛けたラップトップ・コンピュータのバッグを顎で指して、「照合したところ、それらはすべて被害者か被害者のボーイフレンドのものと思われます。また手袋でキーをこすった形跡はありません」

「すると」アンダーソンが言った。「犯人は離れた場所から彼女のシステムにはいりこんだ。思ったとおり、ソフト・アクセスか」アンダーソンは礼を述べ、鑑識は引きあげていった。

そこでリンダ・サンチェスが——もはや孫の誕生を待ちわびる女性ではなく、すっかり仕事の顔に戻ってジレットに言った。「彼女のマシンにあったものは全部保管してあるわ」リンダはジレットにフロッピーディスクを渡した。「ブートディスクよ」

これは被疑者のコンピュータを〝ブートアップ〟、あるいは起動させるオペレーティング・システムのはいったディスクである。警察はコンピュータの起動にハードディスクではなくブートディスクを使っていた。コンピュータの所有者が——今回のケースでは殺人犯が——ハードドライブ上にそれを破壊するソフトウェアをインストールしている場合もあるからだ。

「彼女のマシンを三回調べて仕掛けは見つからなかったけど、それで何もないとは言い切れないし。念のために言っておくけど、被害者のマシンとディスクはビニール袋、箱、フォルダー類から遠ざけておくこと——静電気でデータが飛ぶことがあるから。スピーカーも同じよ。なかに磁石がある。それからディスクを金属の棚に置かないで——磁化してる可能性があるわ。分析室に帯磁気防止用の工具がそろってる。あとはわかるわね」

「ああ」

「頑張って。分析室はあの廊下の先よ」

ブートディスクを手に、ジレットは通路を歩きだした。

ボブ・シェルトンが後を追った。

ハッカーは振り返ると、「肩ごしに覗かれるのは嫌なんだ」

とくにあんたには、と心のなかでつぶやく。

「いいだろう」アンダーソンが殺人課の刑事に言った。「ひとつしかない出口には警報装置があるし、彼は宝石をはめてる」と金属製の送信アンクレットに顎をしゃくった。「どこにも行けやしない」

シェルトンはその言葉にしぶしぶ従った。だがジレットが気づくと、刑事は中央のスペースには戻っていなかった。分析室に近い廊下の壁にもたれ、風体の悪い用心棒のように腕を組んでいる。

〝ちょっとでも妙な目つきをしてみろ、痛い目にあうぞ……〟

分析室にはいったジレットはララ・ギブソンのコンピュータに近づいた。ごくありふれたIBM互換機だった。

しかし、すぐにそのマシンにさわることはなく、ワークステーションに向かってクルージ――特定の問題を解決する一時しのぎのプログラム――を書いた。五分でソース・コードを完成させるとプログラムに〝ディテクティヴ〟と名前をつけ、コンパイルしてサンチェスから渡されたブートディスクにコピーした。そしてディスクをララ・ギブソンのマシンのフロッピードライブに挿入する。電源を入れると、ドライブが懐かしい響きをたてはじめた。

ワイアット・ジレットの太く筋張った指が、冷たいプラスティックのキーを撫でた。長年のキーボード操作で胼胝(たこ)ができた指先を、ＦとＪのキーにある小さな突起に添える。ブートディスクはマシンのＷｉｎｄｏｗｓオペレーティング・システムを迂回して、スリムなＭＳ－ＤＯＳ――かの有名なマイクロソフト・ディスク・オペレーティング・システム。これがユーザーにやさしいＷｉｎｄｏｗｓのベースとなっている――へ直接行った。黒い画面にC:プロンプトが現われた。

眠りを誘うように明滅するカーソルを見つめていると、胸の鼓動が早くなってくる。

やがてジレットはブラインドでキーをひとつ押した。ｄ――彼のプログラムを動かすコマンドライン、detective.exe の最初の文字である。

ブルー・ノーウェアのなかでは、時間は人がリアル・ワールドで認識するものとはかけ離れていて、ワイアット・ジレットがキーを押した千分の一秒後にはこんなことが起きていた。

ｄというキーの下にある回路の電圧がごくわずか変化する。

キーボード・プロセッサーが電流の変化を感知して、コンピュータ本体に割り込みのシグナルを送信すると、コンピュータはたちまち現在実行中の何十というタスクを、棚(スタック)として知られる格納エリアに送り、キーボードから流れてくるコードのために優先のルートを造る。

ｄという文字に対するコードはキーボード・プロセッサーに指示され、この高速ルートを通ってコンピュータの基本入出力システム――ＢＩＯＳ(バイオス)――に運ばれ、ＢＩＯＳはワイアット・

ジレットがｄのキーと同時にシフト、コントロール、あるいはオルトキーを押したかどうかをチェックする。

押していないことが確認されると、ＢＩＯＳは小文字のｄにあたるキーボード・コードを、また別のＡＳＣＩＩ（アスキー）のコードに書き換え、それがコンピュータのグラフィック・アダプターに送られる。

つぎにアダプターがコードをデジタル信号に変換して、モニター後部にある電子銃に転送する。

電子銃はスクリーンのケミカル・コーティングに向けてエネルギーを放つ。すると黒い画面に白いｄの文字が、奇蹟のように燃えあがる。

これらすべてが実行されるのに一秒の千分の一。

そして一秒が過ぎる間に、ジレットはコマンドの残りの文字、ｅ－ｔ－ｅ－ｃ－ｔ－ｉ－ｖ－ｅ．ｅ－ｘ－ｅを打ちこみ、右手の小指でエンターキーを叩いていた。

さらに文字とグラフィックが現われると、ワイアット・ジレットは見つかりにくい腫瘍を探ろうとする外科医さながら、ララ・ギブソンのコンピュータを丹念に調べはじめた。それはただひとつ残忍な攻撃を生き延び、まだ温もりを残したままの、その女性のひととなりと短い生涯に残した足跡をわずかでも偲ばせるよすがだった。

00000111／7

分析室から戻ってくるワイアット・ジレットを見つめながら、いかにもハッカーらしい歩き方だとアンディ・アンダーソンは思った。世界中の職業のなかでも、マシンに携わる人間の姿勢は最悪なのだ。

まもなく午前十一時。ララ・ギブソンのマシンを調査するのに、ハッカーが使った時間はたった三十分だった。

明らかに嫌がっているジレットの背後にくっつき、メインのオフィスに帰ってきたボブ・シェルトンが訊いた。「で、何が見つかったんだ？」その冷ややかな調子の問いかけに、なぜシェルトンは若者にそこまできつくあたるのだろうとアンダーソンは訝った。このハッカーは、刑事が担当を志願した事件に手を貸そうとしているではないか。

ジレットはあばた面の刑事を無視して回転椅子に座ると、ノートを開いた。そしてアンダーソンに向かって話しかけた。「どうもおかしなことになってる。殺し屋は女のコンピュータにはいりこんでいた。ルートを奪って――」

「わかりやすく言え」シェルトンがぼそりと言った。「何を奪ったって？」

ジレットは説明した。「ルートを持つってことは、あるコンピュータ・ネットワークと、そこにつながってるマシンすべてを完全にコントロールするってことさ」

アンダーソンが補足する。「ルートになるとプログラムの書き換え、ファイルの消去、ユーザーの登録と抹消ができるし、ほかの人間と同じでオンラインへの接続もできる」

ジレットはつづけた。「でも、どうやったのかがわからない。異常があるとすれば、スクランブルのかかったファイルがいくつか存在したことだね――暗号化されたウィルスじゃないかと思ったんだけど、結局、意味のない代物だった。彼女のマシンには、犯人を誘導するソフトウェアの痕跡は何も残ってない」

　そしてビショップを横目で見ながら、「つまり、パスコードがなくたって、どこからでも好きなときに、相手のマシンにはいりこんでルートを奪うウィルスを仕込むことはできる。そいつは〝裏口（バックドア）〟ウィルスって呼ばれてる――裏口から家に忍びこむみたいだからさ。でも、それを働かせるには、実際相手のコンピュータにソフトウェアをインストールして始動させなくちゃならない。たとえば添付ファイルにしてeメールで送って、相手が中身を知らずにファイルを開いてそれが動きだすことがある。また家に侵入して、相手のコンピュータに直にインストールして動かすことも考えられる。だけど、そういうことが起きた形跡はまるでない。そう、やつはまた別の方法でルートを奪ったんだ」

このハッカーはしゃべり好きなのだとアンダーソンは思った。取り憑かれたようなその目の輝きは、これまで出会った若いオタクたちの多くに共通するものだった。彼らは法廷に座っているときでさえ、判事や陪審に向かって成し遂げた偉業を嬉々として語り、自分の首を絞めるような真似をする。

「じゃあ、犯人はどうやってルートを奪ったの？」とリンダ・サンチェスが訊いた。

「こんなクルージを書いてみたんだ」ジレットは一枚のフロッピーディスクをアンダーソンに渡した。

「何をするものなの？」とパトリシア・ノーラン。アンダーソンと同じで職業的好奇心をそそられている。

「名づけてディテクティヴ。コンピュータのなかにないものを探す」ジレットはＣＣＵに属していない警官のために説明した。「コンピュータを動かすと、たとえばＷｉｎｄｏｗｓみたいなオペレーティング・システムは、必要なプログラムのパーツをハードドライブ全体に格納する。そういったファイルを格納する場所とタイミングにはパターンがあるんだ」とディスクを指さしながら、「あれは他人が離れた場所から彼女のコンピュータを覗いた場合にだけありうる、ハードドライブ上のプログラムの移動を探知してくれる」

シェルトンは困惑して頭を振った。

フランク・ビショップのほうが口を開いた。「それは、家具が動かされて元どおりになってないから、泥棒がはいったとわかるようなものか。家に帰ったときには犯人の姿がなくても」

ジレットはうなずいた。「そのとおり」

ある面でジレットにも劣らないウィザードであるアンディ・アンダーソンは、手にした薄っぺらなディスクの重みを量った。感心せずにはいられない。ジレットに助けを仰ごうかと考えていたころ、アンダーソンは検察が事件の証拠として提出していたプログラムを目にした。そのソース・コードの素晴らしさを見て、ふたつの思いを抱いた。ひとつは、容疑者がララ・ギブソンのコンピュータに侵入した方法を突き止める者がいるとすれば、それはワイアット・ジレットしかいないということだった。

ふたつめはこの若者のスキルに対する純粋な嫉妬である。世界には、実用に役立つきちんとしたソフトウェアを作り出すコード・クランチャーと呼ばれる人間が何十万といて、一方でスクリプト・バニー——並はずれて創造性がある反面、扱いづらく概して無益なプログラムを楽しみのために書く少年たち——も同じくらい存在している。しかしソフトウェアに対する最高の賞賛である〝気品がある〟スクリプトを構想する視点と、それを書くスキルを併せ持つプログラマーはわずか数人にすぎない。ワイアット・ジレットはまさしくその範疇にはいるコードスリンガーだった。

ふと見ると、フランク・ビショップがまたしても虚ろな表情で室内に目をさまよわせている。やはり本部に連絡して、新たに刑事の派遣を要請すべきなのだろうか。ビショップにとってそんなに大事なことなら、彼にはＭＡＲＩＮＫＩＬＬの強盗犯を追ってもらい、多少でも気のある人間を代わりに迎え入れたほうがいい。

ＣＣＵの警部補はジレットに言った。「要するに、犯人は新しい未知のプログラム、あるいはウィルスによって被害者のシステムにはいりこんだのか」

「基本的には、そういうことだね」

「犯人について、ほかには何か？」とモットが訊いた。

「すでにご承知のとおり――Ｕｎｉｘに熟練してる」

ＵｎｉｘとはＭＳ‐ＤＯＳやＷｉｎｄｏｗｓ同様、コンピュータのオペレーティング・システムだが、パーソナル・コンピュータよりも大型で強力なマシンをコントロールする。

「待て」アンダーソンが口を挟んだ。「どういう意味だ、ご承知のとおりとは？」

「むこうが犯したミスのことさ」

「どんなミスだ？」

ジレットは顔をしかめた。「女のシステムに侵入した殺し屋は、女のファイルにはいろうとしてコマンドを打ちこんだ。でも、それはＵｎｉｘのコマンドだった――やつは入力してから、女のマシンがＷｉｎｄｏｗｓで動いてることを思いだした。そっちでもとっくに気づいてると思ったのに」

アンダーソンは、被害者のコンピュータを最初に分析したスティーヴン・ミラーに不審の表情を向けた。するとミラーは落ち着きを失って、「たしかにＵｎｉｘのが数行あったが、本人が打ったもんだとばかり思っていた」と答えた。

「彼女は一般人だ」とジレットはたまにしかコンピュータを使わないユーザーを指すハッカー用語を使った。「Ｕｎｉｘの名前も知らないような人間に、コマンドのことがわかるはずがない」Ｗｉｎｄｏｗｓやアップルのオペレーティング・システムでマシンをコントロールするには、絵をクリックしたり、ありふれた英語の単語を入力すればすむが、Ｕｎｉｘの場合、ユーザーは複雑なコードを何百と学ぶ必要がある。

「気づかなかった。すまない」熊を思わせる警官は弁解がましく言った。些細な点を見過ごしたと批判され、動揺しているようだった。

つまりスティーヴン・ミラーはまたひとつミスを犯したのだ、とアンダーソンは考えていた。これは最近ミラーがＣＣＵに加入して以来、継続している問題なのである。七〇年代のミラーはコンピュータ製造、ソフトウェア開発をおこなう会社を率いていた。しかし作るものはＩＢＭ、ディジタル・イクイップメント（ＤＥＣ）、マイクロソフトにことごとく一歩の遅れを許し、やがて社は破産の憂き目にあう。いくらＮＢＴ（〝次の大物(ネクスト・ビッグ・シング)〟――業界に革新をもたらす製品に対するシリコン・ヴァレーのフレーズ）を先取りしても、なにかと大手に邪魔されるというのがミラーの口にする不満だった。

会社をつぶしたミラーは離婚してマシン・ワールドから遠ざかるのだが、数年後にフリーランスのプログラマーとして復活する。そしてセキュリティのほうへ軸足を移し、州警察に職を求めた。コンピュータ警官を探していたアンダーソンにとって、ミラーは第一の選択ではなかったが、資格を満たす応募者がＣＣＵに集まってくるはずもない（銃で撃たれるかもしれない仕事で年俸六万ドルなら、シリコン・ヴァレーの伝説となった企業で働けばその十倍は稼げるのだ)。

そのうえミラーは——再婚することもなく、私生活もろくにない様子で——職場で長時間をすごし、誰より遅くまで〝恐竜の檻〟に残っている。しかも仕事を持ち帰り、たとえば友人のいる地元大学のコンピュータ室で、最新鋭のスーパーコンピュータを無料で拝借してCCUのプロジェクトを進めている。

「そこに何か意味があるんですか?」とシェルトンが訊いた。「犯人がそのUnixとやらを知ってると」

アンダーソンは言った。「うまくない、とそういう意味になる。Windowsやアップルのシステムを使うハッカーはまず三流だ。筋金入りのハッカーはUnixかDECのオペレーティング・システム、VMSを利用する」

ジレットはそこに同意したうえで、「Unixはインターネットのオペレーティング・システムでもある。でかいサーバーやルーターをクラックするには、Unixを知らないと」

ビショップが鳴りだした携帯電話を受けた。周囲を見まわして近くのデスクに席を占め、メモをとりはじめた。背筋を伸ばした姿勢がハッカーの猫背と好対照である。やがて電話を切ったビショップが言った。「手がかりが出た。うちの人間がCIから聞きこんだ」

アンダーソンは一瞬の間をおいて、その略称の意味を思いだした。秘密情報提供者。密告者のことだ。

ビショップの声は感情を排した静かなものだった。「名前はピーター・ファウラー、ベイカーズフィールド出身の二十五歳ぐらいの白人男性が、この地域で銃を売る姿を目撃されている。そいつはケーバーも売り歩いていた」そしてホワイトボードを顎で指すと、「凶器と似たものをだ。一時間まえには、パロ・アルトのスタンフォードのキャンパス付近にいた。二八〇号線から北へ四分の一マイル、ページ・ミルあたりの公園に」

「〈ハッカーの丘〉よ、ボス」とリンダ・サンチェスが言った。「ミリケン・パークの」

アンダーソンはうなずいた。その場所のことはよく知っていて、やはりジレットが知っていると答えても驚きはなかった。そこはコンピュータ・サイエンス専攻のキャンパスに近い荒れた草地で、ハッカーやチップ・ジョックたちがたむろして、〝ウェアズ〟や情報を交換したり、マリファナを喫ったりしている。

「あのへんには知り合いがいる」とアンダーソンは言った。「こっちがすんだら、私が確認しにいこう」

ビショップがメモに見入って言った。「科研からの報告によれば、壜についた接着剤は演劇のメイクアップで使われる糊の一種。課の人間が電話帳で販売店をあたった。近隣で該当するのは一軒のみ――マウンテン・ヴューのエル・カミノ・レアル沿いにある〈オリーズ・シアトリカル・サプライ〉。店員の話では、その手を大量に扱ってる。だが売った記録は残してない。それと、犯人の車について手がかりになりそうな情報。犯人がギブソンという女を拾ったレストラン、〈ヴェスタズ〉の向かいにあるオフィスビルの守衛が、被害者がバーにいた時刻、会社の駐車場に最新モデルで薄い色のセダンが駐まっていたのを見ている。守衛はそのセダンには人が乗っていたようだと言ってる。だとすると、その人物が犯人の車をはっきり目撃している可能性がある。社員全員を調べるべきだ」

アンダーソンはビショップに言った。「私が〈ハッカーの丘〉へ行ってるあいだに、きみのほうで調べてみるか?」

「ええ、そのつもりです」ビショップはまたメモに目をやると、固めた髪をジレットのほうに傾けた。「現場鑑識が、レストラン裏のゴミ箱からライトビールとマティーニのレシートを見つけた。検出した二個の指紋は連邦のAFISに送られている」

トニー・モットがジレットの怪訝な表情を認めた。「自動指紋照合システム。FBIのシステムを検索してから州ごとのサーチに移るんだ。全国を網羅するにはかなり時間がかかるけど、過去八年ないし九年間、犯人に逮捕歴があればたぶん照合は可能だ」

コンピュータの才能を具えるモットだったが、実は本人が「警察本来の仕事」と呼ぶものに魅せられていて、アンダーソンに対して普段から、「本物の犯人」を追える殺人課や重大犯罪課への異動をと願い出ている。彼は疑いなく全国でただひとり、車も阻止できる四五口径のオートマティックを身につけたサイバー警官(コップ)だった。

ビショップが言った。「最初に西海岸を集中的にやる。カリフォルニア、ワシントン、オレゴン——」

「いや」とジレット。「東から西だ。ニュージャージー、ニューヨーク、マサチューセッツ、ノース・カロライナを先にやる。それからイリノイとウィスコンシン。テキサス。最後にカリフォルニア」

「なぜだ？」とビショップ。

「やつが打ったUnixのコマンド。あれは東海岸のバージョンだった」

パトリシア・ノーランが、Unixオペレーティング・システムにはいくつかのバージョンがあると解説した。東海岸のコマンドを使用したということは、殺人犯が大西洋沿岸の出身であることを示している。ビショップはうなずき、その情報を本部に伝えるとメモを見た。「もうひとつ、犯人像にくわえるべき点がある」

「何だ？」とアンダーソンが訊いた。

「鑑識部によると、犯人は何か事故に遭ってるらしい。指先の大半が欠けている。指紋が残るはずの部分が傷で途切れている。鑑識は火傷じゃないかと考えてる」

ジレットは首を振った。「胼胝だよ」

警官たちが一斉に振り向いた。ジレットは自分の両手を掲げてみせた。その指先は扁平で、黄色く胼胝になっている。「〝ハッカーのマニキュア〟って言われてる。一日十二時間、キーを叩いてるとこうなるのさ」

シェルトンがその言葉をホワイトボードに書き入れた。

ジレットは言った。「とにかくオンラインにして、掟破りのハッキングをやってるニュースグループとチャットルームをチェックしたい。結局、殺し屋は地下で何かを揺り動かそうとしてるんだから――」

「いや、きみはオンラインには接続できない」とアンダーソンが言った。

「えっ？」

「だめだ」警部補はにべなく言った。

「必要なんだ」

「だめだ。これはルールだ。きみにはオフラインのままやってもらう」

「いいえ」シェルトンが言った。「こいつはオンラインにしてますよ。見たんです」

アンダーソンはすかさず刑事を見据えた。「本当か？」

「ええ。あの奥の部屋――分析室で。やつが被害者のコンピュータを調べてるところを見張ってましたから」シェルトンはアンダーソンに視線を投げた。「許可されたものだとばかり」

「いや、許可していない」アンダーソンはジレットに訊ねた。「ログオンしたのか？」

「してない」ジレットはきっぱりと答えた。「やつはおれがクルージを書いてるのを見て、オンラインにしてると思ったんだ」

「おれにはそう見えた」シェルトンが言った。

「あんたの勘違いだ」

シェルトンは冷笑を浮かべたものの、確信はない様子だった。

事実はＣＣＵコンピュータのログイン・ファイルを調べればわかることである。だがいま、ジレットがオンラインにつないだか否かは問題ではなかった。彼の仕事は終わったのだ。アンダーソンは電話を取って本部に連絡を入れた。「こちらにいる囚人一名を、サンノゼ矯正施設に戻してもらいたい」

ジレットは目に落胆の色をにじませてアンダーソンを見た。「待ってくれ。このままじゃ戻れない」

「約束したラップトップは、間違いなく届くようにする」

「ちがう、そうじゃない。まだやめられないんだ。野郎が彼女のマシンに何を仕込んだのか、それを突き止めないと」

シェルトンがつぶやいた。「何も見つけられないって言っただろうが」

「そこが問題なんだ。何かが見つかれば、それで理解はできる。でも見つからなかった。つまり、男は空恐ろしいことをやったのさ。だからこのままつづけるべきなんだ」

アンダーソンは言った。「仮に殺し屋のマシンが――あるいは別の被害者のマシンが見つかって――分析の必要が生じた場合には、あらためてきみに来てもらおう」

「でもチャットルームにニュースグループにハッカーのサイト……取っ掛かりはいくらでもある。連中の間で、こういうソフトウェアが話題になってるはずなんだ」

アンダーソンはジレットの顔に、いみじくも所長が予言したとおり、中毒者の必死さを見ていた。

サイバー警官はレインコートを羽織ると、こう言い切った。「ここからはわれわれでやる、ワイアット。もう一度礼を言おう」

00001000／8

やっぱりだめか、とジェイミー・ターナーは肩を落とした。

もうすぐ正午という時刻、彼は湿ったサッカー・ジャージー姿のまま、冷たく暗いコンピューター・ルームにひとり腰をおろしている（雨のなかでプレイしたって人格は養えないぞ、ブーティ、ただ濡れ鼠になるだけで）。シャワーを浴びて着換えをする間も惜しかった。校庭に出ているときも、ハッキングした大学のコンピュータが校門のパスコードをクラックしたかどうかばかりを考えていた。

そして曇った部厚い眼鏡ごしにモニターを覗いてみて、解読したパスワードを吐き出すクレイの作業は間に合いそうもないとわかったのだ。コードをクラックするのに、あと二日はかかりそうだった。

兄のこと、サンタナのコンサートのこと、あとすこしで手が届きそうなバックステージ・パスのことを思うと涙が出そうになる。さらにコマンドを打って、学校の別のコンピュータにログオンできるか確かめてみる——速いのは物理学科のものだったが、そこには順番待ちのユーザーの長い列ができていた。ジェイミーは椅子に背をあずけると、苛立ちまぎれにM&Mを口に放りこんだ。

寒気がして、暗い黴臭い部屋に目を走らせる。身顫いが出る。

またあの幽霊が……

何もかも忘れたほうがいいのかもしれない。もう怯えるのも、寒いのもうんざりだった。こんなことはやめて、デイヴやタターやフランス語クラブの連中につきあったほうがいい。キーボードに手を伸ばしてクラック-アーを止め、ハックした証拠を隠滅するクローキング・プログラムを走らせる。

と、何かが起きた。

目の前の画面に、大学のコンピュータのルート・ディレクトリが突然現われたのだ。奇妙なのはそればかりか、このコンピュータは勝手に学校外の別の機械を呼び出していた。マシンどうしが電子的な握手をかわした直後、ジェイミー・ターナーのクラック-アーとブーティのパスワード・ファイルが第二のコンピュータに転送された。

どうしてこんなことになるんだ?

コンピュータに関しては腕利きのジェイミー・ターナーだが、これは初めての経験だった。考えつく説明はひとつ、最初のコンピュータ——大学所有のもの——に、他のコンピュータ部門との取り決めのようなものがあって、長い時間を要するタスクを自動的によりスピーディなマシンに転送したのではないか。

しかし何より異常なのは、ジェイミーのソフトウェアの転送先がコロラド・スプリングズ、国防リサーチ・センター（DRC）にあるパラレル・アレイ型の巨大スーパーコンピュータであったことだ。これは世界最速のコンピュータ・システムのひとつであり、また最高度のセキュリティを備え、クラックするのは事実上不可能なのだ（ジェイミーは試してみたから知っている）。しかも最高機密の情報を持っていることから、過去に民間の使用が認められた例はない。それがシステムの貸し出しをはじめたというのは、パラレル・アレイの巨額の維持費を賄おうということなのだろうか。うっとりして画面を覗くと、DRCのマシンは瞬く間にブーティのパスコードをクラックしてのけていた。

もしもマシンのなかに幽霊がいるなら、きっといい幽霊にちがいない。それもサンタナ・ファンだったりして。ジェイミーはそう思ってひとり笑った。

そしてとりかかった次の作業は、〝大脱走〟のまえに終わらせておかねばならない第二のハックだった。六十秒とたたないうちに、ジェイミーは〈ウェスト・コースト・セキュリティ・システムズ〉の疲れた中年サービス技師に変身していた。WCSモデル8872／警報器付き防火扉の修理管理に来たものの配線図をなくしてしまったので、技術管理責任者に助けを求めたのである。

相手の男はやたらと親切だった。

ダイニングルームのオフィスで、〈フェイト〉はジェイミー・ターナーのプログラムの活躍を見守っていた。パスワード・ファイルとともに、それを国防リサーチ・センターのスーパーコンピュータへと送ったのは彼なのである。

現在、ＤＲＣのシスアドミンの知らないところで、巨大コンピュータ群は彼のルート・コントロール下にあり、ハイスクールの二年生が校門を開けるという、ただそれだけの目的で二万五千ドルのコンピュータ時間を浪費している。

〈フェイト〉の見たところ、最初にジェイミーが使った大学のスーパーコンピュータでは、兄との待ち合わせがある六時半までに、少年が学校を脱け出すためのパスコードを入手するのは不可能だった。

すると少年はセント・フランシスに匿われたままで、このラウンドは〈フェイト〉の負けとなってしまう。それは受け入れがたい。

だがＤＲＣのパラレル・アレイなら、刻限までに悠々コードをクラックできる。

もしもその夜、ジェイミー・ターナーが現実にコンサートへ行ったとしたら——そんなことは起きないのだが——感謝する相手は〈フェイト〉なのだ。

〈フェイト〉はサンノゼ都市計画策定委員会のコンピュータ・ファイルにハックして、セント・フランシス・アカデミーの校長から提出された建築計画を見つけた。委員会に門と塀の増築許可を求める内容だった。〈フェイト〉はそのドキュメントをダウンロードして、学校の建物および校庭の見取り図をプリントアウトした。

その見取り図を眺めているとマシンがビープを発し、画面にボックスが現われて、〈ショーン〉からeメールが来たことを告げた。

〈ショーン〉からメッセージが届くと、いつもながら興奮の疼きを感じる。本人としては、この反応が大切だと思っている。これが〈フェイト〉の——いや、あのジョン・ホロウェイの——人格形成を洞察する鍵なのである。金は余っていても愛のない家庭に育ち、気がつけば冷淡でよそよそしい人間になっていた。家族にも仕事の同僚にも級友たちにも、自分から関係を築こうとした数少ない相手にもそんな調子で接していたけれども、〈ショーン〉に対する思いの深さというのは、〈フェイト〉が感情面で死んでいるわけではなく、その内側に愛があふれていることを示している。

メッセージが読みたくてたまらず、都市計画のネットワークをログオフしてeメールを呼び出した。

だがその直截な言葉を読むうちに笑顔は消え、息遣いは荒く、鼓動は高くなっていく。「ちくしょう」とつぶやいた。

警察が予想以上に近づいてきている、というのがeメールの内容だった。すでにポートランドとヴァージニアの殺しのことも知られている。

二番目の段落に来て、ミリケン・パークの文字から先に進むことができない。

まずい……。

問題は深刻だった。

〈フェイト〉は席を立ち、地下室への階段を駆け降りた。床にまた渇いた血痕を見ながら——例のララ・ギブソンという人物の血だ——小型トランクを開いた。そこから黒く汚れたナイフを取り出すとクローゼットへ行き、明かりをつけた。

十分後、彼はフリーウェイに向けてジャガーを走らせていた。


はじめに神は高等研究計画局ネットワークを創造され、それはＡＲＰＡｎｅｔ（アーパネット）と呼ばれた。ＡＲＰＡｎｅｔは栄えてＭｉｌｎｅｔを生み、ＡＲＰＡｎｅｔとＭｉｌｎｅｔはインターネットを生み、やがてインターネットとその子孫であるＵｓｅｎｅｔ（ユーズネット）のニュースグループとワールド・ワイド・ウェブが三位一体となって、神の民の暮らしを未来永劫変えた。

コンピュータ史を教えるとき、ネットをそんなふうに表現してきたアンディ・アンダーソンだったが、車でパロ・アルトを抜け、眼前にスタンフォード大学を見ていると、少々ウィットを利かせすぎたかと考えてしまう。というのも国防総省が一九六九年、インターネットの前身にあたるものでＵＣＬＡ、カリフォルニア大学サンタバーバラ校、ユタ大学とリンクさせたのが、この近傍のスタンフォード研究所なのである。

しかし研究所に対して抱く畏敬の念も、霧雨のなか、ジョン・ミリケン・パーク内に〈ハッカーの丘〉が見えてくるとたちまち薄らいでいった。そこは普段、ソフトウェアの交換やサイバースペースの冒険談義に集まる若者たちで賑わうのだが、きょうは冷たい四月の雨のせいで人気がない。

車を駐めたアンダーソンは、六歳の娘が誕生日にプレゼントしてくれた雨用のグレイの帽子をかぶって外に出ると、水をはねあげながら草地を歩いた。残念ながら銃の密売人、ピーター・ファウラーにつながりそうな目撃者の姿はない。だが公園の中央には屋根つきの橋があって、雨の日や寒い日には少年たちがたむろしていることがある。

しかし橋まで行っても人影はなかった。

アンダーソンは足を止め、あたりに目を配った。いまここにいるのはハッカーとはまるっきり異なる人たちだった。犬を散歩させる年かさの女性、大学の建物の軒下で携帯電話をかけるビジネスマン。

アンダーソンはホテル・カリフォルニアに近い、パロ・アルトのダウンタウンにあるコーヒーショップのことを思いだした。オタクたちが集って濃いコーヒーを喫しながら、途方もないハック話に花を咲かせる場所である。彼はそこに寄ってピーター・ファウラー、もしくはナイフの売人について聞き込んでみることにした。もし情報が何もなければコンピュータ・サイエンスの校舎へ行って、教授や院生に心当たりを訊ねてみてもいい――

そのとき付近で動きがあった。

五十フィート離れた茂みのなかを、橋に向かって移動する若者がいる。明らかに常軌を逸した様子で、周囲にせわしなく視線を走らせている。

アンダーソンはビャクシンの木立に身を沈めた。胸が杭打ち機のように弾む――なぜなら、その男がララ・ギブソンを殺した犯人なのだ。二十代、女の死体から見つかったデニムの繊維は、いま着ているブルージーンのジャケットから落ちたものにちがいない。髪の毛の色はブロンドで、ひげは剃っている。バーではやしていた口と顎のひげは偽物で、演劇用の接着剤で貼ったものだった。

ソーシャル・エンジニアリング……

男のジャケットが一瞬めくれて、ジーンズのウエストバンドから突き出すケーバー・ナイフのごつい柄が見えた。犯人はすぐにジャケットを掻きあわせて屋根つきの橋まで行くと、暗がりに足を踏み入れて目を凝らした。

アンダーソンは隠れたまま州警察の中央通信指令室に連絡した。すると身分証明番号を求める係の声が聞こえてきた。

「4389 2」アンダーソンは小声で答えた。「掩護を要請する。殺人の容疑者を発見。現在地は南東、パロ・アルトのジョン・ミリケン・パーク」

「了解、438。容疑者は武装しているか？」

「ナイフは確認。その他の銃器については不明」

「車輛に乗っているのか？」

「いや。目下のところは徒歩だ」

通信係に待つように言われて、アンダーソンは殺人犯をその場に凍りつかさんばかりに睨みつけた。そして指令室に、「掩護のETA（推定到着時刻）は？」と囁いた。

「待ってくれ、４３８……。なるほど、十二分で到着するそうだ」

「それより速くは人をよこせないのか？」

「無理だ、４３８。そのまま付いていられるか？」

「やってみる」

だがそこで、男はふたたび歩きだした。橋から離れて歩道を進んだ。

「容疑者が動きだした。公園の中央を西へ、大学の校舎のほうに向かってる。このまま尾行して、所在については引きつづき連絡を入れる」

「了解、４３８。ＣＡＵがそちらに向かってる」

ＣＡＵ？　今度はいったい何だ？　ああ、そうか。即時派遣可能な部隊（クローセスト・アヴェイラブル・ユニット）のことだ。

アンダーソンは殺人犯の視界にはいらぬように、木立や藪を伝って橋へ近づいていった。やつはなぜここに戻ってきたのか。新たな犠牲者を見つけるためか。起こした犯罪の痕跡を消すためか。ピーター・ファウラーからまた武器を買うのか。

腕時計を見ると、まだ一分もたっていない。掩護班は静かに展開するようにと連絡を入れなおすべきなのか。判断がつかなかった。おそらく、こんな状況にあたっては手順がある――フランク・ビショップやボブ・シェルトンのような警官が熟知しているはずの手順が。アンダーソンが親しんでいるのはまったく異なる活動である。彼の張り込みとはヴァンに待機し、セルスコープ無線方向探知システムに接続した東芝のラップトップを見ながら指揮を執るというものだった。

ふと武器のことを思いだした……

アンダーソンはグロックの無骨な銃把を見おろした。それを腰から抜くと、やるべきことを漠然と頭に浮かべながら銃身を下にして、指を引き金の外に添えた。

ＣＡＵ到着まであと十分。

霧雨を通して、かすかな電子音が聞こえてきた。

殺人犯が電話を受けた。男はベルトから携帯電話を抜き出して耳にあてた。時計に目をやりながら二言、三言口にすると電話を切り、来た道を振り返った。

くそ、やつは車に戻るつもりなのか、と警部補は考えた。このままでは逃げられてしまう……。

掩護が来るまで十分。しかし……。

もはや選択の余地はなかった。アンディ・アンダーソンはかつて経験したことのない行動に出るつもりでいる。単独で犯人を逮捕するのだ。

00001001／9

アンダーソンはつぎの藪に移った。

殺人犯はポケットに両手を突っ込み、足早に小道を歩いている。

いい傾向だ、とアンダーソンは思った。手がふさがっていれば、それだけナイフをつかむのに手間取るだろう。

だが待て。ポケットに銃を忍ばせていたら？

オーケイ、その状況も頭に入れておく。

それにメイスやペッパー・スプレーや催涙ガスを持っている可能性もある。

それにいきなり背を見せて逃げ出す可能性もある。アンダーソンはその際の対処について考えをめぐらせた。重罪犯が逃走した場合の規定は？　背を向けた殺人犯には発砲できるのか。

犯人逮捕の場数は踏んでいても、それはフランク・ビショップのような刑事たちの掩護を仰いだうえでのことである。あの刑事たちにしてみれば、銃と危険が付いてまわる逮捕劇は、アンダーソンがC++のプログラム・ソースをコンパイルするのと同じく日常の出来事なのだ。

さいわい、雨のおかげで足音を覚られずに近づくことができた。犯人はいま背の高いツゲの並木を挟んで反対側にいる。アンダーソンは身を低くした姿勢で雨中に目を凝らした。犯人の顔が見えると、強烈な好奇心がアンダーソンを貫く。この若者はなぜ凶悪な犯罪を惹き起こしたのか。ソフトウェアのコードを調べたり、CCUで事件を担当するときには決まって似たような感情に襲われるけれども、いまはそうした思いがより一層強い。たとえコンピュータ・サイエンスの本質と、その科学が可能にする犯罪に通じてはいても、アンディ・アンダーソンにとって、この種の犯罪者はあくまで謎に満ちた存在だった。

ナイフと、隠した手に握っているかもしれない銃を除けば、男は温厚そうで気さくな感じさえ漂わせている。

警部補は雨で濡れた手をシャツで拭き、銃を固く握りなおして先へ進んだ。これはショッピングモールにある公共の端末でハッカーを押さえたり、いちばんの危険はマシンの脇に積まれた腐った料理の皿などという、十代の少年の家で令状を執行するのとはわけがちがう。

しだいに接近して……

二十フィート先で道は一本になる。身を隠す場所がなくなれば、こちらから動くしかなくなる。

ふっと気が挫けて、アンダーソンは足を止めた。妻と娘のことが頭に浮かんで、おぼつかない気分、無力感に苛まれる。犯人を尾行して車のナンバーが確認できれば、あとはできる範囲で最善をつくせばいいのではないか。

しかし、その男がもたらした死のことを考えてしまう。止めなければ、また死がもたらされるだろう。これが男を止める唯一のチャンスとなるかもしれない。

アンダーソンは殺人犯と邂逅する道をふたたび進みはじめた。

十フィート。

八……

深呼吸。

ポケットに入れた手に注意しろ。

一羽の鳥――カモメ――がかすめるように飛んで、犯人はぎょっとして顔を上げた。そして笑った。

そこへアンダーソンが藪から飛び出し、拳銃を相手に向けて叫んだ。「動くな！　警察だ！ポケットから手を出せ！」

男は警官を振り向いて、「くそっ」とつぶやいた。一瞬のためらいがあった。

アンダーソンは犯人の胸の高さで銃を構えた。「いいか！　ゆっくりだぞ！」

手が現われた。アンダーソンはその指先を見据えた。何を握っている？

男が吹き出しそうな顔をする。ウサギの足だった。幸運を呼ぶキーホルダー。

「捨てろ」

男は言葉に従うと、以前にも逮捕された経験があるのか、あきらめきった様子で両手を上げた。

「うつ伏せになって両腕を広げるんだ」

「ちくしょう」男は吐き棄てた。「なんでわかっちまったんだよ？」

「早くしろ」アンダーソンは揺れる声で叫んだ。

殺人犯は芝と歩道の境目で腹ばいになった。アンダーソンは首に銃を押しつけて馬乗りになると、苦労のすえに手錠をはめた。そしてボディチェックをしてケーバーのナイフと携帯電話、財布を取りあげた。男はやはり小型拳銃を持っていたが、それはジャケットのポケットのなかにあった。武器、財布、電話、ウサギの足を近くの草の上に放り出すと、アンダーソンは後ろにさがった。噴出したアドレナリンのせいで手がふるえていた。

「あんた、何者なんだ？」男がぼそりと口にした。

その問いには答えず、拘束した相手をただ睨みつけるうちに、ショックが陶酔感へと変わっていた。自慢話ができる！　女房も喜んでくれるはずだ。愛娘にも話してやりたいが、まだ何年か待たなくてはならない。ああ、それから隣人のスタンには――

そこでミランダ警告を忘れていたことに気づいた。せっかくの逮捕を技術的なミスでふいにしたくない。アンダーソンは財布からカードを出すと、ぎこちなく読みあげた。

犯人は自分の権利を理解したとつぶやいた。

「刑事さん、大丈夫ですか？」と男の声がした。「助けは要りますか？」

アンダーソンは背後に目をやった。さっき軒下に見かけたビジネスマンだった。高そうなダークスーツが雨で湿っている。「携帯を持ってますけど、使いますか？」

「いや、結構。すべて順調にいってる」アンダーソンは拘束した男を振り返った。銃をホルスターに収め、報告を入れようと自分の携帯電話を手にする。だがリダイアルを押しても、なぜだか通話できない。画面を見ると〈圏外〉の表示が出ていた。

おかしい。なぜだ——

その瞬間、アンダーソンが戦慄とともに悟った事実がある。逮捕をおこなっている最中に、身元の知れない一般市民を背後につかせるような警官はこの世にひとりもいない。拳銃に手をやりながら振り向こうとしてビジネスマンに肩をつかまれ、彼は背中に激しい痛みをおぼえていた。

悲鳴をあげ、膝をついたアンダーソンに、男は自前のケーバー・ナイフをさらに突き刺す。

「や、やめてくれ……」

男は銃を奪うとアンダーソンに蹴りを入れ、濡れた歩道に転がした。

それからアンダーソンが手錠をかけた若者に歩み寄った。その身体を横臥させてじっと見おろした。

「あんたが来てくれて、心の底からうれしいね」と手錠をはめられた男が言った。「この男がいきなり出てきたから、てっきりはめられたのかと思った。こいつをなんとかしてくれねえか？　たのむよ——」

「シーッ」ビジネスマンはＣＣＵの刑事のほうに戻った。刑事は背中の痛みに必死で手を伸ばそうとしている。そこにふれることができれば、焼けつくような苦痛が消えるとばかりに。

男は刑事の傍らにしゃがみこんだ。

「するとおまえか」アンダーソンはビジネスマンに囁きかけた。「ララ・ギブソンを殺したのは」そして手錠の男に目配せすると、「で、やつがファウラー」

男はうなずいた。「そのとおり。で、あんたがアンディ・アンダーソンか」その声には間違いなく畏怖がこめられていた。「まさか、あんたがおれを追ってたとはね。もちろん、あんたがコンピュータ犯罪課にいて、ギブソンの事件を捜査しているのは知っていたさ。でもここに、現場に来るとは。驚いたよ……アンディ・アンダーソン。あんたはまさしく魔法使い（ウィザード）だ」

「たのむ……家族がいるんだ！　たのむ」

すると殺人犯は奇妙な行動に出た。

片手にナイフを握ったまま、反対の手で刑事の腹部を探ると、つぎに心臓がすさまじい鼓動を刻んでいた胸に、肋骨をかぞえるようにして指を這わせていったのである。

「たのむ」アンダーソンは懇願した。

殺人犯は手を止めて、アンダーソンの耳もとに顔を寄せた。「こんなとき、人は人に裏切られるんだよ」と囁くと、警官の胸に対する不気味な調査を再開したのだった。

Ⅱ 悪鬼

［彼は］ハッカーの新世代だった。無垢な驚きに触発された第三世代ではなく
……権利を奪われ、怒りに駆られた第四世代だった。

ジョナサン・リットマン

『天才ハッカー「闇のダンテ」の伝説』

00001010／10

午後一時、灰色のスーツを着た長身の男がコンピュータ犯罪課にやってきた。同行していたのはフォレスト・グリーンのパンツスーツ姿、がっちりした体形の女性で、制服警官二名を従えていた。肩口を雨に濡らした彼らは一様に険しい顔つきで、スティーヴン・ミラーのブースに向かった。

長身の男が言った。「スティーヴ」

ミラーは席を立つと、薄くなりかけた髪に手櫛を通した。「バーンスタイン警部」

「伝えなくてはならないことがある」警部の口調に、ワイアット・ジレットはたちまち悲劇の前触れを感じとった。その表情に気づいてリンダ・サンチェスとトニー・モットもやってきた。

「私の口から直接話したかった。ミリケン・パークでアンディ・アンダーソンの死体が発見された。どうやら——被害者ギブソンを殺害した犯人の仕業らしい」

「うっ」サンチェスが喉を詰まらせ、口を手で覆って泣きだした。「うそよ、アンディ……うそっ！」

モットの顔が暗く沈んだ。彼はジレットにも聞きとれない言葉をつぶやいた。

パトリシア・ノーランはこの三十分、犯人がララ・ギブソンのコンピュータに侵入するのに使った可能性があるソフトウェアについて、ジレットとともに検討を重ねていた。ふたりで話している最中、彼女はバッグから小さな壜を取り出し、唐突にマニキュアを塗りはじめたのだが、その小さな刷毛が動かなくなった。「信じられない」

しばらく目を閉じていたスティーヴン・ミラーが、「何があったんです？」とふるえ声で訊ねた。

ドアが開き、フランク・ビショップとボブ・シェルトンが部屋に飛び込んできた。「聞きました」とシェルトンが言った。「急いで戻ってきたんですが。本当なんですか？」

衝撃を受けた顔また顔の活人画を前にしては、疑いを挟むまでもない。

サンチェスが涙声で、「奥様には話したんですか。ああ、小さな女の子がいるのよ。コニーはまだ五歳か六歳なのに」

「署長とカウンセラーが家のほうに向かっているところだ」

「何があったんですか？」ミラーがくりかえした。

バーンスタイン警部は言った。「かなりの部分はつかめている——目撃者がいた。公園で犬を散歩させていた女性だ。アンディはピーター・ファウラーという男を検挙したらしい」

「そうです」シェルトンが言った。「われわれが犯人に武器を提供したと考えている男です」

バーンスタイン警部はつづけた。「ただし、ファウラーのことを殺人犯だと思いこんでいたようだ。ファウラーの髪はブロンドで、デニムのジャケットを着ていた。現場でララ・ギブソンの身体から見つかったデニム繊維は、犯人がファウラーから買ったナイフに付着していたものだろう。それはともかく、ファウラーに手錠を掛けようとしていたアンディに、背後から近づいていった白人男性がいた。二十代後半、濃い色の髪、ネイヴィ・ブルーのスーツにブリーフケース。その男がアンディの背中を刺した。女性は助けを呼びにいったので、そこまでしか見ていない。犯人はファウラーも刺し殺した」

「なぜ掩護を要請しなかったのでしょうか？」とモットが訊いた。

バーンスタインは眉間に皺を寄せた。「たしかに、腑に落ちないことがある――彼の携帯電話を調べてみると、最後にダイアルしたのは通信係の番号だ。ちゃんとつながって三分間の通話をしている。ところが中央指令室のほうにはその電話を受信した記録も、係が話したという記録も残っていないのだ。どうしてそんなことになったのか、皆目見当がつかない」

「簡単だ」とハッカーが言った。「殺し屋がスイッチをクラックしたのさ」

「きみがジレットか」と警部は言った。身元を確かめる手間は無用だった。追跡用アンクレットが何よりの証拠である。「どういう意味だね、〝スイッチをクラックした〟というのは？」

「そいつは携帯電話会社のコンピュータにハックして、アンディの発信した連絡がすべて自分の電話に送られるようにした。それで通信係のふりをして、車輛が現場へ急行中とでも答えたんだろう。そのあとでアンディの通話サービスを停めて、助けを呼べなくした」

警部はゆっくりうなずいた。「それを全部やってのけたわけか。なんとも恐ろしい相手じゃないか」

「ぼくの知るなかでも最高のソーシャル・エンジニアだ」とジレット。

「いいかげんにしろ！」シェルトンが怒鳴った。「くだらんコンピュータ用語はやめにしたらどうだ」

フランク・ビショップがなだめるように相棒の腕をさわると、警部に向かって言った。「これは私の責任です」

「きみの責任？」バーンスタイン警部は痩せた刑事を問いただした。「どういうことなんだ？」

ビショップの視線がジレットから床へとゆるやかに移っていった。「アンディはホワイトカラーの警官でした。捕り物には向いてなかった」

「それでも訓練を受けた刑事だ」

「訓練と、現実に通りで起きることはぜんぜんちがう」ビショップは顔を上げた。「私見ですが」

バーンスタインに同行してきた女性が身じろぎした。警部は彼女を一瞥して言った。「オークランドの殺人課から来たスーザン・ウィルキンズ刑事だ。警部は事件を引き継いでもらう。サンノゼの本部に、現場と戦術からなる対策班を待機させている」

警部はビショップのほうを向くと、「フランク、きみのあの要求を許可する――ＭＡＲＩＮ

ＫＩＬＬ事件だ。一時間まえ、犯人たちがウォルナット・クリークの南十マイルにあるコンビニエンス・ストアの外で目撃されたとの情報がある。こっちに向かっているようだな」そしてミラーに目をやって、「スティーヴ、きみがアンディの後を継げ――事件のコンピュータ絡みの側面をだ。スーザンと協力して」

「もちろんです、警部。やってみせます」

警部はパトリシア・ノーランを見た。「署長が話していたのはあなたのことですね？　コンピュータ会社のセキュリティ・コンサルタント？　ホライズン・オン‐ラインの？」

彼女はうなずいた。

「あなたもこのまま残るのかと訊かれたのですが」

「誰から？」

「サクラメントのその筋から」

「ああ。なるほど。喜んで」

ジレットには直接の言葉はなかった。警部はミラーに言った。「この警官たちが囚人をサンノゼに戻す」

「待ってくれ」ジレットは抗った。「送り返さないでくれ」

「何だね？」

「いまにおれが必要になる。かならず――」

警部はそれを一蹴するとホワイトボードを手で示し、スーザン・ウィルキンズに向かって事件のことを話しはじめた。

「警部」ジレットは声をあげた。「考えなおしてくれ」

「彼の力が必要になるわ」ノーランがきっぱりと言った。

だが警部は連れてきた大柄な警官二名に目配せした。警官たちは手錠をかけられたジレットがまるで殺人犯であるかのように、両側から挟みこんでオフィスを出ようとした。

「だめだ」ジレットは抵抗した。「この男の危険性があんたたちにはわかってない！」

警部はやはり無言で応じた。警官たちはジレットを連行して出口に急いだ。ジレットはビショップに仲裁を頼もうとしたが、刑事の心はすでにMARINKILL事件に飛んでいるらしく、ただ床をぼんやり見つめるばかりだった。

「さあ」ジレットはミラー、サンチェス、モットに語りかけるスーザン・ウィルキンズ刑事の声を聞いた。「あなたたちのボスの身に起きたことは気の毒に思うけど、私もこういう経験はしてきてるし、あなたたちだって同じような場面を乗り越えてきたはずよ。彼への想いを表すいちばんの方法は犯人を逮捕することで、私たちはそこをめざしていくわ。で、アプローチという点では、みんな似たような場所にいるようね。私はいまファイルと現場の報告を急いで見ているわけだけど、ひとつ思いあたることがあるの。予備報告によれば、アンダーソン刑事は――ファウラーという人物ともども――刺されている。死因は心臓への外傷。ふたりは――」

「待ってくれ！」ジレットが外に出される寸前で叫んだ。

ウィルキンズは口をつぐんだ。バーンスタインがそのまま連れ出せと合図を送ったが、ジレットはまくしたてた。「じゃあララ・ギブソンは？　やっぱり胸を刺されたのか？」

「何が言いたい？」とバーンスタインが訊いた。

「刺されたのか？」ジレットは言い募った。「それからほかの殺しの被害者は？——ポートランドやヴァージニアでは？」

しばらくは誰も口を開かなかった。やがてボブ・シェルトンがララ・ギブソン殺害に関する報告書に目を落として、「死因は刺傷による——」

「心臓なんだな？」とジレット。

シェルトンは相棒からバーンスタインへと視線を投げ、そしてうなずいた。トニー・モットが、「ヴァージニアとオレゴンのことはわからない——やつがファイルを消去したんだ」

「たぶん一緒だ」ジレットは言った。「請けあってもいい」

シェルトンが訊く。「なぜわかる？」

「やつの動機がわかったからさ」

「何だ？」とバーンスタイン。

「アクセス」

「どういう意味だ？」シェルトンが切り返した。

パトリシア・ノーランが言った。「ハッカーなら誰もが求めるもの。情報、秘密、データへのアクセス」

「ハックするときには」ジレットは言った。「アクセスが神様なんだ」

「それが刺殺と何の関係がある？」

「殺し屋はＭＵＤヘッドだ」

「そうか」トニー・モットが言った。「ＭＵＤか」ミラーも納得したようにうなずいている。

ジレットは言った。「これも略語さ。マルチユーザー・ドメインまたはディメンションの。特殊なチャットルームの集合体——ロール・プレイング・ゲームをやるのにログオンするインターネット上の空間だ。アドヴェンチャー・ゲーム、ナイト・クエスト、ＳＦ、戦争。ＭＵＤをプレイするのはかなりまともな連中さ——ビジネスマンにオタク、大勢の学生に教授。でも三、四年まえ、その〈アクセス〉っていうゲームのことで大きな問題が起きた」

「聞いたことがある」ミラーが言った。「たしか多くのインターネット・プロバイダーが配信を拒否した」

ジレットはうなずいた。「どういうものかというと、まず仮想の都市がある。そこには普通の生活を送る人たちが住んでいる——仕事に行ったり、デートをしたり、家族をつくったり、何でもありさ。でも有名人の死んだ日には——たとえばジョン・ケネディの暗殺とか、レノンが撃たれた日とか、キリストの受難日になると——乱数生成プログラムによってプレイヤー一名が殺人鬼に選ばれる。そいつは一週間のあいだに人々の生活にはいりこみ、できるだけ多くの命を奪う。

殺人鬼は誰を犠牲者にしてもかまわないけど、よりむずかしい殺人のほうが高い得点を得られるわけだ。ボディガードのついた政治家なら十点。武装した警官は十五点。殺人鬼にひとつ課せられた制約とは、犠牲者に近づいてナイフで心臓を抉ること――それが接触(アクセス)の究極の形態なのさ」

「なんてお手軽な犯人なんだ」トニー・モットが言った。「ナイフ、胸の刺し傷、記念日、困難な相手をつけ狙って殺す。やつはポートランドとヴァージニアではゲームに勝った。で、いまはシリコン・ヴァレーでプレイ中か」若い警官は皮肉っぽくつけたした。「すでにエキスパート・レベルだ」

「レベル?」とビショップ。

「コンピュータ・ゲームのね」ジレットが説明する。「初級レベルから最難関の――名人(エキスパート)レベルまで、段階を踏んで上がっていく」

「すると、こいつは犯人にとって、何もかもがゲームってわけなのか?」シェルトンが言った。「どうにも信じられないが」

「いいえ」とパトリシア・ノーランが言った。「残念ながら、信じるのはかなり簡単よ。クワンティコにあるＦＢＩ行動科学課では、罪を犯すハッカーは衝動的な累犯者だと考えているわ。欲望に衝き動かされる連続殺人鬼と変わらないってこと。さっきワイアットが言ったみたいに、アクセスが神様なのよ。彼らは自分たちを満足させるために、さらに極端な犯罪に走るわ。今度の犯人だって、マシン・ワールドに長くいすぎて、デジタルのキャラクターと人間の区別がつかなくなってるんじゃないかしら」ノーランはホワイトボードを見てつづけた。「犯人にしてみたら、人間よりマシンのほうが大切なのよ。人間が死んでも平気だけど、ハードディスクがクラッシュしたら悲劇なんだわ」

バーンスタインはうなずいた。「なるほど。参考になる」そしてジレットに顎をしゃくった。

「だが、きみにはやはり施設に戻ってもらう」

「いやだ！」ハッカーは叫んだ。

「いいかね、すでにわれわれは氏名不詳の命令によって連邦の囚人を解放し、苦境に立たされている。アンディにはそれだけのリスクを負う覚悟ができていた。私はちがう。と、そういうことだ」

警部が指をさすと、警官たちは〝恐竜の檻〟からハッカーを連れ出した。抑えこもうとする力は今度のほうが上だとジレットは感じた――警官たちも、自由に焦がれるハッカーの思いを察知していたのかもしれない。ノーランが溜息をつきつつ頭を振り、ジレットとの別れに悲しい微笑を送った。

ふたたび語りだしたスーザン・ウィルキンズ刑事の声は、外に出されたジレットの耳に届かなくなった。雨が小やみなく降っている。警官のひとりが「すまないな」と口にしたが、それがCCUに残れなかったことを言っているのか、あるいは傘がないからなのか、ジレットにはわからなかった。

警官はジレットを警察車の後部座席に乗せてドアを閉めた。

ジレットは目を閉じて、ガラスに顔をもたせかけた。ルーフを叩く虚ろな雨音を耳にした。

この敗北には打ちひしがれた。

神よ、もうすこしだったのに……。

刑務所にいた月日のこと、これまで立ててきた計画のことを思った。無駄だった。結局は

――

車のドアがあいた。

フランク・ビショップが覗きこんでいた。水滴が顔を流れ、もみあげを光らせ、シャツを濡らしていたが、スプレーで固めた髪だけは雨の影響を受けていない。「ひとつ質問があるんですが」

敬語?

ジレットは訊いた。「何の?」

「さっきのMUDのこと。あの話はでたらめじゃないんだね?」

「ちがう。殺し屋はあのゲームを自分のバージョンでやってる――現実世界のバージョンをね」

「いまでもやってるやつはいるんだろうか。インターネットで、という意味だが」

「どうかな。本物のMUDヘッドたちはあれでずいぶん腹を立てて、動かなくなるまでゲームの妨害工作をしたり、プレイヤーにスパムを送ったりしたから」

刑事はCCUの建物前にある、錆びついたソーダの自動販売機を振り返ると質問を投げた。

「あそこにいる男、スティーヴン・ミラー――やつは小物だろう?」

ジレットはしばし考えてから、「あの人は昔日（エルダー・デイズ）の人間だ」

「えっ？」

その言い回しは六〇年代と七〇年代——マシン・ワールドの様相を一変させたコンピュータ、DECのPDP-10の登場とともに実質終わりを告げた、コンピューティング史における変革の時代を指している。だがジレットは説明しなかった。簡単に言った。「優秀だったんだろうとは思うけど、もう盛りは過ぎてる。それがシリコン・ヴァレーで意味するのは、ああ、彼は小物だってことさ」

「そうか」ビショップは背筋を伸ばし、近くのフリーウェイを行き交う車の流れに目をやった。それから警官たちに声をかけた。「この男をなかに戻してくれ」

警官たちは顔を見合わせたが、ビショップがきっぱりうなずくと、急き立てるようにジレットを車から降ろした。

CCUのオフィスに歩いていくと、またスーザン・ウィルキンズの単調な声が聞こえてきた。

「……必要ならモバイル・アメリカとパシフィック・ベルのセキュリティと連絡をとること。戦術チームとの通信手段は確保してあるわ。そこで私の判断では、主力との距離を近くしたほうが効率も四分六でよくなると思うので、コンピュータ犯罪課はサンノゼの本部に移すことになるでしょう。受付に関して管理上のサポートがないということだけど、本部ではそれを軽減することができる……」

ジレットはその言葉に耳を貸さず、ビショップの思惑を訝った。

刑事はボブ・シェルトンのところへ行き、しばらく小声で話していた。会話はビショップの問いかけで終わった。「一緒にやるのか？」

どっしりした体軀の刑事はジレットに軽侮の目を注ぐと、仕方なく認めるようなことを口のなかでつぶやいた。

ウィルキンズの話がつづくなか、バーンスタイン警部が顔をしかめながら近づいてきた。ビショップは警部に向かって言った。「この事件をやらせてください。ジレットもここで使ってみたいんです」

「きみはMARINKILL事件を希望しただろう」

「ええ。でも、気が変わりました」

「きみの言葉は憶えてるぞ、フランク。しかしアンディの死は——きみの責任じゃない。彼のほうで身の程をわきまえるべきだった。男を単独で追跡するようにと無理に仕向けたわけじゃないんだ」

「私の責任かどうかはいいんです。そういうことじゃなく、また人が殺されるまえに危険な犯人を挙げることが重要です」

バーンスタイン警部はその言葉にある真意を悟ると、ウィルキンズに視線をくれた。「スーザンは大きな殺しをいくつも追ってきた経験がある。腕は確かだ」

「知ってます。組んだこともありますから。だが、しょせん彼女は教科書だ。私みたいに泥にまみれることはない。このまま事件を追わせてください。ただし、問題は私たちが門外漢であることで、詳しい人間が必要になる」刑事の硬い髪がジレットのほうを指した。「彼は犯人に劣らず優秀だと思います」

「それはそうかもしれないが」バーンスタインは口ごもった。「私の心配は別のところにある」

「やってみせますから。まずいことになれば、私が一切の責めを負います。他人には迷惑はかけません」

パトリシア・ノーランがそこにくわわった。「警部、この男性を残せば、複数の指紋や目撃者以上のものが手にはいるわ」

シェルトンが吐息を洩らした。「新しいミレニアムにようこそだ」

バーンスタインはしぶしぶ首を縦に振った。「わかった、担当しろ。戦術と現場からは全面的に支援を受けられるようにしておく。それとサンノゼの殺人課から補佐する人間を選べ」

「ウエルト・ラミレスとティム・モーガンを」とビショップは躊躇なく言った。「ふたりをできるだけ早くここへ来させてください。全員にブリーフィングをしたいので」

警部は本部に連絡を入れ、刑事二名に召集をかけた。電話を切って、「こちらに向かわせた」

そしてバーンスタインが事実を告げると、新しい任務を失ったスーザン・ウィルキンズは、うろたえるというより呆気にとられた様子で課を後にした。警部はビショップに訊いた。「本部に戻って指揮を執るかね？」

「いいえ、こっちに残ります」ビショップは並ぶコンピュータの画面に顎をしゃくった。「大半の仕事はこの場所でやることになる、とそんな気がします」

「じゃあ幸運を祈るぞ、フランク」

ビショップはジレットをサンホーへ連れ戻そうとした警官たちに声をかけた。「手錠ははずしていい」

警官のひとりが命令に従うと、ハッカーの脚を指さした。「アンクレットはどうします？」

「いや」ビショップはまるで特徴のない笑いを浮かべた。「それはつけておこうかと思ってる」

しばらくして、ふたりの男がＣＣＵにくわわった。幅があって、しかも極端な筋肉質、ゴールズ・ジム並みに筋肉隆々で色の浅黒いラテン系と、長身で砂色の髪、四つボタンの洒落たスーツに暗色のシャツとタイを着こなす男。ビショップは自ら求めて本部から呼び寄せたウエルト・ラミレスとティム・モーガンを紹介した。

「ここですこし言っておきたいことがある」ビショップは乱れたシャツをスラックスにたくし込みながら前に進み出た。全員の視線を受け止めるようにチームを見渡した。「われわれが追ってるのは――警官や罪のない人たちまで、嬉々として自分の思いどおりに殺そうとする男だ。ソーシャル・エンジニアリングの達人だ」と新入りのラミレスとモーガンに目をやり、「その基本は偽装と牽制。したがって、相手について何を知っているかということを、つねに自分に問い返していくことが大事だ」

ビショップは低い声の独白をためらわずにつづけた。「相手は二十代後半と断定していいと思っている。中肉中背、髪はブロンドかもしれないが、たぶんもっと濃い色で、ひげはきれいに剃っている。ただし付けひげで変装することもある。凶器はケーバーが好みで、胸に致命傷をあたえるため犠牲者に近づこうとする。電話会社に侵入して、サービスを邪魔したり、通話を転送することができる。捜査機関のコンピュータにハックすることもできる」——今度はジレットに視線が行く——「失礼、コンピュータにクラックして警察の記録を破壊する。チャレンジが好きで、殺しをゲームと考えている。東海岸に長くいて、いまはシリコン・ヴァレー地区にいるが場所は特定できていない。変装用具はマウンテン・ヴューのカミノ・レアルにある演劇用品の店で購入したと考えられている。累犯性があって、欲望に支配されたソシオパスで、現実との接点を失い、自分の行動をある大きなコンピュータ・ゲームになぞらえている」

ジレットは驚いていた。刑事はホワイトボードに背を向けたまま、これだけの情報を暗誦してみせたのである。この男のことを見誤っていたとハッカーは気づいた。刑事は窓の外や床をぼんやり見つめながら、じつは証拠を吸収しようとしていたのだった。

ビショップは顔をうつむきかげんにしたが、目は変わらず全員に注いでいた。「このチームの人間をもう誰ひとり失うことはできない。だから自分の背中に注意して、他人には気を許すな——知り合いだと思ってる連中にもだ。こんな仮定に立って行動したらいい。外見どおりのものなど何ひとつありえない」

ジレットはほかの連中と同じようにうなずいていた。

「それで——犠牲者のことだが……どうやら犯人は近づくのが容易でない相手に狙いをつける。ボディガードやセキュリティ・システムに守られている相手だ。むずかしいほどいい。むこうの動きを読もうというときには、そのことを意識しておかないと。じゃあ、捜査の大まかな段取りを決めておこう。ウエルトとティム、おまえたちにはパロ・アルトのアンダーソンの現場をやってもらいたい。ミリケン・パーク内とその周辺で徹底的に聞き込みだ。ボブとおれはまだ手をつけてない、ミズ・ギブソンが殺害されたレストランの外で犯人の車を見たという目撃者捜しをする。それからワイアット、あんたにはコンピュータ関係の捜査の先頭に立ってもらう」

ジレットは要領を得ずに首を振った。「すまないが？」

「きみには」ビショップは言った。「コンピュータ関係の捜査の先頭に立ってもらう」と、それ以上の説明はなかった。スティーヴン・ミラーが机上のディスクや書類の整理を無意味につづけながら、言葉もなく冷たい視線をハッカーに投げた。

ビショップが訊いた。「われわれの電話は聞かれてると考えたほうがいいだろうか。アンディがあんなふうに殺されたわけだから」

パトリシア・ノーランが答えた。「危険はあると思うけど、われわれの携帯の番号にたどり着くには、それこそ何百っていう周波数をモニターしなければならなくなるわ」

「同感だ」とジレットは言った。「それにスイッチをクラックするにしても、一日中ヘッドフォンをかぶって、こっちの会話に耳を澄ましてなくちゃならない。そこまで時間はなかったみたいじゃないか。やつは公園でアンディのそばにいた。それで特定の周波数をつかめたんだ」

しかし、その危険にはほとんど対策を打てないことも判明した。ミラーによれば、CCUはスクランブラーを備えているが、それは通話の相手が同じようにスクランブラーを使用しているときのみ有効なのである。ミラーは安全を確保した携帯電話に関して、「一台につき五千ドル」とそれだけ解説した。つまり、そんな玩具がCCUの予算に組まれることは、今後についてもありえないということだった。

ラミレスと『GQ』刑事のティム・モーガンをパロ・アルトへ送り出してから、ビショップはジレットに訊ねた。「あんたはアンディに、犯人がミズ・ギブソンのコンピュータにはいりこんだ方法について、もっと詳しいことがわかるって話していたな？」

「そうだ。この男が何をやってるにせよ、ハッカーの地底では噂になってるにちがいないんだ。おれがオンラインに接続できれば——」

ビショップはワークステーションを顎で指した。「必要なことをやって、三十分で報告を出してくれ」

「ほんとに？」

「できればもっと短く。二十分で」

「あの」スティーヴン・ミラーが身体をもぞもぞ動かした。

「どうした？」と刑事が訊いた。

ジレットは、サイバー警官が降格した地位のことで意見を述べるのだろうと思っていた。だがそうではなかった。「アンディは、彼にはオンラインにつながせないと言っていた。そうさせられない裁判所の命令があると。それも刑の一部なんだと」

「まったくそのとおりだ」ビショップはそう言ってホワイトボードに目を走らせた。「だがアンディは死に、裁判所はこの事件の担当じゃない。担当はおれだ」彼はジレットにもどかしそうな表情を向けた。「だから、あんたがとりかかってくれたらありがたい」

00001011／11

ワイアット・ジレットは安っぽい事務用椅子に腰をおろした。彼がいるのはＣＣＵの奥にある、チームの面々とは離れた静かで仄暗いワークステーションである。

画面上に瞬くカーソルを見つめながら、ジレットは椅子を近づけ、両手をズボンでこすった。そして胼胝のできた指先を持ちあげたかと思うと、黒いキーボードを猛然と叩きはじめた。視線は画面から離れない。文字と記号の位置をすべて把握しているので、一分間で百十ワードを完璧に打てる。その昔にハックをはじめたころ、八本の指では遅すぎると、スペースバー用に確保しておくだけの親指に一部のキーを割りあてる新しいキーボード・テクニックを開発したほどだった。

ほかは貧弱でも、前腕部と指はまさに筋肉質である。刑務所では、大半の囚人が中庭でウェイトトレーニングに励むなか、ジレットはひとり、情熱の対象といつでも向きあえるように指立て伏せをやっていた。いまはオンラインにする過程で、その成果を出してプラスティックのキーボードを弾ませている。

今日のインターネットはショッピングモール、『USAトゥデイ』、シネマ・コンプレックス、アミューズメント・パークを組み合わせたようなものがほとんどだ。ブラウザとサーチエンジンには漫画のキャラクターが棲みついていて、可愛らしい絵（その多くが広告でもある）で飾られている。ポイント&クリックというマウスの技術は三歳児でも習得できるし、新たなウィンドウごとに馬鹿げたヘルプ・メニューが待ち受けている。これが商業化したワールド・ワイド・ウェブ（WWW）という派手な外見を通じて、大衆に供される箱詰めのインターネットである。

しかし本物のインターネットは――ウェブの裏に隠れている、真のハッカーのインターネットは――未開の荒野なのだ。ハッカーたちがそこで使うのは複雑なコマンド群、Telnetの施設、世界を文字どおり光速で駆けめぐるため、ホットロッドのごとく贅肉を削ぎ落とした通信ソフトウェア。

ワイアット・ジレットがやろうとしているのはこれだ。

むろん、準備段階で留意しなければならない点があった。神話に登場する魔法使いが魔法の杖、魔術や薬の書を持たずに旅に出ることはありえない。コンピュータのウィザードにもまったく同じことが言える。

ハッカーが最初に学ぶスキルのひとつに、ソフトウェアを隠す方法がある。警察やFBIではない敵のハッカーに、いずれマシンを荒らされたり破壊されると予測できる場合には、使っているツールをハードディスク・ドライブにコピーして、バックアップ・ディスクを家に残すだけでは解決にならない。

離れた場所にあって、まったく関係のないコンピュータに隠すのである。

たいていのハッカーは隠し場所を大学のコンピュータにする。セキュリティが欠損しているというのがその理由だ。しかしジレットは長年、既存のプログラムを改良するとともに、一からコードを書きあげて自分のソフトウェア・ツールを蓄えてきた。彼にとって、そんな作品を失うのは悲劇だったし——世界中のコンピュータ・ユーザーにしてみたら、まさに地獄ということになるだろう。なぜならジレットのプログラムの支援を受ければ、二流のハッカーでも、ほぼすべてに近い企業や政府のサイトにクラックできるようになるからだ。

そんなわけで彼は自身のツールを、ダートマスやタルサ大学の情報処理学部よりは多少安全度の高い場所に隠していた。後ろに目をやり、〝ショルダー・サーフィン〟——背後から画面を覗きこむこと——をする人間がいないのを確かめるとコマンドを入力して、CCUのコンピュータを、州をいくつかまたいだ別のコンピュータとリンクさせた。

合衆国空軍ロスアラモス核兵器研究所へようこそ

#ユーザーの名前は?

この要求に対し、ジレットはJarmstrongとタイプした。ジレットの父の名はジョン・アームストロング・ジレットだった。ハッカーとしては、スクリーン・ネームやユーザー名を現実の人生に関連づけて選ぶのは賢明な発想ではないけれども、ここはひとつだけ人間的な一面を出すことにしたのだった。

するとコンピュータが訊ねてくる。

＃パスワードは？

彼は4%xTtfllk5 $$ 60%4Qと入力した。ユーザー名からは想像もつかない、冷徹きわまりないハッカーのもの。この文字の羅列を記憶しておくのは苦痛だったが（刑務所で日課にしていた心の柔軟体操の一部が、これと同じ長さのパスワードを二ダース思いだすというものだった）、他人に見破られることはありえない。十七文字となると、クラックするにもスーパーコンピュータで何週間もかかるのだ。ＩＢＭ互換機では、ここまで複雑なパスワードを弾き出すのに数百年間も稼動させつづけなくてはならない。

カーソルが明滅して画面が変わった。

ようこそ、Ｊ・アームストロング大尉

ジレットは架空のアームストロング大尉のアカウントから、三分間でかなりのファイルをダウンロードした。武器としては有名なSATANプログラム(Security Administrator Tool for Analyzing Networks:ネットワーク解析のための安全管理ツール。シスアドミンおよびハッカーがコンピュータ・ネットワークの〝ハッカビリティ〟を調べるために使う)、さまざまなタイプのマシンやネットワーク上でルートアクセスを獲得する不法侵入プログラムを複数、カスタムメイドのウェブブラウザとニュースリーダー、他人のコンピュータにはいりこんでいるあいだは存在を隠し、ログオフしたときには活動の痕跡を消してしまうクローキング・プログラム、ネット上あるいは他人のコンピュータ内部にユーザー名、パスワード、その他有益な情報を〝嗅ぎつける〟(スニッフ・アウト)――見つけ出す――スニッファー・プログラム、そのデータを自分のもとに返送させる通信プログラム、暗号化プログラム、そしてハッカーのウェブサイトに匿名化サイト(eメールやメッセージを〝ロンダリング〟して、受取人がジレットまでたどり着かないようにする商業サービス)のリスト。

最後にダウンロードしたのは彼が数年まえに書いたもので、他のユーザーをネット上に追跡できるハイパートレースというプログラムだった。

これらのツールを大容量のディスクにダウンロードして、ジレットはロスアラモスのサイトを出た。しばらくは指を折ったり伸ばしたりしながら思案に耽っていたが、やがて身を乗り出した。ふたたびスモウレスラーの鋭さでキーを叩くと、ジレットはネットにはいってマルチユーザー・ドメインのサーチを開始した。犯人には明白な動機があった――悪名はびこるゲーム

〈アクセス〉のリアル・ワールド・バージョンをプレイしていたのである。だがジレットが疑問を投げてみたところ、〈アクセス〉のプレイ経験のある者、経験のある知人がいるという者はいなかった——少なくとも名乗り出てはこなかった。それでもジレットはいくつかの手がかりを得ていた。

ジレットがMUDから移動したワールド・ワイド・ウェブは、誰もが語りはするけれども本質を説明することはできない。WWWとは単純に言えばコンピュータの国際的ネットワークであり、特殊なコンピュータ・プロトコルによって、ユーザーはグラフィックスを見たり、サウンドを聞いたり、ウェブサイトを通して別のサイトへ飛んだりと、それらを画面上のある場所——ハイパーリンクをクリックするだけで可能にする。ウェブ以前には、ネット上にある情報の大部分はテキスト形式で、サイトからサイトへ進むのが非常に煩わしいものだった。わずか十数年まえ、スイスにある物理学研究所、CERN（セルン）で生まれたウェブはいまだ成育期にある。

ジレットはウェブ上でアンダーグラウンドのハッキング・サイトを探した——そこは薄気味の悪い、ネットにおけるテンダーロイン地区だ。こうしたサイトの一部には、はいる際に画面上の微小なドットを発見してクリックする、またはパスコードを入力するというハッキングの難問を解決しなくてはならないところもある。だがこれらの障害がワイアット・ジレットを妨げたのは、時間にして一、二分のことだった。

サイトからサイトへ、ブルー・ノーウェアの深みにはまりながら、モスクワかケープタウンかメキシコシティか、いずこのものとも知れないコンピュータのなかを徘徊する。あるいはクパティーノやサンタクララの隣人かもしれない。
ジレットはこの世界をすさまじいスピードで走っていた。ペースが乱れるのが怖くてキーから指を離せないという感じがある。だからハッカーたちがよくやる紙とペンを使ったメモではなく、役立つと思った部分をコピーして、画面に開いたワードプロセッサーのウィンドウに貼っていくことにした。
彼はウェブでＵｓｅｎｅｔを検索した――これは八万ものニュースグループが集まったもので、特定の話題に興味をもった人がメッセージ、写真、プログラム、映像、サウンドクリップを投稿できる仕組みになっている。ジレットはalt.2600、alt.hack、alt.virus、alt.binaries.hacking.utilitiesなど、ハッキング関連の名高いニュースグループをめぐって、関わりのある部分をカット&ペーストしていった。刑務所行きとなったころには存在していなかった、多数のニュースグループについての情報も得た。実際そうしたグループにジャンプして、スクロールしていくなかで、また別のグループに関する言及も発見した。
スクロールして読み、カットしてペーストする。
指の下で弾けるような音がして、画面を見ると、
mmmmmmmmmmmmmmmmmmmmmmmmmmmmmmmmmmmm
ハッキングの際によく起きることなのだが、力のこもったキーストロークでキーボードが故障していた。ジレットはキーボードのコネクターを抜いて床に放り出すと、代わりのキーボードをつないでタイプをはじめた。

こうしてログオンしたのはインターネット・リレー・チャット（IRC）だった。IRCとは、同じ関心をもつ人々の間でリアルタイムの討論ができる、制限のないネットワークの連なりである。たとえばコメントを打ってエンターキーを押すと、その言葉はチャットルームにログインしている全員の画面に表示される。ジレットがログインしたのは＃hackというルームだった（ルームはナンバー記号の後ろに記述的な単語をつけて示される）。かつてはこのルームで何千時間とすごし、世界のハッカー仲間と論争したり冗談を飛ばしあったりしたものだった。

IRCのあとはBBS、いわゆる掲示板を調べてみた。これはウェブサイトと似ているけれども、市内通話料金だけでアクセスできる――インターネット・サービス・プロバイダーは不要なのだ。多くは合法的なものだが、それ以外の――〈デスハック〉〈サイレント・スプリング〉などと名前のついた――BBSはオンライン・ワールドの最暗部だった。完全に規制をはずれて監視の目もなく、爆弾に毒ガス、世界の人口の半数にあたるハードディスクを吹き飛ばすコンピュータ・ウィルスの作成法を教えてくれる場所がある。

手がかりを追って――ウェブサイト、ニュースグループ、チャットルーム、アーカイブズに没頭する。ハンティング……

これは弁護士が依頼人を救おうと、古い棚を引っくり返して判例探しをするようなものであり、狩猟に参加する者たちが熊の声を聞いて草むらを進んでいくようなものでもある。恋人どうしがおたがいの欲望の芯を求めるようなものでもあり……。

ただしブルー・ノーウェアでのハンティングは、書架や茂みや相手の滑らかな肌を探るのとはわけがちがう。膨張する宇宙全体を歩きまわるようなものだ。そこには周知の世界と未知の神秘ばかりか、過去の世界、やがて来る世界までもが包含されている。

無限。

弾ける音……

またキーを壊していた――肝心なEのキー。ジレットはそのキーボードを、すでに死んだ友が眠るブースの隅に放った。

そして新しいものを挿して作業をつづけた。

午後二時半、ジレットはブースを出た。同じ恰好で座っていたせいで背中に激痛が走る。それでも、わずかな時間とはいえオンラインの環境ですごした心地よい興奮とともに、強い力で引き戻そうとするマシンから離れることに焦心もおぼえていた。

ＣＣＵの中枢で、ジレットはシェルトンと話すビショップの姿を見つけた。ほかの連中は電話に出たり、ホワイトボードを囲んで証拠に見入ったりしている。ジレットに最初に気づいたビショップが押し黙った。

「発見があった」とハッカーは言って、プリントアウトの束を掲げた。

「話してくれ」

「わかりやすくだぞ」とシェルトンが念を押す。「結論は？」

「結論は」ジレットは答えた。「〈フェイト〉ってやつがいること。それからほんとに厄介なことになったってことさ」

00001100／12

「フェイト?」フランク・ビショップは訊いた。

ジレットは言った。「それがやつのユーザー名——スクリーン・ネームだ。ただしスペルはp-h-a-t-e。ほら、p-hのフィッシングみたいに。ハッカーがやるやつさ」

〝とにかくスペルが問題なんだ……〟

「彼の本当の名前は?」とパトリシア・ノーラン。

「わからない。やつのことは誰もろくに知らないらしい——一匹狼だ——でも噂を聞いてる連中はびびってる」

「ウィザードなのか?」とスティーヴン・ミラーが訊く。

「まさにウィザードだね」

ビショップが、「そいつが殺人犯だと考える根拠は?」

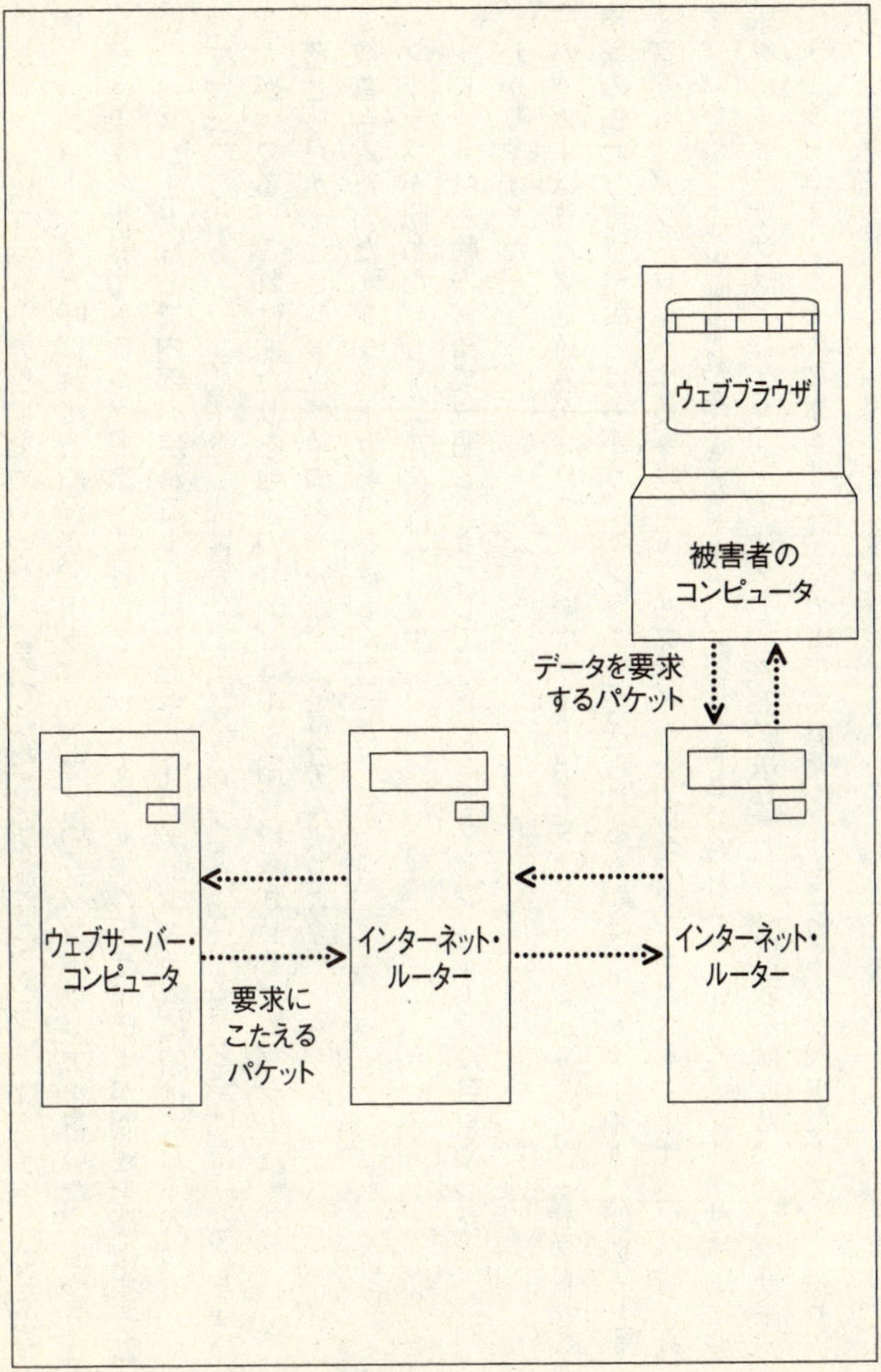
ウェブブラウザ
被害者の
コンピュータ
データを要求
するパケット
ウェブサーバー・
コンピュータ
要求に
こたえる
パケット
インターネット・
ルーター
インターネット・
ルーター

ジレットはプリントアウトをめくった。「見つけたものがここにある。〈フェイト〉とその友達で〈ショーン〉と呼ばれてるやつが、トラップドアというソフトウェアを書いた。ふつうコンピュータの世界でトラップドアって言うと、ソフトウェアのデザイナーが問題を修復する際に、パスコードなしで内部へ戻れるようにとセキュリティ・システムに開けておく穴のことをさす。〈フェイト〉と〈ショーン〉は自分たちのスクリプトにその名前をつけたけど、ちょっとちがってる。これはふたりを他人のコンピュータ内に侵入させるプログラムだ」

「落とし戸(トラップドア)か」とビショップはつぶやいた。「絞首台みたいだな」

「絞首台みたいだ」ジレットはおうむ返しに言った。

ノーランが訊ねた。「どんな仕掛けなの？」

ジレットは内輪の言語で説明しようとして、ビショップとシェルトンに目をやった。

〝わかりやすくだぞ〟

ハッカーはまだ書き込みがされていないホワイトボードにチャートを描いた。「ネットでの情報の伝わり方は電話とはちがう。オンラインで送られるものは――eメールも、聞こうとする音楽も、ダウンロードする写真も、ウェブサイト上のグラフィックスも――すべて分解されて、〝パケット〟と呼ばれる小さなデータの断片にまとめられる。たとえばウェブサイトに要求を出すブラウザは、パケットをインターネットに送りこむ。受け取る側では、ウェブサーバー・コンピュータがその要求をまとめなおして、答えを――これもパケットにして――送り返すことになる」

「なぜばらばらにする？」とシェルトンが訊いた。

ノーランが答えた。「異なるメッセージを大量に、同時に同じ回線を使って送るためよ。それにパケットが一部消えたり破損したとしても、コンピュータのほうで気づいて問題のパケットを再送信するから。メッセージ全部を送りなおす必要もないわ」

ジレットは描いた図を指してつづけた。「パケットはこれらのルーターにより、インターネットを通じて転送される――全国にある大型コンピュータがパケットを最終目的地まで誘導するのさ。ルーターのセキュリティはかなりしっかりしてるけど、〈フェイト〉はどうやらそのどれかにクラックして、内部にパケット・スニッファーを仕込んだらしい」

「するとそいつが」とビショップが言う。「ある種のパケットを探すわけか」

「そのとおり。スクリーン・ネームやパケットが行き来するマシンのアドレスで識別する。スニッファーは待ち伏せして、パケットが見つかると〈フェイト〉のコンピュータのほうに方向転換させる。そうして〈フェイト〉はパケットに何かをつけくわえる」ジレットはミラーに対して、「電子迷彩技術（ステガノグラフィ）って聞いたことはあるかい？」

警官は首を振った。トニー・モットとリンダ・サンチェスもその言葉に聞きおぼえがない様子で、パトリシア・ノーランが答えた。「秘密のデータを、たとえば画像やサウンドのファイルに潜ませてオンラインで送信することね。スパイみたいに」

「そうだ」とジレットは認めた。「暗号化されたデータはファイル自身に編みこまれてる――たとえ他人がeメールを傍受して読んだり、送った写真を開いたりしても、外見はあくまで無害なファイルで秘密のデータじゃない。つまり、それが〈フェイト〉のトラップドア・ソフトウェアの役目さ。ファイル内にメッセージを隠すばかりか――アプリケーションも隠す」

「実用的なプログラム？」とノーラン。

「ああ。それをやつは被害者に送りつける」

ノーランは頭を振った。その青白く弛んだ顔には、衝撃と感嘆の両方が表れている。彼女は気圧されたように低い声を出した。「そんなことをやった人は初めて」

「犯人が送るこのソフトウェアというのは？」とビショップが訊いた。

「デーモンだ」ジレットは答えると、トラップドアの仕組みを説明する図を描いた。

「デーモン？」とシェルトンが問い返す。

「ソフトウェアには〝ボット〟と呼ばれるひとつのカテゴリーがある」ジレットは説明した。「〝ロボット〟を略してね。要するにその名のとおり――ソフトウェア・ロボットさ。いったん活動をはじめると人間のインプットなしに、完全にそれだけで動く。マシンからマシンへ移動もするし増殖もする、隠れたり、他のコンピュータや人間と通信することもできるし、自分で自分を抹殺することもできる。

デーモンというのはボットの一種だ。コンピュータの内部で時計を動かしたり、自動的にファイルのバックアップをしたりする。単純作業を。でもトラップドア・デーモンは相当怖いことをやるよ。コンピュータのなかにはいってオペレーティング・システムをいじって、オンラインにすると〈フェイト〉のコンピュータにリンクするように変えてしまうのさ」

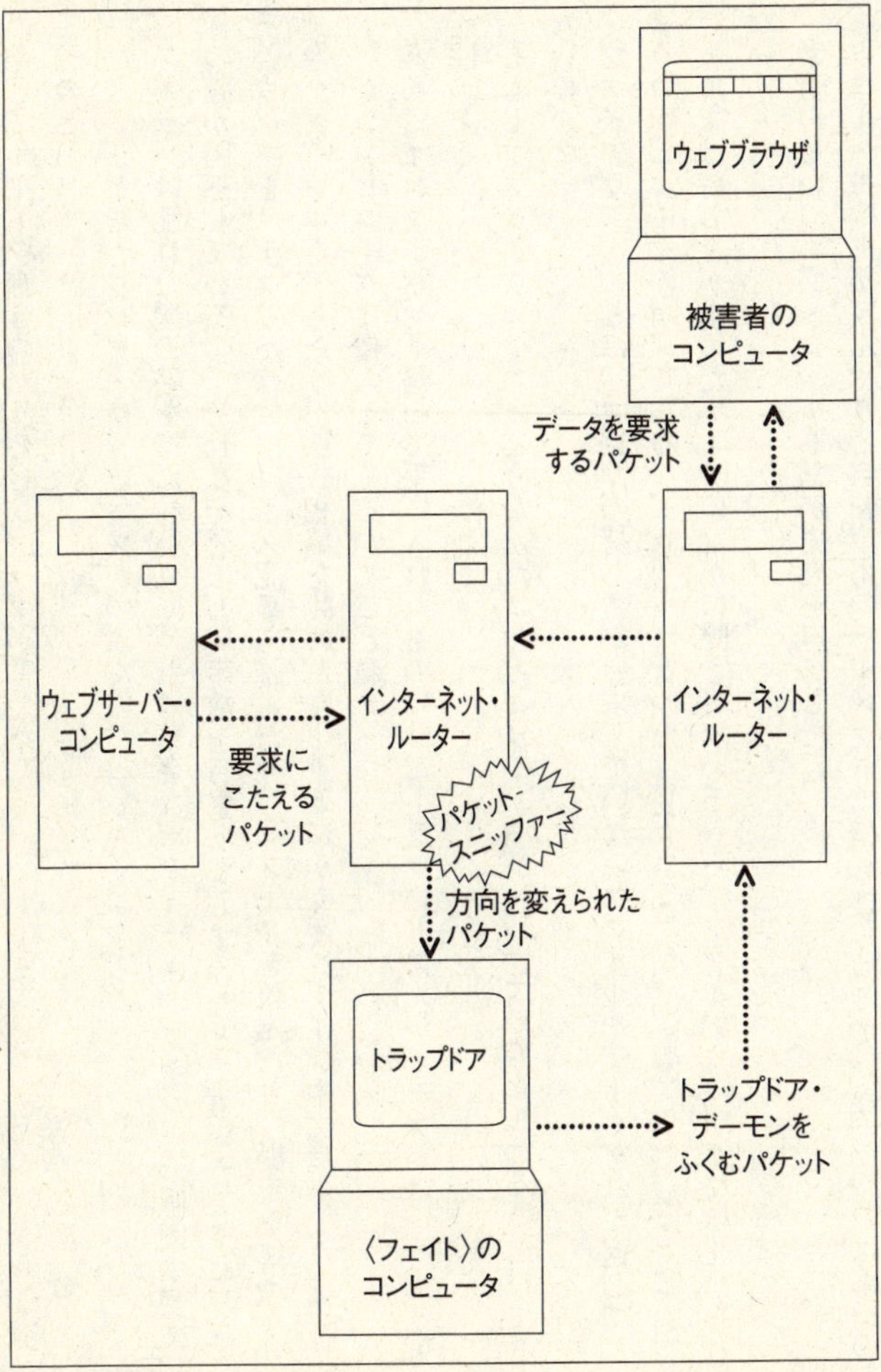
ウェブブラウザ
被害者の
コンピュータ
データを要求
するパケット
ウェブサーバー・
コンピュータ
インターネット・
ルーター
インターネット・
ルーター
要求に
こたえる
パケット
パケット・
スニッファー
方向を変えられた
パケット
トラップドア
トラップドア・
デーモンを
ふくむパケット
〈フェイト〉の
コンピュータ

「そしてルートを奪うのか」とビショップが言った。

「そのとおり」

「ひどいことを」リンダ・サンチェスがつぶやいた。「どうして……」ノーランは乱れた髪の毛を指に巻いていった。華奢なデザイナー・ブランドの眼鏡の奥で、緑の瞳が困惑している――それこそ恐ろしい事故を目撃してしまったとでもいうように。「するとウェブをサーフしたり、ニュース記事を読んだり、eメールを読んだり、勘定を払ったり、画像をダウンロードしたり、株式相場を眺めたり――とにかくオンライン中には――〈フェイト〉がコンピュータに侵入してくるってことね」

「ああ。インターネット経由で手に入れたものには、トラップドア・デーモンがはいってる可能性がある」

「しかしファイアウォールはどうなんだ？」とミラーが訊いた。「そいつを止めることはできないのか？」

ファイアウォールとは、マシンの持ち主が要求していないファイルやデータをはね返してしまうコンピュータの哨兵である。ジレットは言った。「そこがこいつの素晴らしいところでね。デーモンは持ち主が求めたデータのなかに隠されているから、ファイアウォールでは止められない」

「素晴らしい」ボブ・シェルトンが皮肉を口にした。

トニー・モットがぼんやりと自転車用のヘルメットに指を打ちつけていた。「やつは第一の規則を破ったんだ」

「どんな？」とビショップ。

ジレットが答えた。「一般人は相手にしない」

モットはうなずきながらつづけた。「ハッカーは政府、企業、自分以外のハッカーこそが恰好の標的だと思ってる。一般大衆はターゲットにすべきじゃない」

サンチェスが、「マシンの内部にはいりこんでいるかどうか、わかる方法はあるの？」

「ほんのわずかだけどね——キーボードの感度が若干鈍くなり、画像がすこしぼやけて、ゲームの反応もいつもほどクイックじゃなくなるし、ハードディスク・ドライブに一、二秒、あるはずがない反応の遅れが出る。」

シェルトンが訊ねた。「そのデーモンを、どうしてララ・ギブソンのコンピュータに見つけられなかった？」

「見つけたよ——ただし、死体でね。デジタルの塵芥さ。〈フェイト〉はそこに自己破壊の要素を仕込んだ。こっちが探してることを察知して、デーモンは自分をがらくたに書き換えてしまうのさ」

「どうやってその仕組みを発見した？」とビショップ。

ジレットは肩をすくめた。「こいつらを組み合わせて」とビショップにプリントアウトを手渡した。

ビショップはいちばん上の紙に目を落とした。

宛先：グループ

送信者：トリプル－Ｘ

タイタン２３３がトラップドアのコピーを欲しがってるって聞いた。やめとけよ。そんな話は忘れろ。フェイトとショーンのことは知ってる。やつらは〝危険〟だ。マジで。

「誰なんだ？」シェルトンが訊いた。「〈トリプル－Ｘ〉だと？　実物と会って話でもしてもらいたいもんだ」

「こっちはそいつの本当の名前も、住んでる場所もまるでわからない」とジレットは言った。「たぶん〈フェイト〉や〈ショーン〉とつるんでるサイバーギャングなんだろうな」

ビショップは残りのプリントアウトにも目を通した。そのすべてがトラップドアに関する詳細なり噂話だった。〈トリプル－Ｘ〉の名前も散見された。

ノーランがその一枚を叩いた。「このヘッダの情報で、〈トリプル－Ｘ〉のマシンまでたどれるんじゃない？」

ジレットはビショップとシェルトンに説明した。「ニュースグループのポスティングやｅメールに付いてるヘッダを見れば、そのメッセージが送り手から受け手に届くまでのルートがわかるんだ。理論的には、ヘッダを見てメッセージを追えば、出所のマシンの場所を特定できるのさ。でも、それはこっちでもうチェックした」ジレットは紙のほうに顎をしゃくると、「偽物だ。気合のはいったハッカー連中は、他人に見つからないようにヘッダを改竄(かいざん)してる」

「それで行き詰まりか」とシェルトンがつぶやいた。

「ざっと読んではみたけど、もう一度、みんなでじっくり検討したほうがいい」ジレットはプリントアウトを示すと、「それから、こっちで自分のボットを作ってみるつもりだ。〈フェイト〉〈ショーン〉、トラップドア、〈トリプル-X〉という言葉が出てこないかを調べさせる」

「証拠の探り出し(フィッシング・エクスペディション)か」とビショップが思いをこめるように言う。「p-hのフィッシング」

〝とにかくスペルが問題なんだ……〟

トニー・モットが言った。「CERTに連絡しましょう。この件で何か情報が届いてるかもしれない」

組織自体はそれを否定するけれども、世界中のオタクはこのイニシャルがコンピュータ緊急(エマージエンシー)応答(レスポンス)チームの略だと知っている。ピッツバーグはカーネギー・メロン大学のキャンパスにあるCERTは、ウィルスをはじめとするコンピュータの脅威に関して情報を集中管理する機関だった。またシステム管理者に対して、差し迫ったハッカーの攻撃を警告するという役割も果たしている。

組織の概容を聞かされてビショップはうなずいた。「連絡を入れてみるか」

ノーランが言い添えた。「でもワイアットのことは他言無用よ。CERTは国防総省と関係があるの」

モットが組織内にいる知人と連絡をとり、短い会話をして電話を切った。「トラップドア、またはそれに類似したものについての情報はなし。引きつづき、こちらからの連絡が欲しいそうです」

リンダ・サンチェスはアンディ・アンダーソンのデスクに置かれた娘の写真を見つめていた。かろうじて絞り出した声で、「じゃあ、オンラインにして安全な人なんていないのね」と囁いた。

ジレットはもうすぐおばあちゃんになろうという女性の丸い茶色い瞳を覗きこんだ。「〈フェイト〉は他人の秘密をすべて暴くことができる。他人になりすまして医療記録を読む。他人の銀行口座を空にして、他人の名前で違法な政治献金をして、他人のところに偽の愛人を送りこみ、その他人の妻や夫に偽のラブレターを送りつける。他人を解雇させることもできる」

「それに」パトリシア・ノーランが穏やかに言った。「人殺しだってできるわ」

「ホロウェイくん、話は通じているかね？……ホロウェイくん！」

「はあ？」

「『はあ？』『はあ？』って。それが尊敬すべき生徒の返事かね？　質問に答えるようにと二度も指しているのに、きみは窓の外ばかり見ている。課題をやらないようなら、これはもう
――」

「質問は何ですか?」

「人の話を最後まで聞きなさい。課題をやらないようなら、これはもう問題だよ。当校に入学するにふさわしい生徒が、いったい何人補欠名簿に載っているか、きみは知っているか? むろん知らないし、興味もないだろうな。課題は読んだのかね?」

「ちゃんとは」

「『ちゃんとは』か。なるほど。では質問はこうだ。八進法の意味を説明して、八進法の数字05726と12438を十進法で示せ。しかし課題を読んでいないきみが、どうして質問を知りたがるのかね? 答えられやしないだろう――」

「八進法とは、十進法に十個、二進法に二個の数字を用いるように、八個の数字を用いる記数法のことです」

「ほう、ディスカバリーチャンネルの中身を憶えているんだな、ホロウェイくん」

「いえ、ぼくは――」

「そこまでわかっているんだったら、黒板でその数字を変換してみせてもらえないかね。さあ、前に出なさい!」

「わざわざ書くまでもありません。八進法の05726は十進法の3030。ふたつ目の数字は先生の間違いです――12438は八進法の数字じゃありません。8という数字は八進法には存在しない。0から7までです」

「私が間違ったわけではないぞ。これは引っかけの質問だったのだ。諸君が気を張っているかどうかを確かめるために」

「先生がそこまでおっしゃるんなら」

「わかった、ホロウェイくん、校長先生のところへ行きたまえ」

ロスアルトスの自宅、ダイニングルームのオフィスで『オセロ』を演じるジェイムズ・アール・ジョーンズのCDを聞きながら、〈フェイト〉はジェイミー・ターナーという若いキャラクターのファイルを渉猟して、今夜実行するセント・フランシス・アカデミーへの訪問計画を練っていた。

だがその生徒のことを考えていると、自身の学生時代の記憶が甦ってくる——それがたとえば高校一年のとき、あの数学の授業で味わった苦い思いだ。〈フェイト〉の学校生活はというと、毎度同じパターンにはまっていた。一学期には成績はオールA。ところが春になるとDとFに急降下。これは最初の三、四カ月はどうにか我慢しても、その後は授業にうんざりして、二学期になるとほとんど登校しなくなるからだった。

そうすると両親が新しい学校へ転校させる。で、また同じことがくりかえされる。

〝ホロウェイくん、話は通じているかね?〟

たしかに、それが〈フェイト〉の抱えてきた問題だった。そもそも話の通じる相手などいなかった。ひとりかけ離れた存在だったのだから。

教師もカウンセラーも努力はしていた。英才教育クラス、上級英才教育プログラムと編入させたりしたが、それで彼の興味をつなぎ止めることはできなかった。そして退屈してくると残虐な性向が増していく。教師たちは——例の八進法事件を起こした数学教師のカミングズ先生のように——自分の限界を暴かれ、嘲りを受けるのを恐れて彼を指さなくなった。

そんな数年間があって、両親——ともに科学者——もほぼお手上げといった状態だった。自分たちの日常に忙しく（父親は電気技師、母親は化粧品会社に勤める化学者）、放課後の息子を幾人もの家庭教師の間で盥回しにしていた——そのおかげで、本人たちはめいめい仕事に打ちこめる時間がふえたのである。〈フェイト〉の二歳年上の兄リチャードには、親は甘い餌をあたえる作戦に出た——たいていは息子に二十五セント硬貨で百ドルを持たせ、午前十時にアトランティック・シティ・ボードウォークにあるゲームセンターか近くのショッピングモールで降ろして、十二時間後に迎えにいくというようなことになった。

同級生たちには……当然、初対面で嫌われた。彼は〝脳みそ〟であり、〝頭でっかちのジョン〟であり、〝天才くん〟だった。最初のころは無視されて、学期が進むにつれからかわれ、いじめられるようになった（少なくとも殴ろうとするやつはいなかった。それはあるフットボール選手が言ったように、「馬鹿な女は殴りたい放題に殴る。こっちはそこまでする気もない」からだった）。

やがて自分が粉々に砕け散ってしまわないよう、激しく回転する脳の内圧を抑えるために、彼はある意欲をかきたてられる場所で長い時間を費やすようになった。それがマシン・ワールドである。親も厄介がかからなければと金を注ぎこむので、彼の許にはつねに現状で手にはいる最高のパソコンがあった。

いつしか典型的なハイスクールの一日というものができて、午後三時まで授業を我慢すると一目散に帰宅して部屋にこもり、掲示板に書き込みをしたり、電話会社の交換機をクラックしたり、全米科学財団、疾病対策センター、ペンタゴン、ロスアラモス、ハーヴァード、CERNに侵入したりするようになった。彼の両親は月額八百ドルの電話料金と代案——仕事を失い、教師とカウンセラー相手に延々ミーティングをつづける——を天秤にかけ、ニュージャージー・ベル宛ての小切手を進んで切った。

それでも少年は明らかにらせん階段を転げ落ちていた——引きこもり癖とオンラインにしていないときの凶暴性は増すばかりだった。

だが底まで落ちてしまうまえに思いだしたのか、彼はネットから処方をダウンロードした優れた劇薬と〝ソクラテスする〟ことで、状況が変わっていったのである。

十六歳の少年はMUDゲームをプレイする人たちの掲示板に転がりこんだ。この特殊なゲームは中世を舞台に、魔法の剣や指環などを探す騎士の物語だった。しばらく見学してから、彼は気後れしつつキーを叩いた。「ぼくもできますか？」

すると年季のはいったプレイヤーに温かく迎え入れられた。「きみは誰になりたい？」

若いジョンは騎士になることに決めて、それから八時間、仲間とともに怪物や竜や敵の軍隊を殺しながら楽しい旅をつづけた。夜、ゲームを出てからは、ベッドのなかでこの痛快だった一日のことを思い返さずにはいられなかった。もう〝頭でっかちのジョン〟でも、軽蔑まじりの〝天才くん〟でもないという気がした。彼はその日一日を騎士として、神話の土地キラニアで幸せにすごしたのだ。リアル・ワールドでもちがう人間になれるかもしれない。

〝きみは誰になりたい？〟

翌日、彼はそれまで関わったことのない課外活動に参加する。選んだのは演劇部で、演技の才能があると自覚したのも早かった。そのほかは当時の学校生活に変化はなかった――ジョンと教師と級友の間には抜きがたい憎悪が横たわっていたのである――しかし彼は気にしなかった。ある計画があったのだ。学期の終わりになると両親に、三年生から転校させてくれないかと頼みこんだ。書類関係は全部自分で用意して、一切面倒はかけないからと話すと両親は承諾した。

そして秋になり、トーマス・ジェファーソン・ハイスクールの優秀生徒のクラスに編入しようという熱心な生徒たちのなかに、とりわけ熱心なジョン・パトリック・ホロウェイという若者がいた。

教師とカウンセラーが、以前いた学校からeメールで送られてきた書類を調べると――成績証明書には、幼稚園から各学年でむらなくBプラスをおさめていることが記され、情緒が安定して集団にもよく順応する子供であるというカウンセラーの熱を帯びた報告、クラス分けテストで取った優秀な得点、かつての担当教師たちから寄せられた推薦もあった。個人面接の場で若者は――タン色のスラックス、パウダーブルーのシャツ、濃紺のブレザーで異彩を放っていた――礼儀正しく非常に好印象で、学校側も喜んで迎え入れることになったのだった。

青年は宿題を忘れることはなく、授業にもほぼすべて出席した。成績はトム・ジェファーソンの生徒らしく、Bの上とAの下の間で安定していた。また彼は運動にも励んで、複数のスポーツをやった。ときには学校の外にある丘に仲間と腰をおろし、こっそり煙草を喫いながら、オタクや負け犬たちを種にジョークを言いあった。デートもして、踊りにもいったし、同窓会パレードの山車作りにも精を出した。

ほかのみんなと同じように。

スーザン・コインの家のキッチンで、彼女のブラウスの下を手探りして、ブレースの味を確かめた。ビリー・ピックフォードとふたりで、ビリーのパパが持っていたヴィンテージのコルヴェットをハイウェイに乗り出し、百マイルで走らせたあと、オドメーターを分解して数字を元に戻した。

幸せでもあり、不機嫌でもあり、騒々しくもあった。

ほかのみんなと同じように。

十七歳のとき、ジョン・ホロウェイは自らをソーシャル・エンジニアして、ごくごく普通の少年になりすましたのである。

事実、彼は人気者で、両親と兄の葬儀には、住んでいたニュージャージーの小さな町の記録になるほど参列者が押しかけた(家族の友人たちは、三人の命を奪ったガス爆発が起きた土曜日の朝、若いジョンがたまたまコンピュータの修理を頼みに出かけていたのは奇蹟だと口をそろえた)。

ジョン・ホロウェイは人生というものを見つめて、さんざん神と両親の食い物にされてきた自分が生き延びるには、人生をMUDゲームにするしかないと決意した。

それをいままたプレイしている。

〝きみは誰になりたい？〟

ロスアルトス郊外の楽しげな一軒家の地下で、〈フェイト〉はケーバー・ナイフの血を洗い流して研ぎはじめた。刃がウィリアムズ・ソノマで買ったシャープナーを擦る、シュッという音が心地よい。

これはこのゲームに登場する重要なキャラクター——アンディ・アンダーソンの心臓を停めるのに使ったナイフだった。

シュッ、シュッ、シュッ……

アクセス……

ナイフを鋼に叩きつけていると、〈フェイト〉の完全な記憶力が数年まえ、自身のハッキング・ノートに写し取っていた〈ブルー・ノーウェアの生活〉という記事の一節を呼び起こす。

リアル・ワールドとマシン・ワールドを分かつ境界線は日に日にはっきりしなくなっている。しかし、それでわれわれが自動人形(オートマトン)と化し、マシンの奴隷になろうとしているわけではない。そうではなくて、要するに人間とマシンはおたがいに距離を縮めているのである。われわれはマシンを自分の意思や性質に沿わせようとしている。ブルー・ノーウェアでは、マシンがわれわれの個性や文化を——われわれの言語、神話、隠喩、哲学、精神を

――身につけようとしている。

そしてこの個性と文化が、今度はマシン・ワールド自体によってどんどん変えられていく。

仕事から帰ると、ジャンクフードを食べながら一晩中テレビを見ていたという孤独な人間のことを考えてみるといい。いまやその彼がコンピュータのスイッチを入れ、ブルー・ノーウェアという交流の場にはいっていく――キーボードに触れる刺激があり、言葉の交換があり、彼はかきたてられる。もはや受け身ではいられない。なんらかの反応を示すには入力という行為が必要となる。彼が存在のより高いレベルに達したのは、マシンが彼のところにやってきたからなのだ。マシンが彼の言語をしゃべるからだ。

良くも悪くも、いまやマシンは人間の声、精神、感情そして目標を反映している。

良くも悪くも、人間の良心、あるいは良心の欠如をも反映している。

〈フェイト〉は研ぎ終えた刃をきれいに拭いた。それを小型トランクにしまって階上に戻ると、納税した金が正しく使われていることを発見した。国防リサーチ・センターのスーパーコンピュータがジェイミー・ターナーのプログラムを走らせ、セント・フランシス・アカデミーの校門を開くパスコードを吐き出していたのである。今晩は自分のゲームをプレイするつもりだった。

〝良くも悪くも……〟

ジレットが集めたプリントアウトを丹念に読みだして二十分、チームは新たな手がかりのひとつも得られずにいる。ハッカーはワークステーションに座り、ネット上のサーチを継続してくれるボットのコードを書いていた。

そのジレットが手を止めて顔を上げた。「ひとつ、やっておかなくちゃならないことがある。〈フェイト〉はいずれハッカーが雇われてることを知って、こっちに手を伸ばしてくるかもしれない」彼はスティーヴン・ミラーを見た。「ここからアクセスできる外部のネットワークは？」

「ふたつある――インターネットはうちの独自ドメイン、cspccu.govを通して。きみがオンラインにするのに使っていたものだ。それとＩＳＬＥネットにもつながる」

サンチェスがその頭字語について説明した。「統合全州的法執行（インテグレイテッド・ステイトワイド・ロー・エンフォースメント）ネットワークのことよ」

「隔離されてるのか？」

隔離されたネットワークは、おたがいにハードウェア・ケーブルで接続したマシンだけで構成されている――したがって電話線やインターネット経由でハックするのは不可能なのだ。

「いや」とミラー。「どこからでもログオンできる――ただしパスコードは必要で、二重に敷かれたファイアウォールを抜けなくてはならない」

「ＩＳＬＥネットからたどれる外のネットワークは？」

サンチェスが肩をすくめた。「全国の州および連邦の警察機構――FBI、シークレット・サーヴィス、ATF（アルコール・煙草・火器局）、ニューヨーク市警……それにスコットランド・ヤードとインターポルも。一式そろってるわ」

モットが引き取って、「州のコンピュータ犯罪を扱う中枢として、CCUはISLEネットのルート権限を持ってる。だから、われわれはどこよりも多いマシンやネットワークとのアクセスがあるんだ」

ジレットは言った。「じゃあ、そのリンクをこっちで切ることだ」

「おいおい、バックスペース、バックスペース」ミラーが〝ちょっと待ってくれ〟という意味のハッカー用語を口にした。「ISLEネットとのリンクを切るって？　そんなことはできない」

「するんだ」

「なぜだ？」とビショップが訊いた。

「なぜなら、〈フェイト〉がトラップドア・デーモンを使って侵入すれば、ISLEネットへいきなり飛ぶこともできる。もしそうなったら、やつは接続されている法執行関係のネットワークすべてにアクセスする。そうなったら悲劇だ」

「しかし、われわれはISLEネットを日に十回も使ってる」とシェルトンが抗議した。「自動指紋照合データベース、令状、容疑者の前科、事件のファイル、調査……」

「ワイアットの言うとおりよ」とパトリシア・ノーラン。「この男がすでにVICAPと二カ所の州警察データベースをクラックしたことを忘れちゃだめ。これ以上システムに入れるようなリスクは冒せないわ」

ジレットは言った。「もしISLEネットを使う必要があれば、ほかの場所へ行ってもらう――本部なりどこなりへと」

「ばかばかしい」とスティーヴン・ミラー。「データベースにログオンするのに、わざわざ車で五マイルも走ってられない。捜査を長引かせるのがオチだ」

「われわれはいま流れに逆らって泳いでる」シェルトンが言った。「犯人はずっと離れた先だ。むこうとしては、いまさらアドバンテージもないだろう」彼はビショップに哀願するような視線を投げた。

痩身の刑事ははみ出したシャツの裾に目を落とし、それをたくしこんだ。しばらくして彼は言った。「やるんだ。彼の言うとおりに。接続を切る」

サンチェスが溜息をついた。

スティーヴン・ミラーとトニー・モットが悲しそうに見守るなか、ジレットは外部とのリンクを切断するコマンドを打った。それを終えて、ジレットはチームの面々に顔を向けた。

「もうひとつ……いまから、ぼく以外はオンラインにしないこと」

「なぜだ？」とシェルトン。

「トラップドア・デーモンがこっちのシステムにはいりこんでるかどうか、それを感じとれるのはぼくだからさ」

「どうやって？」あばた面の刑事が語気荒く質した。

「霊感つながりのホットラインか？」

ジレットは淡々と答えた。「キーボードの感覚、システムの反応のずれ、ハードディスク・ドライブの音——さっきも話したことだけど」

シェルトンは頭を振り、ビショップに訊ねた。「そんなこと、あんたは認めないだろう？だいたいネットに近づけちゃいけないことになってたのに、なぜかやつはオンラインで世界を闊歩するようになった。で、今度はできるのは自分だけで、おれたちはだめだとぬかす。これじゃあべこべだ、フランク。この状況はおかしい」

「いまの状況は」ジレットは主張した。「こっちには自信があるってことさ。ハッカーにはマシンに対する研ぎ澄まされた感覚がある」

「賛成する」とビショップは言った。

シェルトンは力なく両手を持ちあげた。スティーヴン・ミラーの表情は冴えない。トニー・モットは大型拳銃のグリップを撫でていた。いまやマシンのことより、犯人に銃弾を食らわせたいとそのことを思っているようだった。

ビショップの電話が鳴った。しばらく相手の話に聞き入るうち、刑事の顔には笑みとまではいかなくても、生きいきとした表情が浮かんできた。彼はペンと紙を手もとに引き寄せてメモを取りはじめた。ペンを走らせて五分、電話を切ってチームに目をやった。

「もう犯人を〈フェイト〉と呼ぶこともなくなった。本名がわかった」

00001101／13

「ジョン・パトリック・ホロウェイ」

「あのホロウェイ？」パトリシア・ノーランの声が驚きでうわずった。

「知ってるのか？」ビショップは訊いた。

「ええ、もちろん。コンピュータ・セキュリティの業界では知らないほうが珍しい。でも最近は噂を聞かないわ。更生したのか、死んだのかと思ってた」

ビショップがジレットに言った。「あんたのお手柄だ——Ｕｎｉｘの東海岸バージョンというあの意見が効いた。マサチューセッツ州警で指紋の一致を確認した」ビショップはメモを読んだ。「ここに簡単な履歴がある。男は二十七歳。ニュージャージー生まれ。両親とただひとりの兄弟——兄——は死亡している。ラトガーズとプリンストンに入学し、成績優秀、才気あふれるコンピュータ・プログラマー。キャンパスでは、さまざまな活動をして人気者。卒業後はこっちに来て、サン・マイクロシステムズで人工知能とスーパーコンピューティングの研究に従事。転職してNEC。それからクパティーノのアップルに移る。一年後、東海岸に戻り、ニュージャージーのウェスタン・エレクトリックで新型のフォーン−スイッチの設計に関わる。そしてハーヴァードのコンピュータ科学研究所で職を得た。従業員としては申し分ないといった印象だ——チームプレイヤーで、ユナイテッド・ウェイの福祉活動で責任者を務めたりしている」

「典型的なアッパー・ミドル・クラスに属する、シリコン・ヴァレーのコードスリンガー兼チップ−ジョッキー」とモットが要約してみせる。

ビショップはうなずいた。「ただ、ひとつ問題があった。一方で善良な市民の代表を装いながら、夜はハッキングをやるサイバーギャングを率いていた。なかでも有名だったのが〈アクセスの騎士団〉。やつはそれを〈ヴァレーマン〉というハッカーと結成した。その仲間の本名については記録がない」

「KOA?」ミラーが不安を表に出して言った。「相当のワルだぞ。連中は〈悪の達人〉というオースティン出身のギャングと対立したし、ニューヨークの〈ディセプターズ〉とも諍いを起こした。やつはその両方のギャングのサーバーをクラックして、ファイルをFBIのマンハッタン支局に送った。それでギャングの半数が逮捕されたんだ」

「おそらく、オークランドの911を二日間遮断したのは〈騎士団〉の仕業だろう」ビショップがメモを見ながら言った。「それで死亡したのが数名——救急医療の要請が届かなかったためだ。ところが地方検事は連中の犯罪であることを立証できなかった」

「外道め」シェルトンが吐き棄てた。

ビショップはつづけた。「当時のホロウェイは〈フェイト〉を名乗ってはいなかった。ユーザー名は〈サートゥンデス〉」ビショップはジレットに訊いた。「知ってるか？」

「個人的には知らない。でも噂は聞いてた。ハッカーなら誰でもね。何年かまえには、ウィザードのリストの頂点にいた」

ビショップはメモに目を戻した。

「ハーヴァードに勤めているころに密告があって、マサチューセッツ州警が男を訪ねた。で、その人生がでっち上げであることがわかった。やつはハーヴァードからソフトウェアやスーパーコンピュータのパーツを盗んでは売り飛ばしていた。警察でウェスタン・エレクトリック、サン、NECと勤務した先すべてをあたってみると、どうやら以前から同じことをやっていたようだ。そしてマサチューセッツで保釈中に行方をくらまし、消息がとだえて三、四年になる」

モットが言った。「マス州警からファイルを取り寄せましょう。むこうには役に立つ分析があるはずだから」

「もう消されてる」とビショップは答えた。

「犯人がそのファイルも破壊したの？」リンダ・サンチェスが陰気な声で訊いた。

「ほかに可能性は？」ビショップは皮肉をこめて反問するとジレットを見やった。「あんたのボット――サーチ・プログラムを変更できるか？　ホロウェイと〈ヴァレーマン〉の名前を付け足せるか？」

「お安い御用だ」ジレットはふたたびコードを入力しはじめた。

ビショップはウエルト・ラミレスに電話を入れ、しばらく話した。その通話が終わるとチームに向かって、「ウエルトの話では、アンディ・アンダーソンの現場から証拠は挙がってない。ジョン・パトリック・ホロウェイの名前をＶＩＣＡＰと州のネットワークで調べてみるそうだ」

「こっちのＩＳＬＥネットを使ったほうが速いのに」とスティーヴン・ミラーがつぶやく。

ビショップはその厭味を無視してつづけた。「それとマサチューセッツから、ホロウェイの逮捕時の写真が手にはいるらしい。やっとティム・モーガンでマウンテン・ヴュー周辺と、〈フェイト〉が買物に来る場合にそなえて演劇用品店付近に写真をばらまく。あとは〈フェイト〉の過去の勤務先に連絡して、犯罪の内部報告書を入手する」

「消去されてないと仮定したうえでの話ね」サンチェスが悲観するように言った。

ビショップは時計を見あげた。まもなく四時だった。頭を振った。「動かないとな。犯人の目標が一週間にできるだけ多く殺すことだとすると、すでに狙われているつぎの標的があるかもしれない」彼は手にしたマーカーで、ホワイトボードにメモを書き写していった。

パトリシア・ノーランがボードの、黒のマーカーでひときわめだつように書かれた〝トラップドア〟の文字を顎で示した。「これは新世紀の犯罪ね。侵害なのよ」

「侵害？」

「二十世紀に人はお金を盗んだわ。いま盗まれるのは人のプライバシー、秘密、空想」

〝アクセスは神……〟

「でも、ある面では」ジレットが口を開いた。「トラップドアの素晴らしさは認めざるをえない。ほんとにたくましいプログラムだ」

背後で怒りの声があがった。「〝たくましい〟？　どういう意味だ？」質問の主がボブ・シェルトンなので、ジレットも驚きはしない。

「単純かつパワフルなソフトウェアだってことさ」

「ふん。そいつを自分で発明できなかったのがくやしいって言ってるみたいだな」

ジレットは穏やかに言った。「みごとなプログラムだ。仕組みはわからない、知りたい。それだけさ。好奇心に駆られるね」

「好奇心だと？　これで人が殺されてるってことを、まさかお忘れになっちまったのか」

「それは――」

「くそガキ……。おまえにしたら、こいつはゲームなんだろ？　やつと同類だ」シェルトンはビショップに声をかけて歩きだした。「早くここを出て目撃者を探そう。おれたちのやり方で野郎を捕まえるんだ。こんなコンピュータのお遊びじゃなく」シェルトンはＣＣＵを出ていった。

誰も動かなかった。チームはそれぞれ気まずい思いでホワイトボードやコンピュータの端末や床を見つめている。

ビショップは目配せしてジレットをパントリーに誘った。刑事はスタイロフォームのカップにコーヒーを注いだ。

「女房のジェニーには控えろって言われてる」とビショップは黒い液体に目をやった。「大好きなんだが胃が悪くてね。医者は潰瘍予備軍だって。妙な言い方をするじゃないか。なんだか訓練を受けてる気になってくる」

「こっちは胸焼けさ」ジレットは胸元に手をあてた。「ハッカーには多いんだ。コーヒーとソーダのせいで」

「で、ボブ・シェルトンのことなんだが……ちょっとした経緯があってね、数年まえのことだ」刑事はコーヒーを啜ると、はだけたシャツに目を落とした。それをまたたくしこんだ。「あんたの裁判記録にあった手紙を読ませてもらった——量刑審問手続のなかで、お父さんが判事に送られたeメールだ。あんたたちはいい親子関係をきずいてるようだな」

「ああ、すごくいい」ジレットはうなずいた。「とくに母が死んでからはね」

「だったら、あんたにも理解してもらえると思う。ボブには息子がいた」

いた?

「やつは息子をとても愛していた——おそらく、お父さんがあんたを愛してるようにね。そのひとり息子が数年まえ、交通事故で死んだ。十六歳だった。それ以来、ボブは変わった。疑問があるのはわかるが、多少なりと気持ちは汲んでやってほしい」

「気の毒に」ジレットはふと別れた妻のことを思いだしていた。刑務所では結婚がつづくことを願い、エリーとの間に息子なり娘なりがいればと悔やむばかりだった。道を踏みはずし、家族をつくるチャンスをふいにしたとの思いをかみしめていた。「努力してみる」

「ありがたい」

ふたりは部屋の中央に戻り、ジレットはふたたびワークステーションに席を占めた。ビショップが駐車場に顎をしゃくった。「ボブとおれは〈ヴェスタズ・グリル〉の目撃者を探しにいく」

「刑事」トニー・モットが立ちあがった。「ぼくも同行していいですか？」

「なぜだ？」ビショップは怪訝な顔をした。

「役に立つと思うんです――コンピュータのほうはワイアット、パトリシア、スティーヴンでカバーできる。目撃者を洗い出す手伝いはできますよ」

「聞き込みの経験はあるのか？」

「ええ」すこし遅れてモットは微笑した。「まあ、犯罪が起きたあとの現場ではないけど。でもオンラインで対人調査をした経験はいくらでも」

「なるほど、またにしようか、トニー。まずはボブとおれのふたりで進める」ビショップはオフィスを出た。

若い警官ははっきり失望した様子でワークステーションに戻った。ジレットは警官が素人への報告係として残されたことに憤っているのか、それともその銃把でオフィスの備品を傷つけている、大型拳銃を使う機会を本気で狙っていたのだろうかと考えていた。

五分後、ジレットはボットのプログラムを書きあげていた。

「できたぞ」彼はオンラインにして、自分が創造したものをブルー・ノーウェアに送りこむコマンドを打った。

パトリシア・ノーランが身を乗り出して画面を見つめている。「頑張って」彼女は囁いた。「無事でね」それは海図のない危険な海に乗り出そうという船長に、妻が投げる別れの言葉を思わせた。

またしてもマシンにビープ音。〈フェイト〉はダウンロードした見取り図――セント・フランシス・アカデミーと校庭――から顔を上げ、〈ショーン〉の新しいメッセージを見た。メールを開いて読むと、やはり悪い知らせだった。警察に本名を知られたのである。一瞬不安になったが、深刻なことではないと思いなおした。ジョン・パトリック・ホロウェイは幾層にも重なる偽の仮面(ペルソナ)と呼称の下に隠れているのだから、彼と〈フェイト〉を結びつけるものは何ひとつないのだ。それでも警察が彼の写真を入手すれば（人間の過去にはデリート・コマンドで消去できない部分がある）、それは間違いなくシリコン・ヴァレー一帯に配られるだろう。だが、少なくともあらかじめ警告は来た。さらに変装をすればいい。

だいたい難解でなければ、ＭＵＤゲームをプレイする意味はどこにあるというのか。

コンピュータの時計を見ると四時十五分。今夜のゲームのために、セント・フランシス・アカデミーへ出かける頃合いだった。二時間以上も余裕があるが、守衛の巡回経路が変更されていないかを確認しておく必要がある。それにジェイミー・ターナー少年の逸る気持ちもわかる。約束の時間より早めに学校を脱け出して、兄貴が現われるまであたりをうろつこうと考えるかもしれない。

〈フェイト〉は地下に降り、小型トランクから必要な品——ナイフ、拳銃、ダクトテープ——を取った。そして地下の浴室にはいって、洗面台の下からプラスティック製の壜を出した。そこにはまえもって混合させた液体を入れておいた。その化学薬品の刺激的な香りがいまも鼻に残っている。

道具の準備を終えてダイニングルームに戻り、もう一度〈ショーン〉からの警告の有無を確認する。メッセージはなかった。彼はログオフすると、ダイニングルームの頭上の明かりを消した。

するとコンピュータにスクリーン・セーバーが表示され、薄暗い部屋に光を放った。画面上に、ある言葉がゆっくりとスクロールする。こう書かれていた。

アクセスは神。

00001110／14

「ほら、持ってきたわ」

ジレットは振り向いた。パトリシア・ノーランがコーヒーを差し出している。「ミルクと砂糖、でしょ？」

彼はうなずいた。「ありがとう」

「あなたの好みがわかったのよ」

ジレットはサンホーの囚人たちが煙草と交換した本物のコーヒーを、流しのお湯で淹れるという話をしようかと思った。しかし、いくらおもしろい小話だからといって、自分が服役囚であるとわざわざ印象づけることもない。

ジレットの傍らに腰をおろしたノーランは不恰好なニットドレスを引っぱると、ルイ・ヴィトンのバッグからまたネイル・ポリッシュを出して蓋をあけた。ジレットがその壜を見つめて

いると、

「コンディショナーよ。とにかくキータッチで爪に負担がかかるの」ノーランはジレットの目を覗くと、視線を指先に落として念入りに眺めた。「短く切ってもいいんだけど、それって私のプランじゃないし」彼女が〝プラン〟の部分を強調したのは、何か個人的な事柄をジレットと共有しようと思ったからかもしれない。だがジレットとしては、知りたいことかどうか定かではないのだ。

「今年の初めごろ、朝、目が覚めて——ほんとのこと言うと一月一日なんだけど——ひとりで飛行機に乗って休暇をすごしたあとの話。私、気がついたわけ、自分は三十四歳で、ベッドルームに猫と二万ドルの価値がある半導体製品を飼ってる独身のオタク女だって。それで生き方を変えることに決めたわ。ファッションモデルじゃないけど、手入れできるところはしてみようって。爪と髪と体重と。エクササイズは大嫌いだけど、いまも毎朝五時にはヘルスクラブにいる。〈シアトル・ヘルス&ラケット〉じゃ、ステップ・エアロビクスの女王よ」

「そうか、ほんとにきれいな爪だね」とジレットは言った。

「ありがとう。太腿の筋肉もすごいのよ」ノーランはそう応じて流し目をつかった（彼女のプランには火遊びの誘いもふくまれるのだろうか、とジレットは思った。多少は腕におぼえがあるらしい）。

「結婚してるの？」

「離婚した」

「私も一度、もうすこしで……」ノーランは言葉を切ると、ジレットの反応を量るように目を向けてきた。

ジレットは無表情を通しながら、こんなのは時間の無駄さ、と心のなかで言った。こっちには見込みはまるでないんだから。しかしその反面、彼女が示してくる興味はわかりやすいもので、たとえ自分が刑期を一年残した、妄想の世界に浸る痩せっぽちのオタクであっても問題はないと、ワイアット・ジレットはいまさらながらに思うのだ。ボットを書いていたときの、あの崇めたてまつるような目を見れば、女の関心が彼の技術に対する知性と情熱に根ざしているのだとわかる。これぞいついかなるときも、ハンサムな顔と〈チッペンデイル〉風の肉体を凌駕する要素なのである。

だが話題がロマンスに独身生活となると、頭に前妻のエラナのことが浮かんで気がふさいでしまう。ジレットは黙って、ときにうなずいたりしながらノーランの話を聞いた。ホライゾン・オン－ラインでの日々は、その語り口からすると想像以上に刺激的であるようだし（とはいえ、例の見込みを覆すほどでもなく）、また友人たちと猫がいるシアトルの暮らしや、オタクやチップ－ジョックとの奇妙なデートについても聞かされた。

ジレットが行儀よく、いわば中身のないデータを吸収して十分が過ぎたとき、マシンがけたたましいビープ音を発した。ジレットは画面に目をやった。

検索結果：

検索要求：フェイト
ロケーション：alt.pictures.true.crime
ステータス：ニュースグループ・レファレンス

「おれのボットに魚がかかった」ジレットは叫んだ。「ニュースグループに〈フェイト〉のレファレンスがある」

地上のあらゆるトピックに関して専門的なメッセージを集めるニュースグループは、Unixユーザー・ネットワークを略したUsenetの名で知られるインターネットの一部分に包含されている。一九七九年、ノース・カロライナ大学‐デューク大学間でメッセージの送信を開始したUsenetは当初、純粋に科学的なものであって、ハッキング、セックス、ドラッグなどのトピックには厳しい禁止措置を課していた。しかし八〇年代になると、多くのユーザーがこうした制限に検閲の匂いを嗅ぎつけた。その結果〝大反乱〟が起き、ニュースグループのオルタネイト・カテゴリーが誕生する。以来、Usenetは辺境の町といった風情だ。ハードコア・ポルノから文学批評、カトリック神学、親ナチ政治学、大衆文化への容赦ない一撃（たとえば、alt.barney.the.dinosaur.must.die:恐竜バーニー死すべし）まで、地球に存在するすべての話題についてメッセージを見つけることができる。

ジレットのボットはオルタネイト系ニュースグループ、alt.pictures.true.crime（犯罪現場写真）に誰かが〈フェイト〉の名前をふくむメッセージを貼りつけ、そこの主に警告を発したことを突き止めたのだった。

ジレットはニュースグループ・リーダーを起動させ、オンラインに接続した。そして当のグループを見つけ出すと画面を凝視した。〈ヴラスト４５３〉というスクリーン・ネームの人間が、〈フェイト〉の名を出してメッセージを貼っていた。しかも画像を添付している。

モット、ミラー、ノーランがモニターの周囲に集まった。

ジレットはメッセージをクリックして、ヘッダに目を転じた。

From : 〃ヴラスト〃 <vlast@euronet.net>
Newsgroups : alt.pictures.true.crime.
Subject : フェイトから来た古いの。みんなほかの持ってる。
Date :1 April 23:54:08 +0100
Lines : 1323
Message-ID : <8hj345d6f7$1@newsg3.svr.pdd.co.uk>
References : <20000606164328.26619.00002274-@ng-fm1.hcf.com>
NNTP-Posting-Host : modem-76.flonase.dialup.pol.co.uk
X-Trace : newsg3.svr.pdd.co.uk 960332345 11751 62.136.95.76
X-Newsreader : Microsoft Outlook Express 5.00.2014.211
X-MimeOLE : Produced By Microsoft MimeOLE V5.00.2014.211

Path：news.Alliance–news.com!traffic.Alliance–news.com!Budapest.usenetserver.
com!News–out.usenetserver.com!diablo.theWorld.net!news.theWorld.net!
newsport.theWorld.net!

それから〈ヴラスト〉が送ったメッセージを読んだ。

グループへ
ともだちのフエイトからこれもらつたの六こ月まえで、そのあとあいつかられんらくなく。だれかこんなのもつと貼れるかい。
——ヴラスト

トニー・モットが言った。「この文法と綴りを見ろ。外国から来たんだ」
人々がネット上で使用する言語は、その当人たちについて多くを語っている。英語は最も一般的な選択だが、本物のハッカーたちは数々の言語——とくにドイツ語、オランダ語、フランス語——をマスターして、ハッカー仲間とできるかぎり多くの情報を共有しようとする。
ジレットは〈ヴラスト〉のメッセージに添えられていた画像をダウンロードした。それは古い犯罪現場の写真で、十カ所以上も刺された若い女の裸体が写っていた。リンダ・サンチェスは娘と生まれてくる孫のことを連想したらしく、写真を見たとたんに目をそむけた。「胸が悪くなる」とつぶやいた。

ジレットも同じ気分だったけれども、その光景はあえて思い浮かべないようにした。「この男を追跡(トレース)してみよう。こいつのところまで行けたら、〈フェイト〉に通じる手がかりをもらえるかもしれない」

インターネットで人を追跡するには二通りの方法がある。eメールやニュースグループのポスティングで本物のヘッダを把握している場合、そのパス表示を調べていけば、メッセージがインターネットに載った場所と、それをダウンロードしたコンピュータまでの経路が明らかになる。裁判所命令が出れば、その第一のネットワークのシスアドミンがメッセージを送ったユーザーの名前とアドレスを警察に提出する可能性もある。

だが、ハッカーは追跡されないよう偽のヘッダを使用することが多い。ジレットは〈ヴラスト〉のヘッダを目にした瞬間、紛い物と見抜いた。正しいインターネットの経路なら小文字しかふくまれないはずなのに、ここには小文字と大文字が混在していたからである。ジレットはCCUチームにその事実を告げたうえで、件の男のインターネット・アドレス――vlast453@euronet.netからもうひとつの追跡を試みると言った。ハイパートレースをロードして〈ヴラスト〉のアドレスを入力すると、プログラムが動きだし、世界地図が現われた。CCUのコンピュータが置かれるサンノゼから、太平洋をまたぐ点線が出ている。それが新たなインターネット・ルーターにぶつかるたびに方向を変え、マシンが〝ピン〟と呼ばれる電子音を発した。これは潜水艦のソナー・ビープと似た音であることからそう名づけられた。

ノーランが言った。「これはあなたのプログラム？」

「そうだ」

「みごとだわ」

「ああ、楽しいハックだった」と言ってから、ジレットは自分の技量がまた女を惹きつけてしまったことに気づいた。

CCUから〈ヴラスト〉のコンピュータへの経路を表す線は西へ進み、中央ヨーロッパのクエスチョン・マークを囲むボックスのなかでとぎれた。

ジレットはそのグラフを見て画面を指で叩いた。「オーケイ、〈ヴラスト〉は現在オンラインにしていないか、マシンがある場所を隠してる。だから追跡行はクエスチョン・マークで終わってる。最高に近づいたとして、サービス・プロバイダーのEuronet.bulg.net。やつはEuronetのブルガリアのサーバーからログオンしてる。やっぱりってとこだ」

ノーランとミラーが納得してうなずいた。ブルガリアは人口に占めるハッカーの割合が世界で最も多いと言われる。ベルリンの壁が崩壊し、中央ヨーロッパの共産主義が終焉を迎えて、ブルガリア政府は国を旧ソビエト圏内のシリコン・ヴァレーとするべくコードスリンガー、チップ－ジョックの大量輸入を推し進めた。しかし悲しいかな、世界市場はすでにIBM、アップル、マイクロソフトなど米国の会社に席捲されていた。外国のハイテク企業はまとめて討ち死にして、仕事にあぶれた若いオタクたちはコーヒーショップで暇をつぶすかハックするしかなくなった。ブルガリアは年間のコンピュータ・ウィルス生産高が世界一である。

ノーランがミラーに訊ねた。「ブルガリアの当局は協力してくれる？」

「無理だな。あそこの政府は情報を求めるこちらの要求に返事もくれないよ」と、そこでスティーヴン・ミラーは思いついたように、「直接eメールしてみたらどうだろう、〈ヴラスト〉に」

「だめだ」ジレットは言った。「〈フェイト〉に警告が行くかもしれない。どうやら行き止まりだな」

そのときコンピュータがビープ音を発した。ジレットのボットがまた獲物をとらえたのだ。

検索結果：
検索要求：トリプル－X
ロケーション：IRC，#hack
ステータス：オンライン中

〈トリプル－X〉はすでにジレットが存在を突き止めていたハッカーで、〈フェイト〉とトラップドアについて相当詳しい人物と目されている。

「彼はいまインターネット・リレー・チャット上のハッキング・チャットルームにいる」とジ

レットは言った。「〈フェイト〉のことを見ず知らずの他人に洩らすかどうかは知らないが、とにかくトレースしてみよう」そしてミラーに対して、「ログオンするまえにアノニマイザーが要る。こっちのをおたくのシステムで走らせるには修正しなくちゃならないんだ」

アノニマイザー、またの名をクロークというソフトウェア・プログラムは、オンライン中に他人を装い、実際とは別のロケーションにいるように見せかけてあらゆる追跡をブロックするというものだった。

「わかった、このまえ作ったやつがある」

ミラーはジレットの正面にあるワークステーションにプログラムをロードした。「仮に〈トリプル‐X〉がトレースすると、あんたはオースティンのパブリック‐アクセスの端末からログオンしてるように見えるはずだ。あのへんは巨大なハイテク地域で、テキサス大の学生たちが本格的にハッキングをやってる」

「素晴らしい」ジレットはキーボードに向きなおってミラーのプログラムを手早く確かめると、アノニマイザーに新しいユーザー名〈レネゲード334〉を打ち込んだ。仲間たちに目をやり、「よし、サメたちと泳いでみるか」と言ってエンターキーを押した。

「あそこだ」と警備員が言った。「あそこに駐まってたよ、明るい色のセダンが。一時間ぐらいいたね、その女の人が連れ去られたころに。前に人が乗ってたのはまず間違いない」

警備員はインターネット・マーケティング・ソリューションズ・アンリミテッドがはいった

三階建てビルの背後にあたる、駐車場の空いたスペースを指さした。そこはちょうど〈フェイト〉ことジョン・ホロウェイがララ・ギブソンをソーシャル・エンジニアして死に至らしめた、クパティーノは〈ヴェスタズ・グリル〉裏手の駐車場を見渡せる場所だった。その謎のセダンに乗っていた人物なら、拉致の現場は目撃していないにしても、〈フェイト〉の車をはっきり見ていたと思われる。

だがフランク・ビショップ、ボブ・シェルトン、それにインターネット・マーケティングの人事部長の女性で、事件当日ビル内にいた三十二名の事情聴取をおこなったものの、そのセダンは特定できないままなのだ。

いまふたりの刑事は有力な情報を求めて、車の存在に気づいていた警備員の話を聞いている。

ボブ・シェルトンが訊ねた。「そうすると、車の持ち主は会社の仕事をしている人間ってことになるね？」

「そうなるね」長身の警備員が請けあった。「ゲートを抜けてこの駐車場にはいるには社員証が必要だ」

「来客は？」とビショップ。

「いや、お客さんは正面に駐めるから」

ビショップとシェルトンはたがいの目を見交わした。まるで進展がないのである。コンピュータ犯罪課を出たあと、ふたりはサンノゼの州警本部に立ち寄り、マサチューセッツ州警から送られてきたジョン・ホロウェイの逮捕時の写真を入手した。焦げ茶色の髪、とりたてて特徴ない。ソープ・ヴァレーには、似たような連中があと一万人はいる。マウンテン・ヴューの〈オリーズ・シアトリカル・サプライ〉をあたったウエルト・ラミレスとティム・モーガンのほうも不首尾だった。唯一居合わせた店員も、〈フェイト〉の写真には反応しなかった。

ＣＣＵではひとつ手がかりをつかんでいた——ワイアット・ジレットのボットが〈フェイト〉のレファレンスを発見した、とリンダ・サンチェスが電話で伝えてきた——が、そちらもまた袋小路だった。

ブルガリアか、とビショップは皮肉な思いを抱いた。いったいこれは何の事件なのか。

刑事は警備員に言った。「ひとつ質問していいですか。どうしてその車に気がついたんです？」

「はあ？」

「ここは駐車場だ。車が駐まってるのが普通でしょう。そのセダンに注意が向いたのはなぜですか」

「それはこの裏に車が駐まるのは普通じゃないからでね。最近、ここで見かけたのはあの一台だけなんだ」警備員はあたりを見回し、三人以外にいないことを確かめると、「ほら、会社の景気が良くないでしょ。従業員は四十人に減ったしね。去年は二百近くいたんだよ。だからスタッフ全員、その気になりゃ正面に駐車できるんだ。社長もそれを奨励してる始末でね——あの会社はもう終わりだって見られないように」そして声をひそめて、「言わせてもらえりゃ、このドットコム・インターネットなんてやつは、みんなが言うみたいな金の卵じゃないのさ。いまはコストコ・リテールで働き口を探してる……将来のある仕事だからさ」

オーケイ、フランク・ビショップはひとりごちると〈ヴェスタズ・グリル〉を眺めた。考えろ。ここに駐める必要もないのに駐まっていた車。それが糸口だ。

ふっと閃きかけた思いが逃げていく。

刑事たちは警備員に礼を言うと、オフィスビルを囲む公園内の砂利道を抜けて車に戻った。「時間の無駄だ」とシェルトンが言った。だが彼は素朴な真実を述べていて――捜査とはほとんどが時間の無駄である――とりたてて落胆したふうでもない。

考えろ、とビショップは心中でくりかえした。

〝それが糸口だ〟

ちょうど終業時間で、小道を通って正面の駐車場に向かう従業員たちがいる。ビショップが目をとめたのは、ビジネススーツ姿の若い女性の横を静かに歩く三十代のビジネスマンだった。と、その男は突然横を向き、女性の手をつかんだ。ふたりは笑いながらライラックの茂みに消えていった。影に呑まれたふたりは抱きあうと熱いキスをかわした。

その密通になぜか家族のことを思いだし、ビショップは翌週、妻と息子とどれだけの時間をすごせるだろうかと考えた。多くはないとわかっている。

そのとき、間々そういうことが起きるのだが、ふたつの思いが結合して三つめが生まれた。

〝それが……〟

彼は足を止めた。

〝……糸口だ〟

「行くぞ」ビショップは来た道を走って引き返した。シェルトンと較べると相当細いけれど体調が良好というわけでもなく、荒い息遣いでオフィスビルに戻る刑事のシャツはまたしても裾が激しく乱れていた。

「慌ててどうした？」相棒も喘いでいる。

しかし刑事は答えなかった。インターネット・マーケティングのロビーを抜けて人事部まで走った。その騒がしさに驚いて席を立ってきた秘書を無視して、人事部長のオフィスのドアを開けると、例の女性は若い男と座って話をしていた。

「刑事さん」女性がびっくりした顔で言った。「どうしました？」

ビショップはどうにか息をととのえた。「おたくの従業員のことで、いくつか質問したいことがあります」と若い男を見て、「できれば内々で」

「すまないけど、席をはずしてくれる？」彼女がうなずくと、向かいにいた男は部屋を出ていった。

シェルトンがドアを勢いよく閉めた。

「どんな質問です？　人事のことで？」

「いえ、個人のことで」

00001111／15

ここは充足の地であり、潤沢の地である。ふれたものを黄金に変えてしまうミダス王の地には、ウォール・ストリートの奸計や中西部の企業の筋肉ではない、純粋なる想像力がある。

ここは一部の秘書や管理人たちがストック・オプション長者で、残りはサンノゼとメンロー・パークの間で終夜運行される二十二番のバスで夜を明かす土地である――この地区にいるホームレスの三分の一はフルタイムで仕事をしているけれども、ちっぽけなバンガローを百万ドルで買ったり、月三千ドルでアパートメントを借りたりするほどの余裕はない。

ここはシリコン・ヴァレー、世界を変えた土地なのだ。

サンタクララ郡は二十五×十マイルの面積をもつ緑の渓谷で、昔は〝心の歓びの谷〟と呼ばれていたが、そのフレーズがつくられたころにはテクノロジーよりむしろ台所の愉しみがあった。サンフランシスコの南五十マイルに位置する肥沃な土地では、アプリコット、プルーン、クルミ、チェリーが豊かな実りをもたらしていた。そんな谷はカリフォルニアの他の地域のように――カストロヴィルのアーティチョーク、ギルロイのニンニクといった具合に――農産物との絆を保ちつづけたかもしれないのだが、一九〇九年、デイヴィッド・スター・ジョーダンという男の直感的決断によって状況が変わる。スタンフォード大学総長だったジョーダンは、サンタクララ・ヴァレーのまん真ん中に大学を移し、さらにリー・デ・フォレストという男の名もない発明にベンチャー・キャピタルを投入した。

その発明家の考案した仕掛け――三極管――は蓄音機や内燃機関とはちがった。一般大衆には理解できないような発明であり、事実、発表当時は一顧だにされなかった。しかしジョーダンほかスタンフォードの技術者たちは、いずれこの装置が実用に供されるものと信じ、やがて彼らの正しさは圧倒的な形で証明されることになった。三極管は世界初の真空管で、言うなればその子孫たちがラジオ、テレビ、レーダー、医療用モニター、ナビゲーション・システム、さらにはコンピュータ本体を現実のものとしていったのである。

小さな三極管の潜在力が明らかになったところで、緑濃い静かな渓谷の運命は一変した。スタンフォード大学は電気技術者を育成する場となり、学生の多くは卒業後も地域にとどまった――たとえばデイヴィッド・パッカードとウィリアム・ヒューレット。テレビ、レーダー、電子レンジ開発の先駆けとなったラッセル・ヴァリアンとファイロ・ファーンズワースもそう。ＥＮＩＡＣやＵｎｉｖａｃなど初期のコンピュータは東海岸の発明品だったが、その欠点――大型であること、真空管が高熱を発すること――を改善するための人材がカリフォルニアへ派遣された。カリフォルニアの企業は真空管よりはるかに小型で熱も出さず、しかも高能率な装置である半導体チップの分野で先んじていたからである。一九五〇年代後半にチップが開発されると、マシン・ワールドはＩＢＭからゼロックスのＰＡＲＣ、スタンフォード研究所、インテル、アップル、そしてこの豊かな土地にちらばる何千というドットコム企業まで、宇宙船さながらすさまじい勢いで発展を遂げたのだった。

約束の地、シリコン・ヴァレー……

そこを抜けたジョン・パトリック・ホロウェイ、すなわち〈フェイト〉はセント・フランシス・アカデミーへ行き、ジェイミー・ターナーとの面会を果たすため、雨の降りしきる二八〇号線を南東に走っている。

ジャガーのＣＤプレーヤーはまた別の戯曲を流している。『ハムレット』――ローレンス・オリヴィエの演技だった。俳優の台詞回しに合わせて声を出しながら、〈フェイト〉はサンノゼの出口でフリーウェイを降り、五分後には陰気なスペイン植民地風のセント・フランシス・アカデミーにさしかかっていた。時刻は五時十五分、学校に目を光らせるにはまだ一時間以上もある。

彼はジェイミーが脱走を計画している北門に近い、埃っぽい商店街に車を駐めた。都市計画策定委員会からの校舎見取り図、登記所からの敷地図をひろげて十分ほど研究してから車を降り、ゆっくりと学校の周囲をまわりながら出入り口を確認してジャガーに戻った。

ＣＤのボリュームをあげてシートを倒し、濡れた歩道を行き交う人や自転車を眺める。うっとりとして見入るうちに、そうした人影はシェイクスピアの戯曲に登場するデンマークの悩める王子同様、現実感を失い——あるいは増して、〈フェイト〉は自分がマシン・ワールドにいるのかリアル・ワールドにいるのか、よくわからなくなってくる。戯曲の一節とは微妙に異なる台詞をしゃべっている、自分の声ともつかない声を聞いた。「なんという傑作なのだ、マシンは。崇高な理性。無限の才能。かたちといい動きといい、はっきりと見事なものだ。働きは天使のごとく。アクセスは神のごとく……」

彼はあらかじめポケットに忍ばせておいたナイフを確かめ、刺激性の混合液がはいった壜を握りしめた。彼が着ていたグレイのカバーオールの背には、〈AAA清掃管理会社〉とていねいに刺繍がされている。

腕時計を見てから、贅沢な革シートにもたれてふたたび目を閉じた。あと四十分で、ジェイミー・ターナーは兄貴に会おうと校庭に出てくる。

あと四十分で、〈フェイト〉はこのラウンドの勝敗を知ることになる。

彼はナイフの鋭利な刃先に親指を這わせた。

〝働きは天使のごとく。

アクセスは神のごとく〟

〈レネゲード334〉の人格をまとったワイアット・ジレットは、#hackのチャットルームに潜伏(ラーキング)——見てはいるが声は出さない——していた。

ソーシャル・エンジニアで騙りを成功させるには、相手をそれなりに研究しなくてはならない。いまは〈トリプル-X〉について、ジレットが自分なりに判断した情報を読みあげると、パトリシア・ノーランがすべてメモをとる手はずとなっている。女はすぐ横に座っていた。妙に楽しげな香水を嗅いで、ジレットはこの匂いも彼女の変身プランの一部なのだろうかと思った。

ここまでジレットは、〈トリプル-X〉に関してこんな知識を得ている――

現在、太平洋標準時の時間帯にいる（彼は近くにあるバーのカクテル・ハッピーアワーの話をした。それが西海岸の午後五時五十分ごろだった）。

それも北カリフォルニアと思われる（彼は雨のことで不平をこぼしていた――そしてCCUのハイテク気象学のソースによると、現在西海岸に降る雨はサンフランシスコ湾付近に集中している）。

アメリカ人でそれなりの年配、たぶん大学で教育を受けている（彼の文法と句読点の付け方がハッカーとしては大変優秀で――ハイスクールのサイバーパンクとしては優秀すぎる――スラングの使い方が正しく、これは自分を印象づけようとやたらイディオムを使い、つねに他人を誤解しているような典型的なヨーロッパの金持ち（ユーロトラッシュ）ハッカーではないことを示している）。

ショッピングモールにいるらしく、インターネット・リレー・チャットにはインターネット・アクセスを商売にしている場所、おそらくはサイバーカフェから参加している（彼は女の子ふたりが〈ヴィクトリアズ・シークレット〉にはいるのを見たと言った。ハッピーアワーのコメントにしても、同様のことを示唆している)。

まじめで、潜在的に危険なハッカーである(前述のとおり、ショッピングセンターという公けの場からのアクセス——危険なハックをやろうという場合、人は自宅で自分のマシンをオンラインにするのを避けて、公共のダイアルアップ端末を利用する傾向にある)。

巨大なエゴの持ち主であり、自らウィザード兼グループ内の兄貴分をもって任じている(チャットルームでは初心者に対し、ハッキングの奥深さについて滔々と述べたてるのだが、知ったかぶりには容赦がない)。

心にこんなプロフィールを描いて、ジレットは〈トリプル-X〉の追跡に臨もうとしていた。ブルー・ノーウェアで誰かを見つけるのは、その相手が見つかるのを厭わないかぎり簡単である。だが相手が身を潜めることを決意すると、追跡はとたんに困難をきわめ、失敗に終わるのが普通となってしまう。

オンライン中の相手の接続をたどり、個人のコンピュータまで行き着くには、ジレットのハイパートレースのようなインターネット・トレーシング・ツールを使用する——だが電話会社のトレースが必要となる可能性もあった。

仮に〈トリプル-X〉のコンピュータが電話回線ではなく、光ファイバー等の高速ケーブル経由でインターネット・サービス・プロバイダーと接続されていたなら、ハイパートレースはハッカーのコンピュータがあるショッピングモールの緯度経度まで正確に突き止めることができる。

だがもし〈トリプル－X〉のマシンが、ネットまでモデムを経由して標準の電話回線でつながっていたとすれば——つまり、自宅に置かれたパソコンの一般的形態であるダイアルアップ接続だったら——ジレットのハイパートレースは〈トリプル－X〉のプロバイダーまで追跡するのが精一杯だろう。そうなるとサービス・プロバイダーから〈トリプル－X〉のコンピュータまでの通話は、電話会社のセキュリティ関係者がトレースしなければならなくなる。

トニー・モットが指を鳴らし、電話から顔を上げてにやりとした。「オーケイ、パシフィック・ベルのトレースの準備ができた」

「行くぞ」ジレットは言うと、メッセージをタイプしてエンターを押した。#hackのチャットルームにログオンする全員の画面に、こんなメッセージが現われた。

〈レネゲード334〉やあトリプル元気か。

ジレットは〝インピング〟している——他人になりすましている。このケースでは、受けた教育は最低に近いが、むこうみずで青臭い十七歳のハッカー——いかにもこのルームに出没しそうなタイプを選んだ。

〈トリプル－X〉ああ、レネゲード。ラーキングしてたな。

チャットルームでは、会話に参加していなくてもログオンしている人間を認識できる。〈トリプル‐X〉は、自分は油断していないとジレットに警告したのである。なめた真似はするなと。

〈レネゲード334〉外の端末にいると人がしょっちゅう通るんで、イラつく。
〈トリプル‐X〉どこに出てる?

ジレットはウェザー・チャンネルに目をやった。

〈レネゲード334〉オースティン、暑くてうだるぜ。来たりしたことは。
〈トリプル‐X〉ダラスだけ。
〈レネゲード334〉ダラスはダサい。オースティンが最高!!!

「準備はいいか?」ジレットは叫んだ。「いまからやつをひとりにしてみる」
周囲に同意の反応があった。パトリシア・ノーランの脚がふれてくる。スティーヴン・ミラーが彼女の隣りに座った。ジレットは文章を打ってエンターを押した。

〈レネゲード334〉トリプル——‐ＣＱでどう?

ＩＣＱ（〝あなたを捜す〟（アイ・シーク・ユー）に由来する）は他人に会話を見られないよう、おたがいのマシンをリンクさせようというインスタント・メッセージの類だ。ＩＣＱを要求することで、〈レネゲード〉が〈トリプル‐Ｘ〉に違法な事柄、内密の話を持ちかけようとしている状況が暗示される――これはハッカーにとっては抗しきれない誘惑なのだ。

〈トリプル‐Ｘ〉なぜ？
〈レネゲード３３４〉ここじゃ話せないね。

一瞬の後、ジレットの画面に小さなウィンドウが開いた。

〈トリプル‐Ｘ〉で、どうしたって、相棒？

「行け」とジレットが叫ぶと、スティーヴ・ミラーがハイパートレースをスタートさせた。モニターにもうひとつウィンドウが開き、北カリフォルニアの地図を表示した。プログラムがＣＣＵから〈トリプル‐Ｘ〉までのルートをトレースするにつれ、地図上に青い線が伸びていく。
「追跡してるぞ」ミラーが声をあげた。「ここを出たシグナルがオークランド、リーノ、シアトルまで進んだ……」

〈レネゲード３３４〉ＩＣＱ、どうも。いまやばいことになってびびってる。こいつがからんできたから、あんたは完ぺきなウィザードだって聞いたし、なんか知ってるかもしれないって話だから。

ハッカーを甘やかしすぎてはいけない。ワイアット・ジレットは心得ている。

〈トリプル－Ｘ〉どいつだ？

〈レネゲード３３４〉そいつの名前はフェイト。

応答がない。

「さあ来い」ジレットは小声でうながした。消えるなよ。こっちはびびったガキ。あんたはウィザードだ。助けてくれ……。

〈トリプル－Ｘ〉あいつがどうした？　いや、どうした。

ジレットは画面上のウィンドウに目をやり、経路を特定しようというハイパートレースの進捗状況を確かめた。〈トリプル－Ｘ〉のシグナルは合衆国の西側一帯を駆けめぐっていた。最後はオークランドの北、ウォルナット・クリークにあるベイエリア・オン-ライン・サービスでとだえた。

「やつのサービス・プロバイダーがわかったぞ」とスティーヴン・ミラー。「ダイアルインだ」

「がっかり」パトリシア・ノーランがつぶやいた。これはウォルナット・クリークのサーバーから〈トリプル-X〉が座っているコンピュータ・カフェまで、最終的なリンクを特定するのに電話会社のトレースが必要になったということである。

「できるわよ」リンダ・サンチェスがチアリーダーのように興奮して叫んだ。「そのまま引きとめておいて、ワイアット」

トニー・モットがベイエリア・オン-ラインに電話をして、セキュリティ部門の責任者に事情を説明した。するとそこから技師たちに連絡がいき、パシフィック・ベルと協力のうえでベイエリアから〈トリプル-X〉の所在地までの接続を追跡することになった。モットはしばらく耳を澄ましていたが、やがて言った。「ベルがスキャンしてる。混みあってる地域だから、十分から十五分はかかるかもしれない」

「長い、長すぎる！」ジレットは言った。「急ぐように言ってくれ」

だがジレットは自らフォン・フリークとしてパシフィック・ベルに侵入した経験から知っているのだが、通話を発信元までたどるには、交換装置のはびこる巨大な室内を文字どおり走り回って、接続をじかに目で確認しなければならないことがある。

〈レネゲード３３４〉フェイトのほんとに荒っぽいハックの話を聞いて、ほんとに荒っぽいらしいし、オンライン中の彼を見たから聞いてみたら無視されてさ。それから変なことが起きるようになって、やつが書いたトラップドアってスクリプトの話も聞いてるから、もうほんとにコワいんだよ。

やや間があって、

〈トリプル-X〉で、何の質問だ？

「やつは怖がってる」とジレットは言った。「感じるよ」

〈レネゲード３３４〉このトラップドアってやつを使うと、他人のマシンにはいってクソまでいじれるらしい、何もかもみんなって意味だけど。やっぱ知らないか。

〈トリプル-X〉そんなものが現実にあるとは思えない。都市の伝説ってとこだな。

〈レネゲード３３４〉わかんないけど、おれは本物だって思ってる。ファイルは開かれてるし、そいつをどうにもできないし。

「はいってくる」とミラー。「むこうがわれわれをピンしてる」

ジレットが予測していたとおり、〈トリプル－Ｘ〉は〈レネゲード３３４〉をチェックしようと自分なりのハイパートレースを走らせていた。しかしスティーヴン・ミラーの書いた匿名化プログラムが、〈トリプル－Ｘ〉のマシンに〈レネゲード〉はオースティンにいると認識させるはずだった。ログオフしなかったところをみると、ハッカーはこの報告を鵜呑みにしたらしい。

〈トリプル－Ｘ〉なんでやつのことを気にする？　あんたがいるのは公共の端末だ。ファイルにはいりこめるはずがないだろう。

〈レネゲード３３４〉きょうここに来たのは、成績が悪くて親に一週間、デルを取りあげられちまったからだよ。家でオンラインにしてたとき、キーボードはいかれるし、ファイルは勝手に開きはじめるし。異常に怖いよ、マジで。

また間があいた。やがてハッカーは応答してきた。

〈トリプル－Ｘ〉そりゃ怖いだろうな。フェイトは知ってるけど。

〈レネゲード３３４〉ほんとに？

〈トリプル－Ｘ〉チャットルームでしゃべりはじめたばかりだ。あるスクリプトのデバッグに手を貸してくれた。ウェアズの交換もした。

「こいつは上物だ」とトニー・モットが囁いた。

ノーランが言った。「たぶん〈フェイト〉のアドレスを知ってるわ。訊いて」

「だめだ」ジレットは言った。「怯えさせちゃいけない」

しばらくメッセージがとぎれてから、

〈トリプル－Ｘ〉ＢＲＢ

チャットルームの常連たちはフレーズを表す頭文字だけの表記を開発してきた――キーボードを叩く時間とエネルギーを節約するためである。ＢＲＢの意味はBe right back：すぐに戻る。

「逃げたのかしら？」とサンチェス。

「接続はそのままだ」ジレットは答えた。「小用でも足しにいったんじゃないか。ベルにトレースをつづけてもらおう」

背をあずけた椅子が軋る音をたてる。時が過ぎる。画面は変わらない。

ＢＲＢ
ジレットはパトリシア・ノーランを見た。彼女は着ているドレス同様にかさばるバッグを開くと、ふたたび爪のコンディショナーを出して一心に塗りだした。

カーソルが点滅をつづける。画面は虚ろなままだった。

戻ってきた亡霊の数が今度は多くなっている。

セント・フランシス・アカデミーの廊下を進むジェイミー・ターナーには、その音が聞こえる。

それはたぶんブーティひとりか教師の誰かが戸締まりを確かめている音だった。あるいは隠れて煙草を吸ったり、ゲームボーイをやる場所を探している生徒たちの物音。

でも亡霊たちのことが頭から離れない。拷問にかけられ死んだインディアンと数年まえ、侵入してきた暴漢に殺された生徒の魂――そしていまはジェイミーも知っているが、暴漢本人も古い食堂で警官たちに撃たれ、亡霊の人口にくわえられたのだ。

むろんジェイミー・ターナーはマシン・ワールドの所産だった――ハッカーであり科学を信奉する者であって、亡霊や神話上の生物や魂が存在しないことは知っている。ではその彼がなぜここまで怯えきっているのか。

ふと奇妙なことを思いついた。もしかするとコンピュータのおかげで、世の中はより昔の超自然的な――より魔法がかった――時代に還ったのではないか。コンピュータが世界を、ワシントン・アーヴィングやナサニエル・ホーソーンが本に描いた一八〇〇年代に変えてしまったような気がする。『スリーピー・ホローの伝説』や『七破風の屋敷』のころに。当時の人たちは幽霊や魂やはっきりと見えない不思議な出来事を信じていた。そして現代のネットもコードもボットも電子も目に見えない——幽霊と変わらない。それらはあたりに浮遊していて、どこからともなく現われて何かをやる。

そんな物思いに心底怯えていたけれど、ジェイミーはすべてを振り払い、黴臭いスタッコの匂いを嗅ぎながらセント・フランシス・アカデミーの暗い廊下を進んだ。寄宿舎のエリアを離れて体育館を過ぎると、生徒の部屋から洩れてくる会話や音楽もしだいに遠のいていった。亡霊たち……。

もういい、忘れろ！　と彼は自分に言い聞かせる。

サンタナのことを考えて、兄貴と遊ぶことを考える。これから盛りあがる夜のことを考える。

バックステージ・パスのこと。

とうとう庭につづく防火扉のところまで来た。

ジェイミーは周囲に目を配った。ブーティの気配なし、捕虜の映画に出てくる看守みたいに廊下をうろつく教師の姿なし。

ひざまずいたジェイミー・ターナーは、敵を品定めするレスラーよろしく扉のアラームバーに目をやった。

警告：扉を開けると警報が鳴ります。

警報を無力化していなければ、もしも扉を開けようとして作動してしまったら、学校中に照明が点灯して、たちまち警察と消防署が急行してくる。そしたら全力疾走で部屋まで帰って、その夜はすべてが台無しだ。彼は小さくたたんだ紙を開いた。それは製造業者の点検主任がわざわざ送ってくれた警報の配線図だった。

小型の懐中電灯をつけて図面をもう一度吟味すると、金属のアラームバーを撫でながら制動装置の仕組み、ネジの場所、電源のありかを観察した。目にしたものと配線図をすばやく照らし合わせる。

彼は深々と息をついた。

兄貴のことを考えた。

大事な目を守る部厚い眼鏡をかけなおすと、ジェイミー・ターナーはポケットから道具類を入れたビニールケースを出し、フィリップスのドライバーを選んだ。時間はたっぷりあるんだと自分に語りかける。慌てることはないんだ。

〝ロックンロールの用意は……〟

00010000／16

フランク・ビショップは覆面車輌のネイヴィ・ブルーのフォードを、どこか無垢な佇まいを残した一画に建つ、地味な植民地風の家の正面に駐めた――土地の広さはたった八分の一エーカーでも、シリコン・ヴァレーの中心であるからには優に百万ドルの値がつくのではないか。ビショップはドライブウェイに、新型レクサスの薄い色のセダンが置かれているのに気づいた。

彼らは玄関まで歩いてノックした。ドアを開けたのは四十代、ジーンズに色褪せた花柄のブラウスという恰好の憂い顔の女だった。炒めたタマネギと肉の香りがただよってくる。時刻は午後六時――ビショップ一家の夕食時で――刑事は猛烈な空腹に襲われた。思えば朝から何も食べていない。

「はい？」と女は言った。

「ミセス・カーギル？」

「そう。何かご用です？」顔に警戒の色が浮かんだ。

「ご主人はいらっしゃいますか？」ビショップはバッジを見せて訊ねた。

「ああ。あの――」

「どうした、キャス？」チノにボタンダウンのピンク色のドレスシャツを着た、頑丈な体格の男が現われた。カクテルを手にしている。刑事たちが示したバッジに気づくと、男は酒を見えないように廊下のテーブルに隠した。

ビショップは言った。「すこしお話をお聞かせねがえませんか？」

「どういうことなんだ？」

「どうしたの、ジム？」

男は苛立ちの視線を女に投げた。「さあね。わかってるくらいなら、こっちから訊ねたりはしない」

女は仏頂面で奥に引っ込んだ。

ビショップは言った。「すぐ終わりますから」彼とシェルトンは正面の通路を半ばまで歩いて立ち止まった。

カーギルは刑事たちの後を追った。家に声が届かない場所まで来ると、ビショップが言った。

「あなたはクパティーノにあるインターネット・マーケティング・ソリューションズに勤めてますね？」

「地域販売部の部長を務めてる。これは――」

「われわれが殺人事件の捜査のなかで追跡している車輌を、あなたが目撃していると信じるだけの根拠があるんです。昨夜七時ごろ、その車はあなたの会社と通りを一本へだてた〈ヴェスタズ・グリル〉の裏手の駐車場に駐まっていた。われわれはあなたがそれを見ているんじゃないかと考えてます」

男は首を振った。「うちの人事部長にも同じ質問をされた。しかし私は何も見てないと答えた。彼女から聞いてないのか？」

「聞きました」ビショップは平板な声で言った。「だが私のほうには、あなたが彼女に真実を話していないと信じるだけの根拠がある」

「おい、ちょっと待ってくれ――」

「あなたはあの時間、会社の裏の駐車場に駐めたレクサスの車内で、経理部のサリー・ジェイコブズと性行為におよんでいた」

動揺がすこしずつ恐怖へと変化していく、いわく言いがたい表情が図星を突いたことを物語っていたが、カーギルはあくまでしらを切ろうとした。「冗談じゃない。誰がそんなでたらめを。私は結婚して十七年になる。しかもサリー・ジェイコブズとは……本人を見たら、言ってることのばかばかしさもわかるぞ。十六階でいちばん不細工な女なんだからな」

ビショップは過ぎ行く時間を意識していた。〈アクセス〉というゲームを説明するワイアット・ジレットの言葉を思いだす――一週間でできるだけ多くの人間を殺す。〈フェイト〉はもうつぎの犠牲者に近づいているかもしれないのだ。刑事は無愛想に言った。「あなたの私生活はどうでもいい。こっちが気にしてるのは一点、あなたがきのう〈ヴェスタズ〉の裏の駐車場に駐まってる車を見たってことなんです。殺人の容疑者が所有する車なので、車種を知りたいんですよ」

「私はいなかった」カーギルは頑なに言い放つと家のほうを見た。レースのカーテンの陰から妻の顔が覗いていた。

ビショップは穏やかに言った。「そうだ、あなたはいたんです。そして殺人犯の車を見ていることも私は知ってる」

「いや、いなかった」男は怒鳴った。

「いた。私が知ってる理由を説明させてください」

男は嘲るような笑い声をあげた。

刑事は言った。「きのう、犠牲者が〈ヴェスタズ〉から誘拐されたころ、インターネット・マーケティングの裏の駐車場には、あなたのレクサスとよく似た最新型で薄い色のセダンが駐まっていた。一方であなたの会社の社長は、従業員が半分以下に減ったことを顧客に悟られないようにと、全員が建物の正面に駐車することを奨励していた。すると裏に車を駐める理屈があるとすれば、ビルや通りから見られずに違法な真似をするためということになる。考えられるのは規制薬物の使用、それにくわわるか単独で、性交」

カーギルの笑みが消えた。

ビショップはつづけた。「あそこは進入が制限されていて、車を駐めるのは客ではなく、社の従業員に限られていた。人事部長に、薄い色のセダンを持っていて、ドラッグの問題を抱えているか浮気をしている社員は誰かと訊いてみましたよ。彼女はあなたがサリー・ジェイコブズと会ってると言った。ちなみに、その話は社内の全員が知っている」

カーギルはビショップが顔を寄せざるをえないほどの低声で囁いた。「くだらん噂だ――それ以上のことはない」

刑事になって二十二年、ビショップは歩く嘘発見器だった。「いいですか、もし男が愛人と――」

「あの女は私の愛人じゃない！」

「――駐車場にいたら、男は近くにある車が女房や近所の人のものじゃないことを確かめようとするはずだ。だから、あなたは容疑者の車を見ているんです。車種は何でした？」

「私は何も見てない」とビジネスマンは語気を強めた。

ここでボブ・シェルトンの番だった。「これ以上戯言を聞いてる暇はないぞ、カーギル」彼はビショップに向かって、「サリーをここに連れてこよう。ふたりそろえば、すこしは思いだしてくれるはずだ」

すでに刑事たちはサリー・ジェイコブズと話していた――十六階でも他の階でも、いちばん不細工とは程遠い彼女はカーギルとの情事を認めた。だが独身で、しかもこんな男に惚れていて、とくに緊張するでもなく付近の車もまったく気にしていなかった。一台見た記憶はあったが、車種まで思いだせない。ビショップはその言葉を信じた。

「連れてくるのか？」カーギルがのろのろと口にした。「サリーを？」

ビショップがシェルトンに合図をして、ふたりは踵を返した。ビショップは肩ごしに振り返ると、「戻ってきますよ」

「だめだ、やめてくれ」とカーギルは懇願した。

ふたりは足を止めた。

カーギルの顔に嫌悪が押し寄せた。何より罪深い者が、誰よりも被害者面をする。現場一筋の刑事ビショップが学んだことである。「ジャガーのコンヴァーティブルだ。最新型。シルヴァーかグレイ。トップが黒」

「ライセンスナンバーは？」

「カリフォルニアのプレートだった。番号は見てない」

「その車を以前に見たことは？」

「ない」

「車内あるいはその付近で人を見ましたか？」

「いや、見てない」

ビショップは男が真実を語っていると判断した。

やがてカーギルの顔に、仲間におもねるような笑いが浮かんだ。「さあ、刑事さん、こうして腹を割ったわけだし……。今回のことはおたがいの胸に納めておこうじゃないか」男は妻のいるあたりを目顔で示した。

ビショップの顔にはなお慇懃な感じが残っていた。「問題ありません」

「ありがたい」ビジネスマンは心からほっとしたようだった。

「ただし最終供述書はその限りではない」と刑事は言い添えた。「おそらく、あなたとミズ・ジェイコブズの関係についての言及があるでしょう」

「供述書？」カーギルは不安そうに訊いた。

「われわれの証拠部のほうから郵送されます」

「郵送？　家にか？」男は息を呑んだ。

「州法で決められてる」とシェルトンが言った。「われわれは証人全員に、最終供述の写しを渡さなくちゃならない」

「やめてくれ」

本来笑わず、いま置かれた状況で笑うはずもなく、ビショップは言った。「実際、仕方ないんですよ。私の相棒が言ったとおり。州法で決められてる」

「私のほうから取りに出向く」

「郵送と決まってるんです——サクラメントから。今後数カ月のうちに届くでしょう」

「数カ月？　いつとはっきりわからないのか？」

「われわれにはわかりかねます。来週かもしれないし、七月、八月になるかもしれない。楽しい夜をどうぞ。それからご協力ありがとうございました」

ふたりは妻に見られないよう郵便を受け取る算段に思いを凝らす、手負いのビジネスマンをその場に残してネイヴィ・ブルーのクラウン・ヴィクトリアに急いだ。

「証拠部だって？」シェルトンは眉を吊りあげた。

「われながらよかった」ビショップは肩をすくめた。ふたりは笑った。

ビショップは中央通信指令室に連絡を入れ、〈フェイト〉の車のＥＶＬ——緊急車輛探知を要請した。これは自動車局から、シルヴァーまたはグレイのジャガー最新モデルのコンヴァーティブルに関する記録をすべて抜き出すというものだった。ビショップは〈フェイト〉がもしその車を犯罪に使用しているなら、盗難車か偽の身元で登録したものだろうと考えていた。だとすると自動車局の情報は役に立たない。しかしＥＶＬには北カリフォルニアの州、郡、その他の法執行官全員に対し、その特徴に合致する車を見たらただちに報告するようにと警戒を呼びかける効果もある。

彼はシェルトンにうなずき、ふたりのなかではより攻撃的で、しかも速いドライバーにステアリングを握らせた。

「ＣＵに戻るぞ」

シェルトンがつぶやいた。「すると、やつはジャグを運転してるのか。そうか、こいつは並のハッカーじゃないな」

だがビショップは、それはとっくに織りこみずみだと思っていた。

ＣＣＵにいるワイアット・ジレットのマシンに、ようやくメッセージが現われた。

〈トリプル－Ｘ〉わるかったな。こいつがスクリーンセーバーのパスコードを破る方法をぐだぐだ訊いてくるから。負け犬が。

それから数分、疎外されたテキサスのティーンエイジャーという仮面をつけたジレットは、Ｗｉｎｄｏｗｓのスクリーンセーバーのパスコードを無効にする方法を〈トリプル－Ｘ〉に話し、もっとましなやり方をアドバイスをするというハッカーの言葉を拝聴した。ジレットが導師（グル）の前にデジタル式でひれ伏しているとき、ＣＣＵのドアが開いた。目をやるとフランク・ビショップとボブ・シェルトンが戻ってきたのだった。

ノーランが興奮気味に言った。「〈トリプル－Ｘ〉が見つかりそうなの。このへんのどこかのモールにあるサイバーカフェよ。〈フェイト〉を知ってるって」

ジレットはビショップに声をかけた。「でも具体的なことはしゃべってない。知ってることはあっても怯えてる」

「パシフィック・ベルとベイエリア・オン－ラインのほうで、あと五分で場所を特定すると言ってる」トニー・モットはヘッドセットに聞き入った。「いまは交換を限定してるところだ。どうやらアサトン、メンロー・パーク、レッドウッド・シティあたりにいるらしい」

ビショップが口を開いた。「それで、その周辺にモールはいくつある？　戦術部隊を投入するんだ」

ボブ・シェルトンが連絡をとって言った。「現在移動中だ。五分でエリアにはいる」

「いいぞ、行け」モットが銀色の四角い銃把を撫でながらモニターに話しかける。

ビショップは画面を見入ると言った。「〈フェイト〉のところまで連れていかせろ。具体的なものを引き出せるか確かめるんだ」


〈レネゲード334〉このフェイトってやつ、こっちにやれることないのかな、やつを止めるってことで。いためつけてやりたいんだ。

〈トリプルーX〉いいか。フェイトをやるのは無理だ。いためつけられるのはおまえのほうだよ。

〈レネゲード334〉そうかな。

〈トリプルーX〉フェイトは死神さ。仲間のショーンも一緒だ。やつらには近づくな。もしフェイトがトラップドアでやってきたら、ドライブを燃やして新しくインストールしなおせ。スクリーン・ネームを変えろ。

〈レネゲード334〉おれのとこまで来ると思うわけ、テキサスまで? やつはいまどこにいるんだろう。

「いいぞ」とビショップ。

だが〈トリプル-X〉からすぐに応答はなかった。すこししてこんなメッセージが画面に現われた。

〈トリプル-X〉オースティンには行かないだろう。でも言っておく、いいか……

〈レネゲード334〉なんだい？

〈トリプル-X〉北カリフォルニアは安全じゃないんだぞ、きさまがたったいまケツをつけてるその場所はな、このインチキ野郎!!!

「くそっ、見破られた！」ジレットは思わず吐き棄てた。

〈レネゲード334〉なあ、おい、おれはテキサスにいるんだぜ。

〈トリプル-X〉〝なあ、おい〟いいや、ちがう。おまえのアノニマイザーのレスポンス・タイムをチェックしてみろよ。ESAD!

〈トリプル-X〉はログオフした。

「頭にくる」とノーラン。

「消えたよ」ジレットはビショップに言うと、ワークステーションのデスクトップに拳を叩きつけた。

刑事は画面に残る最後のメッセージを見て、顎で指した。「レスポンス・タイムというのは？」

ジレットはすぐには答えなかった。コマンドを入力して、ミラーの書いたアノニマイザーを調べた。

「まったくな」何が起きたのかを確かめて、ジレットは説明した。〈トリプル－X〉はジレットが相手を発見するのに送り出していたのと同種のピンを発して、CCUのコンピュータをトレースしていた。アノニマイザーが〈トリプル－X〉に対して、〈レネゲード〉はオースティンにいると告げたのだが、BRBと打ったハッカーはさらなるテストをおこない、ピンが〈レネゲード〉のコンピュータとの往復に要した時間がテキサスまでの旅に較べて短すぎると気づいたのである。

これは重大なミスだった――アノニマイザーにショート・ディレーを組み込んで千分の一秒単位の遅延をつくり、〈レネゲード〉が一千マイルも離れた場所にいると見せかけるのは簡単なことだったのだ。ミラーがなぜそこまで考えなかったのか、ジレットには理解できなかった。

「ちくしょう！」自分のミスを悟ったサイバー警官は頭を振った。「私の責任だ。すまない……。うっかりしていた」

いや、いままで考えたこともなかったんだろう、とジレットは思った。

あそこまで近づいたのに。

ビショップが沈んだ声で言った。「SWATを呼び戻せ」

シェルトンが携帯電話で連絡をした。

ビショップは訊いた。「あの〈トリプル-X〉が打ったあれ。〝ESAD〟。どういう意味だ？」

「じつに好意的な略語でね」ジレットが苦々しげに言った。「クソ食って死ね(イート・シット・アンド・ダイ)って意味さ」

「少々性格が悪いな」

そこに電話が鳴った――ビショップの携帯だった。「もしもし？」と出た刑事はやがて、「どこで？」と短く切り返してメモを取りはじめた。「その周辺で動かせる連中を集めろ。サンノゼ警察にも伝えろ。なんとかしてくれ、重要なんだ」

ビショップは電話を切るとチームのほうを見た。「幸運がめぐってきた。緊急車輛探知に反応があった。三十分ほどまえ、サンノゼの交通警官がグレイの最新型ジャグが駐まってるのを見た。そこは街のなかでも廃(すた)れたあたりで、高級車はめったに見かけない」彼は地図のところへ行き、車が目撃された交差点にXを書いた。

シェルトンが言った。「その辺は多少知ってる。付近にはアパートメントが多い。食料雑貨の店が数軒、酒屋が二、三軒。かなり家賃の安い地区だ」

するとビショップが地図上の小さな広場を叩いた。〈セント・フランシス・アカデミー〉と記されている。

「何年かまえのあの事件を憶えてるか？」と刑事はシェルトンに訊ねた。

「ああ」

「頭のおかしな男がその学校に侵入して、生徒だか教師だかを殺した。それで校長がハイテクを駆使した本格的なセキュリティを導入した。と、新聞にそう書いてあった」ビショップはホワイトボードに顎をしゃくった。「〈フェイト〉は挑戦を好む、そうだったな？」

「なんてこった」シェルトンが怒りをにじませた。「今度は子供を狙うのか」

ビショップは電話をつかみ、中央指令室に暴行の可能性を告げるコードを通報した。

みんなが同じことを考えているのに、それを口に出そうという者はいない。ＥＶＬの報告では、車は三十分まえに見つかった。ということは、〈フェイト〉には死のゲームをプレイする時間がたっぷりあったということなのだ。

まるで人生と一緒じゃないか、とジェイミー・ターナーは思った。

ファンファーレもブザーもなく、映画のようにカチャンと派手な音をたてるでもなく、カチッとかすかに響くわけでもなくて、警報装置付きの扉のライトが消えただけだった。リアル・ワールドに音響効果（サウンド・エフェクト）はない。やろうとしたことをやってライトがひっそり消えるくらいで、記念すべきことが何か残るわけじゃない。

ジェイミーは立ちあがって聞き耳を立てた。セント・フランシス・アカデミーの廊下のずっとむこうから音楽、歓声、笑い、ラジオのトーク番組でくだらない議論をしている声が流れてくる――それらは兄と申し分のない一夜をすごすために、彼が振り捨ててきたものだった。

扉をゆっくり開く。

静かだ。警報も鳴らず、ブーティの怒鳴り声もない。

冷気の匂い、草の香りが鼻を満たす。夕食後の長い時間を、ひとりミル・ヴァレーの両親の家ですごした夏のことが甦ってくる——兄のマークは家から逃げ出し、サクラメントで仕事をしていた。終わりのない夜がつづいた……。母親はデザートや軽食をあたえることでジェイミーを遠ざけていたし、父親は「外で遊んできなさい」と言うばかりで、自分たちは地元産のワインを浴びるように飲みながら、仲間たちと馬鹿話に興じていた。

〝外で遊んできなさい……〟

幼稚園児じゃあるまいし！

結局、ジェイミーは一歩も外に出なかった。家にこもりっきりで、明日はないとばかりにハックに没頭した。

涼しい春風がそのころの思いを呼び覚ました。だが、もはやそんな記憶にも免疫ができた。いま計画が成功して、兄と夜をすごすことを思ってわくわくしている。

扉のラッチをテープで留めたのは、その夜遅く帰ってきて学校内にはいるための工夫だった。後ろを振り返って耳を澄ます。足音はない、ブーティはいない、幽霊もいない。彼は外に足を踏み出した。

自由への第一歩。よし！　やった！　ついに——

そこで幽霊が取り憑いた。

いきなり男の腕で胸を締めつけられ、力強い手が口をふさいだ。

ううううう……。

ジェイミーは学校のなかに戻ろうともがいたが、管理会社の制服みたいなものを着た暴漢は力が強く、たちまち地面に組み敷かれた。やがて男は少年の鼻から部厚い安全ガラスの眼鏡を取り去った。

「これでどうだ？」男は囁くと眼鏡を投げ捨て、少年のまぶたを撫ではじめた。

「やだ、やだっ！」ジェイミーは叫びながら手で目を守ろうとした。「なにするんだ」

男は着ていたカバーオールから何かを取り出した。スプレー容器のようだった。男はそれをジェイミーの顔に近づけた。いったい何が——？

ノズルから乳状の液体があふれ、それがジェイミーの目に流れこんだ。

すぐに焼けるような痛みを感じて少年は泣きわめき、恐ろしいほどのパニックに駆られて身体をふるわせた。何よりも心配していたことが現実になってしまう。目が見えなくなる！

ジェイミー・ターナーは苦痛と恐怖を吹き飛ばそうと顔を激しく振ったが、刺すような痛みは増すばかりだった。「やだやだやだ」という叫喚は、口もとを覆う手のせいでくぐもっていた。

男は身を乗り出して少年の耳に言葉を囁いたが、ジェイミーには理解できなかった。苦痛と——それに伴う恐怖とが、枯れ草に放たれた炎のごとく彼を嘗めつくしていたからである。

00010001／17

フランク・ビショップとワイアット・ジレットは、セント・フランシス・アカデミーの入口の古いアーチウェイを、軋むような靴音を丸石に響かせながら歩いていた。

ビショップがアーチウェイの半分を占める巨体のウエルト・ラミレスにうなずいて訊ねた。

「本当なのか？」

「ああ、フランク。すまない。逃げられた」

ラミレスとティム・モーガンは目下、学校周辺の通りで聞き込みをしているが、実は現場にいち早く到着していたのである。

ラミレスがビショップ、ジレット、その後ろのボブ・シェルトンとパトリシア・ノーランを校内に案内した。リンダ・サンチェスはキャスター付きの大型スーツケースを引きながら、彼らについていった。

外では二台の救急車と十台ほどの警察車輛が静かにライトを閃かせていた。歩道には野次馬が群れている。

「何があった?」シェルトンが訊いた。

「いま言えるのは、ジャガーがあそこの門の外にあったことくらいかな」ラミレスは高い塀で通りと隔てられた中庭を指さした。「こっちは静かに包囲するつもりでいたんだが、どうやらやつはそれを嗅ぎつけて、一目散に校外に飛び出して逃走したらしい。八ブロックと十六ブロック先で道路を封鎖したが、そっちも抜けられた。裏道を使ったんだろう」

薄暗い廊下を歩いているとき、ノーランがジレットに歩調を合わせて並んだ。何か言いたそうにしていたが、思いなおしたように口をつぐんだ。

ジレットは廊下を歩きながら、生徒の姿がないのに気づいた。親やカウンセラーがやってくるまで、教師が部屋に閉じこめているのだろうか。

「犯行現場で見つかったものは?」ビショップはラミレスに訊ねた。

「とくになし、犯人の居場所を進んで教えてくれるようなものは」

角を曲がると、突き当たりに開いた扉があり、その外に数十人の警官と医療班の姿があった。ラミレスがビショップに目配せして、何かを耳打ちした。ビショップはうなずいてジレットに言った。「なかはかなり不快だ。アンディ・アンダーソンとララ・ギブソンのときと同じで。かなり殺人犯はまた例のナイフを使った——心臓に。しかも死ぬまでしばらくかかったらしい。かなりひどい状況だ。外で待ってればいい。コンピュータを見てもらう必要があれば声をかける」

「平気だ」とハッカーは答えた。

「本当に？」

「ああ」

ビショップはラミレスに訊いた。「何歳だ？」

「子供？　十五歳」

ビショップがパトリシア・ノーランに向かって眉を上げ、やはり死体を見ても平気かと訊ねた。「大丈夫よ」と彼女は答えた。

彼らは教室にはいった。

ビショップの問いには慎重に答えたつもりだったが、ジレットはショックに立ちすくんだ。あたり一面、血の海だった。驚くべき量が——床、壁、椅子、額縁、ホワイトボード、教壇の上に。鮮やかなピンクから黒ずんだものまで、血を浴びたものの材質によってさまざまな色合いを帯びている。

遺体は部屋の中央の床にあって、ダークグリーンのゴムを引いた毛布をかぶせられていた。ノーランも不快を催しているのではと思ってジレットが目をやると、彼女は深紅の点や線や血溜まりを一瞥したあとに平然と教室を見渡していた。これから分析するコンピュータを探しているのかもしれない。

「少年の名前は？」とビショップが訊ねた。

サンノゼ市警の婦人警官が言った。「ジェイミー・ターナーです」

教室に足を踏み入れたリンダ・サンチェスが、血と死体を見て息を呑んだ。失神するかどうかを決めかねている様子だったが、ふたたび外に出ていった。

フランク・ビショップが殺害現場に隣接する教室にはいっていくと、十代の少年が椅子に座り、抱えた身体を前後に揺らしていた。ジレットも刑事につづいた。

「ジェイミー？」ビショップは訊いた。「ジェイミー・ターナー？」

少年は反応しなかった。ジレットはジェイミーの目が真っ赤になっているのに気づいた。どうやら目のまわりの皮膚も炎症を起こしている。ビショップが室内にいるもうひとりの男に視線を向けた。二十代半ばで痩せ型。男はジェイミーの脇に立ち、その肩に腕をまわしている。男が言った。「こいつがジェイミーです、ええ。おれは兄です。マーク・ターナー」

「ブーティが死んだ」ジェイミーがぽつりと洩らし、目に湿った布をあてた。

「ブーティ？」

さらに別の男——四十すぎでチノにアイゾッドのシャツ姿——がアカデミーの副校長だと名乗り、こう言った。「生徒がつけたニックネームです」副校長は遺体袋が置かれた教室のほうに顎をしゃくった。「校長の」

ビショップはしゃがみこんだ。「気分はどうだい？」

「あいつが殺したんだ。ナイフを持って。あいつが突き刺すと、ボーテ先生はずっと叫びつづけて、叫びながら走りまわって、逃げようとして。ぼくは……」ジェイミーは声をつまらせると、堰を切ったように泣きだした。少年の兄は弟の肩をつかむ手に力をこめた。

「彼は大丈夫なのか？」ビショップが医療班のひとりに訊ねると、上着を聴診器と止血鉗子で飾った女が答えた。「じきによくなるわ。犯人は少量のアンモニアとタバスコを混ぜた水を目にかけたようね。ひりひりするけれど、害はない程度の」

「どうして？」とビショップ。

彼女は肩をすくめた。「さあ」

ビショップは椅子を引いて腰をおろした。「こんなことになって気の毒だが、ジェイミー。きみが動揺しているのはわかる。ただ、ぜひとも知っていることを話してもらいたいんだ」

少年は落ち着きを取り戻すと、学校を脱け出して兄とコンサートに行くつもりだったことを説明した。ところが扉を開けるが早いか、用務員のような制服姿の男に捕まって目に液体を吹きかけられたという。男はこう言った。これは酸だ、ボーテ先生のいるところに案内してくれたら解毒剤をやる。さもなければ酸が目を腐食するだろうと。

手がふるえて、少年は泣きはじめた。

「弟は何よりそれを恐れてる」マークが憤然として言った。「目が見えなくなることを。あの野郎はどういうわけかそれを知っていたんだ」

ビショップはうなずいてジレットに言った。「校長がやつの標的だった。大きな学校だ――すぐに犠牲者を見つけるために〈フェイト〉はジェイミーを利用した」

「すごく痛かったんだ！　ほんとに、ほんとだよ……ぼくは協力なんかしないって言ってやった。やりたくなかったし、やめようとしたけど、どうしようもなかった。だって……」少年はそこで黙りこんだ。

ジレットは、ジェイミーにはもっと言いたいことがあるのではないかと感じた。だが口にする気になれないのではないかと。

ビショップが少年の肩にふれた。「きみは正しいことをした。私も同じことをしたと思う。それについては心配いらない。教えてくれないか、ジェイミー、今夜の計画をeメールで誰かに知らせたかい？　われわれにとって重要な情報なんだ」

少年は唾を呑みこみ、目を伏せた。

「きみには何も起こらないよ、ジェイミー。心配することはない。われわれは犯人を見つけたいだけだ」

「兄さんかな。それから……」

「つづけて」

「なんていうか、ちょっとオンラインにつないでパスコードとかを探したんだ。正門のパスコードを。きっとあいつはぼくのマシンにハックしてそれを見て、それで中庭に侵入したんだと思う」

「目が見えなくなるのを恐れていることは？」ビショップが訊ねた。「犯人はそれもオンラインで読めたのかい？」

ジェイミーがまたうなずく。

ジレットは言った。「じゃあ〈フェイト〉はジェイミー本人をトラップドアにしたわけだ

――侵入するために」

「きみはほんとに勇敢だった」ビショップが優しく声をかけた。

それで少年の心が晴れるはずもなかった。

検視医たちが校長の遺体を運び出し、警官たちは廊下でジレットとノーランを交えて話し合った。シェルトンが科学捜査課の人間から聞いた話を報告した。「犯行現場には何もなし。鮮明な指紋が数十個――いずれ照合されるだろうが、なんのことはない、こっちはもう相手がホロウェイだと知ってる。やつが履いていた靴は特徴のある足跡が残らないものだった。室内には無数の繊維がある。FBIの専門の連中が一年間暇なしになるくらいの。おっと、それから彼らはこいつを見つけた。ターナー少年のものだ」

シェルトンに手渡された紙をビショップが読み、ジレットにまわした。パスコードをクラックして扉の警報装置を解除することに関する少年の覚え書きのようだった。

ウエルト・ラミレスが話をつづけた。「ジャガーの駐車場所を正確に把握している者はいない。いずれにしても、雨でタイヤの跡は洗い流されている。道路脇にはゴミがわんさとあるけど、犯人が捨てたものがあるかどうかまでわかるわけがない」

ノーランが言った。「彼はクラッカーよ。つまり、組織立った犯罪者だってこと。犠牲者を見張ってる最中に自分の住所が書いてあるダイレクトメールを投げ捨てたりしないわ」

ラミレスは言い足した。「ティムが本部の連中と巡回をつづけているが、まだ何も見つかってない」

ビショップがノーラン、サンチェス、ジレットを見た。「オーケイ、少年のマシンを確保して調べてくれ」

リンダ・サンチェスが訊ねた。「どこにあるの？」

副校長が校内のコンピュータ部に案内すると申し出た。ジレットはジェイミーがいる教室に引き返し、どのマシンを使ったのか訊ねた。

「三番」と沈んだ様子で答える少年は、なおも目に布をあてつづけていた。

チームは仄暗い階段を降りはじめた。歩きながらリンダ・サンチェスが携帯電話で連絡をとった。ジレットがその会話から推理したところによると、娘の陣痛はまだはじまっていない。サンチェスは電話を切って「やれやれ（ディオス）」とこぼした。

地下のコンピュータ・ルームはひんやりとした陰鬱な場所で、ジレット、ノーラン、サンチェスは〈No.3〉と記されたマシンまで歩いていった。ジレットはサンチェスに、まだ発掘プログラムは実行しないように伝えた。彼は椅子に腰かけて言った。「こっちの知るかぎり、トラップドア・デーモンは消滅していない。システム内のどこに常駐しているのか突き止めてみよう」

ノーランが重く淀んだ部屋を眺めまわした。「『エクソシスト』のなかにいるみたい……気味が悪くて、悪魔に取り憑かれていて」

ジレットはかすかな笑みを浮かべた。コンピュータをブートしてメイン・メニューを調べた。それからさまざまなアプリケーションをロードしていく——ワードプロセッサー、表計算、フアクス・プログラム、ウィルス・チェッカー、ディスクコピー・ユーティリティ、ゲーム、ウェブブラウザ、ジェイミーが書いたと思われるパスワード解読プログラム(ティーンエイジャーにしてはじつに隙のないコーディングであることにジレットは気づいた)。

タイプしながら画面からは目を離さず、打ちこんだ文字がモニター上の輝くアルファベット中に現われる早さを観察した。ハードディスクのアクセス音に耳をかたむけ、そのとき実行しているはずのタスクとかみあわない音をたてていないか確認する。

パトリシア・ノーランが隣りに腰をおろし、やはり画面を眺めている。

「デーモンの気配がするね」ジレットは囁くように言った。「だけど妙なんだ——そいつはどうやら動きまわってる。プログラムからプログラムに飛び移ってね。こっちが開くとすぐにそのソフトウェアに忍びこむ——こっちが探してるのを確かめるみたいに。探されてないと判断するとそこを離れて……でも、どこかに常駐してるはずだ」

「どこに?」とビショップが訊いた。

「見つかるかどうか試してみる」ジレットは猛然とタイプしながら、プログラムを一ダース、また一ダースと開いては閉じていった。「そうか……こいつがいちばん暇なディレクトリだな」ファイルのリストに目を通し、冷ややかに笑った。「トラップドアはどこに住みついてると思う?」

「どこだ?」

「ゲームのフォルダに。いまはソリティアのプログラムにいる」

「何だって？」

「カードゲームさ」

サンチェスが、「でもゲームなんて、アメリカで売ってるほとんどのコンピュータに付属してるわよ」

ノーランが言った。「だから〈フェイト〉はそういうコードを書いたんじゃないかしら」

ビショップは首を振った。「するとゲームのあるコンピュータには、どれもトラップドアが仕込まれてる可能性があるのか？」

ノーランが疑問を投げかけた。「ソリティアを使えなくするか消去したらどうなるの？」

これについては議論になった。ジレットはトラップドアの機能が知りたくてたまらず、デーモンを取り出して調べてみたかった。ゲーム・プログラムを削除したら、デーモンは自滅するのかもしれない——ただし、それで駆除されることがわかれば、武器を手に入れたことになる。デーモンが内部にいる気配がしたら、ゲームを消去するだけでいいのだ。

そこで彼らは、ジェイミーが使用したコンピュータからハードディスクの中身をコピーすることにした。つづいてジレットがソリティアを削除し、その後の様子をうかがうのである。

サンチェスがコピーを終えると、ジレットはただちにソリティアのプログラムを消去した。ところが削除作業にはわずかな遅れが認められた。ジレットは各種のプログラムを再度テストし、そして苦笑した。「まだいるね。別のプログラムに飛び移って、ぴんぴんしてる。いったいどうなってるんだ？」トラップドア・デーモンは住み処が破壊されることを察知すると、削除プログラムを遅らせてソリティア・ソフトウェアから別のプログラムに逃げたのだった。

ジレットは立ちあがり、首を振った。「ここでできることはもうない。マシンをCUに持ち帰って――」

ぼやけた動きがあってコンピュータ・ルームのドアが勢いよく開き、ガラスが砕けた。怒号が室内を満たし、人影がコンピュータに突進していく。ノーランは膝をつき、驚きの悲鳴を洩らした。

ビショップは押し退けられた。リンダ・サンチェスが銃を手探りする。

ジレットが身を投げるのと同時に椅子が頭を越え、それまで向かっていたモニターに激突した。

「ジェイミー！」副校長が叱りつけた。「やめなさい！」

だが少年が重い椅子を引き戻してもう一度叩きつけると、モニターはすさまじい音とともに破裂して、周囲にガラスの破片を飛び散らせた。マシンの残骸から煙が立ち昇った。

副校長が椅子をつかんでジェイミーの手から奪い取ると、少年を床に突き倒した。「いったい何をしているんだ、きみは？」

少年はよろよろと立ちあがり、泣きじゃくりながら、再度コンピュータをつかもうとした。

しかしビショップと副校長に引き止められた。「ぶっこわしてやる！　そいつが殺したんだ！

ボーテ先生を殺したんだ！」

副校長が怒鳴った。「いい加減にしたまえ！　わが校の生徒がそんな真似をしてはいけない」

「手を放せ！　先生が殺されたんだ、ぼくがそいつを殺す！」少年は怒りにふるえていた。

「ターナーくん、いますぐ落ち着きたまえ！　二度は言わないぞ」

ジェイミーの兄のマークがコンピュータ・ルームに駆けこんできた。彼が腕をまわすと、弟は泣きくずれた。

「生徒は行儀よくしなければならない」動揺した副校長がCCUチームの冷静な面持ちを見て言った。「それがわが校の方針なのです」

ビショップがサンチェスに目をやると、損傷の度合いを調べていた彼女が言った。「本体は無事だわ。こわれたのはモニターだけ」

ワイアット・ジレットは椅子を二脚、部屋の隅に引っ張っていき、ジェイミーに手招きした。少年は兄がうなずくのを見てハッカーのところへ行った。

「あれじゃあ保証は効かないな」とジレットは笑いながらモニターに顎をしゃくった。

少年が見せた力ない笑みはすぐに消えた。

ややあって少年が言った。「ブーティが死んだのはぼくのせいだ」少年はジレットを見た。

「門のパスコードをクラックして、アラームの配線図をダウンロードした……。ああ、ぼくのほうが死にたい！」彼は顔を袖で拭った。

少年の心にはまだ引っかかっているものがある。ジレットは同じ印象を受けた。「つづけて、話してくれ」彼は静かに先を促した。

少年は目を伏せて語りだした。「あの男のこと？　あいつはぼくがハッキングしてなかったら、ボーテ先生はまだ生きていたと言った。先生を殺したのはぼくなんだって。それから、二度とコンピュータにさわるな、また人を殺すことになるからって」

ジレットはかぶりを振った。「いや、ちがうな、ジェイミー。これをやった男は異常者だ。そいつはいったん校長先生を殺すと思いこんだら、もう止めようがなかった。もしきみを利用しなくても、ほかの誰かを利用しているはずだ。そんなことを言ったのは、きみを恐れてるからさ」

「ぼくを恐れてる？」

「やつはきみを監視していた。きみがスクリプトを書いてハックするのを見つめていた。いつかきみに仕返しされるんじゃないかと怯えてるのさ」

ジェイミーは何も言わなかった。

ジレットはくすぶるモニターを顎で示した。「世界中のマシンを壊してまわるなんて無理だよ」

「でも、そいつをめちゃめちゃにすることはできる！」少年はわめいた。

「ただの道具さ」ジレットは穏やかに言った。「ドライバーを使って家に押し入る連中がいる。だからってドライバーを全部なくすことはできないんだ」

ジェイミーは本棚にもたれて泣いた。ジレットは少年の肩に腕をまわした。「もうコンピュータなんかやらない。大嫌いだ！」

「そうすると、問題が起きるな」

少年はふたたび顔を拭った。「問題？」

ジレットは言った。「いいかい、きみの助けが必要なんだ」

「助け？」

ハッカーはマシンに顎をしゃくった。「きみがあのスクリプトを書いたんだろ？ クラッカーを？」

少年はうなずいた。

「優秀だな、ジェイミー。すごいよ。きみがやったようなハックができないシスアドミンだっているんだぜ。おれたちはあのマシンを持ち帰って本部で分析する。でも、ほかのは置いていくから、そっちをきみに調べてもらって、このろくでもない野郎を捕まえる方法を探ってほしいのさ」

「ぼくにやらせたいの？」

「白い帽子のハッカーって知ってるか？」

「うん。悪いハッカーを見つける、いいハッカーのことだよね」

「おれたちの白い帽子になってくれないか？ 州警察は人手不足なんだ。こっちには見つからない何かを、きみなら見つけてくれるかもしれない」

泣いているのが恥ずかしくなったのか、少年は怒ったように顔を拭いた。「どうかな。やりたいとは思わない」

「きみの協力は無駄にしない」

副校長が口を出した。「さあ、ジェイミー、部屋に戻る時間だ」

少年の兄が言った。「いいや。今夜はここには残らない。ふたりでコンサートに行って、ふたりで夜をすごす」

副校長はきっぱり言った。「だめです。ご両親の書面による許可が必要だが、おふたりとは連絡がとれない。当校には規則があるし、こんなことがあった以上」――と犯行現場のほうに漠然と手を振り――「その規則から逸脱するわけにはいきません」

マーク・ターナーは身を乗り出し、声を抑えて言った。「もういいだろう。人生で最悪の夜に出くわした子供に、あんたはまだ――」

「私が生徒をどう扱おうと、きみに口出しする権利はない」

そこでフランク・ビショップが言った。「だが、こちらにはあります。ジェイミーにはどちらも選ばせない――ここに残ることも、コンサートへ行くことも。本署に来て供述してもらいます。それからわれわれの手でご両親のもとに送り届ける」

「行きたくないよ」少年が哀れな声を出した。「親のとこなんか」

「仕方がないんだ、ジェイミー」と刑事は言った。

少年は溜息をつくと、またべそをかいた。

ビショップは副校長を見て言った。「ここから先は私が面倒をみます。そちらも今夜はほかの生徒さんのことで手一杯でしょうし」

男は疎ましげな視線を刑事に――そして壊れたドアに――投げると、コンピュータ・ルームを後にした。

副校長が出ていくと、フランク・ビショップは笑顔で少年に言った。「オーケイ、きみと兄さんはもう出かけたほうがいい。オープニング・アクトは見逃すかもしれないが、急げばメインのショウには間に合うだろう」

「でも両親のことは？　さっき——」

「あの話は気にするな。きみのママとパパにはこちらから、お兄さんと夜をすごすと伝えておこう」ビショップはマークを見た。「あしたの授業までには戻れるように頼む」

少年は笑えなかった——あんなことがあったあとでは——だが、かろうじて「ありがとう」を口にした。

マーク・ターナーが刑事の手を握った。

「ジェイミー」ジレットは呼びかけた。

少年が振り向く。

「さっきの話を考えてみてくれ——手伝ってくれるかどうか」

ジェイミーは煙をあげるモニターをしばし見つめた。そして返事をすることなく出ていった。

ビショップがジレットに訊ねた。「あの子は何か見つけてくれるだろうか？」

「さあ。協力を頼んだのはそのためじゃない。こんな経験をしたあとは、もう一度馬に乗せてあげなきゃいけないと思った」ジレットはジェイミーのノートを見てうなずいた。「あの子には才能がある。これに懲りてマシンに見向きもしなくなったら、それこそ本物の犯罪だ」

刑事はふっと笑った。「あんたのことを知れば知るほど、典型的なハッカーだって気がしなくなる」

「そんなの誰にわかる？　ちがうかもしれない」

ジレットはリンダ・サンチェスに手を貸し、ウィレム・ボーテ殺害の共犯者となったコンピュータの取り外しの儀式にくわわった。彼女はマシンを毛布に包むと、キャスターの付いたカートに慎重にくくりつけた。まるで揺さぶったり乱暴な扱いでもしたら、敵の消息に関する脆い手がかりがなくなってしまうというように。

コンピュータ犯罪課での捜査は行き詰まっていた。

ネット上の〈フェイト〉と〈ショーン〉の存在を知らせるボットのアラームは一度も鳴らず、〈トリプル－X〉もオンラインに戻ってこなかった。

トニー・モットは依然として〝本物の警官〟を演じるチャンスを逃したことが不服らしく、チームのほかの面々がセント・フランシス・アカデミーに出かけている間に、ミラーとふたりで大量のメモをとったリーガルパッドにしぶしぶ目を通していた。そのモットが言った。「VICAPにも州のデータベースにも〝ホロウェイ〟の名では有用な情報はなし。ファイルの多くは紛失しており、残っているものからは何も出てこない」

モットはつづけて、「ホロウェイのかつての職場の同僚と話をしてみました。ウェスタン・エレクトリック、アップル、日本電気——つまりNEC。やつのことを憶えてる人たちによると、ずば抜けたコードスリンガーで……ずば抜けたソーシャル・エンジニアだった」

「ＴＭＳ」リンダ・サンチェスが唱えた。「ＩＤＫ」

ジレットとノーランが吹き出した。

モットがまたひとつブルー・ノーウェアの略語を訳した。「教えてほしい（テル・ミー・サムシング）、私の知らないこと（アイ・ドント・ノウ）。ところが——意外や意外——人事部や監査部のファイルはすべてなくなっていた」

「ハックしてコンピュータ・ファイルを消去するというのはわかるけど」リンダ・サンチェスが言った。「でも、枯れ木ものはどうやって処分するの？」

「何だって？」シェルトンが訊ねた。

「紙のファイルさ」ジレットは説明した。「でも、そんなのは簡単だ。ファイル室のコンピュータにハックして、スタッフ向けに破棄を指示するメモを発行すればいい」

モットがさらに補足した。〈フェイト〉のかつての雇用主であるセキュリティ関係者たちには、〈フェイト〉が盗んだスーパーコンピュータの部品のブローカー業で生計を立てていた——おそらく現在も変わらず——と考える者がいる。そうした部品はとくにヨーロッパと第三世界の国々で需要が高い。

チームの希望がつかの間ふくらんだのは、ラミレスが電話で、ついに〈オリーズ・シアトリカル・サプライ〉の店主から話を聞いたと連絡してきたときのことだった。店主はジョン・ホロウェイの写真を見て、このひと月のあいだに何度か店を訪れたことを確認したという。何を買ったか正確には思いだせなかったが、買い物が多額で、支払いがキャッシュだったことは憶えていた。また、ホロウェイがどこに住んでいるかは心当たりはないものの、店主は短いやりとりを記憶していた。彼はホロウェイにこう訊ねたのだ、俳優じゃあ仕事もなかなかないんじゃないか？

殺人者はこう答えた。「いや。そんなことはない。ぼくは毎日演技しているよ」

半時間後、フランク・ビショップは伸びをして〝恐竜の檻〟を見回した。

室内の士気は低い。リンダ・サンチェスは娘と電話中だ。スティーヴン・ミラーはむっつりと座ったままノートを眺めている。アノニマイザーでへまをして〈トリプル－X〉を取り逃がしたことをまだ気に病んでいるのだろう。ジレットは分析室でジェイミー・ターナーのコンピュータの中身を調べている。パトリシア・ノーランは近くのブースで電話をかけていた。ボブ・シェルトンがどこにいるのか、ビショップにはわからなかった。

ビショップの電話が鳴り、本人が着信を受けた。ハイウェイ・パトロールからだった。オートバイ警官が〈フェイト〉のジャガーをオークランドで見つけたという。

車とハッカーを結びつける明白な証拠はなかったが、彼の車にちがいなかった。六万ドルの車におびただしい量のガソリンをかけて火を放つ理由は、証拠の隠滅以外にない。

鑑識によれば、炎はそれを効率よくやってのけたようだ。チームの役に立ちそうな手がかりはなかった。

ビショップはセント・フランシス・アカデミーの犯行現場の仮報告書を読み返した。ウエルト・ラミレスが記録的な速さでまとめたものだったが、ここにも有用な情報はたいしてなかった。殺人の凶器はまたしてもケーバー・ナイフ。ジェイミー・ターナーの拘束に使用されたダクトテープは出所をたどることができず、彼の目を痛めたタバスコとアンモニアも同様だった。ホロウェイの指紋は大量に見つかっている――が、すでに身元が割れているからあまり意味をなさない。

ビショップはホワイトボードに向かい、モットに合図してマーカーを放らせた。刑事はこうした内容をボードに書き出していったが、〝指紋〟まで来たところで手を止めた。〈フェイト〉の指紋……

炎上するジャガー……

そんな事実がどういうわけか引っかかる。なぜだ？　ビショップは訝りつつ、手の甲でもみあげを撫でた。

〝それが糸口だ……〟

彼は指を鳴らした。

「どうしたの？」リンダ・サンチェスが訊いた。モット、ミラー、ノーランが視線を向けてくる。

「〈フェイト〉は今回、手袋をはめていなかった」〈ヴェスタズ〉でララ・ギブソンを誘拐したとき、〈フェイト〉は用心深くビール壜をナプキンで包んで指紋をつきにくくした。セント・フランシスではその手間をとっていない。「つまり、やつはわれわれに正体をつかまれたのを知っているわけだ」さらに刑事はこうつづけた。「それから車のこともある。車を処分した理由はただひとつ、ジャガーに乗っていることを突き止められたと知ったからだ」

新聞はまだ彼の名前にも、殺人犯がジャガーを運転していることにもふれていない。

「このなかにスパイがいる、そう思うの？」とリンダ・サンチェス。

ふたたびホワイトボードに視線を移すと、ビショップは〈ショーン〉に関する記述に目を留めた。〈フェイト〉の謎に包まれたパートナー。その名前を軽く叩き、彼は問いかけた。「こいつにとってのゲームの狙いとは？　犠牲者の生活にアクセスする抜け道を見つけることだ」

ノーランが言った。「つまり〈ショーン〉のトラップドアってこと？　内部の人間が？」

トニー・モットが肩をすくめた。「本部の通信指令係かも？　あるいは現場の警官とか？」

「あるいはカリフォルニア州データ・マネジメントの人間か？」とスティーヴン・ミラー。

「ひょっとすると」唸るような男の声がした。「ジレットが〈ショーン〉かもな」

ビショップは振り向いた。ボブ・シェルトンが部屋の奥にあるブースの前に立っていた。

「何言ってるの？」パトリシア・ノーランが訊いた。

「こっちに来てくれ」シェルトンが手招きする。

仕切りの奥では、デスク上のコンピュータ・モニターが煌々とテキストを表示していた。シェルトンが腰をおろしてスクロールしていくと、チームの面々がブースにつめかけてきた。

リンダ・サンチェスが画面をざっと見て、心配そうに言った。「ISLEネットにつないでるのね。ジレットはここからログオンしないほうがいいって言ってたけど」

「もちろん、やつはそう言った」シェルトンは苦々しげに吐き棄てた。「なぜだかわかるか？こいつがばれるのを恐れていたからだ――」彼はさらに下にスクロールし、画面を示した。「コントラ・コスタ郡の書庫で見つけた古い法務省の報告書だ。ワシントンにあった写しは消去したかもしれないが、〈フェイト〉はこいつを見落としていた」シェルトンは画面を叩いた。「ジレットが〈ヴァレーマン〉だった。やつがホロウェイと一緒にあのギャング――〈ナイツ・オブ・アクセス〉――を取り仕切っていた。やつらが創ったんだ」

「くそっ」とミラー。

「まさか」ビショップは声を落とした。「ありえない」

モットが吐き出すように言った。「やつはおれたちまでソーシャル・エンジニアしてたのか！」

シェルトンが低い声でつづけた。「ジレットとホロウェイは数年来の知り合いだ。〈ショーン〉はジレットのスクリーン・ネームだろう。たしか、あの所長はやつがオンラインにしてるところを見つけたって言ってたな。たぶん〈フェイト〉と連絡をとってたのさ。今回の件は何もかもジレットを脱獄させるための計略だったのかもしれない。まったく、なんて野郎だ」

ノーランが指摘する。「でもジレットは〈ヴァレーマン〉を検索するボットをプログラムしたはずよ」

「いいや」シェルトンはプリントアウトをビショップのほうに突き出した。「やつはその検索をこんなふうに変更していた」

プリントアウトにはこう記されていた。

検索：IRC, Undernet, Dalnet, WAIS, gopher, Usenet, BBSs, WWW, FTP, ARCHIVES

検索条件：(フェイトORホロウェイOR〝ジョン・パトリック・ホロウェイ〟OR〝ジョン・ホロウェイ〟) BUT NOTヴァレーマンORジレット

ビショップは首を振った。「理解できない」

「この要求だと」ノーランが言った。「彼のボットは〈フェイト〉、ホロウェイ、トラップドアへの言及があるものをすべて拾い出すけれど、ジレット、〈ヴァレーマン〉をふくむ場合は対象外にする。無視するわけ」

シェルトンはつづけた。「〈フェイト〉に警告を発してたのはやつだ。だから〈フェイト〉は折りよくセント・フランシスから逃げた。そして、ジレットからこっちが車の種類を知ってることを聞いて車を焼いた」

ミラーが言い添える。「それに彼はどうしてもここに残って協力したがっていた」

「そのとおり」シェルトンがうなずいた。「そうしないと、せっかくのチャンスが――」

ふたりの刑事は顔を見合わせた。

ビショップは囁くように言った。「――脱走できない」

彼らは分析室につづく廊下を全力で走った。ビショップはシェルトンが武器を抜いたことに気づいた。

分析室のドアは施錠されていた。激しくノックしても応答がない。「鍵だ！」ビショップはミラーに叫んだ。

だがシェルトンが唸るように「鍵なんか――」とドアを蹴破り、銃を構える。

部屋はもぬけの殻だった。

ビショップはさらに廊下の突き当たりまで進み、建物の奥にある貯蔵室に駆けこんだ。外の駐車場に通じる防火扉が目にはいった。大きく開いている。開閉装置の火災報知器が取りはずされていた――ジェイミー・ターナーがセント・フランシス・アカデミーから逃げ出すときにやったように。

ビショップは目を閉じ、湿った壁にもたれた。背信行為に胸の奥まで貫かれた気分だった。まるで〈フェイト〉の恐ろしいナイフのように鋭く。

〝あんたのことを知れば知るほど、典型的なハッカーだって気がしなくなる〟

〝そんなの誰にわかる？　ちがうかもしれない〟

やがて刑事は踵を返し、足早にCCUのメインエリアに引き返した。電話を手に取り、サンタクララ郡ビルにある矯正拘置調整事務局にかけた。刑事は身分を名乗ってから言った。「アンクレットをつけた逃走者がいる。緊急追跡を要請する。いまから装置の番号を言う」ジレットは手帳を参照した。「番号は――」

「あとでかけなおしてもらえませんか、警部補」疲れた声の応答があった。

「かけなおす？　申しわけないが、きみは事情がわかってない。逃走者が出たんだ。この三十分のあいだに。追跡する必要がある」

「それがいまはまったく追跡ができないのです。システム全体がダウンしてしまって。ヒンデンブルク号みたいに墜落したんです。こちらの技術者にも原因がわかりません」

ビショップは全身に悪寒が走るのを感じた。「伝えてくれ、そちらがハックされた。それが理由だ」

回線のむこうに卑屈な笑い声が響いた。「映画の見すぎですよ、警部補。うちのコンピュータに侵入できる者なんていません。三、四時間したらかけなおしてください。そのころには復旧しているそうなので」

Ⅲ　社会工学

匿名性もまたコンピューティングの次の波によって消滅することになるだろう。

『ニューズウィーク』

000100010／18

〝この子は物をばらばらにする〟

冷たい夜雨のなか、ワイアット・ジレットはサンタクララの歩道を駆けていた。胸が痛み、息が苦しい。午後九時半、ＣＵ本部を脱け出してからの距離は二マイル近くになろうとしていた。

このあたりには馴染みがあるせいか——少年のころ住んでいた家からさほど遠くない——こんなことを思いだしていた。十歳のワイアットはサッカーより野球が好きかと友人に問われて、母親は答えた。「それがスポーツは好きじゃないの。この子は物をばらばらにするのよ。それしか頭にないみたい」

警察の車輛が近づくと、ジレットは急ぎ足程度に歩調を落とし、ＣＵのコンピュータ分析室で見つけた傘の下に顔を隠した。

車は減速せずに消えていき、ハッカーはふたたび足取りを速くした。アンクレット追跡システムは数時間はダウンしたままだろうが、ぐずぐずしている余裕はない。

〝この子は物をばらばらにする……〟

天がワイアット・エドワード・ジレットに課した強烈な好奇心は、年を追うごとにふくれあがっていくかに思われた。だがその生憎な授かり物も、たびたび執着心を満たしてくれる器用な手先と知性のおかげで多少は穏やかになっていた。

彼は物がどう機能するかを理解するようになった。理解するための方法はひとつ、分解することである。

ジレットの家には、少年と道具箱から無事でいられるものなど皆無だった。

母親が仕事から帰ると、幼いワイアットはフードプロセッサーの前に座り、楽しそうに部品を調べている。

「いくらするか知ってるの？」母親は腹立たしそうに訊く。

知らない、どうだっていい。

だが十分もすると、フードプロセッサーは元どおりに組み立てられて立派に動いた。ばらされて良くなったでも悪くなったでもなく。

しかもこのクイジナートのプロセッサーに手術が施されたのは、少年がまだ五歳のときだった。

ところが、やがて彼は気の向くままにあらゆる機械を分解しては組み立てなおすようになる。

滑車、車輪、ギア、モーターも、いったん理解してしまうと退屈に思え、つづいて電子機器の出番となった。一年のあいだに彼はステレオ、レコードプレイヤー、テープデッキを餌食にした。

ばらばらにして、組み立てなおし……ほどなく真空管や回路基板の謎も解消すると、その好奇心は甦った飢えとともに虎のごとく徘徊をはじめる。

だが、そこでコンピュータを見つけた。

父親のことが思いだされた。長身で非の打ちどころのない姿勢に、空軍時代の名残りである手入れされた髪。そんな男が〈レイディオ・シャック〉に八歳の息子を連れていき、自分で品物を選んでいいと告げた。「なんでも欲しいものを買ってやろう」

「なんでも？」少年はそう訊ね、棚に並ぶ数百もの商品に目をやった。

〝なんでも欲しいものを……〟

彼はコンピュータを選んだ。

物を分解する少年にはうってつけの選択だった——小型のトラッシュ-80はブルー・ノーウェアへの入口だったからである。そこは限りなく、深く限りなく複雑で、それを構成する幾重もの階層は分子のように小さく、爆発する宇宙のように大きい。好奇心がいつでも縦横に駆けめぐることのできる場所なのだ。

しかし学校は生徒の精神にまず従順さを求めがちで、好奇心は認めるとしても二の次になる。

進級するにつれ、幼いワイアット・ジレットは落ちこぼれていった。

それでも底まで沈むまえに、ひとりの賢明なカウンセラーにハイスクールという坩堝から救い出され、適性に従ってサンタクララ・マグネット・スクール・ナンバー・スリーに送り出された。

その学校の謳い文句は〝シリコン・ヴァレーに住む才能ある問題児の避難所〟——むろんこの表現を言い換えるとしたら、こう呼ぶしかない。ハッカー天国。マグネット・スリーの典型的な生徒の典型的な一日とは、体育と国語の授業をサボり、歴史を耐え忍びつつ数学と物理を完璧にこなすことで過ぎていく。しかも生徒はその間ずっと、本当に大事な唯一の学業に精を出す。仲間との果てしないマシン・ワールド談義だ。

いま歩いている雨に濡れた歩道は、実はその学校にほど近く、ブルー・ノーウェアをさまよいはじめたころの記憶がつぎつぎに呼び起こされた。

マグネット・スリーの校庭に腰をおろし、何時間も口笛の練習をしたことをはっきり憶えている。フォートレス・フォンに向かって正しい音色の口笛を吹ければ、電話の交換機に自らもまた交換機であると思いこませることができ、〈アクセス〉の黄金の環にありつけるのだ（〈キャプテン・クランチ〉のことは誰もが知っていた——このユーザー名をもつ伝説の若きハッカーは、同名のシリアルのおまけに付いていた笛が二千六百メガヘルツの音で鳴ることを発見した。その周波数なら、電話会社の長距離回線に侵入して無料通話が可能になるのだ）。

湿ったパン生地の匂いがするマグネット・スリーのカフェテリア、自習室、緑の通廊ですごした時間。そこでの話題はCPUやグラフィックス・カード、掲示板、ウィルス、仮想ディスク、パスワード、拡張RAM、そしてバイブル――つまり、〝サイバーパンク〟という用語を広めたウィリアム・ギブスンの小説『ニューロマンサー』だった。

初めて政府のコンピュータにクラックしたときのこと、初めてハッキングで逮捕され拘置を言い渡されたときのこと――十七歳の未成年だった（それでも釈明はできなかった。判事は外で野球をしているはずの時間に、フォード・モーターのメインフレームのルートを奪った少年たちには厳しかった――またトーマス・アルヴァ・エディソンが発明よりスポーツに興味をもっていたとしたら、世界はかなりひどいことになっていたと力説する少年たちに、年配の裁判官はなおのこと厳しかった）。

しかし何よりも鮮烈に呼び覚まされたのは、バークレーを卒業して数年後の出来事だった。〈サートゥン・デス〉と名乗る若いハッカーとのオンラインでの初対面。それがジョン・パトリック・ホロウェイのユーザー名であり、場所は＃hackのチャットルームだった。

日中、ジレットはプログラマーとして働いていた。だがコード・クランチャーの例に洩れず、仕事に退屈していた彼は帰宅すると自分のマシンでブルー・ノーウェアを探検し、趣味の合う仲間と出会えるまでの時間を指折りかぞえていた。ホロウェイはたしかに同好の士だった。最初のオンラインの会話は四時間半におよんだ。

ふたりはまずフォン・フリーキング情報をやり取りした。つぎに理論を実践に移し、〝ばかでかい〟と自負するハックをやってのける。パシフィック・ベル、AT&T、ブリティッシユ・テレコムの交換システムに侵入したのだ。

　このまずまずの成果を皮切りに、ふたりは企業や政府のマシンを渡り歩くようになる。

　やがてほかのハッカーたちが彼らを探しはじめた。Ｕｎｉｘの〝フィンガー〟検索をネットに走らせて名前を割り出すと、ふたりの若者の仮想の足もとにひれ伏し、グルの教えを授かろうとした。さまざまな常連たちとオンラインで一年ほどつきあううち、気がつけば彼とホロウェイはサイバーギャングとなっていた——それも伝説的な一団に。〈サートゥン・デス〉、リーダーにして掛け値なしのウィザード。〈ヴァレーマン〉、副官を務めるグループの思慮深い哲学者であり、〈サートゥン・デス〉に引けを取らない優秀なコードスリンガー。〈ソーロン〉と〈クレプト〉は明敏さこそ劣るものの狂気じみていて、オンラインで何をするのも厭わない。同じく〈モスク〉、〈レプリカント〉、〈グロック〉、〈ニューＲＯ〉、〈ＢＹＴＥｒ〉……。

　名前が必要になるとジレットが命名した。〈アクセスの騎士団（ナイツ・オブ・アクセス）〉を思いついたのは、中世のＭＵＤゲームを十六時間ぶっ通しでやったあとのことだった。

　彼らの評判は世界中に広まった——これについては、コンピュータに驚異の技をさせるプログラムを書いたという理由が大きい。ハッカーやサイバーパンクにはプログラマーでない連中が五万といて、〝ポイント－アンド－クリッカー〟という蔑称で呼ばれる。だが〈騎士団〉のリーダーたちはスキルのあるソフトウェア・ライターで、優秀さゆえに彼らのプログラムの多くはわざわざコンパイル——生のソース・コードを作動するソフトウェアに変換——するまでもなかった。ソフトウェアがどう動くかを、彼らは明確に把握していたからである（エラナ

——このころに出会ったジレットの別れた妻——はピアノ教師だったが、ジレットとホロウェイのことをベートーヴェンのようだと言った。つまりベートーヴェンは頭のなかで完璧に曲を構想できたために、譜面を書いてしまうと演奏には興味を失ってしまったのだ)。

そんなことを反芻するうち、彼は前妻のことを考えていた。ここからそう遠くないところにエラナと数年をすごしたベージュ色のアパートメントがある。彼はふたりの生活をありありと心に描くことができた。千のイメージが記憶の底から一気に噴き出してくる。だがＵｎｉｘのオペレーティング・システムや数値演算コプロセッサー・チップとはちがって、エラナとの関係を理解することができなかった。分解して部品を吟味する手立てを知らなかった。

だから修復はできない。

いまだにその女性の虜である。彼女が恋しい、彼女との子供が欲しい……しかし、こと恋愛に関して、ワイアット・ジレットはウィザードでないことを自覚している。

そうした回想を振り払い、ジレットはサニーヴェイルのはずれにある〈グッドウィル〉のさびれた店舗の軒下に歩を進めた。いったん雨を逃れて、あたりを見回して人通りがないことを確かめると、ポケットから小さな電子回路基板を取り出した。一日中、これを身につけていた。その朝、ＣＣＵのオフィスへ遠出するからと雑誌や切り抜きを取りにサンホーの房に戻ったとき、テープでこの基板を右腿の股間付近に貼っておいたのだ。

過去六カ月にわたって取り組んできたこの基板こそ、当初より刑務所から持ち出すつもりでいたものだった——あのフォン・フリーキング用レッドボックスではなく。レッドボックスをポケットに忍ばせたのは、それを看守に見つけさせれば、ふたたび金属探知機を通らずとも出所させてもらえるだろうと踏んだからである。

四十分まえにCCUのコンピュータ分析室に戻ったとき、基板を肌からはがして首尾よくテストすることに成功した。〈グッドウィル〉の青白い蛍光灯の下、彼はいま一度基板を調べ、CCUからのジョギングを無事乗り切ってくれたことを確認した。

基板をポケットにしまいなおし、店にはいって会釈すると、夜勤の店員が言った。「十時閉店ですが」

それはわかっていた。営業時間は事前にチェックしている。「長居はしないから」ジレットはそう断わると着換えを選びにかかった。ソーシャル・エンジニアリングの正統な流れを汲むなら、けっして身につけない類の古着を。

CCUにあった上着から失敬した現金で支払いをすませ、ドアに向かった。立ち止まって店員を振り返った。「すみません。このへんにバスの停留所はありましたっけ？」

高齢の店員は店の西を指さした。「その通りの五十フィート先。乗り換え駅だ。あそこからだと、どこでも好きなところに行けるよ」

「どこでも？」ワイアット・ジレットは上機嫌で訊ねた。「文句のつけようがないね」そして借り物の傘を開き、雨の夜へと引き返していった。

コンピュータ犯罪課は背信行為に言葉を失っていた。

フランク・ビショップは周囲の静寂をひしひしと身に感じた。ボブ・シェルトンは地元警察と連絡を取っている。トニー・モットとリンダ・サンチェスも電話で問い合わせ中だった。彼らの静かな口調は恭しくさえあり、裏切り者の再逮捕にかける熱意を物語っている。

〝あんたのことを知れば知るほど、典型的なハッカーだって気がしなくなる……〟

ビショップについで動顚し、若者の逃亡にショックを受けている様子なのがパトリシア・ノーランだった。ビショップはふたりの関係に感づいていた――まあ、女のほうがハッカーに惹かれているのは間違いない。このはかない恋はある種のパターンにあてはまるのだろうか。利口ながら不器量な女が才気ほとばしる反逆者に夢中になるが、女を魅了した男はいつしか女の人生から消えている。ビショップはその日十五回目となる妻のジェニーの姿を思い浮かべて、満ち足りた結婚生活の喜びをかみしめた。

報告は返ってきたものの、手がかりはなかった。CCU付近の建物にジレットの逃亡を目撃した者はいない。駐車場から消えた車もなかったが、オフィスは郡の主要なバス路線のそばにあるため、おそらくバスを使って逃走したのだと思われる。郡や市の警察関係者から、ジレットの人相に一致する歩行者を見かけたとの報告も来ていなかった。

ジレットの行き先に関する確証はないとあって、ビショップはハッカーの経歴に目を向けることにした――父親か兄の線をあたってみる。友人と元同僚も。ビショップはアンディ・アンダーソンのデスクにジレットの裁判と矯正施設のファイルを探したが、見当たらなかった。そこで本部の記録庫にファイルの写しを緊急に要請したところ、それも消失していると知らされた。

「シュレッダーにかけろというメモがまわったのか?」ビショップは夜勤の職員に訊いた。

「実はそうなんです。どうしてわかったんです?」

「あてずっぽうだ」刑事は電話を切った。

するとあるアイディアが閃いた。そういえば、ハッカーは青少年拘置所に入所したことがある。

ビショップは夜間の治安判事事務所にいる友人に電話をかけた。友人はすこし調べてから教えてくれた。ああ、たしかにワイアット・ジレットが十七歳のときに逮捕され、判決を受けた際の記録がある。なるべく早く写しを送ろう。

「そっちを破棄させるのは忘れたらしい」ビショップはノーランに言った。「これでひとつ穴が開いた」

コンピュータ端末に目をやったトニー・モットが、いきなり立ちあがって叫んだ。「おい!」

モットは端末に走ってキーボードを叩きはじめた。

「どうした?」ビショップは訊ねた。

「ハウスキーピング・プログラムがハードディスク上の空き領域を掃除(ワイプ)しはじめた」モットはキーを打ちながらまくしたて、エンターキーを押して顔を上げた。「ふう、止まった」

モットの顔に浮かぶ緊張の色に気づきはしたものの、ビショップは現実に何が起きていたのか見当もつかなかった。

リンダ・サンチェスが説明した。「コンピュータ上のデータっていうのはほとんどが――デリートされたり、コンピュータを終了したときに消えたものも――ハードディスクの空き領域に残るの。ファイルとして見ることはできないけれど、復元するのは簡単よ。私たちはそうやって、犯罪の証拠を削除したつもりの悪人を結構捕まえるんだけど。この情報を完全に隠滅するには、空き領域を〝掃除する〟プログラムを走らせるしかないわ。デジタルのシュレッダーってとこかしら。きっとジレットは脱走するまえに、それが起動するようにプログラムしておいたのよ」

「すると」とトニー・モット。「やつはオンラインでやってたことを見られたくないってことか」

リンダ・サンチェスは言った。「彼が何を見ていたかを突き止めるプログラムがあるわよ」

彼女は箱に収めたフロッピーディスクを繰っていき、一枚をマシンに挿入した。太い指をキーボード上で躍らせると、一瞬のうちに暗号めいた記号がスクリーンを満たした。フランク・ビショップにとってはまったく意味をなさないものだったが、それが味方の勝利であるという確信だけは抱いた。サンチェスが微笑とともに同僚たちを端末へ手招きしたからである。

「こいつはおもしろいね」モットが言った。

スティーヴン・ミラーがうなずいてノートをとりはじめる。

「何が？」とビショップは訊ねた。

だがミラーは返事どころか書くのに必死だった。

00010011／19

〈フェイト〉はロスアルトスの自宅のダイニングルームに座り、ディスクマンで『セールスマンの死』を聴いていた。

だがラップトップに向かいながらも、気持ちは乱れている。セント・フランシス・アカデミーでの危機一髪に動揺していた。ふるえるジェイミー・ターナーに腕をまわし――哀れなブーティが断末魔の苦しみにのたうつのをふたりで眺めながら――二度とコンピュータには近づくなと少年に告げたのを憶えている。ところが有無をいわせぬ独白の途中で〈ショーン〉から緊急連絡がはいり、警察が学校に向かっていると知らされた。

〈フェイト〉はセント・フランシス・アカデミーを脱け出し、警察のパトロールカーが三方から接近するなかを辛くも逃げきった。

どうして連中にわかったのか。

しかし動揺したのは確かだとしても、ＭＵＤゲームの達人にして至高の戦略家である〈フェイト〉は知っている。敵が成功に近づいた際の対抗策はただひとつ。

ふたたび攻撃をしかけること。

新しい犠牲者が必要だった。コンピュータのディレクトリをスクロールし、〈Ｕｎｉｖａｃウィーク〉という名のフォルダを開いた。ララ・ギブソン、セント・フランシス・アカデミーのほか、シリコン・ヴァレーの犠牲者予備軍に関する情報がおさめてある。彼は地元紙のウェブサイトから集めた記事を読みはじめた。武装した側近たちとともに移動する被害妄想のラップ・スター、不人気な運動を支持する政治家、事実上の要塞に暮らす堕胎医などの話があった。

さて誰にするか。彼は思案した。ボーテやララ・ギブソン以上に手強いのは？

と、ひと月ほどまえに〈ショーン〉が送ってよこした新聞記事に目が留まった。パロ・アルトの裕福な地域に住む一家に関するものだった。

ハイテク世界のハイ・セキュリティ

ドナルド・Ｗは危機に瀕したことがある。しかも望んだわけではなく。

姓は載せないという条件でインタヴューに応じたドナルド（47）は、シリコン・ヴァレー有数の繁栄を見せるベンチャー企業の最高経営責任者だ。ほかの男ならこの業績を自慢するところだが、ドナルドはその成功も、人生のほかの部分もひた隠しにしている。

これには至極もっともな理由がある。六年まえ、投資家との取引きをまとめるべくアルゼンチンに滞在中、彼は銃で脅されて誘拐され、二週間監禁された。会社は彼を解放させるため、額は公表されていないものの身代金を支払った。ドナルドはその後、ブエノスアイレス警察によって無傷のまま発見されたが、あれから自分は変わってしまったと本人は語る。

「人は死に直面すると、こう思う。私はあまりに多くのものをあたりまえに受け止めてきたのだと。われわれは文明世界に暮らしていると考えているが、実はそうではない」

ドナルドはシリコン・ヴァレーで増加中のセキュリティ問題を深刻に受け止める裕福な重役のひとりだ。

彼と妻はひとり娘のサマンサ（8）が通う私立学校を選ぶ際にも、高度な警備態勢を備えた施設であることを根拠にした。

申し分ない。そう思った〈フェイト〉はオンラインにつないだ。

こうした人物の匿名性は、むろん些細な不都合でしかなく、十分後には新聞の編集用コンピュータ・システムに侵入し、執筆した記者の覚え書きをブラウズしていた。ほどなく必要な詳細はそっくり手にはいった。ドナルド・ウィンゲイト、住所はパロ・アルト、ヘスペリア・ウェイ三二九八三、妻はジョイス、四十二歳、旧姓シアラー、娘は同じくパロ・アルトのリオ・デル・ビスタ二三四六にあるフニペロ・セラ・スクールの三年生。さらにウィンゲイトの弟アーヴィングと妻のキャシー、そしてウィンゲイトに雇われたふたりのボディガードのことも判明した。

MUDヘッド・ゲーム・プレイヤーのなかには、同じタイプのターゲット――この場合は私立学校――を二回つづけて狙うのは愚かな戦略だと考える者もいる。〈フェイト〉は逆にこう考えた。完璧に道理にかなっている、警官どもはまったくの不意を衝かれるはずだ。

ふたたびファイルをゆっくりスクロールしていく。

〝きみは誰になりたい？〟

パトリシア・ノーランが言った。「乱暴なことはしないわよね。彼が危険だとは思えない。わかってるでしょ」

フランク・ビショップはジレットを背後から撃ちはしないが、それ以上は保証しないと素気なく答えた。ていねいな応対とはいえなかったが、目下の目的とは逃亡者を見つけることであって、男に熱をあげるコンサルタントを慰めることではない。

CCUの主回線の電話が鳴った。

トニー・モットが出て、大きくうなずきながら聞き入り、ふだんよりわずかに目を見開いた。ビショップは顔をしかめ、相手は誰なのだろうと訝った。モットがよそ行きの声で「少々お待ちください」と答えると、爆弾を扱うような手つきで受話器を差し出してきた。

「電話だ」警官はためらいがちに言った。「気の毒に」

気の毒に？　ビショップは眉を上げた。

「ワシントンだ、フランク。ペンタゴン」

ペンタゴン。東海岸では午前一時をまわっている。

こいつは厄介だ……

彼は受話器を受け取った。「もしもし？」

「ビショップ刑事？」

「はい」

「こちらはデイヴィッド・チェンバーズ。国防総省捜査部を指揮している者だ」

ビショップは受話器を持ち換えた。いまから耳にする知らせは左耳のほうがこたえないとでもいうように。

「カリフォルニア北部で、匿名の釈放命令が出されたという情報が各方面から届いてね。しかも、その命令はわれわれが関心を寄せる人物に対するものであるらしい」チェンバーズはすかさず言い添えた。「電話ではその個人の名前にふれないでくれたまえ」

「わかりました」

「彼はいまどこにいる？」

ブラジル、クリーヴランド、パリ。ニューヨーク証券取引所にハックして世界経済を停止させています。

「私の保護下にあります」

「きみはカリフォルニア州の警察官だな？」

「ええ、そうです」

「いったいどうやって連邦施設の在監者を釈放させたのだね？　それより、どうして匿名にできたのか？　サンノゼの所長さえ何も知らない……あるいは知らないと言い張っている」

「連邦地検に友人がいるんです。二年まえにゴンサレス殺害事件を解決して以来、仕事で組むようになりました」

「いま指揮を執っているのも殺人事件なのか？」

「はい。ハッカーが市民のコンピュータに侵入し、その内部の情報を用いて被害者に接近しています」

ビショップはボブ・シェルトンの心配顔を見て、指で自分の喉を切る仕種をした。シェルトンが目をぎょろつかせた。

〝気の毒に……〟

「われわれがその人物を追っている理由は知っているな？」とチェンバーズが訊ねた。

「彼の書いたソフトウェアが、そちらのソフトウェアをクラックするといったことでしょうか」なるべく曖昧な言い方を心がけた。ワシントンでは、ふたつの会話が同時進行することが多いのではないか。ひとつは本心、ひとつは声に出す言葉と。

「仮にそうだとすれば、そもそも違法であるし、この人物の書いたものの複製が国外に出た場合は反逆罪になる」

「なるほど」ビショップはつづく沈黙を埋めようとして、「それで、彼を施設に戻したいと、そういうことですか？」

「そうだ」

「釈放命令では三日の猶予があります」とビショップはきっぱり言った。

回線のむこうから笑い声が届く。「私の電話一本で、そんな命令は紙くず同然だ」

「それはそうでしょうね。ええ」

間があいた。

チェンバーズが訊ねた。「名前はフランクか？」

「ええ」

「オーケイ、フランク。同じ警官のよしみだ。その人物は捜査の役に立っているのか？」

ビショップは答えた。「とても。犯人はコンピュータの専門家です。いま話題にしている人物のような協力者がいなければ、とうてい太刀打ちできません」

ある些細な障害を別にすれば……

ふたたびあいた間をチェンバーズが埋めた。「たとえば——私個人としては、彼がこちらで言われているような悪魔の化身であるとは思わない。彼がわれわれのシステムにクラックしたという証拠は一切なかった。ところが、ワシントンには彼のしわざと考える人間が大勢いて、省内は魔女狩りさながらの雰囲気だ。違法なことをしたのなら刑務所に行ってもらうが、私としては疑わしきは罰せずという立場に立つつもりだ」

「わかりました」ビショップはそう言って、さりげなくつけくわえた。「むろん、こういう考え方もできますよ。どこかの少年に暗号をクラックされたのなら、もっと優れた暗号を書きたくなるんじゃないかと」

刑事は思った。さて、いまの発言でおれは馘になるか。

しかしチェンバーズは笑った。「スタンダード12が触れ込みどおりのものかどうかはわからない。ただ、あの暗号化に関わった人間の多くは、そんな話を聞きたがらないだろう。連中は負けず嫌いで、メディアに恥をかかされるのをひどく嫌う。次官補のピーター・ケニヨンなどは、この匿名の人物が出所してニュース種になりかねないと思っただけで頭に血が昇るはずだ。ケニヨンは新しい暗号解読法を依頼した対策本部の責任者だった」

「なるほど」

「ケニヨンはその男が出所したことを知らないが、噂は耳にしている。もし事実が発覚したら、私をはじめ、多くの人間にとってまずいことになる」チェンバーズはビショップに省庁内の政治について考える暇をあたえた。「私はベルトウェイに住み着くまえは警官をやっていた」

「どちらで？」

「海軍のＭＰだった。おおむねサンディエゴで」

「そこで喧嘩の仲裁を？」

「陸軍が優勢だったときに限ってだ。いいか、フランク、その若者が犯人逮捕に協力しているのならかまわない、そのままつづけてくれ。釈放命令が失効するまで彼を手もとに置いておけばいい」

「ありがとうございます」

「ただし言うまでもなく、干されることになるのはきみだぞ。男が誰かのウェブサイトに侵入した場合。もしくは消えた場合には」

「承知してます」

「またいろいろ教えてくれ、フランク」

電話が切れた。

ビショップは受話器を置き、頭を振った。

〝気の毒に……〟

「何だって？」とシェルトンが訊ねた。

だが刑事の説明をさえぎるようにミラーの雄叫びが聞こえてきた。「捕まえたぞ！」ミラーは興奮している。

リンダ・サンチェスが疲れた頭をうなずかせた。「ジレットが脱走する直前にログオンしたウェブサイトのリストがどうにか復元できたわ」

ビショップはプリントアウトを渡された。ずらりと並ぶ意味不明のコンピュータの記号、データやテキストの断片はまったく理解できない。しかし、そうした断片のなかに航空会社数社の名前と、その晩サンフランシスコ国際空港から外国に向かう便に関する情報があった。

ミラーがさらに一枚の紙をよこした。「こいつもダウンロードされていた——サンタクララから空港へ行くバスの時刻表だ」梨型の体軀をした警官はにんまりした——先ほどのしくじりから立ちなおったらしい。

「だが航空運賃はどうやって払うつもりだ？」シェルトンが疑問を口にした。

「金？　冗談でしょ？」トニー・モットがひねくれた笑いとともに訊き返す。「いまごろATMであんたの口座を空にしてるさ」

ビショップはあることを思いついた。分析室の電話に向かい、受話器を取って〈リダイアル〉を押した。

刑事は回線のむこうにいる相手としばらく話をした。そして電話を切った。

その会話をチームに伝えた。「ジレットが最後にかけた番号は、ここサンタクララから二マイル先にある〈グッドウィル〉の店舗だった。もう閉店しているが、まだ店員が残っている。その話によると、ジレットの人相に一致する客が二十分まえにやってきたそうだ。買ったのは黒のトレンチコート、ホワイトジーンズ、オークランド・アスレチックスのキャップ、それにスポーツバッグ。店員がおぼえていたのは、男がきょろきょろしてばかりで妙に落ち着きがなかったからだ。ジレットは店員に最寄りのバス停の場所も訊いたらしい。店のそばにひとつあって、空港行きのバスもそこに停まる」

モットが言った。「空港まではバスで四十五分ってとこだな」彼は拳銃を確かめ、立ちあがりかけた。

「だめだ、モット」ビショップは言った。「もうその話はすんだ」

「おねがいだ」若者は言い募った。「おれはほかの九割の警官より鍛えてる。週に百マイル自転車を漕いで、年に二回マラソンを走るんだ」

ビショップは言った。「きみが給料をもらっているのはジレットを追いつめるためではない。ここに残れ。あるいは家に帰ってすこし休んだほうがいい。きみもだ、リンダ。ジレットに何があろうと、今後も殺人犯を見つけるために残業つづきになる」

モットは刑事の命令にまるで納得できずに首を振った。が、最後に彼は承諾した。

ボブ・シェルトンが言った。「ここから空港まで二十分で行ける。港湾警察に電話で人相を伝えておこう。どのバス停にも人を配置してもらえるはずだ。だが言っとくが——おれはひとりでも国際空港のターミナルに行くぞ。ハローと声をかけたときにあいつがどんな顔をするか、それを拝見するのが楽しみでね」太り気味の刑事は数日ぶりの笑顔をビショップに見せた。

00010100／20

ワイアット・ジレットはバスを降りると、縁石から遠ざかる車体を見送った。夜空を見あげれば、不気味な雲が流れしな冷たい雨粒を地上に落としていく。湿気がシリコン・ヴァレーの匂いを際立たせていた。排気ガスと薬効あるユーカリの香り。

バス――空港行きではなく、サンタクララ郡内の路線バス――を降りたのは、気持ちのよいサニーヴェイル郊外の暗く人気のない通りだった。サンフランシスコ空港からはゆうに十マイル、あちらではビショップ、シェルトン、警官隊がホワイトジーンズと黒のレインコートに身を包んだオークランドAのファンを血眼になって探しているだろう。

〈グッドウィル〉の店を出るが早いか買った服は捨て、いま身につけているもの――タン色のジャケットとブルージーンズ――を店の前にあった寄付用の箱から失敬した。買ったものでまだ手放していないのは、キャンバス地のスポーツバッグだけだった。

傘を開いて薄暗い通りを歩きだすと、ジレットは深く呼吸をして神経を鎮めようとした。再逮捕されることは心配していない——CCUでは足取りをきれいに消しておいた。航空会社のウェブサイトにログオンし、国際便の情報を調べてからエンプティ・シュレッドを実行したのだ——チームの注意を引き、国外脱出を計画しているという偽の手がかりをつかませるために。

それでもジレットが不安でしかたがないのは、いま向かっている先に原因があった。

十時半をまわっているとあって、この勤勉な町の家の多くは明かりを消し、家主たちはすでに眠りに就いていた。シリコン・ヴァレーの朝は早い。

北に歩き、エル・カミノ・レアルから遠ざかると、その賑やかな商店街を行き交う車の音もじきに聞こえなくなった。

十分後、めあての家を目にすると足が止まりかけた。

だめだ、と彼は自分に言い聞かせた。そのまま進め……不審な行動は慎む。彼はふたたび歩きはじめた。歩道に目を配り、通りにいる数人の視線を避けながら。ばかげたビニール製レインハットをかぶって、犬を散歩させる女がひとり。男がふたり、車のフードを開けて覗きこんでいる。一方が傘と懐中電灯を持ち、片割れがレンチを手に悪戦苦闘している。

だがその家——古式ゆかしいカリフォルニアのバンガロー——に近づくにつれて、ジレットの足取りは遅くなり、やがて二十フィートも進むと完全に止まった。スポーツバッグのなかの回路基板はたかだか数オンスだったけれども、急に鉛のように重くなった気がした。

進め、彼は自らを叱咤した。やるしかないんだ。行け。

深呼吸。目を閉じ、傘をおろして天を仰いだ。雨が顔に落ちてくる。

これからやろうとしていることは名案なのか、それとも愚かの極みなのか。おれは何を懸けているのか？

すべてだ。

そして、かまうものかと考えた。選択の余地はなかった。

ジレットはその家に向かって前進をはじめた。

ものの三秒とたたないうちに彼は取り押さえられていた。

不意に犬を散歩させていた女が向きなおって突進し、犬――ジャーマン・シェパード――が激しく吠えた。銃を手に女が叫んでいた。「動くな、ジレット！　動くな」

車の修理をしていたはずの二人組も武器を抜いて走ってくる。懐中電灯の光に眩惑された。ジレットは傘とスポーツバッグを落とした。両手を上げて、じりじりと後退する。肩をつかまれるのを感じて振り返った。フランク・ビショップが背後にまわっていた。ボブ・シェルトンもいて、黒い大型拳銃を胸に突きつけてきた。

「どうしてここが――？」ジレットは言いかけた。

だがシェルトンの繰り出した拳がまともに顎を捉えた。頭をのけぞらせ、ジレットは気を失って歩道に激しく転倒した。

フランク・ビショップはクリネックスを渡し、ジレットの顎を目顔で示した。

「まだ残ってる。ちがう、右だ」

ジレットは血を拭き取った。

シェルトンのパンチはさほど強くはなかったが、拳骨で切れた肌にやむことない雨がしみた。ティッシュを差し出す以外、ビショップは相棒の見舞った一撃に反応を示さなかった。彼はしゃがんでキャンバス地のバッグを開き、回路基板を取り出すと、両手に持って何度か裏返した。

「これは、爆弾か？」無気力な物言いからして爆発物とは思っていないらしい。

「手作りなんだ」ジレットは手のひらで鼻を押さえながら、つぶやくように言った。「濡らさないでもらえるかな」

ビショップが立ちあがって基板をポケットに入れた。シェルトンは濡れたあばた面を赤くしたまま、まだ睨みつけてくる。ジレットはかすかに身構えた。この警官は感情を抑えきれず、また殴りかかってくるだろうか。

「どうして？」ジレットはもう一度訊いた。

ビショップが言った。「実は空港に向かったんだが、途中でこう考えはじめた。もしあんたが本当にオンラインにして、行き先に関係あるものを調べたとしたら、ハードディスクを破壊したはずだ。それも脱出すると同時に。プログラムをあとで起動させるようなことはしない。あれは全部、われわれの注意を空港のほうに向けるためだった。それが狙いだったんじゃないか？」

ジレットはうなずいた。刑事はつづけた。「だったら、なぜヨーロッパへ行くふりをした？税関で足止めを食うぞ」

「計画を練る時間がなかった」ジレットはぼそりと言った。

刑事は通りを見渡した。「あんたがここに来ると踏んだ理由はわかるな？」

もちろんわかっていた。彼らは電話会社に連絡し、〈グッドウィル〉のまえに分析室の電話からかけた番号を聞いた。そしてビショップが先方の住所――いま目の前にある家――を手に入れ、付近に張りこんだのだ。

この逃走劇に関するビショップの対処がソフトウェアであるなら、ジレットの内なるハッカーはそれをどでかいクルージと呼ぶだろう。

ジレットは言った。「パシフィック・ベルの交換機をクラックして市内通話記録を変えておけばよかったよ。時間さえあればやれたのに」

逮捕されたショックは弱まり、代わって絶望が訪れた――ビショップのレインコートのポケットに、手作りした電子作品の輪郭が浮かんでいる。何カ月も取り憑かれてきたゴールにここまで近づいたというのに。ジレットはめざしていた家を見あげた。そこは温かい光を放っていた。

シェルトンが言った。「おまえが〈ショーン〉だろう？」

「いや、ちがう。おれは〈ショーン〉の正体は知らない」

「だがおまえは〈ヴァレーマン〉だった。そうだな？」

「ああ。それに〈ナイツ・オブ・アクセス〉の一員だった」

「ホロウェイを知ってるのか？」

「むかしはね。ああ」

「くそったれめ」巨体の刑事は言った。「やっぱりおまえが〈ショーン〉だ。おまえらは十個もIDをもってる。おまえがやつで、いまから〈フェイト〉に会いにいくつもりだった」そしてハッカーが身にまとった〈グッドウィル〉の安ジャケットの襟をつかんだ。

今度はビショップも割ってはいり、シェルトンの肩にふれた。大柄な警官はハッカーから手を放したが、通りの先にある家を顎で指すと、凄みをきかせた低声でつづけた。「〈フェイト〉はドナルド・パパンドロスの名で通ってる。そいつがおまえの電話した相手だ——きょう、CCUから二回かけてる。こっちの情報を伝えるためにな。そんなことは通話記録で確認ずみだ」

ジレットは首を振っていた。「ちがう。おれは——」

シェルトンはつづけた。「あの家は戦術部隊に包囲させてある。おまえにはやつの逮捕に協力してもらうぞ」

「〈フェイト〉の居場所は知らない。ただ請け合ってもいいが、あそこにはいない」

「じゃあ、誰がいる？」とビショップが訊いた。

「妻だ。あそこは妻の父親の家だ」

00010101／21

「電話した相手はエラナだ」ジレットは説明した。

彼はシェルトンに向きなおった。「当たりだよ。ＣＣＵに初めて行ったとき、オンラインに接続した。嘘をついたのさ。陸運局にハックして彼女がまだ父親のところに住んでいるか確めた。それで今夜、家にいるか電話してみた」

「離婚したと思っていたが」とビショップが言った。

「離婚はした」ジレットは口ごもった。「でも、まだ妻だと思ってる」

「エラナ。姓はジレット？」

「いや。旧姓に戻った。パパンドロス」

ビショップがシェルトンに言った。「調べてくれ」

電話をかけた刑事はしばらく話を聞き、それからうなずいた。「たしかにその女だ。住所はここで、家の所有者はドナルドとイレーネ・パパンドロス。令状を出された記録はなし」

ビショップはヘッドセット式のマイクをつけると、マウスピースに向かって話しはじめた。

「アロンゾか？　ビショップだ。どうやら事件性はなく、屋内には無害な人間しかいない。なかを覗いて何が見えるか教えてくれ……」数分の間をおいて、彼はヘッドセットの声に聞き入り、ジレットに目をやった。「六十歳代の白髪の女性がいる」

「エラナの母親。イレーネだ」

「二十代の男性」

「弟のクリスチャンだ」

「巻き毛の黒髪？」

ビショップは質問をくりかえし、答えが返ってくるとうなずいた。

「それから三十代なかばのブロンドの女性。ふたりの男の子に本を読んでやっている」

「エラナは黒髪だ。たぶん姉さんのカミーラだろう。むかしは赤毛だったけど、数カ月ごとに髪の色を変えていた。男の子は彼女の子供だ。四人いる」

ビショップがマイクロフォンに向かって言った。「オーケイ、本当のようだ。警備態勢を解除するよう全員に伝えてくれ。解散だ」刑事はジレットに訊いた。「いったいどういうことなんだ？　セント・フランシスのコンピュータを調べるはずが逃げ出すなんて」

「コンピュータは調べた。やつを見つける手がかりはなかった。マシンをブートしたとたん、デーモンは何かを——たぶんモデムが取り外されたことを——察知して消滅したんだ。役に立ちそうなことが見つかってたらメモを残してた」

「メモを残す？」シェルトンが鋭く言い返した。「まるでセブン‐イレブンに煙草を買いに走ったみたいな言いぐさだな。おまえは拘置の身で逃亡したんだぞ」

「逃げたんじゃない」ジレットはアンクレットを指さした。「追跡システムを調べてみろよ。一時間後に復旧するようにセットしてある。彼女の家からそっちに電話して、ＣＣＵまで連れ帰ってもらうつもりだった。エリーに会う時間が欲しかっただけだ」

ビショップはハッカーをじっと見つめ、そして訊いた。「むこうは会いたがってるのか？」

ジレットは口ごもった。「会いたくないだろうね。おれが来てることも知らない」

「電話しただろうが」シェルトンが指摘する。

「彼女が出るとすぐに切った。今夜、家にいることを確かめたかっただけだから」

「なぜ両親の家に？」

「おれのせいさ。彼女は金をもってない。おれの弁護料と罰金に使い果たして……」ジレットはビショップのポケットに顎をしゃくった。「それでそいつを作った——持ち出したやつを」

「ポケットに入れたレッドボックスだかの下に隠しておいたんだな？」

ジレットはうなずいた。

「金属探知器を二回通すべきだった。迂闊だったな。それにしても、これとあんたの奥さんと何の関係がある？」

「エリーにやるつもりだった。特許をとって、ハードウェア会社に使用許可をあたえれば、いい金になる。ラップトップ用の新型ワイアレス・モデムさ。移動中にオンラインにできて、携帯電話を使う必要もない。GPS（全地球測位システム）を使って使用者の居場所をセルラー交換機に伝え、データ通信に最適の信号に自動的につないでくれるんだ。これは――」

ビショップが技術的解説を制止した。「自分で作ったのか？　刑務所で見つけたものを使って？」

「見つけたり買ったり」

「盗んだり」とシェルトン。

「見つけたか買ったかだ」とジレットはくりかえした。

ビショップは訊いた。「なぜ〈ヴァレーマン〉だと話してくれなかった？　あんたと〈フェイト〉が〈ナイツ・オブ・アクセス〉のメンバーだったってことを？」

「言えば刑務所に送り返してたはずだ。そうなったら、やつを追跡する協力もできない」ジレットはひと息ついた。「それに、エリーに会うチャンスもつくれなかった……。だいたい〈フェイト〉の逮捕に役立ちそうなことを知ってたら、もう話してる。たしかにおれたちは〈ナイツ・オブ・アクセス〉で一緒だったけど、それはもう昔の話だ。サイバーギャングっていうのは仲間と顔を合わせたりはしない。おれはやつの外見も知らないし、ゲイかストレートか、既婚か未婚かもわからない。知ってるのはやつの本名とマサチューセッツに住んでたってことだけだ。でも、こっちが気づくのと同時にあんたたちは自力でその事実をつかんでた。〈ショーン〉のことなんて、きょう初めて知った」

シェルトンが怒りをあらわにした。「おまえはやっとぐるだった——ウィルスや爆弾の作り方をまき散らして、911をパンクさせたのか？」

「ちがう」ジレットは断固として否定して、つぎのように説明した。〈ナイツ・オブ・アクセス〉はたしかに最初の一年ほどは世界でも指折りのサイバーギャングだったが、一般人に危害をくわえることはなかった。やっていたのは、ほかのギャングとのハッキング・バトルと、企業や政府のサイト内へのクラックだった。「おれたちがやったいちばんの悪事は、高価な市販ソフトウェアと同じ機能をもつフリーウェアを書いて、コピーをばらまいたことだね。半ダースほどの大企業が数千ドルの利益を稼ぎそこねた。それくらいさ」

しかし、とジレットはつづけた。彼は〈サートゥン・デス〉——当時のホロウェイのスクリーン・ネーム——のなかに別の人格が潜んでいると感じはじめた。〈サートゥン・デス〉はしだいに危険かつ邪悪になり、特定のタイプのアクセスばかりを模索するようになっていった——人を傷つける類のアクセスを。「あいつはいつも生身の人間と自分がやってるコンピュータ・ゲームのキャラクターを混同してた」

ジレットは時間を費やしてホロウェイにインスタント・メッセージを送りつづけ、悪意に満ちたハッキングや彼が敵とみなす人々に〝仕返しする〟計画をやめさようと説得を試みた。

やがてホロウェイのマシンにクラックしたジレットは、ホロウェイが死をもたらすウィルスを書いていたことを知ってショックを受ける。オークランドの911システムをパンクさせたのと同種のものや、航空交通管制官からパイロットへの通信を遮断するプログラムである。ジレットはウィルスをダウンロードし、それらに対するワクチンを書いてネット上に提示した。さらに、ホロウェイのマシンには盗まれたハーヴァード大学のソフトウェアも見つかったため、ジレットはそのコピーに〈サートゥン・デス〉のeメールアドレスを添えて大学とマサチューセッツ州警察に送付した。こうしてホロウェイは逮捕されたのだった。

ジレットは〈ヴァレーマン〉というユーザー名を封印した。そしてホロウェイの執念深さを熟知していた彼はハッキングを再開するにあたり、ほかのオンラインIDをいくつか創り出した。

シェルトンが言った。「このクズ野郎をサンホーへ連れ戻そう。いいかげん時間の無駄だ」

「やめてくれ。たのむ！」

ビショップは何やら楽しそうにジレットを注視した。「われわれと仕事をつづけたいのか？」

「こいつは義務だ。〈フェイト〉の実力を見ただろう。やつを止めるには、おれぐらいの力を持つ人間が要る」

「ほう」シェルトンが笑った。「たいした度胸だな」

「あんたが優秀なことは承知しているさ、ワイアット」ビショップが言った。「しかしそっちが保護下から脱走してくれたおかげで、こっちは職を失うところだった。いまさら信用しろと言われてもむずかしいとは思わないか？　ほかの人間で間に合わせることにする」

「ほかのやつで〝間に合わせる〟なんて——〈フェイト〉相手じゃ無理だ。スティーヴン・ミラーの手には負えないね。苦労するのが目に見えてる。パトリシア・ノーランはたかがセキュリティ担当だ。いくら有能でも、セキュリティの人間はつねにハッカーより一歩遅れてる。あんたたちには最前線にいた人間が必要なんだ」

「最前線ね」ビショップは静かに言った。そのコメントを面白がるように黙っていたが、やおら言った。「もう一度だけチャンスをあたえることにしようか」

シェルトンの目が暗い憎悪に揺れた。「大きな間違いだ」

ビショップはそうかもしれないというふうに力なくうなずいた。そしてシェルトンに向かって、「みんなに食事と仮眠をとるよう伝えてくれ。おれはワイアットを夜のあいだサンホーに連れて帰ることにする」

シェルトンはパートナーの意向に失望して頭を振ったが、命令を果たすために立ち去った。

ジレットは痛む顎をさすりながら言った。「彼女と十分だけ話がしたい」

「誰と?」

「妻だ」

「本気で言ってるのか?」

「十分だけでいいんだ」

「いまから一時間ほどまえに、国防総省のデイヴィッド・チェンバーズから電話があった。釈放命令を撤回する寸前だった」

「知られたのか?」

「間違いなく。この際だから言っておくが、あんたが吸ってる新鮮な空気と自由に動かせる手は――どっちも余禄だ。本来なら、もう刑務所のマットレスの上で眠ってるころだ」刑事はハッカーの手首をつかんだ。だが手錠の金属が食いこむまえにジレットは訊いた。「結婚してるのか、ビショップ?」

「ああ、してる」

「奥さんを愛してるか?」

刑事は言葉に詰まった。雨空を仰ぐと手錠をはずした。「十分だ」

最初に目にはいったのは、逆光に浮かぶ彼女のシルエットだった。

しかしそれがエリーであることは疑いようもない。美感に訴える身体の線、腰に向かうにつれて野性的になり、もつれていく長い豊かな黒髪。丸い顔。

彼女が感じているはずの緊張を示すのは、網戸の側柱を握りしめるその手だけだった。ピアニストの指が強く押しつけられて赤くなっている。

「ワイアット」彼女が囁いた。「あなた……?」

「釈放されたのかって?」彼は首を横に振った。

ジレットの背後の歩道に警戒を怠らないフランク・ビショップの姿を見つけて、彼女の暗い瞳が燦めいた。

ジレットはつづけた。「外にいられるのは数日だけさ。一時的な仮釈放というか。ある男を見つける手助けしてる――ジョン・ホロウェイを」

彼女がぽつりと言った。「ギャング仲間の」

「あいつから連絡はあったか？」

「私に？　まさか。来るはずないわ。あなたの友達にはもう会ってない」彼女は肩ごしに姉の子供たちを振り返ると、外に出てドアを閉めた。まるでジレットと過去を現在の生活から隔離しておこうというように。

「ここに何しにきたの？　どうしてここにいることがわかったの……待って。あの無言電話。IDは非通知になってた。あなただったのね」

彼はうなずいた。「きみが家にいることを確かめたかったんだ」

「なぜ？」彼女は冷ややかに訊いた。

その声音が憎かった。裁判のときから引きずっている。そして、なぜ？　というひと言も。刑務所にはいるまえのあのころ、彼女から何度も問い詰められた。なぜあのくだらない機械をやめてくれなかったの？　やめていれば、あなたは刑務所に行かずにすんだし、私を失うこともなかった。なぜ？

「きみと話がしたかった」彼はようやく言った。

「話すことなんてないわ、ワイアット。話す時間なら何年もあった――でも、あなたはその時間をほかのことにあてたわ」

「待って」ジレットは彼女が家に引っこんでしまうのではと感じた。自分の声に余裕がないのはわかるけれど、もはやプライドも何もない。

「大きくなったね」ジレットは生い茂ったツゲの木に顎をしゃくった。木に目をやるエラナの表情がふと和らいだ。何年もまえの心地よい十一月の夜、彼女の両親が家のなかで選挙結果に見入っているとき、その低木の横で愛し合ったことがある。

ともにすごした日々の記憶がジレットの脳裏に押し寄せてきた――毎週金曜日に食事をしたパロ・アルトの健康食レストラン、真夜中にポップターツやピッツァの買い出しに走ったこと、スタンフォードのキャンパスでのサイクリング。ワイアット・ジレットは束の間、抗いようもなく思い出にからめ捕られていた。

エラナの表情がふたたび硬くなった。またレースで覆われた窓ごしに室内を見た。パジャマに着換えた子供たちが足早に視界から消えていく。向きなおった彼女は、ジレットの腕に残るヤシの木とカモメのタトゥーを見つめた。まえにそれを消したいとジレットは言って、彼女もそのほうがいいと思っていたらしいのだが、結局は実行に移さなかった。がっかりさせてしまったということらしい。

「カミーラと子供たちは？」

「元気よ」

「ご両親は？」

腹に据えかねたようにエラナは言った。「いったい何の用なの、ワイアット？」

「これを持ってきたんだ」

彼は回路基板を差し出し、どういうものかを説明した。

「どうして私に？」

「これは大金の価値がある」ジレットは彼女に、〈グッドウィル〉からの車中で書いた装置の技術仕様書を渡した。「サンドヒル・ロードの弁護士を見つけて、大企業に売るんだ。コンパックでもアップルでもサンでも。連中はライセンスを取りたがるだろう。それはかまわないけど、高額の前金を確実に払わせること。返品は不可。特許権使用料だけじゃだめだ。弁護士ならそのへんに詳しいから」

「いらないわ」

「これはプレゼントじゃない。借りを返してるんだ。おれのせいできみは家と貯金を失った。その埋め合わせにはなるはずだ」

彼女は基板を見おろしたが、差し出された手から受け取ろうとはしなかった。「もうそろそろ」

「待ってくれ」言いたいことがまだある。まだまだたくさんある。自分の思いを伝える最善の方法を探して、刑務所で何日も話し方の練習をしたのだ。

その力強い指――爪には薄紫のマニキュア――が、ポーチの濡れた手すりを握りしめる。彼女は雨の庭を見渡した。

ジレットはそんな彼女をじっと見つめた。手を、髪を、顎を、そして足を。

言うな、と彼は自分を戒めた。言、う、な。

だが彼は言った。「愛してるんだ」

「やめてよ」と言い放った彼女は、ジレットの言葉を弾こうというように片手を上げた。

「もう一度やり直したい」

「もう遅いのよ、ワイアット」

「おれが間違ってた。二度と同じ過ちは犯さない」

「遅すぎたわ」

「どうかしてたんだ。きみを大切にしなかった。でも、これからはちがう。約束するよ。子供を欲しがってたね。そうだ、子供をつくろう」

「あなたにはマシンがあるわ。子供なんて必要ないじゃない」

「変わったんだ」

「あなたは刑務所にいた。自分が変われることを、誰にも——あなた自身にも——証明する機会はなかった」

「きみと家庭をもちたいんだ」

彼女はドアまで歩いて網戸を開けた。「私もそうしたかった。その結果がこれよ」

ジレットは思わず口にしていた。「ニューヨークへは行くな」

エラナが凍りついた。そして振り返る。「ニューヨーク?」

「ニューヨークへ越すんだろう。友達のエドと」

「どうしてエドのことを知ってるの?」

彼は抑えきれずに訊いた。「結婚するのか?」

「どうして彼のことを知ってるの？　どうしてニューヨークのことを知ってるの？」

「行かないでくれ、エラナ。ここにいてくれ。おれにもう一度——」

「どうして？」

ジレットはポーチに目を伏せて、灰色のペンキに雨がはねる様子を見つめた。「きみのオンライン・アカウントにクラックしてeメールを読んだ」

「何ですって？」彼女は閉じようとする網戸から手を離した。ギリシャ人らしい気性の激しさがその美しい顔立ちにみなぎった。

もう引き返すことはできない。ジレットは言った。「エドを愛してるのか？　結婚する気なのか？」

「もう、信じられない！　刑務所で？　刑務所から私のeメールにハックしたの？」

「愛してるのか？」

「エドのことはあなたに関係ないわ。世界の誰より私と家庭をもつチャンスがあったのに、あなたはそうしないことを選んだ。私の生活に口を挟む資格なんてないのよ！」

「お願いだ——」

「やめて！　そうよ、エドと私はニューヨークへ行くわ。三日後に発つ。あなたには止めることなんかできやしない。さよなら、ワイアット。もう二度と私の邪魔をしないで」

「きみを——」

「あなたは人を愛せない」彼女がさえぎった。「ソーシャル・エンジニアするだけ」

彼女は家にはいり、静かにドアを閉じた。

ジレットはビショップのほうへステップを降りていった。

「CCUの電話番号は？」

ビショップが番号を教えると、ハッカーはそれを仕様書に記し、〝電話をくれ〟と書き添えた。それから回路基板をその紙でくるんで郵便受けに入れた。

ビショップは先に立って砂だらけの濡れた歩道を歩いた。たったいまポーチで目撃したことについては一切の反応を見せずに。

かたや完璧な姿勢、かたや永遠の猫背のふたりがクラウン・ヴィクトリアに近づくと、エラナの家から道をへだてた向かいの暗がりから男が現われた。

三十代後半、瘦せ型で髪はきれいに刈りこまれ、口ひげを生やしている。こいつはゲイだ、というのがジレットの第一印象だった。レインコートを着ているが傘は持っていない。男が近づいてくるにつれ、刑事の手が銃のあたりをさまようのにジレットは気づいた。

見知らぬ男は歩調を落とすと、紙入れを慎重に掲げ、バッジとIDカードを見せた。「私はチャーリー・ピットマン。サンタクララ郡保安官事務所の者だ」

ビショップがカードを注意深く読み、ピットマンの証明書類に納得の表情を浮かべた。

「そっちは州警察？」とピットマンは訊いた。

「フランク・ビショップだ」

ピットマンがジレットに目を向けた。「で、そっちは……？」

ジレットが口を開くまえにビショップが言った。「用件は、チャーリー？」

「ピーター・ファウラーの事件を調べてるんだが」

ジレットは思いだした。ハッカーの丘で、アンディ・アンダーソンともども〈フェイト〉に殺された銃の密売人のことだ。

ピットマンが説明する。「今夜、ここで事件関連の作戦行動があると聞いてね」

ビショップは首を振った。「ガセだな。そっちの役に立ちそうなことは何もない。では、おやすみなさい」彼は手振りでジレットを促すと歩きだしたが、ピットマンは食いさがってきた。

「この件では苦労してるんだよ、フランク。どんなちっぽけなことでも教えてもらえれば大助かりなんだ。キャンパス内で銃が密売されてたことで、スタンフォードの関係者はすっかり縮みあがってね。われわれが槍玉にあげられる始末だ」

「凶器に関する捜査には携わってない。ファウラー殺しの犯人は追ってるが、情報が欲しいならサンノゼの本部を通していただこう。手順はご存じのとおり」

「あんたたち、あっちから来てるのか？」

ビショップはオークランドの裏社会ばかりか警察内の政治学にも通じているらしく、なんとも曖昧な答え方をした。「あっちの人間と話したほうがいい。バーンスタイン警部なら協力してくれるだろう」

ピットマンの深い色の瞳がジレットを睨めまわした。やがて彼は暗い空を見あげた。「この天気にはうんざりだ。長雨にもほどがある」と、ビショップを振り返り、「フランク、あんたも知ってのとおり、われわれ郡の人間は骨折り仕事ばかりつかまされる。いつも自分を見失って、気がつけば誰かがもうやったことをそっくりそのままくりかえしてる。たまにうんざりするね」

「バーンスタインは正直な男だ。できることがあれば手を貸すはずだ」

ピットマンはもう一度ジレットに目をやった。泥だらけのジャケットを着た痩せっぽち——明らかに警官ではない若者——がここで何をしているのかと訝っているのだろう。

「幸運を祈る」とビショップが言った。

「どうも、刑事殿」ピットマンは夜の闇に引き返していった。

車に乗りこむとジレットは言った。「サンホーには戻りたくない」

「さて、こっちはCCUに戻って証拠をさらってから、ひと眠りするか。あそこには留置室がなかったな」

ジレットは言った。「もう逃げたりはしない」

ビショップは答えなかった。

「刑務所には戻りたくないんだ」沈黙を守る刑事に対して、ハッカーは言い足した。「信用できないなら、手錠で椅子に縛りつけてもいい」

ビショップは言った。「シートベルトを締めろ」

00010110／22

朝靄のなかのフニペロ・セラ・スクールには牧歌的な趣きがあった。

その名門私立校はゼロックスのパロ・アルト・リサーチ・センターと、スタンフォード大学周辺に点在するヒューレット・パッカードの一施設に挟まれて、整備された八エーカーの敷地内に建っている。名声をほしいままにし、ほぼ全生徒を当人の（というより親の）志望するハイスクールに送り出すことで知られている。校庭は美しく、教職員の給与はきわめて高い。

ところがいま、過去数年にわたって学校の受付係を務めてきた女性は、そうした職場環境の恩恵に浴していなかった。彼女は目に涙をため、声のふるえを懸命に抑えようとしていた。

「たいへん、どうしましょう」彼女は小声で言った。「ジョイスは三十分まえにはここにいました。本人と会ったんです。元気でした。その、三十分まえは」

彼女の前に立つのは、赤みがかった髪と口ひげの、高価なビジネススーツを着た青年だった。

やはり泣いていたかのように目が赤く、握りしめた両手が激しい動揺を物語っている。「彼女とドンは車でナパに向かっていました。葡萄園に。ドンの投資家たちと昼食をとる予定でした」

「それで？」彼女は息を呑んで訊ねた。

「季節労働者を乗せたバスが……いきなりふたりの車に突っ込んで」

「どうしましょう」受付係はそうつぶやくと、通りがかった別の女性に声をかけた。「エイミー、来てちょうだい」

鮮やかな赤のスーツに身を包み、〝授業計画〟と題された一枚の書類を手にした女性が歩いてきた。受付係は耳打ちした。「ジョイスとドンが事故に遭ったの」

「えっ！」

「重傷らしいの」受付係はうなずいた。「こちらはドンの弟さんのアーヴ」

たがいに会釈を交わしてから、エイミーのほうが言葉を絞り出した。「ご容態は？」

ドンの弟はこみあげる感情を抑えて咳払いをした。「命は取り留めるでしょう。少なくとも医者はそう言ってます。ただ、ふたりともまだ意識が戻らない。兄は背骨を折っていて」彼は涙をこらえた。

受付係も涙を拭いた。「ジョイスはＰＴＡの活動に熱心で、みんなに好かれています。こちらで何かできることは？」

「まだわかりません」アーヴは首を振った。「頭がちゃんとはたらかなくて」

「ええ、ええ、お察ししますわ」エイミーが言った。「でも必要なことがありましたら、全校あげて協力いたします」エイミーは五十代のがっしりした女に呼びかけた。「ああ、ミセス・ナーグラー！」グレイのスーツ姿の女性が近づいてきてアーヴに目を向けた。アーヴは会釈を返した。「ミセス・ナーグラー。校長先生ですね？」

「そうです」

「私はアーヴ・ウィンゲイト、サマンサの叔父です。去年、春の発表会でお会いしました」

彼女はうなずき、相手の手を握った。

ウィンゲイトは事故の話を簡潔にくりかえした。

「まあ、なんということ」ミセス・ナーグラーは声を落とした。「お気の毒に」

アーヴは言った。「キャシーが――私の妻ですが――現地に行っています。こちらにはサマンサを迎えにきました」

「わかりました」

だが同情していたとはいえ、秩序ある組織の管理者たるミセス・ナーグラーは、規則から逸脱するつもりはなかった。彼女はコンピュータのキーボードに向かうと、とくに手入れをしていない短い爪でキーを叩き、画面を読んで言った。「あなたはサマンサを連れていく権限のある、ご親戚のリストに載っていますね」もうひとつキーを弾くと、画像が現われた――アーヴィング・ウィンゲイトの運転免許証の写真。彼女は男を見あげた。寸分違わない。「ただ、あと二点確認しなくてはなりません。まず、運転免許証を見せていただけますか？」

「どうぞ」男が免許証を提示した。当人の外見とコンピュータの写真の双方と一致している。

「あとひとつだけ。恐れ入ります。お兄様はたいへん警備に気をお遣いでしたが」

「ああ、ええ」ウィングイトは言った。「パスワードですね」そして声をひそめると、「S－H－E－Pです」ミセス・ナーグラーが承認のしるしにうなずいた。アーヴは窓ごしにツゲの木の生け垣を見つめた。「ドナルドが最初に飼ったエアデールテリアが、シェプでした。兄が十二歳のときのことです。素晴らしい犬でした。兄はいまでも犬を飼ってます」

ミセス・ナーグラーは悲しそうに言った。「知っています。お兄様とはときどきeメールで犬の写真を交換しているので。うちにはワイマラナーが二匹いて」声が消え入りそうだった。

彼女は不憫な思いを振り払うと電話をかけ、少女の担任教師と話して、生徒を正面の受付に連れてくるよう伝えた。アーヴが言った。「サミーには黙っていてください。僕が車のなかで話します」

「わかりました」

「途中で朝食に寄るつもりです。エッグ・マックマフィンがあの子の好物ですから」

深紅のスーツのエイミーが、そのささやかな事実に喉を詰まらせた。「サマンサは遠足でヨセミテに行ったときも食べていたわ……」彼女は目頭を押さえ、声を殺して泣いた。

アジア系の女性――おそらくサミーの担任――が痩せっぽちの赤毛の少女を応接室に連れてきた。ミセス・ナーグラーが笑顔で言った。「アーヴィング叔父さんがいらしてるのよ」

「アーヴです」と彼は訂正した。「この子にはアーヴ叔父さんと呼ばれてました。やあ、サミー」

「あっ、またひげを生やした。伸びるのが速いね」

ウィンゲイトは笑い声をあげた。「キャシー叔母さんから、こっちのほうが上品に見えるって言われたんだ」そしてしゃがみこむと、「いいかい、ママとパパがきょうは学校を休ませくれるそうだ。みんなでナパですごすんだよ」

「ママとパパは葡萄園に行ったの？」

「そうだ」

少女のそばかす顔に皺が寄った。「パパは来週まで行けないって言ってたよ。絵描きさんたちがいるからって」

「考えなおしたんだ。それできみはぼくと一緒にむこうに行くことになった」

「すごい！」

教師が言った。「鞄を取ってきなさい。いいわね？」

少女が走り去ると、ミセス・ナーグラーが担任教師に事情を説明した。担任の女性は悲劇の一端を背負いこむように、「まあ」と声を洩らした。数分後にふたたび現われたサマンサは重たいブックバッグを肩に掛け、叔父のアーヴとドアに向かった。受付係はミセス・ナーグラーに囁いた。「安心できる方でよかったですね」

するとその言葉が聞こえたのか、アーヴ・ウィンゲイトが振り返ってうなずいた。とたんに受付係は怯んだ。男はとても尋常とは思えない、不気味な嘲笑を顔に貼りつけていたのである。しかし、そんなはずはないと彼女は思いなおした。あの表情はひどいストレスにさらされたせいなのだと。


「起きるんだ」と声が弾けた。

ジレットは目を開いてフランク・ビショップを見あげた。ひげを剃ってシャワーを浴びた刑事は、頑固なシャツの裾を無造作にたくしこんでいる。

「八時半だぞ。刑務所では寝坊させてくれるのか？」

「四時まで起きてた」ハッカーはぼやいた。「寝心地が悪くてね。まあ、心外ってわけでもないだろう？」と、ビショップに手錠でつながれた大きな鉄製の椅子に顎をしゃくった。

「もともとそっちが言い出したことだ、手錠と椅子は」

「鵜呑みにされるとはね」

「鵜呑みにされるとは？　人は手錠で椅子につなぐか、つながないかのどっちかしかない」

手錠がはずされると、ジレットはぎこちなく立ちあがって手首をさすった。それからキッチンでコーヒーと一日まえのベーグルにありついた。

「ポップターツはこのへんで売ってないのかい？」ジレットはＣＣＵのメインルームに戻りながら声をかけた。

「さあ。ここはおれのオフィスじゃない。忘れたのか？　どのみち、甘いものは苦手でね。朝はベーコンと卵を食べるのがいい。栄養がある」ビショップはコーヒーをひと口飲んだ。「あんたを観察してたんだ——眠ってるところを」

ジレットはどう応じていいのかわからずに眉を上げた。

「寝てるときもタイピングをしてる」

「最近は〝タイピング〟じゃなくて、〝キーイング〟っていうけどね」

「その癖のことは知っていたのか？」

ハッカーはうなずいた。「エリーによく言われたから。コードの夢を見ることもある」

「えっ？」

「夢のなかでスクリプトを見るんだ——ほら、ソフトウェアのソース・コードが何行もつづいて。ＢＡＳＩＣ、Ｃ＋＋、Ｊａｖａ」ジレットは周囲を見回した。「みんなは？」

「リンダとトニーはこっちに向かってる。ミラーもだ。リンダはまだおばあちゃんになっていない。パトリシア・ノーランはホテルから電話をかけてきた」ビショップはしばしジレットと視線を合わせた。「大丈夫かって訊かれた」

「彼女に？」

刑事はにやりとしてうなずいた。「手錠で椅子につないだっておかんむりでね。ホテルの部屋のカウチで寝てもらってもよかったそうだ。どうするか考えておくといい」

「シェルトンは？」

「女房と家にいる。電話したが出ない。あいつはときどき行方をくらまして女房とすごす必要がある――不幸があったって話はした。息子を亡くした」

近くのワークステーションからビープ音が聞こえた。ジレットは立ちあがって画面を見にいった。疲れ知らずの彼のボットが夜どおし世界を駆けめぐり、努力に見合った戦利品を手にしたのだ。ジレットはメッセージを読んでビショップに告げた。「〈トリプル‐X〉がオンラインに戻ってきた。またハッカー・チャットルームにいる」

ジレットはコンピュータの前に座った。

「今度もやつをソーシャル・エンジニアするのか？」とビショップは訊ねた。

「いや。別の考えがある」

「というと？」

「本当のことをしゃべる」


トニー・モットは高価なフィッシャーの自転車を飛ばして東に向かい、スティーヴンズ・クリーク・ブールヴァードで車やトラックをごぼう抜きして、颯爽とコンピュータ犯罪課の駐車場に乗り入れた。

モットは毎日サンタクララの自宅からCCUの建物まで、六・三マイルをかなりのペースで走破する――この細身で筋肉質の警官は自転車に乗るときも速い。それはコロラド州A‐ベイスンの急斜面を滑るスキーやヨーロッパのヘリスキー、急流を下るラフティングや登山を楽しんだ山の険しい岩壁での懸垂下降など、ほかのスポーツをするときでも変わらない。

だがきょうの彼はいつにもまして自転車を飛ばしながら、いずれフランク・ビショップを根負けさせて――アンディ・アンダーソンに粘り勝ちすることは果たせなかったけれども――甲冑に身を包んで本物の警官の仕事をしてやると考えていた。アカデミーで熱心に学んだ彼は、優秀なサイバー警官ではあったが、CCUの任務は刺激の点で卒業論文を書くのと大差なかった。これではMITでの三・九七という学業平均値のせいで冷遇されているようなものだ。

使い古したクリプトナイトの錠を自転車のフレームにかけながら視線を上げると、痩せて口ひげを生やしたレインコート姿の男が大股で近づいてくるのが見えた。

「やあ」男がにこやかに言った。

「どうも」

「私はチャーリー・ピットマン、サンタクララ郡保安官事務所の者だ」

モットは差し出された手を握った。郡の刑事には知り合いが多いが、この男には見覚えがない。しかし首からぶら下げたIDバッジを見るかぎり、写真は本人と一致していた。

「きみはトニー・モットだね」

「ああ」

郡の警官はフィッシャーを褒め称えた。「とんでもなく自転車を飛ばすらしいな」

「下り坂のときだけね」モットは控えめに笑った。だが実をいえば、そう、たしかにとんでもなく自転車を飛ばすし、それは下り坂、上り坂、平地を問わない。

ピットマンも笑った。「こっちはろくすっぽ運動をやってない。とくに今回のコンピュータ野郎みたいな犯人を追ってるときは」

おかしい——モットは郡の人間がこの事件を捜査しているとは聞いていなかった。「なかにはいるかい?」モットはヘルメットを脱いだ。

「いままでなかにいたんだ。フランクからブリーフィングを受けた。異常な事件だな」

「らしいね」モットは相槌を打ち、自転車用を兼ねた射撃用手袋をスパンデックス製ショーツのウェストバンドに押しこんだ。

「フランクが使ってるあの男——コンサルタント? あの若者は?」

「ワイアット・ジレットのことか?」

「ああ、そんな名前だった。彼は相当できるんだろうね?」

「あいつはウィザードさ」

「いつまで協力する予定なのかな?」

「あの野郎を捕まえるまでだと思うけど」

ピットマンは時計を見た。「急いだほうがよさそうだ。また来る」

トニー・モットがうなずくと、ピットマンは歩きながら携帯電話を取り出し、通話を発信した。郡の警官はCCUの駐車場を突っ切って隣りの駐車場にはいっていく。それに気づいたモットは一瞬、CCUの正面にスペースがたっぷり空いているのにあんな遠くに駐めるのは妙だと思った。だがオフィスに向かって歩きだすと、頭のなかは事件のことでいっぱいになった。

いったい、どうしたらドアを蹴破ってジョン・パトリック・ホロウェイの襟首をつかむ突入チームに食いこむことができるだろうか。

「アニ、アニ、アニモーフス」と少女が言った。

「えっ？」〈フェイト〉は上の空で訊ねた。乗っているのはアキュラ・レジェンド、最近盗んでから数ある名義のひとつで正式に登録した車だった。めざすはロスアルトスにある自宅の地下室で、そこではダクトテープ、ケーバー・ナイフ、デジタルカメラが幼いサマンサ・ウィンゲイトの到着を待ち受けている。

「アニ、アニ、アニモーフス。ねえ、アーヴ叔父さん、アニモーフスは好き？」

いいや、これっぽっちも、と〈フェイト〉は思った。だがアーヴ叔父さんは言った。「決まってるだろ」

「どうしてミセス・ジッティングはおろおろしてたの？」サミー・ウィンゲイトが訊いた。

「誰が？」

「受付にいた女の人」

「さあね」

「ママとパパはもうナパにいるんでしょ？」

「そうだよ」夫妻がどこにいるのか、〈フェイト〉には見当もつかない。しかしどこにいようと、恐怖の嵐に見舞われるまえの最後の平和なひと時を楽しんでいることだけはわかる。あと数分もすれば、フニペロ・セラ・スクールの誰かがウィンゲイト家の友人や親族に電話をかけ、事故などなかったと知らされるはずだ。

いちばん激しく取り乱すのは誰だろうか。行方不明の子供の両親か、殺人犯に娘を預けた校長と教師たちか？

「アニ、アニ、アニ、アニ、アニモーフス。叔父さんのお気に入りは？」

「お気に入りって、何の？」

「何だと思う？」幼いサマンサが訊き返す——それは少々失礼じゃないか、と〈フェイト〉とアーヴ叔父さんは思った。

少女が言った。「『アニモーフス』でお気に入りのキャラクターよ。レイチェルがわたしのお気に入りかな。彼女はライオンに変身するの。わたし、彼女のお話をつくったんだ。すごくおもしろいんだから。どういうのかっていうと……」

〈フェイト〉が耳をかたむけると、少女はばかげた話を延々とつづけた。先を促さなくてもこのチビはしゃべりどおしで、アーヴ叔父さんにとって救いといえるのは自宅にある鋭利な刃物くらいしかなかった。もっとも、あとでビニール袋にはいった身の毛もよだつような贈り物を受け取ったとき、ドナルド・ウィンゲイトがどう反応するか楽しみではある。〈アクセス〉ゲームの得点システムに従い、自らＵＰＳの配達員になりすまして荷物を届け、受領書にＤ・ウィンゲイトのサインをいただくとしよう。これで稼げるのは二十五ポイント、一件の殺人にあたえられる最高点だ。

彼は学校でのソーシャル・エンジニアリングを振り返った。いま考えても、あれはいいハックだった。骨は折れたものの、手は汚していない（非協力的なアーヴ叔父さんは最新の運転免許証の写真を撮ったあとで口ひげを剃ったようだったが）。

少女が座席の上でうるさく跳ねていた。「パパがくれたポニーに乗れると思う？ ねえ、すごくすてきなんだよ。ビリー・トムキンズはばかな飼い犬のことばかり話してるけど、犬を飼ってない人なんていない。みんな飼ってるよね。でもわたしはポニーをもってるの」

〈フェイト〉は少女に目をやった。完璧に梳かされた髪。わけのわからないインクの絵で革のベルトが台無しになった高価な腕時計。人に磨いてもらった靴。チーズ臭い息。

サミーはジェイミー・ターナーとはちがう、と〈フェイト〉は思った。ジェイミーを殺すのに葛藤があったのは、自分に似たところがたくさんあったからだった。だがこいつは、少年ジョン・パトリック・ホロウェイの学園生活をまぎれもない地獄に変えたガキどもと同じだ。

地下室に旅立つまえとあとの幼いサマンサを写真に撮ってやる——きっと大きな満足が得られるはずだ。

「チャリザードに乗りたい、アーヴ叔父さん」

「誰に？」

「もう、ポニーよ。誕生日にパパがくれたでしょ。あのとき、叔父さんもいたじゃない」

「そうか。忘れてた」

「パパとときどき乗馬にいくんだ。チャリザードはすごいのよ。ひとりで納屋に帰れるの。そうだ、叔父さんがパパの馬に乗れば、ふたりで湖のまわりを走れるかも。ついてこれたらだけど」少女を地下室に連れこむまで待てるだろうか、と〈フェイト〉は考えた。

不意にけたたましいビープ音が車内に鳴り響き、少女が変身する犬やライオンについてしゃべりつづけるなか、〈フェイト〉はポケットベルをベルトから抜いて画面をスクロールした。

思わず声を洩らしていた。

〈ショーン〉のメッセージの要点は、ワイアット・ジレットがCCU本部にいるというものだった。

〈フェイト〉は電線にふれたかのようなショックに見舞われた。車を路肩に寄せずにはいられなかった。

なんてこった……ジレット——〈ヴァレーマン〉——が警察に協力しているとは！　だから連中はさまざまな情報を得て、あれだけ接近してくることができたのだ。〈ナイツ・オブ・アクセス〉時代の数百もの記憶が一気に甦ってきた。途方もないハックの数々。狂ったように何時間もつづけた会話。思いついたことを忘れやしないかと大急ぎでタイプしたものだった。パラノイア。リスク。ほかの連中にはたどり着けないところにオンラインで行く痛快な気分。

しかも、ジレットが書いたあの記事について考えたのはついきのうのことだった。最後の一行はいまでも憶えている。〝いったんブルー・ノーウェアですごしたら、もう二度とリアル・ワールドに戻りきることはできない〟。

〈ヴァレーマン〉——その子供じみた好奇心と根気強さゆえに、未知のものに出くわすと何もかも理解するまでけっして休まない。

ある。

〈ヴァレーマン〉——その際立ったコーディングの才能は〈フェイト〉に迫り、凌ぐことさえ

〈ヴァレーマン〉——その裏切りがホロウェイの人生を狂わせ、偉大なるソーシャル・エンジニアリングを打ち砕いた。この男がいまも生きているのは、ひとえに〈フェイト〉が本気で殺しの標的にしていないからにほかならない。

「アーヴ叔父さん、ねえ、どうしてここに停まったの？　どこか車の調子でもおかしいの？」

彼は少女に目をやり、人気のない道路を見渡した。

「ああ、サミー、まあ——そうかもしれないよ。ちょっと見てくれないか？」

「えーっ、わたしが？」

「ああ」

「どうしたらいいかわからない」

「タイヤがぺしゃんこになってないか見ればいいんだ」アーヴ叔父さんは優しく言った。「それならできるだろ？」

「そうね。ええと、どっちのタイヤ？」

「右の後ろ」

少女が左を向く。

〈フェイト〉は反対側を指さした。

「うん、わかった、そっちね。何を探したらいい？」

「そうだな、アニモーフスだったら何を探すだろう？」

「さあ。釘とかが刺さってないか、かしら」

「それでいい。釘が刺さってないか見てくれるね」

「いいわ」

〈フェイト〉は少女のシートベルトを外した。

それからサミーのむこうのドアハンドルに手を伸ばす。

「自分でできるから」少女が挑むように言った。少女が「やってくれなくていい」

「わかった」〈フェイト〉は座りなおし、少女が声を張りあげた。ラッチをいじってドアを押し開けるのを見守った。

サミーが外に出て車の後ろに歩いていった。「なんともないみたいよ」彼女が声を張りあげた。

「よかった」〈フェイト〉は大声で答えるとエンジンをふかし、いきなり発進した。ドアが勢いよく閉まり、タイヤがサミーに埃と砂利をはねかける。少女が叫んだ。「待って、アーヴ叔父さん……」

〈フェイト〉は車をスキッドさせてハイウェイに乗り入れた。

泣きじゃくる少女が走って追いかけてきたが、その姿は空転する車輪があげる一面の砂埃ですぐに見えなくなった。そして〈フェイト〉はといえば、ドアが閉まった瞬間、幼いサマンサ・ウィンゲイトのことを頭から締め出していた。

000111／23

〈レネゲード334〉トリプルーX、おれだ。話がしたい。NBS。

「略語の意味は、〝まじめに〟（ノー・ブルシット）」とパトリシア・ノーランがフランク・ビショップに解説した。

ふたりの目はワイアット・ジレットの前にあるコンピュータ画面に据えられている。すこしまえ、ノーランが泊まっているホテルから到着したとき、ジレットは近くのワークステーションに急いでいるところだった。彼女は朝の抱擁でもせがむようにジレットにまとわりついたが、相手の張りつめた雰囲気を感じとったのか、抱きつくことはしなかった。ノーランはコンピュータの近くに椅子を引き寄せ、腰をおろした。トニー・モットもそばに座った。ボブ・シェルトンからは、妻の具合が悪いので遅れるとの連絡がビショップにはいっていた。ジレットはふたたびメッセージを書き、リターンキーを押した。

〈レネゲード334〉そこにいるのか？　話があるんだ。

「何か言え」ジレットは小さな声で促した。「さあ……何か言うんだ」

ようやくＩＣＱのウィンドウが開き、〈トリプル‐Ｘ〉からの返事が現われた。

〈トリプル‐Ｘ〉キーを叩く腕がずいぶんとあがったな。文法もスペルもよくなった。ＢＴＷ（ちなみに（バイ・ザ・ウェイ））、おれはヨーロッパのアノニマス・プラットフォームから発信してる。トレースはできないぜ。

〈レネゲード334〉そんなことはしない。このまえは悪かった。あんたをかつごうとして。いまおれたちは行き詰まってる。あんたの助けがいる。手を貸してほしい。

〈トリプル‐Ｘ〉いったいおまえは誰なんだ？

〈レネゲード334〉ナイツ・オブ・アクセスのことを知ってるか？

〈トリプル‐Ｘ〉ＫＯＡなら誰だって知ってる。その一味だったとでも？

〈レネゲード334〉おれはヴァレーマン。

〈トリプル‐Ｘ〉ヴァレーマンだと？　ＮＦＷ。

「ふざけたことを（ノー・ファッキング・ウェイ）ぬかすな」トニー・モットがビショップのために通訳をする。

オフィスの扉が開き、スティーヴン・ミラーとリンダ・サンチェスがはいってきた。ビショップがここまでの経過を手短かに説明した。

〈レネゲード334〉本当だ。嘘じゃない。

〈トリプル－Ｘ〉だったら六年まえ何をクラックしたか言ってみろ――あのでかいやつだ。なんの話かわかるな。

「おれを試してる」とジレットは言った。「〈ＫＯＡ〉がやったハッキングのことを〈フェイト〉から聞いたんだろう。おれがそのことを知ってるかどうか確かめようとしてる」ジレットはキーを叩いた。

〈レネゲード334〉フォートミード。

メリーランド州フォートミードにあるＮＳＡ（国家安全保障局）の本部は、世界のどこよりも多くのスーパーコンピュータを備えている。そしてまた軍事関係の施設のなかで最もセキュリティの厳しいところでもある。

「まさか」とモットがつぶやいた。「ミードをクラックしたのか？」

ジレットは肩をすくめた。「インターネットで接続しただけだ。ブラックボックスにははいってない」

「それにしても……」

〈トリプル-X〉あそこのファイアウォールをどうやって抜けた?

〈レネゲード334〉NSAが新しいシステムをインストールすると聞いて、UN-Xのセンドメールの欠陥を利用した。NSAがシステムをインストールしてから、それにパッチをあてて不具合を修正するまでに三分あった。その間にもぐりこんだ。

UNIX用センドメールの初期ヴァージョンに欠陥があったのは有名な話である。のちに修正されたものの、それまではルート・ユーザー——システム管理者——にある型のeメールを送ると、メールの送信者がコンピュータのコントロールを握れることが間々あった。

〈トリプル-X〉なんと、ウィザードじゃないか。あんたのことはみんな知ってる。ムショにいるとばかり思ってた。

〈レネゲード334〉ああ、拘束されてる。でも、警察はあんたを追ってるわけじゃない。心配するな。

「たのむ……逃げるなよ」とモットが囁いた。

〈トリプル－X〉あんたの望みは？
〈レネゲード334〉フェイトを探してる――ジョン・ホロウェイを。
〈トリプル－X〉なぜだ？

ジレットが目を向けると、ビショップはうなずいてすべてを話す許可をあたえた。

〈レネゲード334〉やつは人殺しをつづけてる。

ふたたび間があいた。ジレットの指が空を叩いている。三十秒後、〈トリプル－X〉からの返事が画面に現われた。

〈トリプル－X〉噂は聞いてる。あのお手製のプログラム、トラップドアを使って、人を追っかけてるんだろう？
〈レネゲード334〉そうだ。
〈トリプル－X〉そのうち、あれで人を傷つけるんじゃないかと思ってた。あの男は頭のイカレたMFだからな。

MFを説明する必要はない、とジレットは判断した。

〈トリプル-X〉おれに何を望んでる?
〈レネゲード334〉やつを見つける手助けを。
〈トリプル-X〉IDTS。

ビショップは試しに言ってみた。「どうだろう（アイ・ドント・シンク・ソウ）」

リンダ・サンチェスが笑った。「ご名答よ、ボス。専門用語に慣れてきたわね」アンディ・アンダーソンにしか使われていなかった〝ボス〟という呼称が、いまやビショップに向けられているのにジレットは気がついた。

〈レネゲード334〉手を貸してもらいたい。
〈トリプル-X〉あの野郎がどれほど危険かわかってないようだな。やつはサイコだ。こっちが狙われちまう。
〈レネゲード334〉ユーザー名とシステム・アドレスを変えればいい。
〈トリプル-X〉LTW。

ノーランがビショップに言った。「まあ、うまく行くかもな（ライク・ザットド・ワーク）。皮肉よ」

〈トリプル－Ｘ〉やつなら十分でおれを見つける。

〈レネゲード３３４〉だったら、おれたちがあいつを押さえるまでオフラインにしてればいい。

〈トリプル－Ｘ〉じゃあ訊くが、あんたがハッキングをやってるころ、オンラインにしない日が一日でもあったか？

一瞬ためらったが、ジレットはキーを叩いた。

〈レネゲード３３４〉ない。

〈トリプル－Ｘ〉野郎が見つからないからって、おれに命を危険にさらせ、おまけにネットにつなぐなって言うのか？

〈レネゲード３３４〉あいつは一般人を殺してる。

〈トリプル－Ｘ〉やつはおれたちを監視してるかもしれない。トラップドアを使えば、即あんたのマシンにはいりこめる。おれのマシンにも。こうやって書いてるのを最初から見てる可能性だってある。

〈レネゲード３３４〉いや、やつは見てない。見てればおれが感じる。あんただって感じるはずだ。感触はつかんでるじゃないか。

〈トリプル－Ｘ〉たしかに。

〈レネゲード３３４〉やつは残酷な画像や殺人事件の現場写真が好きだ。送られてきたものを保管してないか？

〈トリプル－Ｘ〉いや、全部ワイプした。いっさい関わりたくなかったんでね。

〈レネゲード３３４〉ショーンを知ってるか？

〈トリプル－Ｘ〉フェイトと組んでるってことだけは。フェイトひとりじゃトラップドアを書けなくて、ショーンが手伝ったって話だ。

〈レネゲード３３４〉ショーンもウィザードなのか？

〈トリプル－Ｘ〉そうらしい。それに、とんでもなく恐ろしいやつらしい。

〈レネゲード３３４〉ショーンはどこにいる？

〈トリプル－Ｘ〉ベイ・エリアにいるみたいだが。知ってるのはそこまでだ。

〈レネゲード３３４〉ショーンは間違いなく男なのか？

〈トリプル－Ｘ〉いいや。でも、スカートをはいたハッカーを何人知ってる？

〈レネゲード３３４〉手を貸してくれないか？　こっちが知りたいのは、フェイトの本当のｅメールアドレス、インターネットのアドレス、あいつがよく訪れるウェブサイト、アップロードするＦＴＰサイト——そういった類をひっくるめて。

ジレットはビショップに言った。「こいつはオンラインやＣＣＵまで直接来て、こっちとコンタクトをとる気はない。あんたの携帯の番号を教えてくれ」

ビショップが番号を言うと、ジレットはそれを〈トリプル‐X〉に伝えた。すると彼は番号を受け取ったことにはふれず、ただこう書いてきた。


〈トリプル‐X〉もうログオフする。長く話しすぎた。その件は考えておく。

〈レネゲード334〉あんたの助けが必要なんだ。たのむ……

〈トリプル‐X〉妙だ。

〈レネゲード334〉何が?

〈トリプル‐X〉これまでに〝たのむ〟と書いてきたハッカーにはお目にかかったことがない。


〈トリプル‐X〉はログオフした。

ワイアット・ジレットが警察に協力して自分を探していることを知った〈フェイト〉は、泣き叫ぶチビのアニモーフを道ばたに置き去りにしたが、しばらく行ったところで車を側溝にはめてしまった。あの泣き虫の小娘が〈フェイト〉の車だと証言する可能性はあったが、新たにおんぼろの中古を現金で購入し、冷えびえとした曇り空の下、サンノゼ近郊に借りている倉庫へと急いだ。

リアル・ワールドで〈アクセス〉ゲームをプレイするとき、〈フェイト〉はほかの街に移り、しばらくのあいだ仮の家を構えるのが常だったが、その倉庫は終の住処と言ってもよかった。大切な物はすべてそこに収納してあった。

千年後、考古学者が砂や土壌を掘り返し、蜘蛛の巣の張った埃だらけのその倉庫に行き当ったなら、コンピュータ黎明期に建立された寺院を発掘したと思うだろう。エジプト学者のハワード・カーターが発掘した、ツタンカーメン王の墓と同等の偉大な発見だと信じこむかもしれない。

この冷えきった誰もいない場所——打ち捨てられた〝恐竜の檻〟——には〈フェイト〉の宝物がすべて収められている。部品がすべてそろっている六〇年代のEAI TR‐20アナログコンピュータ、一九五六年製造のヒース・エレクトロニック・アナログ・キット・コンピュータ、アルテア8800と6800b、二十五年まえのIBM5100ポータブル、コモドールKIM‐1、かの有名なTRS‐80、ケイプロ・ポータブル、COSMAC・VIP、数々のアップルとマック、初期のUnivacに使われていた真空管、チャールズ・バベッジが一八〇〇年代に製作に取り組んだものの、未完成に終わったディファレンス・エンジンの試作品に付属していた真鍮製のギアとナンバー・ディスク、バイロン卿の娘でありバベッジの協力者だったエイダ・バイロン——バベッジのマシンの使用説明書を書いたことにより、世界最初のコンピュータ・プログラマーと言われている——が書き留めたディファレンス・エンジンに関するメモ、そのほか何十種類ものハードウェア。

棚にはレインボー・ブック――コンピュータのネットワーキングおよびセキュリティに関するあらゆる分野を網羅したテクニカル・マニュアル――がずらりと並んでいる。オレンジ、レッド、イエロー、アクア、ラベンダー、ティール・グリーン、独特の色の装幀が暗がりのなかでも引き立つ。

お気に入りの記念の品は、額に収められた書簡スタイルのポスターだろう。レターヘッドに〈トラフ－O－データ・カンパニー〉という、ビル・ゲイツが最初に設立した会社の名前がはいっている。

だが、その倉庫は単なる博物館ではなかった。実際的な役割も果たしている。何列にも並んだ箱のなかのディスク、何十台もの高性能のコンピュータ、しめて二百万ドル相当の特殊なコンピュータ部品は、その大半がスーパーコンピュータの製作や修理のためのものだ。ダミー会社を通してこれらの製品を売買することで、〈フェイト〉はかなりの収入を得ていた。

さらに倉庫は彼にとって――ゲームのプランを立てたり、外見と人格を変えたりする――準備地域でもあった。コスチュームや変装用具も、そのほとんどが倉庫に置いてある。部屋の隅には磁気ストリップ・バーナーのついたID4000――セキュリティ認証パス・メイカー――があった。ほかにも他人のIDカードを模造するマシンが何台かある。そのIDカードを使えば、きわめてセキュリティの厳しい施設へのパスワードが手にはいる。これらのマシンがあれば――そして陸運局、学校、重要な記録を管理する各省に短時間ハックすれば――自らが望むどんな人間にもなることができ、その人物であることを証明する書類も作成することができる。パスポートさえ偽造できる。

〝きみは誰になりたい？〟

〈フェイト〉は道具を吟味した。デスク上方の棚から携帯電話と高性能の東芝製ラップトップを何台かおろすと、一台のマシンにJPEG——圧縮した画像をロードした。そして目的にかなうディスクがはいっている大きな箱を探し出した。

敵対者のなかに〈ヴァレーマン〉がいることを知ったときの驚きと狼狽はすでに消え去り、いまや身ぶるいするほどの熱狂をおぼえている。自らが仕掛けたゲームがドラマティックな展開を見せたのだ。〈アクセス〉をはじめとするMUDゲームの経験者にはお馴染みのもの。これを境にプロットは一八〇度変わり、ハンターが獲物となる。


イルカのようにブルー・ノーウェアを泳ぐ。ときには岸辺近くの入り江に、ときには沖合に。海面に浮かびあがったと思うと、それ以上先のない海底に鬱蒼と繁る植物の間をすり抜ける。

ワイアット・ジレットの疲れを知らないボットが、緊急のメッセージを送り返してきた。

CCU本部のコンピュータがビープ音を発した。

「どうしたの？」とパトリシア・ノーランが訊いた。

ジレットは画面に顎をしゃくった。

検索結果：

検索要求：フェイト
ロケーション：ニュースグループ：alt.pictures.true.crime
ステータス：ポスティド・メッセージ

ジレットの顔に興奮の色が浮かんだ。ビショップに向かって、「〈フェイト〉が何かをポストしている」と言うと、メッセージを呼び出した。

Message-ID：
<1000423454210815.NP16015@k2rdka>
X-Newsposter：newspost-1.2
Newsgroups：alt.pictures.true.crime
From：<phate@icsnet.com>
To：Group
Subject：A recent character
Encording：.jpg
Lines：1276
NNTP-Posting-Date：2 April
Date：2 Apr 11：12 a.m.

Path：news.newspost.com!southwest.com!newscom.mesh.ad.jp!counterculturesystems.com!larevegauche.fr.net!frankfrt.de.net!swip.net!newsserve.deluxe.intms.interpost.net!internet.gateway.net!roma.internet.it!globalsystems.uk!

付記：世界はすべてひとつのMUD、人間はキャラクターにすぎない。

〈フェイト〉が書いたシェイクスピアのパラフレーズが何を言わんとしているのか、誰にもわからなかった。

だが、それもジレットがメッセージに添付されている写真をダウンロードするまでのことだった。

画面上で写真がゆっくりと展開されていく。

「ああ、なんてこと」むごたらしい写真を見つめながら、リンダ・サンチェスがつぶやいた。

「くそっ」とトニー・モット。スティーヴン・ミラーは何も言わず顔をそむけた。

画面に現われたのはララ・ギブソンの写真だった。半裸状態でタイル張りの床に寝かされている。地下室のようだ。全身に傷を負い、血にまみれていた。力のない虚ろな目がカメラに向けられている。ジレットは吐き気を催した。息をひきとる数分まえに撮られたのだろう。彼も——スティーヴン・ミラーと同様——顔をそむけた。

ビショップが口を開いた。「そのアドレスは？ phate@icsnet.comというやつ。それが本物である可能性は？」

ジレットはハイパートレースを作動させ、アドレスをチェックした。

「偽物だ」ジレットの言葉に驚いた者はひとりもいなかった。

ミラーが言った。「写真だ――〈フェイト〉はこの近くにいる。一時間で現像してくれる店をしらみつぶしにあたったらどうだろうか。写真のことをおぼえている者がいるかもしれない」

ジレットが答えるまえに、パトリシア・ノーランが苛立たしげに言った。「あいつがのこのこフィルムを持って現像をたのみに行くはずないわ。デジタルカメラよ」

技術的なことには疎いフランク・ビショップさえ、そのことに気がついていた。

「つまり、こいつはなんの役にも立たない」と刑事は言った。

「いや、そうとは言いきれない」とジレットが言った。彼は身を乗り出すと、指で画面を叩き、〝パス〟と書かれている箇所を指し示した。ビショップはeメールのヘッダに書かれているメール経路のことを思いだした。経路を見れば、〈フェイト〉のメッセージがどこを経由して、自分たちが写真をダウンロードしたサーバーにたどり着いたのかがわかる。

「これは単に道順でしかない。あのブルガリアのハッカーは？ ヴラストは？ リスティングしたあいつのパスはすべてでっちあげだった。でもこいつは本物かもしれない。少なくとも、〈フェイト〉がギブソンの写真をアップロードするのに使ったネットワークが含まれている可能性がある」

ジレットはヘッダのパスに書かれているネットワークを、ひとつひとつハイパートレースでチェックしていった。実在するネットワークがひとつ見つかった。

「これだ。これが〈フェイト〉が実際に接続したネットワークだ。newsserve.deluxe.interpost.net」

ジレットはハイパートレースに、このサーバーに関するさらなる情報を探り出すよう指示を送った。すぐさま画面に情報が現われた。

Domain Name : Interpost.net
Registered to : Interpost Europe SA
23443 Grand Palais
Bruges,Belgium
Services : Internet Service Provider,Web
hosting,anonymous browsing and remailing

「チェイナーだ」ジレットは頭を振った。「驚くことじゃないけどね」

なぜこれがよくない状況なのか、ノーランがビショップに説明した。「このサービスを使ってeメールを送ったりメッセージをポストしたりすれば、身元を隠してくれるわけ」

ジレットがあとを継いだ。「写真をインターポストに送ると、インターポストのコンピュータが本当のアドレスを削除する。そして偽のアドレスをつけ直して送信するんだ」

「追跡できないのか？」とビショップが訊ねた。

「無理ね」とノーランが答えた。「行き詰まりよ。ヴラストがしたように、〈フェイト〉は自分でわざわざ偽のレターヘッドを書く必要はないの」

「待て」とビショップ。「やつのコンピュータがどこにあるか、インターポストは知ってるはずだ。だったらインターポストの電話番号を調べ、電話をかけて訊き出せばいいじゃないか」

ハッカーは首を横に振った。「チェイナーはビジネスに徹してる。送信者の身元はぜったいに明かさないと保証してるんだ。たとえ相手が警察でもね」

「すると、打つ手はなしってことか」とビショップは言った。

が、ワイアット・ジレットは、「そうとはかぎらない。もうちょっとフィッシングしてみよう」と言って、自作のサーチエンジンをＣＣＵのマシンにロードした。

00011000／24

州警察コンピュータ犯罪課のコンピュータがインターポストの情報を求めるリクエストを送っているころ、〈フェイト〉はサンノゼの真北に位置するカリフォルニア州フリーモントの、商業化が進む砂利道沿いに建つ古びたホテル、ベイ・ヴュー・モーテルの一室にこもっていた。ラップトップの画面を見つめ、ジレットの検索状況を追っていた。

むろん、ジレットにはわかっているはずだ。アメリカの警察がクライアントの身元を問い合わせたところで、インターポストのような海外のチェイナーがまともに応じるはずがない。案の定、ジレットはサーチエンジンを使って、インターポストに関する一般的な情報を探っていた。警察のほうでこのベルギーのインターネットサービスに協力を要請したり、賄賂を使って協力させたりできる材料を見つけようとしているのだろう。

ジレットのサーチエンジンは数秒で、インターポストについて言及している何十件ものサイトを探り当て、そのサイトの名前やアドレスをＣＣＵのコンピュータに送っていた。しかし、これらの情報が詰まったデータパケットは遠回りをしていた――〈フェイト〉のラップトップを経由していたのである。トラップドアがパケットに修正をくわえ、強力なデーモンを侵入させてから、ＣＣＵのコンピュータに送りつけていた。

〈フェイト〉のもとに、こんなメッセージが届いた。

トラップドア
リンク完了
相手のコンピュータに侵入しますか？　Ｙ／Ｎ

Ｙのキーを打ち、エンターキーを叩くと、つぎの瞬間にはＣＣＵのシステムのなかをさまよっていた。

さらにいくつかコマンドを打ち込み、ファイルの中身を探りはじめた。ＣＣＵの警官たちは、おれのことをそこらの涎を垂らした連続殺人犯と同列に考えているだろう、と〈フェイト〉は思った。単に彼らを威嚇するためめか、性的かつサディスティックで異様な自己顕示欲を満足させるために、瀕死のギブソンの写真をポストしたのだと。だが、そうではない。写真をポストしたのは餌をまいたにすぎなかった。彼らをおびき寄せて、ＣＣＵのマシンのインターネット・アドレスを入手するつもりだったのだ。写真をアップロードすると、〈フェイト〉は写真をダウンロードした人すべてのアドレスを知らせるようボットに指示を送った。届いたアドレスのなかに、サンノゼ西部地区にあるカリフォルニア州政府のコンピュータのものがあった。ドメイン名は観光協会になっていたが、それがCCUのオフィスだとあたりをつけた。いま〈フェイト〉は警察のコンピュータのなかを駆けめぐっている。情報をコピーすると、まっすぐ〝人事記録——コンピュータ犯罪課〟というラベルのファイルに向かった。

当然のことながら中身は暗号化されていた。トラップドアのウィンドウを閉じ、〈解読〉のアイコンをクリックした。プログラムが起動し、コードを解読しはじめた。

ハードディスク・ドライブが唸るような音をたてている。〈フェイト〉は立ちあがり、モーテルの部屋の床に置いたアイスボックスからマウンテン・デューを出した。覚醒作用のあるノー・ドーズを一錠入れてかきまぜると、その甘い飲み物を啜りながら窓辺に歩み寄った。嵐雲の切れ目から、明るい陽光が幾筋も射している。あまりの眩しさに辟易した彼は乱暴にブラインドを引きおろすと、コンピュータのところに戻った。控えめな画面の色は、神のパレットにあるどんな色よりもずっと彼を落ち着かせた。

「やつだ」ジレットが全員に向かって言った。「〈フェイト〉がこのマシンにはいりこんでる。トレースをはじめよう」

「やったぞ！」トニー・モットは勝利の口笛を吹き鳴らした。

ジレットはハイパートレースを作動させた。マシンがかすかなピンを発するたび、CCUのコンピュータから〈フェイト〉のコンピュータまでの経路を示す黄色の細いラインが画面上に伸びていく。

「この子やるじゃない。どう、ボス？」感心したようにリンダ・サンチェスが頭をジレットのほうにかたむけた。

「どうやらうまくいったらしい」とビショップは言った。

十分まえ、ジレットはある結論に達していた。〈フェイト〉のメッセージは陽動作戦であると。あの殺人鬼はMUDのマスター・プレイヤーのように自分たちを罠にはめている。ララの写真をポストしたのは愚弄するためでも威嚇するためでもない、CCUのインターネット・アドレスを入手して、こちらのコンピュータに侵入するためなのだ。

ジレットは自分の考えを全員に説明し、最後に言い添えた。「やつの思いどおりにさせよう」

「そうすれば、われわれのほうでやつを追跡することができる、か」とビショップは言った。

「そのとおり」とジレット。

目の前に並んでいるコンピュータを指し示し、スティーヴン・ミラーが異を唱えた。「だが、やつをわれわれのシステムに侵入させるわけにはいかない」

すかさずジレットが言い返した。「本物のデータは全部バックアップ・テープに移す。それから暗号化したファイルをいくつかロードする。やつがそれを解読しているあいだに、居所を突き止めるんだ」

ビショップが許可をあたえると、ジレットは本物の人事ファイルをはじめとする機密データをすべてテープに移して、スクランブルしたファイルをロードした。それが終わると、インターポストについてのサーチ・リクエストを送信した。結果が戻ってきたとき、トラップドアのデーモンもやってきた。

「強姦魔みたいね」システム内のフォルダーが開いたり閉じたりするのを見ながら、リンダ・サンチェスが言った。〈フェイト〉がファイルを調べていた。

〝侵害こそ新世紀の犯罪……〟

「よし、いいぞ」とジレットが熱のこもった声で言った。ハイパートレース・プログラムが鎖状になった経路の連結箇所を探りあてるたびに、ソナー独特の小さなピンを発している。

「やつがアノニマイザーを使っていたらどうなる？」とビショップが訊ねた。

「使ってるとは思わない。おれがやつだったら、ヒット&ランでいく。公衆電話かホテルの部屋からログオンして。ホット・マシンを使って」

ノーランが説明した。「一度で使い捨てにするコンピュータのことよ。そうすれば自分につながるものは何もはいらないから」

ジレットは身を乗り出し、食い入るように画面を見つめた。ハイパートレースが描くラインが、CCUから〈フェイト〉に向かってゆっくりと伸びていき、とうとうCCUから北東に位置する地点で止まった。「サービスプロバイダーがわかった！」ジレットは叫び、画面に表示された情報を読みあげた。「やつはオークランドのコントラコスタ・オン－ラインに接続してる」スティーヴン・ミラーに視線を移すと、「パック・ベルにあたらせろ、いますぐ！」

コントラコスタ・オンーラインから〈フェイト〉のマシンまでは、電話会社が追跡してくれることになっていた。ミラーがパシフィック・ベルのセキュリティ関係者に早口でまくしたてている。

「あと数分だけ」とノーランが緊迫した声で言った。「そのままいるのよ、そのまま……お願い」

受話器を耳にあてて険しい表情をしていたスティーヴン・ミラーの口もとがゆるんだ。「パック・ベルが突き止めた！　ベイ・ヴュー・モーテルだ――フリーモントの」

ビショップは携帯電話を取り出すと、中央通信指令室を呼び出して戦術班の出動を要請した。

「静かに包囲するんだ。五分以内に態勢を整えてくれ。相手は窓のそばに座って駐車場を見張っているはずだ。おそらく自分の車のエンジンもかけっぱなしで。ＳＷＡＴにも知らせろ」ついで刑事はウエルト・ラミレスとティム・モーガンに連絡を取り、モーテルに向かうよう指示した。

トニー・モットは本物の警官の仕事ができるチャンスがふたたび巡ってきたと考えていた。ただし今回はビショップの言葉に驚かされた。「よし、おまえも行け。ただし後方に控えていること」

「了解」若い警官は神妙に言うと、デスクの引き出しから予備弾のはいった箱を取り出した。

ビショップはモットのベルトに顎をしゃくった。「挿弾子(クリップ)が二個あれば充分だ」

「わかりました」モットはそう答えはしたものの、ビショップが見ていない隙にこっそり弾丸をひとつかみウィンドブレイカーのポケットに滑りこませた。

ビショップがジレットに言った。「一緒に来てくれ。ボブ・シェルトンの家に寄って、やつを拾っていく。通り道なんだ。それから、われわれの手で殺人鬼を捕まえる」


ロバート・シェルトン刑事の家は、フリーウェイ二八〇号線からさほど離れていないサンノゼ郊外の質素な住宅地にあった。

建ち並ぶ家々の前庭にはビニール製の玩具が散らかり、ドライブウェイには大衆車――トヨタ、フォード、シェヴィー――が駐まっていた。

フランク・ビショップはシェルトンの家の前に車を駐めた。が、何か言いたげな様子で、すぐには降りようとしなかった。ようやく口を開いた。「先に話しておく。ボブの女房のことだ……。息子を交通事故で亡くしたことは話したな？ 彼女はまだそれを乗り越えられずにいる。酒の量が少々ふえすぎた。ボブは病気だと言ってる。でもそうじゃない」

「わかった」

ふたりは家に向かった。ビショップがベルを押した。室内でベルの鳴った気配はなく、くぐもった人声が聞こえた。怒鳴りあう声だった。

そして悲鳴。

ビショップはジレットを横目で見て、一瞬ためらったのちに扉に手をかけた。鍵はかかっていなかった。彼は銃を片手に扉を押し開けた。ジレットもそれにつづいた。

惨憺たるありさまだった。リビングルームには、汚れた皿や雑誌、衣類が散乱していた。饐えた臭い——洗っていない服と酒の臭い——が漂っている。手つかずのままの食事——見るからに不味そうなアメリカンチーズ・サンドウィッチ——がふたり分テーブルに残されていた。十二時三十分。ランチタイム。だが卓上のサンドウィッチがきょうのものかきのうのものか、あるいはそれ以前のものなのか、ジレットには判断がつかない。人の姿はなく、奥で物が割れる音と足音が聞こえた。

ついで金切り声が聞こえ、ビショップとジレットはぎょっとした。嚙みつくような女性の声が、「私はこのとおり元気よ！　私をコントロールできると思ってるんでしょ。よくもそんな図々しいことを考えるわね……こっちの具合が悪いのはあなたのせいなのよ」

「そんなことを——」ボブ・シェルトンの声だった。が、何かが床に落ちたのか——あるいは妻が放り投げたのか——ふたたび物が割れる音がして、シェルトンの声はかき消された。「いいかげんにしろ」シェルトンが叫んだ。「なんてざまなんだ」

ハッカーと刑事はなすすべなくリビングルームに立ちつくしていた。家庭の諍いに引きこまれて、どうすることもできなかった。

「片づけるわよ」とシェルトンの妻がつぶやいていた。

「いや、おれが——」

「もうほっといて！　あなたにはわからないのよ。家にいたことなんてないんだから。わかるはずがないわよ」

ジレットの立っていた位置から、扉の開いている隣室が見えた。彼は目を細めた。暗い部屋には黴臭さが充満している。だがジレットの注意を惹いたのはその悪臭ではなく、扉の脇に置かれていた物だった。四角い金属製の箱。

「あれを見てくれ」

「何だ？」とビショップは訊いた。

ジレットはその箱を調べると、思わず笑いを洩らした。「昔のウィンチェスター・ハード・ドライブだ。でかい。いまどきこんなのを使ってるやつはいない。その昔は最先端の代物だったんだけどね。これを使って掲示板を開いたり、初期のWebサイトをまわってるやつは多かった。ボブはコンピュータに詳しくないと思ってたけどな」

ビショップは肩をすくめた。

しかし、なぜボブ・シェルトンがサーバー用ドライブを持っているのかという疑問に答えが出されることはなかった。シェルトンが玄関に現われたのである。ビショップとジレットを前にして、彼は目を白黒させた。

「ベルは鳴らした」とビショップは言った。

シェルトンはこのふたりの侵入者がどこまで話を聞いたのかを推し測るように、その場に立ちつくしていた。

「エマは大丈夫か？」とビショップが訊ねる。

「大丈夫だ」とシェルトンは用心するように答えた。

「そうは思えないが――」

「流感にかかっただけだ」と一気に言うと、シェルトンはジレットに冷たいまなざしを向けた。

「どうしてこいつがここに？」

「迎えにきたんだ、ボブ。〈フェイト〉がフリーモントにいるという情報をつかんだ。われわれも現場に行く」

「情報？」

ビショップはベイ・ヴュー・モーテルで進行する戦術作戦を説明した。

「わかった」シェルトンは妻がすすり泣いているほうを振り返った。「一分で行く。車で待っててくれないか？」そしてジレットに視線を投げると、「こいつを家に入れときたくない。いいか？」

「わかった、ボブ」

シェルトンは、ビショップとジレットが外に出るのを待って寝室に向かった。気持ちを奮い起こそうとするかのように立ち止まると、それから奥の薄暗い部屋にはいっていった。

00011001／25

〝最後はこれだ……〟

まだ駆け出しの新人だったフランク・ビショップが、オークランドの埠頭近くのエレベーターもないアパートメントに踏みこもうというとき、州警察の先輩が教えてくれた言葉だ。手入れした部屋には住人たちが手放したがらない品物が五、六キロと、やたらに使いたがるオートマティックが数挺あった。

「最後はこれだ」と年上の警官が言ったのだ。「後方支援も救急ヘリも、ニュースキャスターも世論も、サクラメントのお偉方もラジオもコンピュータも、みんな忘れちまえ。とどのつまりは自分と犯人だ。ドアを蹴破って、誰かを袋小路に追いつめて、車の運転席に近づいてみると、運転手はまっすぐ前を向いてる。善良な市民かもしれない、財布や運転免許証を手に握っているかもしれないし、てめえの一物を握ってるかもしれない、撃鉄を起こして安全装置をはずしたブローニング三八〇を握ってることだってある。おれの言いたいことはわかるか？」

そう、ビショップは紛れもなく呑みこんだ。ドアを抜けること、それが警官であることのすべてだった。

〈フェイト〉がCCUのコンピュータに侵入している、フリーモントはベイ・ヴュー・モーテルへの車中で——フランク・ビショップははるか昔に聞かされた言葉をかみしめている。

その一方で、サンホーの所長が見せてくれたワイアット・ジレットのファイルに思いを馳せた。コンピュータの世界を青い虚空（ブルー・ノーウェア）と呼んだハッカーの記事に。ブルー・ノーウェア、このフレーズは警官の世界にもあてはまるとビショップは思った。

制服の〝ブルー〟。

〝ノーウェア〟。蹴破ろうとする扉のむこう側、袋小路、停まっている車のフロントシート、神が創られた善き地球のどの場所ともちがう。

〝最後はこれだ……〟

家での一件で機嫌を損ねたシェルトンが車を駆っている。ビショップが後部に、ジレットが助手席に座った（手錠もしていない囚人を、警官二名の背後に座らせるのをシェルトンが承知しなかったのである）。

「〈フェイト〉はまだオンラインで、CCUのファイルをクラックしようとしてる」とジレットが言った。ハッカーは携帯電話で接続しているラップトップの画面を凝視していた。

ベイ・ヴュー・モーテルに着くと、ボブ・シェルトンは急ブレーキをかけ、制服警官の指示する駐車場に車を滑りこませた。

駐車場には州警察やハイウェイ・パトロールの車が十数台駐まっていた。その周囲に制服と私服、さらに防弾具を着用した戦術班の警官が集合している。駐車場はベイ・ヴューに隣接しているが、どの窓からも死角になっていた。

もう一台のクラウン・ヴィクトリアで、リンダ・サンチェスとトニー・モットが到着した。モットは曇天で霧が出ているにもかかわらずオークリーのサングラスをかけ、ゴム引きの射撃用手袋をはめていた。ビショップとしては、作戦の実行中にモットが自傷したり味方を傷つけたりしないようにと気を遣うはめになりそうだった。

洒落者ティム・モーガンのきょうの出立ちは、ネイヴィ・ブルーのダブルのスーツだったが、防弾チョッキのおかげでせっかくのラインが台無しにされている。彼はビショップとシェルトンに気づくと駆け寄ってきて、車の窓の高さまで腰をかがめた。

モーガンは呼吸をととのえると言った。「ホロウェイと思われる男は二時間まえ、フレッド・ローソンという名前でチェック・インしています。支払いは現金。宿泊名簿に自分で車の情報を書きこんでますが、それに該当する車輛は駐車場にありません。ナンバーはでたらめです。部屋は一一八号室。ブラインドが下ろされてますが、電話はまだ使われてる模様です」

ビショップはジレットを横目で見やり、「やつはまだオンライン中か?」

ジレットはラップトップの画面を見た。「ああ」

ビショップ、シェルトン、ジレットは車から降りた。サンチェスとモットがそこにくわわった。

「アル」ビショップは体格のいい黒人警官に声をかけた。アロンゾ・ジョンソンはサンノゼの州警察戦術班の責任者である。ビショップは、たとえばトニー・モットのような未熟な熱血漢とはまた別に、冷静沈着かつ緻密な男であるジョンソンにも好感を抱いている。「シナリオは？」とビショップは訊いた。

ジョンソンはモーテルの見取り図を開いた。「ここと、ここと、ここに人員を配備した」彼は建物の周囲と一階廊下の何カ所かを指で軽く叩いた。「動きまわれるスペースはさほどない。モーテルの部屋に踏みこむ基本的な作戦でいく。両隣りと上階の部屋を確保して、合い鍵とチェーン・カッターも用意した。正面からはいって容疑者を取り押さえる。パティオのドアから逃げたら、外には第二陣が待機している。狙撃手にも準備をさせた――武器を持ってる場合に備えて」

ビショップが顔を上げると、防弾具を装着するトニー・モットの姿が目にはいった。短身の黒いオートマティック・ショットガンを手に取って嬉々としている。ラップアラウンド・サングラスにバイクパンツをはいているモットは、出来の悪いSF映画の登場人物を彷彿させる。ビショップはこの若者を招き寄せ、「そんなのを持って何をする気だ？」と銃を指して訊ねた。

「すこしでも威力のある武器のほうがいいと思って」

「散弾銃を撃った経験は？」

「撃つくらい誰でも――」

「ショットガンを撃った経験はあるのか？」ビショップは辛抱強く訊いた。

「もちろん」

「アカデミーでの火器訓練以来か？」

「そういうわけじゃ。でも――」

「そいつを元に戻すんだ」

「それから」アロンゾ・ジョンソンが口を挟んだ。「そのサングラスもはずせ」ジョンソンは目を丸くしてビショップを見た。

モットは肩を落としてその場を離れ、戦術班の警官に銃を渡した。

携帯電話をかけているリンダ・サンチェス――相手は出産まぢかの娘にちがいない――は後方に控えていた。彼女にはこの作戦が本人の専門ではないと忠告する必要はなさそうだった。

ジョンソンが小首を傾げてメッセージを聞いていた。そして軽くうなずくと顔を上げた。

「準備完了」

ビショップはエレベーターに乗る順番を譲るとでもいうようにさりげなく、「行け」と言った。

ＳＷＡＴの指揮官はうなずき、小さなマイクロフォンに向かって指示を出した。ついで六名の警官についてくるよう合図を送ると、モーテルにつづく茂みのなかを駆けていった。トニー・モットも後を追ったが、釘を刺されたとおり最後尾の位置だった。

ビショップは車に戻ると、無線を戦術班の周波数に合わせた。

〝最後はこれだ……〟

突然、イアフォンにジョンソンの叫ぶ声が聞こえた。「行け、行け、行け！」

ビショップは緊張して身を乗り出した。〈フェイト〉が銃を持って待ち伏せていたのだろうか。それとも不意を突かれる事態でも？　何が起きたんだ？

だが答えは無。

無線から空電による雑音が聞こえ、ついでアロンゾ・ジョンソンの声がした。「フランク、部屋は空っぽだ。やつはいない」

「いない？」ビショップは訝しげに訊ねた。部屋を間違えたのか。

すぐさまジョンソンの返事が来た。「逃げたあとだ」

ビショップがワイアット・ジレットを見やると、ジレットはクラウン・ヴィクトリアのなかにあるコンピュータ画面に目をやった。〈フェイト〉はまだオンライン中で、トラップドアも人事部のファイル・フォルダーをクラックしようとしている。ジレットは画面を指さし、肩をすくめた。

ビショップは無線に向かって、「やつはこのモーテルから送信してる。いるはずだ」

「いないんだ、フランク」それがジョンソンの答えだった。「部屋には誰もいない。あるのはコンピュータ一台——電話回線に接続されている。それとマウンテン・デューの空き缶二個と、コンピュータ・ディスクがはいった箱が六個。それだけだ。スーツケースも衣類もない」

ビショップは言った。「オーケイ、アル。いまからそっちに行く」

蒸し暑く風通しの悪い部屋で、六名の警官が引き出しを開けたり、クローゼットを調べたりしている。トニー・モットも部屋の隅で、彼らに負けず劣らず一心に捜索をおこなっていた。ケヴラーの戦闘用ヘッドギアは、いつもの自転車用ヘルメットに較べるとかなり不自然だとジレットは思った。

ビショップは安物のデスクに置かれたコンピュータのところにジレットを手招きした。画面では暗号解読プログラムが作動していた。ジレットはコマンドをいくつか打ち込むと顔をしかめた。

「くそっ、こいつは偽物だ。同じパラグラフをくりかえし解読してる」

「つまり」ビショップは思案ありげに言った。「やつがここにいると、われわれが思うように仕組んだわけか……でも、なぜ？」

その謎を解こうとふたりはしばらくのあいだ話し合ったが、これといった結論は出なかった——だがそれもワイアット・ジレットが何気なく、ディスク収納用の大きなプラスティックの箱を開けて、なかを覗くまでのことだった。そこには濃いオリーブ色の金属製の箱があった。上面にステンシルでこう記されていた。

合衆国陸軍　対人用

高性能爆薬

こちら側を敵に向けること

そこに取り付けられた小さな黒い箱で、赤い目がせわしげに点滅をはじめた。

00011010／26

そのとき〈フェイト〉はたしかにモーテルにいた。カリフォルニア州フリーモントにあるモーテルに。そしてラップトップ・コンピュータの前にいた。

だがそのモーテルとはベイ・ヴュー・モーテルから二マイル離れたラマダ・インだったのである。いまごろベイ・ヴュー・モーテルでは、ジレット——ユダのごとき裏切り者の〈ヴァレーマン〉——と警官たちが、すぐにも炸裂しそうな対人爆弾から逃れようと部屋を飛び出しているはずだ。

爆発などしない。箱に詰まっているのは砂だった。その偽爆弾にできることといえば、テレビ用の点滅灯を目のあたりにした者たちに恐怖を味わわせることぐらいだろう。

〈フェイト〉が敵を殺すのに、そのような優雅とは言えない手段を用いるはずがないのだ。MUDゲーム〈アクセス〉のプレイヤーのように、相手に接近して刃を挿し入れ、犠牲者の心臓の顫えを感じることを目標とする者にとって、そんな戦術はお粗末きわまりない。だいたい警官を一ダースも殺したとなれば、連邦のほうも派手に動きだして、このシリコン・ヴァレーでのゲームを断念せざるをえなくなる。そうではなくて、ベイ・ヴュー・モーテルの一室から爆弾処理班が装置を運び出す一時間あまり、ジレットとCCUの警官たちに足止めを食わすことができれば満足なのだ――こうしておけば、コンピュータ犯罪課のマシンを使ってISLEネットにクラックするという当初の計画を実行に移すチャンスが生まれる。CCUのマシンを経由してISLEネットにログオンすれば、ルート・ユーザーとして認識され、ネットワークに対して無制限のアクセスが可能になる。

〈フェイト〉は、〈ヴァレーマン〉とはさんざんMUDゲームをプレイしてきている。CCUのマシンへの侵入を予測し、追跡を試みようとするジレットの手の内は読めていた。

だから、トラップドアがCCUのコンピュータに侵入したところでベイ・ヴューを離れ、このモーテルまで車を走らせたのだ。そして二台目のラップトップをウォームアップさせつつ、ほぼ追跡不能である携帯電話を使ってサウス・キャロライナのインターネット・プロバイダーを経由し、匿名化をおこなっているプラハのネット拠点に接続しておいた。

いま〈フェイト〉は、最初にCCUのシステムにクラックしたときにコピーしたファイルに目を通している。それらのファイルは消去されていたが、ワイプ――完全に抹消――はされてはいなかった。高性能のアンデリート・プログラム、リストア8を使って難なく復元できた。CCUのコンピュータのID番号がわかると、さらに検索をおこなって、つぎのようなデータを入手した。

システム：ISLEネット
ログイン：ロバートSシェルトン
パスワード：ブルーフォード
データベース：カリフォルニア州警察犯罪活動アーカイブズ
検索要求：(〝ワイアット・ジレット〟OR〝ジレット、ワイアット〟OR〝ナイツ・オブ・アクセス〟OR〝ジレット、W〟) AND (コンピュート*OR ハック*)

それから自分のラップトップのID番号とインターネット・アドレスをCCUのマシンのものに変更すると、ISLEネットの通常の電話番号にダイアルするようモデムに指示を送った。モデムのハンドシェイクする音が聞こえた。部外者が侵入しようとすれば、この時点でISLEネットを保護しているファイアウォールに弾かれるのだが、〈フェイト〉のコンピュータはCCUのそれを装っているため、スーパーアクセスが可能なトラステッド・システムであると認識され、〈フェイト〉はなんの問題もなく受け入れられた。システムが訊ねてきた。

ユーザー名は？

キーを打つ。ロバートSシェルトン

パスコードは?

ふたたびキーを打つ。ブルーフォード
すると画面から文字が消え、退屈きわまりないメニューがずらりと表示された。

カリフォルニア州法執行機関総合ネットワーク

メインメニュー

陸運局
州警察
人口統計局
科学捜査局
地方法執行機関
ロサンジェルス
サクラメント
サンフランシスコ

サンディエゴ
オークランド
フレズノ
ベイカーズフィールド
モンタレー郡
オレンジ郡
サンタバーバラ郡
その他
州検事局
連邦政府機関
FBI（連邦捜査局）
ATF（アルコール・煙草・火器取締局）
財務省
合衆国執行官
IRS（国税庁）
郵政公社
その他
メキシコ連邦警察、ティファナ

議会連絡
　システム管理

ガゼルの首に飛びかかるライオンのごとく、〈フェイト〉はまっすぐシステム管理のファイルに向かうとパスコードをクラックし、ルートを奪った。そうすることでＩＳＬＥネットにも、ＩＳＬＥネットからつながっていくすべてのシステムにも制限なくアクセスすることができる。
ふたたびメインメニューに戻ると、べつの項目をクリックした。

州警察
　ハイウェイパトロール
　人事
　経理
　コンピュータ犯罪
　暴力犯罪
　少年
　犯罪活動アーカイブ
　情報処理
　管理

戦術作戦
重大犯罪
法務
施設管理
重罪犯指名手配

ファイルの選択に時間を浪費するまでもなかった。めざすファイルはすでにわかっていたのである。

爆弾処理班がベイ・ヴュー・モーテルから灰色の箱を運び出して解体したが、なかには砂が詰まっているだけだった。

「いったいどういうことだ？」シェルトンが声を荒らげた。「これもやつのばかげたゲームの一部なのか？　おちょくりやがって」

ビショップは肩をすくめた。

処理班は〈フェイト〉のコンピュータも窒素探知機で検査し、起爆性はないと確認した。ジレットが急いで中身に目を通した。何百ものファイルがはいっていた。彼は無作為にいくつかのファイルを開けた。

「意味のないものばかりだ」

「暗号化されているのか？」とビショップは訊ねた。

「いや——本やウェブサイトやグラフィックスからの寄せ集めだ。屑だらけさ」ジレットは顔を上げると天井に目を凝らした。指は空を叩いている。「どういうことだ、偽の爆弾に無意味なファイル？」

すでに防弾チョッキとヘルメットをはずしていたトニー・モットが言った。「そうだ。〈フェイト〉はわれわれをオフィスから引っぱり出して、駆けずりまわらせるためにこいつを仕組んだ……。なぜだ？」

「くそっ、ちくしょう」ジレットが吐き棄てた。「そういうことか！」

フランク・ビショップもとっさに理解していた。ジレットに目を向けて、「ISLEネットにクラックするつもりだ！」

「そのとおり！」ジレットは電話をつかむとCCUを呼び出した。

「コンピュータ犯罪課。ミラー巡査部長です」

「ワイアットだ。聞いてくれ——」

「やつが見つかったのか？」

「いや。いいから話を聞け。ISLEネットのシスアドミンに連絡して、ネットワークの機能をすべてサスペンドさせるんだ。いますぐに」

間があいた。「無理だ」とミラーは言った。「いいか——」

「やらせるんだ。いますぐ！〈フェイト〉がクラックしようとしてる。もう内部に侵入してるはずだ。シャットダウンじゃない――あくまでサスペンドだ。そうすれば被害を調べるチャンスがある」

「しかし全国から信頼を集めて――」

「すぐにやるんだ!」

ビショップが電話をひったくった。「命令だ、ミラー。すぐにやれ!」

「わ、わかった。電話する。すぐには応じてくれないだろうが。とにかく連絡をとる」

ジレットは溜息をついた。「出し抜かれた。すべて計画どおりだ――ララ・ギブソンの写真をこちらのアドレスに送りつける、CCUのコンピュータにはいりこむ、われわれをここにおびき出す。まったく、こっちが一歩先を行ってると思ったのに」

リンダ・サンチェスが証拠品すべてを記録し、押収品であることを示す札を貼ると、メイフラワー号でやってきた清教徒よろしく持参した、折り畳み式の段ボール箱にディスクとコンピュータを詰めた。警官たちは持参した道具を手にして部屋を出た。

車に向かって歩くフランク・ビショップとワイアット・ジレットを、口ひげをたくわえた痩身の男が駐車場のはずれから見つめていた。

どこか見おぼえがあるような気がしていたが、やがてジレットは男がサンタクララ郡の刑事、チャールズ・ピットマンであることを思いだした。

「こっちの動きを嗅ぎまわられても困る。郡の連中の半分は、監視を友愛会のパーティと勘違いしてる」ビショップはそう言ってピットマンのほうに行きかけたが、相手はすでに覆面車輛に乗りこんでおり、エンジンをかけて走り去った。

ビショップは郡保安官事務所に電話を入れた。ピットマンのヴォイスメールを聞いて、ビショップは折り返し連絡をくれとメッセージを残した。

ボブ・シェルトンが電話に出て、しばらく話を聞くとそのまま切った。「スティーヴン・ミラーからだ。システム管理者は相当かっかしてたらしいが、とにかくISLEネットは停止した」そして刑事はジレットに向かって吠えた。「おまえはやつがISLEネットにはいれないようにするってほざいた」

「おれはやることをやった」ジレットは言い返した。「システムをオフラインにして、ユーザー名とパスワードに関する資料を全部切り刻んだ。やつがISLEネットにクラックできたのは、たぶんあんたがおれのことを調べようとCCUからオンラインに戻ったからさ。〈フェイト〉はCCUのマシンのID番号を手に入れてファイアウォールを抜けてから、あんたのユーザー名とパスコードを使ってログオンした」

「ばかな。おれは全部消した」

「ディスクのフリースペースをワイプしたか？　添付ファイルとスラックファイルに上書きはしたか？　ログを暗号化して、それにも上書きをしたか？」

シェルトンは押し黙った。彼はジレットから目をそらすと、サンフランシスコ湾のほうに勢いよく流れていく霧を見あげた。

ジレットが言った。「そうさ、あんたはしなかった。だから〈フェイト〉はオンラインにできた。アンデリート・プログラムを走らせて、ＩＳＬＥネットにクラックするのに必要な材料を手に入れた。いいかげん口から出まかせはやめてくれ」

「おまえが〈ヴァレーマン〉で、〈フェイト〉を知ってるって素直に認めてればオンラインにはつながなかったんだ」シェルトンは弁解がましく答えた。

ジレットは怒りにまかせて踵をめぐらせると、そのままクラウン・ヴィクトリアに向かって歩いた。そこにビショップが肩を並べた。

「もし〈フェイト〉がＩＳＬＥネットにはいりこんだら、どこにアクセスするかわかるかい？」ジレットは刑事に訊いた。

「すべてだ」とビショップは言った。「すべてにアクセスする」


ＣＣＵ本部の駐車場に着くと、ワイアットは車が停まりきらないうちに飛び降りて建物に駆け込んだ。

「被害の程度は？」ワークステーションにはミラーとパトリシア・ノーランのふたりがいたが、ワイアットが問いを投げかけた相手はノーランだった。

「むこうはまだオフラインのままだけど、シスアドミンのアシスタントが、ログファイルのディスクを届けてくれたわ。いまそれに目を通してるところ」

ログファイルには、どのユーザーがどれくらいのあいだシステムに接続して、オンラインで何をしたのか、接続中に他のシステムに飛んだのかといった情報が記録されている。

ジレットはノーランの後を引き継ぐと、猛烈な勢いでキーを叩きはじめた。朝飲んだコーヒーカップに何気なく手を伸ばし、一口啜ってその冷たく苦い液体にぞっとした。カップを置いて画面に戻り、ひたすらキーを叩いてISLEネットのログファイルを調べた。

気がつくとパトリシア・ノーランが隣りに腰をおろしていた。彼女は淹れたてのコーヒーをジレットの傍らに置いた。ジレットはそんな彼女を横目で見て、「どうも」と言った。

微笑するノーランに、ジレットは目を合わせてうなずき返した。間近で見ると顔の肌に張りがある。例の計画を突きつめて整形手術を受けたのかもしれない。厚化粧をやめて、もっとましな服を着て、顔にかかる髪を数分おきにかきあげるのをやめれば魅力的になるはずなのだ。美人でもないし品があるわけでもないが、凛々しさがあった。

ジレットは画面に目を戻して入力を再開した。指が怒ったようにキーを叩き出す。頭のなかではボブ・シェルトンのことを考えていた。ウィンチェスターのサーバー用ドライブを持つくらいコンピュータの知識がありながら、なぜあんな不注意を犯したのか。

ようやく椅子に背をあずけると状況を報告した。「最悪には至ってない。〈フェイト〉がISLEネットにいたのはわずか四十秒ほど。スティーヴンがサスペンドにしてくれたおかげで」

ビショップが言った。「四十秒か。役立つものを手に入れるには充分な時間ではないんだな?」

「まず無理だね」とハッカーは言った。「メインメニューを見て、ファイルを二、三覗いたとは思うけど、機密情報にたどり着くには新たにパスコードが必要になってくる。そのためにクラッキング・プログラムを動かさなくちゃならない。どうしても三十分はかかる」

ビショップがうなずいた。「こっちにも多少の運はあったわけだ」

外の世界では午後五時になろうとしている。また雨のなか、うんざりするラッシュアワーがはじまっている。だがハッカーには午後もなければ朝も夜もない。あるのはただマシン・ワールドにいる時間とそうでない時間。

そのとき〈フェイト〉はオフラインにいた。

もっとも、ロスアルトスのエル・モンテにある一軒家の素敵なファサードで、コンピュータに向かってはいたのだ。すべてＩＳＬＥネットからダウンロードした、何ページにもわたるデータをスクロールしているところだった。

コンピュータ犯罪課は〈フェイト〉がＩＳＬＥネットに四十二秒間しかいなかったと思いこんでいる。だが現実には、〈フェイト〉はシステムに侵入するとすぐ、トラップドアの優秀なデーモンがシステム内の時計を乗っ取り、接続やダウンロードに関するログをすべて書き換えていたのである。彼がＩＳＬＥネット内にいた時間は五十二分に達し、その間に何ギガバイトにもおよぶ情報をダウンロードしていた。

一部はなんの変哲もない情報だったけれども——ＣＣＵのマシンがルート・アクセスの権利を持っていたために——秘密区分が非常に高く、州および連邦政府の一握りの法執行官にしか閲覧が許可されていないものもふくまれていた。たとえば最高機密を扱う政府コンピュータへのアクセスナンバーとパスコード、襲撃時の戦術コード、進行中の作戦に関する暗号化ファイル、監視活動の進捗状況、交戦規則、それに州警察、FBI、アルコール・煙草・火器取締局、シークレットサービス、その他大多数の法執行機関に関する機密情報など。

静かな雨が滴となって家の窓を流れ落ちていく。〈フェイト〉は機密情報のフォルダーのひとつ——州警察の人事ファイル——をスクロールしていた。そこにはカリフォルニア州警察と雇用契約を交わしている者全員の情報が記されていた。サブフォルダーはかぞえきれないほどあったが、さしあたり〈フェイト〉が興味をもっているのはいま見ているファイルだけである。刑事部というラベルが貼られたそのファイルには、とても有用なデータが詰まっていた。

Ⅳ 接触

インターネットの安全性とは土曜の夜、イーストＬＡのコンビニエンスストアの状況と変わらない。

ジョナサン・リットマン

『ＦＢＩが恐れた伝説のハッカー』

00011011／27

夕刻から夜にかけて、コンピュータ犯罪課のチームは〈フェイト〉につながる手がかりを求めて、ベイ・ヴュー・モーテルの一件に関する報告書を仔細に検討した。同時に、さらなる殺人事件の報告がはいるのではと、不安な思いで警察周波数帯の無線に耳をかたむけていた。

その朝、ある私立学校でひとりの少女が叔父と名乗る男に誘拐され、後に解放されたとの報告がはいっていた。まさに〈フェイト〉のやり口だった。しかしウエルト・ラミレスとティム・モーガンが学校に問い合わせ、少女にも話を聞いたが、手がかりは何も得られなかった。興奮状態にあるその生徒は、誘拐犯の車の色さえ思いだせなかった。

捜査陣はベイ・ヴュー・モーテルの宿泊客のほぼ全員から話を聞き、モーテル周辺でも聞き込みをおこなったが、〈フェイト〉が運転していた車あるいはトラックの目撃情報はなかった。

フリーモントにあるセブン‐イレブンの店員が、数時間まえ〈フェイト〉の風体と一致する男にマウンテン・デューの六缶パックをふたつ売っていた。が、殺人鬼は追跡の手がかりになるようなことは何も口にしていなかった。コンビニエンスストアの内にも外にも、彼の車を見たという者はいなかった。

犯罪に使われたモーテルの部屋も捜索されたが、〈フェイト〉の追跡に役立ちそうなものは発見されなかった。

ワイアット・ジレットはスティーヴン・ミラー、リンダ・サンチェス、トニー・モットの三人を手伝って、部屋に残されていたコンピュータの法科学分析をおこなった。そこでハッカーの出した結論とは、そのコンピュータはホット・マシンであり、ソフトウェアも侵入に必要なだけしかロードしていないというものだった。〈フェイト〉の居場所を示唆する情報はまったくなかった。シリアル番号から、その東芝製コンピュータは六カ月まえにシカゴの〈コンピューター・ワールド〉が仕入れた機器のひとつであることが判明した。購入者は現金で支払い、保証登録カードには一切記入せず、オンライン登録もしていない。〈フェイト〉がモーテルの部屋に残したディスクには何もはいっていなかった。コンピュータ考古学者の女王リンダ・サンチェスがリストア8を使って一枚一枚調べたが、データが入力された形跡のあるディスクは一枚もなかった。

サンチェスはやはり娘のことが気がかりで、数時間おきに電話をかけては様子を訊いていた。ビショップは娘のところへ行きたがっている母親を帰宅させた。刑事はほかの面々にも仕事を切りあげさせて、ミラーとモット——SWATを経験して気をよくしているブロンドの警官

――のふたりは夕食と睡眠をとるためオフィスを後にした。

パトリシア・ノーランはホテルに戻りたがらなかった。彼女はジレットの隣りに腰を据え、一緒になってISLEネットのファイルに目を通し、トラップドア・デーモンについて探った。しかしデーモンが存在する兆しすら現われず、どうやらボットは消滅したらしいとジレットは宣言した。

一度、ジレットはうんざりしたように椅子に寄りかかり、指の関節を鳴らして背伸びをした。ビショップが観察していると、ジレットの視線は電話での連絡事項を書き留めるピンク色のメモの束にとまった。顔を輝かせてその束を手にしたものの、自分宛てのメッセージがないと知ったジレットの落胆ぶりは見ていて気の毒になるほどだった。昨夜、別れた妻に電話をくれとすがるように頼んでいたが、結局、音沙汰はなかったのだ。

愛する者に対する感情とはなにも善良な市民に限ったものではない、とフランク・ビショップは知っている。これまでに逮捕してきた卑しい殺人犯のなかには、手錠をかけられたとたんに号泣するものが大勢いた――それは刑務所でのつらい日々を思ってのことではなく、妻子との別離を否応なく意識させられるからである。

天井を仰いだハッカーの指がまた空でタイピング、いやキーイングしている。妻に向けて何かを書いているのだろうか。あるいは父親――中東の強風舞う砂漠で働くエンジニア――にアドバイスなり支えなりを求めているのか、それとも釈放されたら一緒にすごしたいと兄に語りかけているのか。

「だめだわ」とノーランがつぶやいた。「何も見つからない」

ビショップは彼女の顔に浮かんだ失望と同じ感覚をおぼえた。が、すぐにそれを打ち消した。ちょっと待て……頭が混乱している。ブルー・ノーウェアの呪縛にがんじがらめにされて、いつしか考える方向がずれてしまっていた。彼はホワイトボードに歩み寄り、証拠品に関する記述やプリントアウト、写真をじっと見つめた。

〝それが糸口だ……〟

ビショップはララ・ギブソンのむごたらしい写真のプリントアウトに目を向けた。

〝それが……〟

さらに写真に近づいて眺め入った。

「これを見ろ」彼はシェルトンに言った。ずんぐりした体軀の刑事が不機嫌そうに傍らにやってきた。

「どうした?」

「何が見える?」

シェルトンは肩をすくめた。「さあね。そっちには何が見えるんだ?」

「手がかりだ」とビショップは答えた。「写真に写っている別のもの――床や壁にあるもの……。そういったものが〈フェイト〉がどこで彼女を殺害したかを教えてくれる。かならず」

ジレットが駆け寄ってきて、その陰惨な写真に目を凝らした。

前景に不幸な女性がいる。そのほかに写っているものをビショップは指し示した。彼女が横たわっている床は緑色がかったタイル。亜鉛メッキされた金属製の四角いダクトが、ベージュのエアコンディショナーだかヒーターから伸びている。壁は塗装されていない石膏ボードを木製の間柱に釘で打ちつけただけのものだ。おそらく未完成の地下にあるボイラー室だろう。白く塗られた扉の一部も見える。その脇にごみ箱らしきもの。ごみがあふれかけている。

ビショップは言った。「写真をＦＢＩに送る。あっちの鑑識に調べてもらうんだ」

シェルトンは首を振った。「そいつはどうかな、フランク。やつは恐ろしく頭が切れる。飯を食うとこで小便するような、すぐ足がつく真似はしない」彼は写真を顎で指した。「どこか別の場所に連れていって殺したんだ。自分の家じゃない」

ノーランが口を挟んだ。「そうかしら。あなたが言うように頭の切れる男だけど、私たちとはものの見方がちがうわ」

「どういう意味だ？」

ジレットにはぴんときたようだった。「〈フェイト〉はリアル・ワールドのことなんて考えちゃいないのさ。コンピュータに関しては証拠をすべて消そうとするけど、物理的な手がかりには神経が行き届かないはずだ」

ビショップは写真に顎をしゃくった。「見たところ、この地下はできて間もない――暖房設備も。エアコンディショナーだかなんだか知らないが。こういった類の材料で住宅用設備をつくる業者がいるかどうか、ＦＢＩなら突き止めてくれるかもしれない。そうすれば建物をある程度絞りこめる」

シェルトンは肩をすくめた。「望みは薄いだろうが。やって損はないだろう」

ビショップはFBIにいる友人に電話を入れ、写真のこと、調べてもらいたいことを伝えた。そして二言、三言話して電話を切った。

「写真のオリジナルをむこうでダウンロードして、研究所にまわしてくれるそうだ」ビショップは近くのデスク上に、彼宛ての大型封筒を認めた。荷札にはカリフォルニア州警察少年課中央記録庫とある。ベイ・ヴュー・モーテルへ行っているあいだに届いたのだろう。中身を出して目を通すとジレットに関する少年裁判所の記録だった。昨晩ジレットがCCUを脱走したときに依頼したものである。ビショップは書類をデスクに置いて、埃だらけの壁時計を見やった。十時三十分。「きょうはここまでにしよう」

シェルトンは妻の話題を口にはしなかったが、ビショップは相棒の家に帰りたいという気持ちを察していた。身体つきの立派な刑事はパートナーに軽くうなずいてみせた。「またあした、フランク」ノーランには笑顔を向けた。ジレットには声もかけず、挨拶のしぐさもなかった。

ビショップはジレットに言った。「ここでもうひと晩をすごす気にはならない。家に帰るから一緒に来てもらおう」

それを聞いたパトリシア・ノーランがハッカーのほうを向き、さりげなく言った。「ホテルにも部屋があるわよ。会社がスイートをとってくれてるの。来たければどうぞ。ミニバーにお酒もそろってるし」

刑事はくすりと笑った。「今回の事件で、こっちは失業へまっしぐらだ。彼と離れるのは得策じゃない。あくまで受刑者なんでね」

ノーランはあっさり引き下がった――ジレットをロマンスの対象にするのは無理だと気づきはじめたのだろう。彼女はハンドバッグとフロッピーディスクの束、それにラップトップを抱えるとオフィスを出ていった。

ふたりで外に出るときになって、ジレットがビショップに言った。「ちょっと寄り道をしてもらえないか？」

「寄り道？」

「買いたいものがあるんだ」とジレットは答えた。「あの、それと――二、三ドル貸してくれないか？」

00011100／28

「着いた」とビショップが言った。

ふたりが乗った車はランチハウスの前に止まった。家そのものは小さいが、草木に覆われた庭は半エーカーほどもあり、シリコン・ヴァレーのこの地域にしては広い敷地ということになる。

ジレットが町の名を訊ねると、ビショップはマウンテン・ヴューと答えていわく、「もっとも山はひとつも見えないが。見えるものといったら、あそこに置いてある隣りの家のダッジと、あと天気のいい日には、モフェット・フィールドのでかい格納庫だな」と北の方角、ハイウェイ一〇一号線を流れる車の光のその先を指さした。

ふたりは曲がりくねった小道を歩いた。ひどくひび割れたり、反ったりしている箇所がある。ビショップは言った。「足もとに気をつけろ。時間をつくって補修しようと思ってはいるんだれ」

が。サンアンドレアス断層のせいなんだ。三マイルほどあっちの。ああ、悪いが靴を拭いてく

ビショップは扉の錠をあけると、ハッカーを招き入れた。

フランク・ビショップの妻のジェニーは三十代後半の小柄な女性だった。造作のはっきりしない顔は美人とは言えないが、健康的である。ビショップがスプレーで固めた髪、もみあげに半袖の白いシャツと、まるで一九五〇年代からやってきたタイムトラベラーを思わせるのに対して、妻は現代の主婦そのものだった。フレンチ・ブレードにしたロングヘアにジーンズ、ブランド物のワークシャツ。ひきしまった身体はアスリート風だったが、目下刑務所を出て、小麦色のカリフォルニア人たちに囲まれているジレットの目にはむしろ青白く映った。

ジェニーは重罪犯を連れ帰ってきた夫に嫌がるそぶりも、驚いた顔すら見せなかった。おそらく客人のことはまえもって電話で知らされていたのだろう、とジレットは思った。

「食事はすんだの？」とジェニーが訊ねた。

「まだだ」とビショップ。

ジレットは紙袋を掲げて見せた。ＣＵから帰る途中に買った品がはいっている。「ぼくはこれで充分」

ジレットから臆せず紙袋を取りあげた彼女はなかを覗いて笑った。「夕食にポップターツなんてだめよ。ちゃんとしたものを食べないと」

「いや、ほんとにこれで――」ジレットは顔には笑みを浮かべ、心には悲しみを秘めて、キッ

チンに消えていくポップターツを目で追った。

〝せっかく手に入れたのに……〟

ビショップは靴紐を解き、室内用のモカシンに履きかえた。ハッカーのほうも靴を脱ぎ、靴下のままリビングルームにはいった。

その部屋を見まわすうち、ジレットは子供のころ住んでいた家を思いだしていた。取り換える時期がきている、床いっぱいに敷かれた白いカーペット。JCペニーかシアーズで購入した家具。高価なテレビに安物のステレオ。縁がすり減っているダイニングテーブルは折りたたまれ、今夜はデスク代わりになっている。請求書の支払日だったのだろう。宛先の書かれた封筒十通ほどが几帳面に並べられている。パシフィック・ベル、マーヴィンズ、マスターカード、ビザ。

ジレットは、マントルピースの上に林立する額入りの写真に目をやった。四、五ダースはある。壁にもテーブルにも書棚にも写真が飾られていた。結婚式の写真に若きフランク・ビショップが写っている。いまとまったく変わらない。もみあげとヘアスプレーで固めた髪までも(タキシードのジャケットの下に覗く白いシャツは、カマーバンドできっちりと押さえられていたが)。

ビショップは写真に見入っているジレットに気がついた。「ジェニーに言わせると、うちは〝額縁の世界〟だそうだ。このブロックの家二軒ぶんの写真を全部合わせても、うちのほうが多い」ビショップは家の奥に顎をしゃくった。「ベッドルームやバスルームにもっと置いてある。あんたがいま見てるのは——父と母だ」

「親父さんも警官(コップ)？ あ、コップって呼んでよかったのか？」

「そっちはハッカーと呼ばれるのが嫌いか？」

ジレットは肩をすくめた。「いいや、ぴったりだ」

「〝コップ〟も同じだ。親父は警官じゃなくて、オークランドで印刷会社をやっていた。〈ビショップ・アンド・サンズ〉っていう。〝息子(サンズ)〟のほうは正確とは言えない。姉ふたりが参加して男兄弟のほとんどと一緒になって経営してる」

「ふたり？」ジレットは眉をひそめた。「ほとんど？」

ビショップは笑った。「九人兄弟の八番目なんだ。男が五人に女が四人」

「大家族だな」

「甥と姪が全部で二十九人いる」刑事は誇らしげに言った。

ジレットは痩身の男性を撮影した写真を見た。ビショップと同じようにだぶだぶのシャツを着ている。その後ろには平屋の建物。入口に〈ビショップ&サンズ 印刷と植字〉という看板がかかっている。

「仕事を継ぎたくなかったのか？」

「家族経営っていうのはいい考えだと思ってる」ビショップはその写真を手に取った。「家族はこの世でいちばん大切なものだ。でも、おれは印刷屋には向いてない。だって退屈だろう。警官っていうのは、そう……なんて言ったらいいか。限りないとでも言うか。毎日が新しいことの連続だ。犯罪者の心が読めたと思ったその瞬間、それまでとまったく別の見方がぱっと拓けてくる」

そばに人の気配がした。ふたりは振り返った。

「誰かと思えば」とビショップが言った。

八歳くらいの少年が廊下からリビングルームを覗いていた。

「はいってこい、坊主」

細かい恐竜柄のパジャマを着た少年がはいってきて、ジレットを見あげた。

「ミスター・ジレットに挨拶をするんだ。こいつは息子のブランドン」

「こんばんは」

「やあ、ブランドン」ジレットは言った。「夜更かしなんだな」

「パパにおやすみを言いたかったんだ。あんまり遅くならない日は、待っててもいいって」

「ミスター・ジレットはコンピュータのソフトウェアを書いてる」

「スクリプトを書いてるの？」少年は目を輝かせて訊ねた。

「そうさ」ソフトウェアを指すプログラマー用語が少年の口をついて出たことがおかしくて、ジレットは笑いながら答えた。

ブランドンが言った。「ぼくたちも学校のコンピュータ室でプログラムを書いてるよ。先週やったのは、画面上でボールを飛びまわらせるやつ」

「おもしろそうだね」とジレット。少年の丸い目が生き生きしている。顔立ちは母親そっくりだ。

「ううん」とブランドンは言った。「ぜんぜんつまんない。QBASICを使わなくちゃいけなかったから。ぼくはOOPをおぼえようと思ってるのに」

オブジェクト指向(オリエンテッド)プログラミング——複雑なC++言語を実践的に用いた最近流行のプログラミング手法だ。

少年は肩をすくめた。「それとネット用にJavaとHTMLも。でも、みんながそれをわかってなくちゃだめなんだよ」

「大きくなったらコンピュータの仕事をしたいんだ」

「ううん、プロの野球選手になるんだ。OOPはただ知っておきたいだけ。だって、いまはそれが常識でしょ」

BASICに飽きてしまい、プログラミングの最先端に目を向けている小学生がここにいる。

「おまえのコンピュータをミスター・ジレットに見てもらったらどうだ？」

「トゥームレイダーはやってる？」と少年が訊いた。「それか、アースワーム・ジムは？」

「ゲームはあんまりしないんだ」

「見せてあげるよ。来て」

ジレットは少年のあとについて、本や玩具、スポーツ用具、洋服が散らかっている部屋にはいった。ベッド脇のテーブルに『ハリー・ポッター』が数巻、その隣りにはゲームボーイ、イン・シンクのCDが二枚とフロッピーディスクが十数枚。まさにいまどきの子の部屋だ、とジレットは思った。

部屋の中央にＩＢＭ互換機とソフトウェアのマニュアルが何十冊も置いてあった。ブランドンは腰をおろすと光速でキーを打ち、マシンを起動させてゲームをロードした。ジレットは自分がブランドンぐらいの年齢のときのことを思いだした。当時、最新技術の粋を集めたパーソナル・コンピュータといえばトラッシュ－80だった。〈レイディオ・シャック〉で父親からなんでも好きなものを買ってやると言われて選んだのである。その小さなコンピュータには胸を躍らせたものだが、いま目の前にある通信販売のマシンと較べれば、原始的な玩具と言わざるをえない。当時――そんな昔のことじゃない――いまブランドン・ビショップがタイトなグリーンのトップを身につけた美女を操り、銃を片手に洞穴のなかを歩かせているマシンほど高性能なものを持っていたのは、世界でもほんの一握りだった。

「やってみたい？」

しかし画面を見ていると、あのおぞましいゲーム〈アクセス〉と、〈フェイト〉が送りつけてきた殺害された女性のデジタル写真が頭をかすめる（名前はララ。ブランドンのゲームに登場しているヒロインと同じ名前だ）。いまは二次元の世界でも暴力にはかかわりたくない。

「あとにするよ」

ジレットは夢中になって画面の動きを追う少年の瞳を見つめていた。すると刑事が入口から顔を覗かせた。「消灯だ」

「パパ、見て。ここまで来たんだ！　あと五分」

「だめだ。寝る時間だ」

「もう、パパ……」

ビショップは息子が歯磨きをすませ、宿題を鞄に入れたのを確かめた。息子におやすみのキスをするとコンピュータの電源を切り、頭上の明かりを消した。『スター・ウォーズ』の宇宙船を模した常夜灯だけが光っている。

彼はジレットに言った「こっちへ。荒地を見せてやる」

「何を？」

「来ればわかる」

ビショップはジレットを連れ、ジェニーがサンドウィッチをつくっているキッチンを抜けて裏口から外へ出た。

ポーチに出たところで、ハッカーは眼前に広がる光景に思わず足を止めた。そして声をたてて笑った。

「ああ、おれは農夫だ」とビショップは言った。

裏庭いっぱいに何列もの――全部で五十本はあるだろう――果樹。

「十八年まえ――ちょうどヴァレーに人が集まりはじめたころ、ここに越してきた。借金してふた区画買った。こちら側はもともと農園でね。そこにあるのはアプリコットとチェリーだ」

「これをどうするんだい、売るのか？」

「ほとんどは人にやってしまう。クリスマスには、プリザーブか乾燥させたのを知り合いに分ける。とくに親しいむきには、ブランデーにつけたチェリーを差し上げる」

ジレットはスプリンクラーと霜よけ用のいぶし器をじっくりと眺めた。「かなり本格的だ」

「おかげで狂わずにいられる。家に帰ってきたら、ジェニーとふたりでここで樹の世話をする。そうしてると、昼間にあった嫌なことを全部、心から締め出すことができる」

ふたりは木々の間を歩いた。プラスティック製のパイプとホースが張りめぐらされているのは、警官流の灌漑システムだった。ジレットは顎をしゃくった。「知ってるかい、水で動くコンピュータがつくれるんだ」

「本当か？ ああ、水の流れでタービンをまわして電気を作るってことか」

「ちがう。ワイアを流れる電気じゃなく、パイプのなかの水をバルブを使って流したり止めたりする。コンピュータってそういうものなんだ。流れをオンにしたりオフにしたり」

「そうなのか？」とビショップは訊ねた。本気で興味をもった様子だった。

「コンピュータのプロセッサーっていうのは小さなスイッチの集まりで、それが微弱な電気を通したり遮ったりしてる。コンピュータで見る写真とか音楽、映画、ワードプロセッサー、表計算、ブラウザ、サーチエンジン、インターネット、数値演算、ウィルス……コンピュータがやることはどれもこれも、煎じ詰めればそういうこと。魔法でもなんでもない。小さなスイッチを入れたり切ったりしてるだけなんだ」

ビショップはうなずき、訳知り顔をジレットに向けた。「ただし、本音の部分ではそう考えてない」

「どういう意味だ？」

「コンピュータはまさしく魔法だって思ってるんじゃないのか」

間をおいて、ジレットは笑った。「ああ、そのとおりだ」

男たちはポーチに立って、つややかな果樹の枝ごしに庭を眺めていた。やがて夕食を知らせるジェニー・ビショップの声が聞こえて、ふたりはキッチンに戻った。

「私はもう休むわ。あしたは忙しいの。会えてうれしかった、ワイアット」そう言ってジェニーはジレットの手をしっかりと握った。

「泊めてくれてありがとう。感謝します」

夫に向かって、「あした十一時に予約したから」

「一緒に行こうか？　きみがそうしてほしいなら行く。二、三時間ならボブに任せておけるし」

「いいのよ。あなたも手がいっぱいでしょ。私なら大丈夫。ウィリストン先生が何かおっしゃったら、病院から電話するけど、そんなことにはならないわ」

「携帯を持ってるから」

ジェニーは寝室に向かいかけたが、深刻な面持ちで戻ってきた。「そうそう、あしたやってもらわなくちゃいけないことがあったわ」

「なんだい、ハニー？」刑事が心配そうに言った。

「フーヴァーよ」彼女は部屋の隅に置いてある掃除機を顎で指した。フロントパネルが取り外され、脇から埃まみれのホースが垂れている。その横の新聞紙の上に部品が載っていた。「修理に出して」

「直しておく」とビショップは言った。「モーターにゴミでも詰まってるんだろう」

「もう一カ月になるのよ。業者に頼んだほうがいいわ」と彼女は口を尖らせた。

ビショップはジレットのほうを向いた。「掃除機には詳しいか？」

「いや、残念ながら」

刑事は横目で妻を見ると、「あすにはなんとかする。それか、あさってには」

仕方ないわねと言いたげな笑み。「修理屋さんの住所は、あそこの黄色いラベルに書いてあるわ。いい？」

夫は妻にキスをした。「おやすみ」ジェニーは廊下に姿を消した。

ビショップは立ちあがると、冷蔵庫のほうへ行った。「囚人にビールを飲ませても、これ以上面倒なことにはならないだろう」

ジレットは首を振った。「ありがとう、でもやめておく」

「いいのか？」

「ハッカーの決まりごとのひとつでね。眠くなるものは飲まないのさ。そのうちハッキングのニュースグループに行ってみるといい――alt.hack とかに。投稿の半分はパック・ベルの交換機を止めたり、ホワイトハウスにクラックする話だけど、あとの半分は最近のソフトドリンクに含まれているカフェインの話だ」

ビショップはひとりでバドワイザーを注いだ。ジレットの腕をちらりと見た。カモメとヤシの木のタトゥーがはいっている。「正直言って不細工だな。とくに鳥が。なんでそんなものを入れた？」

「大学のころ――バークレーでね。三十六時間ぶっとおしでハッキングをやって、そのあとパーティに行ったんだ」

「それで？ ついけしかけられてやったのか？」

「ちがう。寝ちゃって、目が覚めたらこうなってた。誰にやられたのかもわからない」

「海兵隊あがりにみえる」

ハッカーはジェニーがいなくなったのを確かめると、ポップターツが置いてあるカウンターへ行った。彼は袋を開けてペストリーを四つ取り出し、ビショップにもひとつ勧めた。

「おれはいい、ありがとう」

「ローストビーフもらうよ」ジレットはそう言って、ジェニーがつくったサンドウィッチに顎をしゃくった。「ただちょっと、塀のなかでこれを夢見ててね。ハッカーの食事にもってこいなんだ――糖分がたっぷりだし、箱ごと買えて腐らない」彼は一気にふたつを頬張った。「たぶんビタミンもあれこれはいってる。よく知らないけど。ハッキングをやってるときはこういうのが欠かせなかった。ポップターツとかピッツァとかマウンテン・デューとかジョルト・コーラとか」一瞬口を閉じ、そして声を落として訊ねた。「奥さん、具合が悪いのか？ さっき言ってた予約っていうのは？」

ビールを持ちあげ、ひと口啜る刑事の手に、かすかなためらいが見てとれた。「たいしたことじゃない……ちょっと検査を受けるだけだ」それから話をそらそうとするかのように、「ブランドンを見てくる」

数分後にビショップが戻ってくると、ジレットは空になったポップターツの箱を持ちあげた。

「あんたのぶんはもうない」

「かまわんさ」ビショップは笑いながら、ふたたび腰をおろした。

「息子さんはどうだった？」

「ぐっすり眠ってる。奥さんとの間に子供は？」

「いない。結婚したころは、ふたりとも欲しくなかったんだ……いや、おれが。本気で欲しくなったときには刑務所に入れられてた。そのあと離婚したんだ」

「子供は好きなのか？」

「ああ、まあね」ジレットは肩をすくめ、手についたペストリーのくずをナプキンの上に払い落とした。「兄貴んとこにはふたりいる。男と女がひとりずつ。一緒にいると楽しいね」

「兄貴？」

「リッキーっていうんだ」とジレットは言った。「モンタナに住んでる。信じないかもしれないけど、森林警備隊にいる。兄貴と嫁さんのキャロルは、でかい家を持ってる。ログ・キャビン風の大きいやつをね」彼は裏庭のほうを顎で指した。「兄貴んとこの野菜畑を見たら、あんたもびっくりするだろうな。義姉(ねえ)さんは野菜を育てるのが上手でさ」

ビショップはテーブルに視線を落とした。「あんたのファイルは読んだ」

「おれのファイル？」

「少年裁判所のファイル。あんたがシュレッダーにかけるのを忘れたやつだ」

ハッカーはゆっくりとナプキンを丸めて、またそれを広げた。「非公開になってると思ってた」

「一般には。だが警察はちがう」

「なんでそんなことをした？」ジレットは静かに訊ねた。

「CCUから抜け出したからだ。逃走したのがわかって、コピーを送ってもらうよう手配した。追跡するのに役立つ情報がないかと思ってね」刑事は落ち着きはらった声で先をつづけた。「ソーシャルワーカーからの報告書もある。家庭環境について。いや、家庭環境の欠如について……。教えてくれ——なぜまわりに嘘をつく？」

ジレットは押し黙った。

なぜ嘘をつく？

嘘をつけるからつく。

ブルー・ノーウェアにいれば、なんでも望むものになれるし、真実を話さなくても誰にもわからない。適当なチャット・ルームを覗いて言えばいい。サニーヴェイルだかメンロー・パークだかウォルナット・クリークだかの豪邸に住んでて、父親は弁護士だか医者だかパイロット、母親はデザイナーだか花屋だかの経営で、兄貴のリックは陸上競技の州チャンピオン。話はまだふくらんで、父とふたりでアルテア・コンピュータをキットから組み立てたとき、父が帰宅してからの時間をあてて六日間で完成させて、それがきっかけでコンピュータに夢中になった。すごいやつ……

さらに話はつづいて、悲しいことに母親が心臓発作で急死したけれど、父親との関係は実にうまくいっている。むこうは石油エンジニアとして世界中を旅しているが、休暇になるとかならず帰国して自分と兄貴に会いにくる。在宅のときは、毎週日曜日にこちらから足を運び、父親とそのとても素敵な新しい奥さんと夕食のテーブルを囲む。ときには父の隠れ家にふたりしてこもり、スクリプトをデバッグしたり、ＭＵＤゲームに興じたりする。

するとどうなると思う？

みんな話を信じるさ。それはブルー・ノーウェアで人が基準にするのは、感覚がなくなるまで指が打ち込んだバイト数に尽きるからだ。

すべてが嘘でも、誰にも見抜けない。

本当は離婚した母親とふたり暮らしで、その母親が一週間のうち三日か四日は夜遅くまで働き、そのほかは〃お友達〃——つねに男性——と出かけていたとしても誰にも見抜けない。そして自分が十八歳のとき、母親が心臓ではなく、肝臓と精神をほぼ同時にやられてくたばったのだとしても。

怪しげな商売をやっていた親父が、息子が小学三年生になったその日に、まるで運命づけられていたかのように母親と自分を捨てて出ていっていたとしても、誰にも見抜けない。

そしてシリコン・ヴァレーの最もさびれた地域でバンガローやトレーラーハウスを転々としていたとしても、たったひとつの宝物が安物のコンピュータだったとしても、請求書のなかで唯一期限内に支払われたのが電話代——悲しみと孤独で発狂しそうになるのを防いでくれた存在、つまりブルー・ノーウェアに接続できるように、新聞配達をして稼いだ金で支払っていた——だけだったとしても。

オーケイ、ビショップ、あんたはおれのことを知った。父親はいない、兄弟もいない。いるのは酒浸りで手前勝手な母親。そして、おれ——ワイアット・エドワード・ジレット。仲間といえばトラッシュ－80、アップル、ケイプロ、PC、東芝、サンSPARCステーション……

ようやくジレットは顔を上げると、かつて経験のない——妻にさえしていなかったこと——をした。人間相手に自分のすべてを語ったのである。フランク・ビショップは身じろぎもせず、ジレットの暗く虚ろな表情をじっと見つめていた。ハッカーが語り終えると、ビショップは言った。「子供時代をすべてソーシャル・エンジニアしていたのか」

「そう」

「親父が出ていったのは、おれが八歳のときだった」とジレットは言いながらコーラの缶を両手で包み、キーを叩くように胼胝のできた指先を冷たい金属に打ちつけた。I－W－A－S－E－I－G－H－T－W－H－E－N（おれが八歳のとき）……「親父は元空軍でね。ずっとトラヴィスに配属されて、除隊したあともそのあたりに残った。というか、ときどきそのあたりにいた。たいていは兵隊仲間とどっかに出かけたり……まあ、帰ってこない夜にどこへいってたかは、だいたい察しがつくだろうけど。親父が出ていった日っていうのは、たった一度だけ生まれて初めて親父とまじめに話をした日なんだ。おふくろは家にいなかった。親父はおれの部屋にはいってきて、買い物に行くからつき合わないかって言ったんだ。どう考えてもおかしな話さ、それまで一緒に何かをしたなんてことはなかったんだから」

ジレットは息をつき、気を落ち着けようとした。指が無言の激情をソーダ缶に打ちつけている。

P–E–A–C–E　O–F　M–I–N–D（心の平安）……P–E–A–C–E　O–F　M–I–N–D……

「住んでいたのはバーリンゲイム、飛行場の近くで、親父とおれは車に乗って地元のストリップ・モールまで行った。親父はドラッグストアで買い物をしてから、鉄道の駅の隣りにあるダイナーにおれを連れていった。料理がきてもおれは気が気じゃなくて、ひと口も食べられないんだけど、親父は気づきやしない。突然フォークを置くと、おれの顔を見て、おふくろと一緒にいるとどんなに不幸か、どうして家を出なければならないのかを話しはじめた。その言い種は憶えてる。こう言ったんだ。心の平安が危険にさらされている、自己の成長のためには移動しつづける必要がある、とね」

P–E–A–C–E　O–F……

ビショップは頭を振った。「親父さん、まるで酒飲み仲間に話してるみたいじゃないか。幼い少年や息子相手にすることじゃない。ひどいもんだ」

「それから、出ていくことを決めるまではつらかった、だがそれが正しい行動なんだと言って、父親のために喜んでくれるかっておれに訊いた」

「そんなことを訊いたのか？」

ジレットはうなずいた。「なんて答えたかは憶えてない。そのあとレストランを出て通りを歩いたんだけど、たぶんおれが沈んでるのに気づいたんだろうな、近くの店を見て、『どうだこの店でなんでも好きなものを買ってやる』って言ったんだ」

「残念賞か」

ジレットは笑ってうなずいた。「そのものずばりだね。で、店が〈レイディオ・シャック〉だった。店にはいるとおれはその場に立って、あたりを見まわした。何も目にはいらなかった。とても悲しかったし混乱してたし、涙をこらえるので必死だった。だから最初に目についたものを選んだ。トラッシュ－80を」

「なんだって？」

「TRS－80。初期のパーソナル・コンピュータ」

A－N－Y－T－H－I－N－G Y－O－U W－A－N－T（なんでも好きなものを）

……

「おれはそいつを家に持ち帰って、その晩からいじりはじめた。そのうちおふくろが帰ってきて、親父と大喧嘩。親父は出てって、それきりだ」

T－H－E B－L－U－E N－O－（ブルー・ノー）

指を軽く動かしながら、ジレットはふと笑みを浮かべた。「おれが書いた記事は？　〈青い虚空〉？」

「憶えてる」とビショップは言った。「サイバースペースのことだったな」

「ほかにも意味があるんだ」ジレットはゆっくりと言った。

Ｎ－Ｏ－Ｗ－Ｈ－Ｅ－Ｒ－Ｅ．（ノーウェア。）

「どんな？」

「親父が空軍にいたからさ。こっちがまだ小さかったころ、よく軍の仲間を家に連れてきて、酔っ払っては大声で〈ワイルド・ブルー・ヨンダー〉っていう空軍の歌を何度もうたってた。それが親父が出てってから、こっちの頭のなかで鳴りっぱなしでさ、ただ親父がいなくなったから、くりかえし、くりかえし〝ヨンダー〟が〝ノーウェア〟に変わって。〈ワイルド・ブルー・ノーウェア〉になったけど。親父はもうどこにもいないって」ジレットはぐっと唾を呑みこむと顔を上げた。「まったくばかな話だろ？」

だがフランク・ビショップは、ばかげたところなどひとつもないという顔をしていた。根っから家庭的な男を感じさせる、思いやりのこもった声でフランクは訊いた。「これまでに親父さんから連絡は？　あるいは消息を聞いたことは？」

「いや。何もわからない」ジレットは笑った。「ときどき追跡してみようかと思うことがある」

「ネットで人を探し出すのは得意じゃないか」

ジレットは沈黙した。ようやく口を開くと、「でも、やろうとは思わない」

指が猛烈な勢いで動いている。胼胝ができた指先には感覚がなく、叩いているソーダ缶の冷たさを感じることはない。

O-F-F W-E G-O-I-N-T-O T-H-E（いざ行かん）

「ずいぶんましになってる——九歳だか十歳のときプログラミング言語のBASICをおぼえて、それ以来何時間もかけてプログラムを書くようになった。最初のころはコンピュータにしゃべらせようと思って。〝こんにちは〟とキーを打つと、コンピュータが〝やあ、ワイアット。調子はどうだい？〟って答える。で、〝いいよ〟と打つと、〝きょうは学校で何をしたんだ？〟って言う。本当の父親が訊きそうなことをマシンにしゃべらせようとしたんだ」

A-N-Y-T-H-I-N-G Y-O-U W-A-N-T……

「判事宛てに父親が出したことになっているeメール、モンタナで一緒に暮らそうと書いてある兄貴からのファクス、非の打ちどころのない家庭環境で育ったとか理想的な父親がいるっていう心理学者の報告書？……全部おれが自分で書いたのさ」

「悪かったな」とビショップは言った。

ジレットは肩をすくめた。「なあ、おれはこうやって生きてる。たいしたことじゃない」

「そんなこともないだろう」とビショップは穏やかに言った。

それからしばらくのあいだ、ふたりは何も言わず座っていた。おもむろに刑事が立ちあがり、食器を洗いはじめた。ジレットがそれにつづいて、ふたりはとりとめのない話——ビショップの果樹園、サンホーでの日々——をした。食器を拭き終えるとビショップはビールを飲み干し、それとなくジレットを見た。「彼女に電話をしたらどうだ？」

「電話？　誰に？」

「奥さんだ」

「もう遅い」

「だったら起こせばいい。切ったりはしないだろう。どう転んでも失うものが多いとは思えない」ビショップは電話をハッカーに押しつけた。

「なんて言えばいい？」彼は心もとなげに受話器を取った。

「自分で考えろ」

「そんなこと言われても……」

警官が言った。「番号はわかるのか？」

ジレットは記憶を頼りにダイアルした——一気に、気が挫けてしまわないうちに——そして考えた。もし弟が電話に出たら？　もし母親が出たら？　もし——

「もしもし」

「もしもし？」とエラナがくりかえした。

喉が詰まった。

「ぼくだ」

間があいた。時計を確認しているのだ。しかし時間が遅いことについては何も言われなかった。

どうしてむこうは何も言わないのか。

どうしておれは？

「声が聞きたかっただけなんだ。モデムはわかったかい？　郵便受けに入れておいたんだけど」

すぐには返事がなかった。しばらくして彼女が言った。「もうベッドのなかなの」

胸が締めつけられる。ベッドにひとりでいるのか。隣りにエドがいるのか。両親の家で？

だが彼は嫉妬心を抑えて静かに訊ねた。「起こしてしまったかい？」

「何の用、ワイアット？」

ジレットはビショップに目をやったが、刑事はもどかしげに眉を寄せて見返すばかりだった。

「あの……」

エレーナが言った。「もう寝るから」

「あした電話をしてもいいかい？」

「家にはしてほしくない。きのうの晩、クリスチャンが見てたの。快く思ってないわ」

彼女の二十二歳になる弟はマーケティング専攻の優秀な学生で、ギリシャの漁師のような激しい気質を具えている。彼は裁判のとき、ジレットに向かってものすごい剣幕で叩きのめしてやると言ったのだ。

「だったら、ひとりのときにきみから電話してくれるかい。きのう渡した番号にかけてくれればいい」

沈黙。

「持ってる?」ジレットは訊ねた。「番号は?」

「持ってるわ」そして、「おやすみなさい」

「あの件で弁護士に電話をするのを忘れないでくれ――」

電話の切れる小さな音がした。ジレットも受話器を置いた。

「あまりうまくいかなかった」

「でも、すぐに切られたわけじゃない。それだけでも意味がある」ビショップはビールのボトルをリサイクル用の箱に入れた。「遅くまで働くのは嫌いなんだ――ビールなしの夕飯は耐えられないが、飲むと夜中に何度か小便に起きなきゃならない。歳をとった証拠だな。さあ、あすも大変な一日になる。すこし寝ておくか」

ジレットが訊ねた。「手錠でつなぐつもりか?」

「たとえハッカーでも、二日で二度の逃亡は礼儀にもとる。腕輪はなしにしよう。客用の寝室はあっちだ。タオルと新しい歯ブラシはバスルームにある」

「ありがとう」

「六時十五分には起きるぞ」刑事は薄暗い廊下を歩いていった。

ジレットの耳に床板が軋む音と、パイプを流れる水の音が聞こえてきた。そして扉が閉まる音。

ジレットはひとりになった。夜更けに他人の家で部厚い静寂につつまれている。指が無意識のうちに、見えないマシンに向かっていくつものメッセージを打ち込んでいた。

しかしビショップがジレットを起こしたのは六時十五分ではなかった。時刻は五時をすこしまわったところだった。

「クリスマスだ」天井の明かりをつけ、刑事は言った。ブラウンのパジャマを着ている。「プレゼントが届いた」

ジレットはほとんどのハッカーがそうであるように、睡眠はインフルエンザと同様避けるべきものと考えていた。だがすっきりとは目が覚めなかった。目を閉じたままつぶやいた。「プレゼント？」

「五分まえ〈トリプル－X〉から携帯に連絡があった。〈フェイト〉の本当のメールアドレスを教えてくれた。deathknell@mol.com だ」

「MOL？　聞いたことのないプロバイダーだな」ジレットは転がるようにベッドを出ると、身体のふらつきと格闘した。

ビショップがつづけた。「チーム全員に連絡を入れた。みんなオフィスに向かってる」

「ということは、おれたちも？」とハッカーは眠そうな声で訊いた。

「おれたちもだ」

二十分でシャワーを浴びて服を着た。キッチンでジェニーがコーヒーを用意していたが、ふたりとも食事はとらなかった。一刻も早くCCUのオフィスに着きたかったのである。ビショップは妻にキスした。そして妻の両手を自分の手で包んで言った。「あの予約のことだが……言ってくれさえすれば、十五分で病院に行くから」

ジェニーは夫の額にキスをした。「検査をいくつか受けるだけよ」

「いや、ちがう、聞いてくれ」夫は真顔で言った。「必要ならいつでも行く」

「あなたが必要になったら」と妻は応じた。「電話する。約束するわ」

男たちが玄関に向かうと、突然キッチンに唸るような音が響いた。ジェニー・ビショップが絨毯の上で、元どおりに組み立てられたフーヴァーを転がしていた。スイッチを切ると、夫に抱きついた。

「ちゃんと直ってるじゃない」ジェニーが言った。「ありがとう、あなた」

ビショップは戸惑って顔をしかめた。「いや――」

すかさずジレットが口を挟んだ。「これで睡眠時間が半分に減ったんじゃないのかい」

「しかも後片付けまでしてくれて」ジェニー・ビショップがからかうような笑みを浮かべた。

「ほとんど奇跡ね」

「その――」ビショップが言いかけた。

「急いだほうがいい」ジレットがさえぎる。

ジェニーはふたりを送り出すと、甦った掃除機に愛おしげな視線を送りながら、ブランドンの朝食の用意に取りかかった。

外に出たビショップは小さな声でハッカーに訊ねた。「で？　睡眠時間が半分に減ったのか？」

「掃除機を直して？」とジレットは言った。「まさか、ほんの十分さ。道具があれば五分でできた。探したんだけど、使えるものがディナーナイフとクルミ割りしかなかった」

刑事は言った。「掃除機のことを知ってるとは思わなかった」

「知らなかった。だけどなんで動かないか興味があったんだ。いまはもう掃除機のことなら完璧だ」ジレットは車に乗りこむと、ビショップに顔を向けた。「よければ、またセブン－イレブンに寄ってもらえないかな？　途中にあればだけど」

00011101／29

しかし、〈トリプル－X〉からビショップへの電話で情報を得たにもかかわらず、〈フェイト〉――新たなる隠れ蓑は〈デスネル〉――には依然として手が届かなかった。

ジレットはコンピュータ犯罪課に着くとすぐにハイパー・サーチをブートして、MOL.comを検索した。するとこのインターネット・サービス・プロバイダーの正式名称は、モンタレー・インターネット・オン－ラインであるとわかった。本社はカリフォルニア州パシフィック・グローヴ、サンノゼの百マイルほど南になる。だがサリナスにあるパシフィック・ベルのセキュリティ部門に連絡して、ＭＯＬから〈フェイト〉のコンピュータへの通信を調べさせようとしたところ、モンタレー・インターネット・オン－ラインなどという会社は実在せず、サーバーの地理上の位置はシンガポールであることが判明した。

「まあ、頭がいいわね」疲労困憊した様子のパトリシア・ノーランが、スターバックスのコーヒーを啜りながらつぶやいた。パトリシアの朝の声は低く男のようだ。ジレットの隣りに座る彼女はいつものように、締まりのないセータードレスをだらしなく着ていた——きょうの色はグリーン。早起きは苦手らしく、顔にかかる髪を払おうともしない。

「わからない」シェルトンが言った。「頭がいいって何が？　いったいどういうことだ？」

ジレットが言った。「〈フェイト〉は自分のインターネット・プロバイダーを創ったのさ。利用者は自分だけ。いや、たぶん〈ショーン〉もだな。しかも接続しているサーバーはシンガポールにある——彼らのマシンまでトレースするのは無理だ」

「ケイマン諸島の幽霊会社みたいなものか」とフランク・ビショップは言った。ブルー・ノーウェアに関する知識は浅くとも、リアル・ワールドの適切な比喩を操るのは得意である。

「でも」ジレットはチームの面々の落胆した顔を見ながらつづけた。「このアドレスは変わらず重要だ」

「どうして？」とビショップが訊いた。

「やつにラブレターを送ることができるからさ」

リンダ・サンチェスはダンキンドーナツの袋を手に正面入口からＣＣＵにはいった。目は赤く充血して、足取りも重い。タン色のスーツジャケットのボタンを掛けちがえていることに気づいたが、直しもせずにドーナツを皿に盛った。

「家系図に新しい枝ができたのか？」ビショップは訊いた。

リンダは首を振った。「だからこうなったのよ――ホラー映画のせいで。私のおばあちゃんがね、幽霊話をするとお産が早まるって言ったんだけど。そんな話、聞いたことがある、ボス？」

「初耳だ」

「とにかく、ホラー映画でも同じだろうってことになったの。それで、『スクリーム』を借りてきたんだけど、わかる？　何が起こったか？　娘と旦那はカウチで眠っちゃったんだけど、私は映画があんまり怖くて眠れなくなっちゃって。一晩中起きてたのよ」

リンダはコーヒー・ルームに消え、ポットを持って出てきた。

ワイアット・ジレットは喜んでその朝二杯目のコーヒーをもらったが、朝食に関してはポップターツにこだわった。

スティーヴン・ミラーは数分遅れで現われ、トニー・モットが後につづいた。自転車通勤で汗をかいている。

ジレットは残りのメンバーに、〈トリプル-X〉が〈フェイト〉の本当のメールアドレスを知らせてきたこと、〈フェイト〉にメッセージを送ろうと計画していることを説明した。

「なんて書くつもり？」とノーランが訊いた。

「〈フェイト〉」ジレットは言った。「元気ですか。ごぶさたしてますが、親愛なる死体の写真を送ります」

「なんだって？」とミラーが言った。

ジレットはビショップに訊ねた。「犯罪現場の写真は手にはいるかい？　死体の写真は？」

「たぶん」刑事は答えた。

ジレットはホワイトボードのほうに顎をしゃくった。「やつが以前写真を交換していたブルガリアのハッカーのふりをする。〈ヴラスト〉だ。で、やつ宛てに写真をアップロードする」

ノーランが笑ってうなずいた。「それで、彼は写真と一緒にウィルスを取りこむ。むこうのマシンを乗っ取るわけね」

「そのつもりだ」

「なんで写真を送る必要があるんだ？」とシェルトンが訊いた。衆人環視のブルー・ノーウェアに凄惨な犯罪の証拠を送ることに不安を感じているようだった。

「おれのウィルスはトラップドアほど優秀じゃない。このウィルスでやつのシステムにはいりこむためには、〈フェイト〉が何かアクションを起こさなければならないんだ。添付した写真をやつが開けば、ウィルスが動きはじめる」

ビショップは本部に電話をして、最近起こった殺人事件の犯行現場写真をＣＣＵにファクスさせた。

ジレットはその写真――棍棒で殴り殺された若い女――をちらっと見たが、すぐに目をそらした。スティーヴン・ミラーがその写真をスキャナーにかけ、ｅメールに添付して送れるようにデジタル化した。ミラーは写真に写された恐ろしい犯罪に反応を示さなかったし、スキャニング作業の間も冷静だった。彼は写真のデータがはいったディスクをジレットに渡した。

ビショップが訊いた。「もし〈フェイト〉が〈ヴラスト〉からのeメールを見て、本物かどうかを本人に問い合わせたり、返事を送ったりしたらどうなる？」

「それも考えた。〈ヴラスト〉には別のウィルスを送って、アメリカからのeメールを受け取れないようにする」

ジレットはオンラインに接続して、ロスアラモスの空軍研究所にある自分のキャッシュからツールキットを取り出した。そのなかで必要なもの——ウィルスと自分で書いたeメール匿名化プログラム——をダウンロードして、修正を加えた。もうスティーヴン・ミラーを信用してはいなかった。それからメールブロッカー・ウィルスのコピーをブルガリアの〈ヴラスト〉に、〈フェイト〉には自分と同じバージョンのバックドアｰGを送った。これはよく知られたウィルスで、離れたところから他人のコンピュータを乗っ取るときに使われるものだが、通常は双方が同じコンピュータ・ネットワークに属している必要がある——たとえば同じ会社に勤めている従業員どうしのように。翻ってジレットのバージョンはどのコンピュータに対しても有効で、二台がネットワークで接続されている必要はなかった。

「このマシンにアラート機能を組みこんだ。〈フェイト〉が写真を開けば、おれのウィルスが動きだして、ここで音が鳴る。おれはやつのコンピュータにはいりこんで、やつか〈ショーン〉か……それともつぎの犠牲者につながるものが見つからないかやってみる」

電話が鳴り、ミラーが出た。ミラーはしばらく聞いてからビショップに言った。「あんたにだ。チャーリー・ピットマンから」

コーヒーにミルクを注いでいたビショップは、電話のスピーカーボタンを押した。

「わざわざありがとう、ピットマン巡査」

「どういたしまして、刑事」安物スピーカーのせいで声が歪んでいた。「何かご用ですか？」

「ああ、チャーリー、きみが例のピーター・ファウラーの件を調べていることは承知している。だが、つぎにわれわれが作戦をおこなうときは、きみでも誰でも、事前に郡警察の人間に来てもらって連携のための協議をしなければならないと思っている」

沈黙。そして、「どういうことでしょう？」

「きのうのベイ・ヴュー・モーテルでの作戦の話だ」

「はあ？」小さなスピーカーから困惑した声が聞こえる。

「なんてこった」ボブ・シェルトンが動揺の隠せない目をパートナーに向けた。「やつは何も知らない。あんたが会ったのはピットマンじゃなかったんだ」

「巡査」ビショップは慌てて訊いた。「きみはおとといの晩、サニーヴェイルで私に声をかけなかったか？」

「何か行き違いがあるようですね。私はオレゴンで釣りをしています。一週間の休暇で、あと三日こっちにいます。たまたま伝言を聞くために署に電話したところ、そちらのメッセージがあったので折り返しました。私が知っているのはそれだけです」

トニー・モットはスピーカーのほうに身を乗り出した。「だって、きのう、州警察コンピュータ犯罪課の本部に来たじゃないか？」

「いいえ、行きませんでした。お話ししたとおり、オレゴンで釣りです」

モットはビショップを見た。「きのう、ピットマンって名乗る男が外にいて。ここでミーティングしたって。こっちは深く考えてもみなかった」

「いや、そんな人間はここに来ていない」とミラー。

ビショップはピットマンに訊いた。「巡査、きみの休暇を知らせる回覧がまわったのか？」

「もちろん。いつもそうやってます」

「紙で？　それともｅメールで？」

「最近は何でもｅメールを使います」と巡査は弁解がましく言った。「みなさん、郡は遅れてるって思われてるようですが、そんなことはないんですよ」

ビショップが説明した。「つまり、誰かがきみの名前を騙った。偽の記章とＩＤを使って」

「なんですって？」

「おそらく、われわれが携わっている殺人事件の捜査と関係がある」

「私はどうしたらいいですか？」

「上司に電話して報告を記録に残しておくといい。だが当座は、この件を口外しないでもらえると助かる。こっちが気づいていることを他人に悟られたくないんでね。ｅメールは使わずに電話だけにしてくれ」

「わかりました。さっそく本部に連絡を入れます」

ビショップは叱責するような言い方になってしまったことをピットマンに詫びて、電話を切った。彼はチームの面々を見渡した。「またしても、ソーシャル・エンジニアリングだ」そしてモットに向かって、「きみが見た男の特徴を話してくれ」

「痩せ型、口ひげ。色の濃いレインコートを着ていた」

「われわれがサニーヴェイルで会った男だ。ここで何をしていた？」

「帰るとこだったみたいだけど、実際にオフィスから出てくるのを見たわけじゃない。周囲を嗅ぎまわってたのかもしれない」

ジレットが言った。「〈ショーン〉だ。間違いない」

ビショップは諾うとモットに言った。「ふたりで人相書きを作ろう」そしてミラーに向かって、「アイデンティキットはあるか？」

これは人間の顔の種々雑多な造作を透明なシートに印刷したもので、目撃者が組み合わせて容疑者の顔を再現できるようになっている。つまり、ブリーフケースに収められたこのキットが、絵描きの役を果たしている。

だがリンダ・サンチェスは首を振った。「顔で身元を確認することが少なくて」

ビショップは言った。「車に一セットある。すぐに戻る」

オフィスであるダイニングルームで〈フェイト〉が安らかにキーボードを打っていると、画面にeメールの着信を示すフラッグが立った――個人的なスクリーン・ネーム、〈デスネル〉に宛てられている。

ブルガリアの友人、〈ヴラスト〉からのメールだった。添付ファイルがある。頻繁に殺人写真の交換をした時期もあったが、このところご無沙汰している。友人が何を送ってきたのかと訝しく思った。

ファイルの中身は気になったが、それを見るのは後回しだった。いまはトラップドアを使った最新の狩りに夢中なのである。スーパーコンピュータ時間を借用して一時間かかったパスコードのクラックの後、ついに〈フェイト〉は、ロスアルトスの自宅からそう遠くないコンピュータ・システムのルートを奪った。侵入に時間を要したのは、この特別なコンピュータ・ネットワークのルート・コントロールを掌握した人間には、非常に多くの人々に甚大な危害をあたえることが可能になるからである。

〈フェイト〉はメニューをスクロールした。

スタンフォード－パッカード・メディカル・センター
カリフォルニア州 パロ・アルト

メインメニュー

1 管理部
2 人事部
3 入院

4 患者記録
5 専門各科
6 CMS
7 設備管理
8 タイラー-クレスギ・リハビリテーション・センター
9 救急診療
10 集中治療室

〈フェイト〉はすこし時間をかけて検討してから、結局6を選んだ。新しいメニューが現われる。

電算化医療情報（コンピュータライズド・メディカル）サービス
1 手術スケジュール
2 投薬および適用スケジュール
3 酸素補充療法
4 腫瘍科 科学療法／放射線療法スケジュール
5 療養食メニューおよびスケジュール

2をタイプしてエンターキーを押した。

コンピュータ犯罪課の駐車場で、アイデンティキットを取りに行こうとしていたフランク・ビショップは、その男を目のあたりにするまえから脅威を感じていた。

ビショップには、五十フィート先の朝靄に見え隠れするその侵入者が危険な相手であることがわかる。それは誰かが歩道を離れる姿を見ただけで、武器を携行しているのがわかるというのと同じことである。ドアのむこう側、路地の奥、駐まっている車のフロントシートに脅威が潜んでいることがわかるのと同じだった。

ビショップは一瞬躊躇したが、何食わぬ顔で歩きつづけた。侵入者の容貌ははっきりしなかったが、それがピットマン——いや、〈ショーン〉であることはわかっていた。きのうトニー・モットが見かけたときと同様、ここに張り込んでいるのだ。

ただ刑事には、きょうの〈ショーン〉は監視以上のことをしようとしている気配が感じられた。おそらくは狩り（ハンティング）だろう。

長く現場を踏んできたフランク・ビショップは、男がここにいる以上はこちらの車を突き止めたうえで、そこまで行く途中を遮るつもりなのだと判断した。アングルも射程距離も背後も確認ずみなのだろう。

そこで刑事は車に向かって歩きながら、ずっとまえにやめた煙草を探すふりをしてポケットを叩いたり、天気を見定めようとでも言うように思案顔で雨空を仰いだりした。

犯人を驚かせて逃亡させたり――あるいは攻撃させるには――警官の予測できない不意の動きほど効果的なものはない。

全力で走れば、CCUの安全圏内に戻れることはわかっていた。だが、もしそうすれば〈シヨーン〉は消えてしまって、チャンスは二度とめぐってこないだろう。ビショップとしては息子の涙を放ってはおけないように、殺人鬼の共犯者を捕まえる好機をふいにはできなかった。

歩け、歩きつづけろ。

〝最後はこれだ……〟

前方でかすかに動きがあって、ウィネベーゴの大型キャンパーの陰に隠れていた〈ショーン〉が顔を覗かせ、ビショップの位置を確かめるとまた身を潜めた。刑事は何も見ていない芝居を継続しながら、アスファルトの上を歩いていった。

ウィネベーゴに近づくと、刑事は右に身をかわし、使いこんだ拳銃をホルスターから引き抜いてキャンパーの角を一気に回りこんだ。そして武器を掲げた。

だが、すぐに足を止めた。

〈ショーン〉はいなかった。ビショップが車の陰まで走る数秒のあいだに〈フェイト〉の共犯者は消えていた。

駐車場の右手のほうで車のドアが閉まった。ビショップは音がした方向を振り返ってしゃがむと銃を構えた。しかし、その音は配達用のヴァンのものだった。体格のいい黒人が車から近くの工場へ箱を運んでいた。

すると〈ショーン〉はどこに。

気づいたとたん、背後のキャンパーのドアが勢いよく開き、ビショップは振り向く間もなく後頭部に銃口を押しつけられていた。

刑事が痩せた口ひげ男の顔を一瞥するのと同時に、〈ショーン〉の手が蛇のように伸びてビショップの銃をもぎ取った。

ビショップはブランドンのことを思い、ジェニーのことを考えた。

彼は溜息をついた。

〝最後はこれだ……〟

フランク・ビショップは目を閉じた。

00011110／30

ＣＣＵのコンピュータが発したチャイムは既製のＷＡＶサウンドにすぎなかったが、チームにとっては鳴り響くサイレンのようだった。

ワイアット・ジレットはワークステーションに走った。「よし！」彼は囁いた。「〈フェイト〉が写真を開いた。ウィルスはマシンのなかだ」

画面にこんな文字が点滅していた。

Config.sys modified

「いいぞ。だけどあまり時間がない。やつがシステムをチェックするだけで、こっちの侵入が見つかってしまう」

ジレットはコンピュータの前に座った。キーボードに両手をのせ、ブルー・ノーウェアの未知の領域――違法な領域――への旅を開始するまえにいつも感じる無上の興奮を味わった。

ジレットはキーを打ちはじめた。

「ジレット！」CCUの入口のドアがいきなり開くと同時に、男の怒号がした。

ハッカーは振り返って、恐竜の檻にはいってきた相手を見た。ジレットは息を呑んだ。〈ショーン〉――チャールズ・ピットマンを騙った男だった。

「何てこった」シェルトンは驚きに声をあげた。

トニー・モットがすばやく動き、銀色の大型拳銃に手を伸ばしたが、〈ショーン〉は自分の銃をホルスターから抜くと、モットが武器をつかむ暇もあらばこそ、撃鉄を起こして若い警官の頭に狙いを定めた。モットはゆっくり両手を上げた。〈ショーン〉はサンチェスとミラーに後ろへさがるよう合図すると、銃を構えたままジレットのほうに進んだ。

ハッカーは立ちあがると両手を差し上げて後ずさった。

逃げ場はない。

だが待て……。いったい何が起こっているのか。

険しい顔のフランク・ビショップが部屋にはいってきた。両側からスーツ姿の大男ふたりに挟まれている。

ということは、こいつは〈ショーン〉ではない。

男の手にIDが現われた。「私は国防総省犯罪捜査部（CID）のアーサー・バックル。」男は仲間ふたりを顎で指して、「そちらは捜査官のルイス・マルティネスとジム・ケーブル」

「CIDだって？　どういうことなんだ？」シェルトンが吠えた。

ジレットはビショップに言った。「〈フェイト〉のマシンにつながった。でも時間がない。いますぐやらないと！」

ビショップは口を開きかけたが、バックルが仲間のひとりに言った。「手錠だ」

命じられた男はジレットに近寄ると手錠をかけた。「やめろ！」

モットが言った。「あんたはおれに、ピットマンだって名乗ったじゃないか」

バックルは肩をすくめた。「秘密裏に行動していたものでね。こちらの正体を明かしたら、協力してもらえそうになかった」

「あたりまえだ、協力なんかするか」とシェルトン。

バックルはジレットに言った。「おまえをサンノゼ矯正施設に護送するために来たんだ」

「まさか！」

ビショップが、「ペンタゴンと話をしたんだ、ワイアット。これは法に則ってる。おれたちは逮捕された」と言って首を振った。

モットは言った。「でも、おたくの部長は彼の釈放に同意した」

「デイヴ・チェンバーズはもういない。いまはピーター・ケニヨンがCIDを指揮している。彼が釈放命令を撤回した」

ジレットは、ケニヨンがスタンダード12暗号化プログラムの作成を監督した男であることを思いだした。スタンダード12がクラックされた場合には、たとえ職を失わずとも、最終的には最も困難な立場に追いこまれる男である。「チェンバーズに何があった?」

「財務上の不正だ」バックルの細い顔が取り澄まして答えた。「インサイダー取引。海外企業との。私はよく知らないし興味もない」そしてバックルはジレットに、「われわれはおまえがアクセスしたすべてのファイルに目を通して、国防総省の暗号化ソフトウェアへの不正アクセスに関わる証拠がないかを調べろと命令を受けている」

トニー・モットはビショップに訴えかけた。「〈フェイト〉とオンラインでつながってるんだ、フランク。いまこの瞬間も!」

ビショップは画面を見つめ、バックルに言った。「おねがいだ! 容疑者の居場所を特定するチャンスなんだ。これができるのはワイアットだけだ」

「やつにオンラインを許可するって? 冗談じゃない」

シェルトンがかみついた。「令状がいるはずだ。もし――」

バックルの仲間の手に、裏地の青い紙が現われた。ビショップはざっと目を通すと、不機嫌にうなずいた。「彼らはワイアットを連れ戻せるし、彼のディスク全部と彼が使ったコンピュータを押収できる」

バックルは周囲を見やって空き部屋に目を留めると、ファイルを調べるあいだジレットを閉じこめておけと言った。

「やめさせてくれ、フランク!」ジレットは叫んだ。「やつのマシンのルートを奪ったところなんだ。本物のやつのマシンだ、ホット・マシンじゃない。アドレスを記憶してるかもしれない。〈ショーン〉の本当の名前があるかもしれない。つぎの犠牲者の住所がわかるかもしれない！」

「黙れ、ジレット」バックルがぴしゃりと言った。

「いやだ！」ハッカーは拘束を逃れようと必死に抵抗したが、ふたりの捜査官は彼をやすやすと引きずっていった。「その汚い手を放せ！　おれたちは――」

捜査官たちはジレットを部屋に放りこむとドアを閉めた。

「〈フェイト〉のマシンにはいれるか？」ビショップはスティーヴン・ミラーに訊いた。

大男はワークステーションの画面を不安そうに見た。「わからない。たぶん。ただ……間違ったキーをひとつでも押したら、こっちがなかにいることを〈フェイト〉に見破られる」

ビショップは苦悩した。ようやく本当の突破口が開けたというのに、政府の官僚主義と無意味な内部抗争のおかげで無に帰そうとしている。殺人鬼の電子の心の内側を覗ける唯一絶好のチャンスだというのに。

「ジレットのファイルはどこだ？」バックルが訊いた。「それとディスクは？」

誰も情報を提供しようとはしなかった。チームは挑むように捜査官を睨んだ。バックルは肩をすくめると明るく言った。「それならすべてを没収する。べつにかまわない。われわれは運び去るだけだ。また六カ月もすればお目にかかれる――運がよければ」

ビショップはサンチェスにうなずいた。

「そこのワークステーション」彼女は小声で言って指さした。

バックルと捜査官たちは三・五インチのフロッピーディスクを調べはじめた。まるで色とりどりのプラスティック・ケースを透かして、肉眼で中身が読みとれるとでもいうように。

じっと画面に見入っているミラーを置いて、ビショップはパトリシア・ノーランとモットのほうを向いた。「どっちか、ワイアットのプログラムを動かせないか？」

ノーランは言った。「どんな働きをするのか、理論的にはわかるの。でも、バックドア－Gを使って誰かのマシンにクラックしたことはないわ。私がやってきたのは、ウィルスを見つけてワクチンを接種することだけ」

モットは言った。「ぼくも同じだ。それにワイアットのプログラムは自分でハックしたハイブリッドなものだからね。たぶん特殊なコマンド・ラインを使ってる」

ビショップは決断を下した。彼は民間人を選び、パトリシア・ノーランに言った。「できるかぎりのことをやってくれ」

ノーランはワークステーションに座った。厚手のスカートで両手を拭い、顔にかかる髪をかきあげると、画面を見つめてメニューのコマンドを理解しようとした。それはビショップにしてみると、ロシア語に引けを取らず難解なものである。

刑事の携帯電話が鳴った。「はい？」彼はしばらく耳をかたむけると、「はい。バックル捜査官ですか？」

捜査官が顔を上げた。

ビショップは話をつづけた。「彼はここにいます……。しかし……いえ、この回線は安全ではありません。オフィスの固定電話を使って、そちらに電話をかけさせましょう。わかりました。ただちにやります」刑事は番号を走り書きして電話を切ると、バックルに向かって眉を上げてみせた。「サクラメントからだ。国防長官に電話をしていただきたい。ペンタゴンの。保安回線を使ってほしいそうだ。これが非公開の電話番号」

仲間のひとりがバックルに怪訝なまなざしを向けた。「メッガー長官？」と囁く敬意を含んだ口調が、このような電話に先例がないことを示していた。

バックルはビショップが押しやった電話をゆっくり手にした。「これを使ってくれ」と刑事は言った。

捜査官はためらったすえ、電話に番号を打ちこむと、たちまち気をつけの姿勢をとった。

「こちらＣＩＤのバックル捜査官です。安全な回線で電話をさしあげています……。はい」バックルは大きくうなずいた。「……はい。ピーター・ケニヨンの命令です。カリフォルニア州警察がわれわれに隠していたのです。匿名で男を連れ出して……。はい。それがお望みでしたら。しかし、ジレットのやったことはご存じのはずです。彼は――」さらに何度もうなずく。

「申しわけありません、抗弁するつもりはありませんでした。そのように取り計らいます」

捜査官は電話を切ると仲間に告げた。「誰かさんがとても高い地位にいる友人をお持ちらしい」とホワイトボードに顎をしゃくり、「容疑者は？　ホロウェイ？　ヴァージニアで殺された犠牲者のひとりが、ホワイトハウスの大物支援者の親戚だそうだ。だから、きみたちが犯罪者を捕まえるまで、ジレットは檻の外にいることになる」彼は嫌悪に満ちた溜息を吐き出した。「政治家め」と仲間たちに目をやり、「きみたちふたりはもういい。オフィスに戻っていてくれ」それからビショップに向かって言った。「当分のあいだジレットはきみのものだ。だが私はこの事件が終わるまで子守りをする」

「了解」ビショップはそう言うと、捜査官たちがジレットを軟禁した部屋に急ぎ、ドアの鍵を開けた。

解放された経緯を訊ねることもせず、ジレットはワークステーションまで走った。パトリシア・ノーランは喜んで椅子を明け渡した。

ジレットは座った。顔を上げるとビショップが言った。「当面はチームの一員だ」

「それはよかった」ジレットは型どおりに答えるとキーボードに手を伸ばした。だがバックルの耳に届かないところで、ビショップは笑いながらジレットに囁いた。「いったいどうしたら、こんなことができる？」

というのも、ペンタゴンからビショップへの電話など現実には存在しなかったからである。あれはワイアット・ジレットがかけたものだった。閉じこめられた部屋にあった電話でビショップの携帯電話を鳴らしたのだ。実際の会話は見かけとは少々ちがっていた。

ビショップは答えた。「はい？」

ジレット：「フランク？　ワイアットだ。なかの電話からかけてる。上司から電話がかかったふりをしてくれ。バックルはそこにいると言うんだ」

「はい。バックル捜査官ですか？」

「いいぞ」ハッカーは答えた。

「彼はここにいます」

「今度は、やつに国防長官に電話をするように言うんだ。ただし、ＣＵの主回線からかけさせるようにしてくれ。やつや他人の携帯じゃなくて。安全な回線って言えばいい」

「しかし――」

ジレットは請け合った。「大丈夫。やってくれ。それとやつにこの番号を教えるんだ」と、ビショップにワシントンＤＣの電話番号を書き取らせた。

「いえ、この回線は安全ではありません。オフィスの固定電話を使って、そちらに電話をかけさせましょう。わかりました。ただちにやります」

ジレットは声をひそめて説明した。「あの部屋にあったマシンで地元のパシフィック・ベルの交換機にクラックして、ＣＣＵからさっき教えた番号にかける通話は全部おれのところにつながるようにしたんだ」

ビショップは頭を振った。戸惑う反面、おもしろがってもいた。「誰の番号だ？」

「ああ、あれは本物の国防長官の番号さ。長官の回線だってほかのだって簡単だ。でも心配はいらない。交換機はリセットしておいたから」

そこで、電話会社へのハッキングやワシントンの政治に関することはすべてジレットの頭から消えてしまったようだった。ジレットが画面に目を凝らすと同時に、指が魔法の呪文を奏ではじめた。チームはその呪文で殺人鬼に手が届くことを望んでいる。

ジレットが手を加えたバックドア-G・プログラムは、彼を〈フェイト〉のコンピュータの中枢に送りこんだ。最初に目にしたのが、トラップドアという名前のフォルダーである。

胸の鼓動が激しくなり、好奇心が麻薬のように精神を支配して、興奮と歓喜で焼け焦げそうだった。この奇蹟のようなソフトウェアのことを知るチャンスなのだ。たとえソース・コードを盗み見るだけでも。

だがそれはジレンマだった。トラップドアのフォルダーに忍びこんでプログラムを見ることはできるが、ルート・コントロールを握っているために探知される危険は相当に大きい。CCUのコンピュータに侵入した〈フェイト〉がジレットに見えたのと同じ状況である。そうなったら、〈フェイト〉はすぐにマシンをシャットダウンして新しいインターネットのサービス・プロバイダーとeメールアドレスを創るだろう。ふたたびやつを見つけることはできなくなるのだ。つぎの犠牲者を救うことなどもはや望めない。

だめだ——それは好奇心の強さに負けず劣らずはっきりしている——トラップドアを見るのはあきらめて、〈フェイト〉と〈ショーン〉はどこにいるのか、今度の犠牲者は誰なのかを知る手がかりを探らなければならない。

ジレットは後ろ髪を引かれる思いでトラップドアに背を向け、〈フェイト〉のコンピュータの内部を徘徊しはじめた。

多くの人はコンピュータのアーキテクチャーを、完全に左右対称で人間味のない建築物になぞらえている。均整がとれて、論理的で組織立っていると。けれども、ワイアット・ジレットはマシンの内部は生き物に似てはるかに有機的で、つねに変化しつづけていることを知っている。どのマシンにも何千もの訪れるべき場所があり、それぞれ目的地に行くのに無数の異なる通路がある。そして、どのマシンもひとつひとつちがう。他人のコンピュータを探ることは、地元の観光客向けアトラクション、ウィンチェスター・ミステリー・ハウスを歩きまわるようなものだ。このウィンチェスター連発式ライフルを発明した男の未亡人が住んでいた百六十室の大邸宅は、秘密の通路と隠し部屋だらけの場所なのである（しかも、その奇矯な女主人によれば、幽霊もいっぱいいる）。

ジレットは〈フェイト〉のコンピュータの仮想通路をたどって、ついに〈通信〉と名づけられたフォルダーに行き当たり、そこに食いついた。

彼は最初のサブフォルダー〈発信〉を開いた。

そこにはいっていたのは、ほとんどが Shawn@MOL.com に宛てたホロウェイからのeメールだった。両方のユーザー名〈フェイト〉と〈デスネル〉を使っている。

ジレットはつぶやいた。「思ったとおりだ。〈ショーン〉も〈フェイト〉と同じインターネット・プロバイダーを使ってる――モンタレー・オン-ライン。やっぱり追跡するのは無理だ」

eメールを適当にいくつか開いて読んでみて、すぐにふたりがスクリーン・ネームのみを使用していることに気づいた。〈フェイト〉か〈デスネル〉、それに〈ショーン〉。通信は高度に技術的な内容だった。ソフトウェアのパッチ、エンジニアリング・データのコピー、ネットやさまざまなデータベースからダウンロードした仕様書。まるでマシンを覗かれることを警戒して、おたがいの私生活やブルー・ノーウェアの外での名前は絶対に書かないという取り決めでもあるかのようだ。〈ショーン〉の正体、〈ショーン〉と〈フェイト〉が住んでいる場所に関する証拠は一片もなかった。

だがジレットは、ほかとは若干異なるeメールを見つけていた。それは数週間まえの午前三時に〈フェイト〉が〈ショーン〉に送ったものだった。午前三時はハッカーにとっての魔法の時間である。筋金入りのオタクたちだけがオンラインにしている。

「これを見てくれ」ジレットはチームに呼びかけた。

パトリシ・ノーランはジレットの肩ごしに読んでいた。ノーランが身を乗り出して画面を叩いたとき、ジレットは彼女の身体がふれるのを感じた。「単なる友達以上の関係みたいね」

ジレットは最初の部分を声に出して読んだ。「夕べ、おれはパッチの処理を終わらせて、ベッドに横になった。なかなか眠れなくて、おまえのことばかり考えた。おまえがあたえてくれる慰めを……おれは自分にさわりはじめた。それがやめられず……」

ジレットは顔を上げた。チームの全員が――DoDの捜査官バックルまでもが――彼を見つめている。「つづけようか？」

「追跡に役立つことが書いてあるか？」とビショップが訊いた。

ハッカーはeメールのつづきにざっと目を通した。「いや。こいつはかなり成人向けだ」

「調査をつづけてもらったほうがいいだろう」フランク・ビショップは言った。

ジレットは〈発信〉フォルダーから出て〈着信〉を調べた。ほとんどはリスト・サーバーからのメッセージだった。読者の興味に合わせて自動的に速報記事を送ってくれるeメールサービスである。〈ヴラスト〉からの古いメールや〈トリプル‐X〉からのソフトウェア、〝ウェアズ〟の技術情報を伝えるものもいくつかあった。用をなさない。あとはすべて〈ショーン〉からのものだったが、それらはトラップドアのデバッグ作業や他のプログラムのパッチの作成をしてほしいといった〈フェイト〉の依頼への返事だった。〈ショーン〉のeメールは、〈フェイト〉のもの以上に専門的であり、かつ内面をうかがわせないものだった。

ジレットはもう一通を開いた。

From：〝〈ショーン〉〟
To：〝〈フェイト〉〟
Re：FWD：携帯電話会社

〈ショーン〉は、どの携帯電話会社がいちばん優れているかを説明している記事をネット上で見つけ、〈フェイト〉に転送していた。

ビショップがそれを見て言った。「やつらがどこの電話を使っているか書いてあるかもしれない。コピーできるか？」

ハッカーは画面印刷——スクリーン‐ダンプとも呼ばれている——ボタンを押した。モニターに表示されている内容をプリンターに送信するものである。

「ダウンロードしろよ」とミラーが言った。「そのほうがずっと速い」

「それはやりたくないんだ」ハッカーは、スクリーン‐ダンプなら〈フェイト〉のコンピュータの活動になんら影響をあたえず、CCUのモニター上のイメージとテキストをプリンターに送るだけなのだと説明した。〈フェイト〉には、ジレットがデータをコピーしていることを知る術はない。しかしダウンロードの場合は、より簡単に〈フェイト〉に気づかれてしまう。〈フェイト〉のコンピュータに設定されたアラームを鳴らしてしまうかもしれない。

彼はマシンを調べつづけた。

たくさんのファイルがスクロールされ、開いては閉じられた。すばやくスキャンしてはつぎに移る。ジレットは、殺人鬼のマシンに蓄積された技術的データの量そのものと素晴らしさに刺激され、そして圧倒された。

「〈ショーン〉のeメールから何かわかったことは？」トニー・モットが訊いた。

「あまりない」とジレットは答えてから、〈ショーン〉は優秀だが事務的で冷たい性格ではないかと自説を述べた。〈ショーン〉の返信は無愛想で、〈フェイト〉が大量の知識を持っていることを前提にしている。そのことから察するに、〈ショーン〉は尊大で、自分についてこられない相手に対する忍耐は持ち合わせていないのではないか。少なくとも、一流大学の学位のひとつくらいは持っていそうだった。わざわざ完全な形の文章を書く機会は稀でも、文法や統語法、句読点の使い方はとても優れていた。ふたりの間で送受信されるソフトウェアのコードの多くはバークレーのバージョンではなく、東海岸バージョンのＵｎｉｘで書かれていた。

「ということは」ビショップは推測した。「〈ショーン〉はハーヴァードで〈フェイト〉と知り合ったのかもしれないな」

刑事はホワイトボードにその旨書き留めると、ボブ・シェルトンに大学へ電話をかけるように言った。ここ十年のあいだに〈ショーン〉という名前の学生か学部の関係者がいなかったかどうかを調べさせるのだ。

パトリシア・ノーランは腕にはめたロレックスに目を落とすと言った。「もう侵入して八分になる。〈フェイト〉がいつシステムをチェックしてもおかしくないわ」

ビショップは言った。「つづけよう。つぎの犠牲者に関して情報がないか見てみたい」

〈フェイト〉に聞こえてしまうといわんばかりに静かにキーを打って、ジレットはメイン・ディレクトリに戻った。そこにはフォルダーとサブフォルダーの樹形図があった。

A:/

C:/

—オペレーティング・システム

—通信

　　├トラップドア
　　├ビジネス
　　├ゲーム
　　├ツール
　　├ウィルス
　　└画像
D:/
　├バックアップ

「ゲーム！」ジレットとビショップは同時に叫び、ハッカーはこのディレクトリにはいった。

　├ゲーム
　　├ENIACウィーク
　　├IBM PCウィーク
　　├Univacウィーク
　　├アップル・ウィーク
　　├アルテア・ウィーク
　　└来年の計画

「野郎はこんなところに全部陳列しているのか。きちんと整理して」ボブ・シェルトンが言った。

「しかも殺しの計画はまだつづく」ジレットは画面にふれた。「最初のアップルが発売された日、懐かしのアルテア・コンピュータの日。それに、なんと来年も」

「今週のことを調べてくれ。Univacだ」とビショップは言った。

ジレットはこのディレクトリ・ツリーを表示させた。

—Univacウィーク
—終了したゲーム
—ララ・ギブソン
—セント・フランシス・アカデミー
—つぎの計画

「それだ!」トニー・モットが大声で叫んだ。「つぎの計画」

ジレットはそこをクリックした。

フォルダーには何十ものファイルがはいっていた。何ページもつづく緻密な覚え書き、図表、写真、概略図、新聞記事の切り抜きもあった。ざっと読むにも量が多いので、ジレットは頭からファイルをスクロールして、つぎのページに移るたびにスクリーン・ダンプ・ボタンを押した。いくら急いでも、画面印刷は遅く、一ページ印刷するのに約十秒もかかった。

「時間がかかりすぎる」と彼は言った。

「ダウンロードすべきだと思うわ」パトリシア・ノーランが言った。

「それは危険だ」ジレットは答えた。「言っただろう」

「でも、〈フェイト〉のエゴを考えてみて」ノーランは逆らった。「〈フェイト〉は自分のマシンにはいりこめるほど優秀な人間はいないと思ってる。だからダウンロード・アラームは設定していないかもしれない」

「こいつはとんでもなく遅い」スティーヴン・ミラーが言った。「まだ三ページ目だ」

「あんたが判断してくれ」ジレットはビショップに言った。刑事は前かがみになって画面を凝視した。ハッカーの手が目の前で、存在しないキーボードを叩いて宙をさまよっていた。

〈フェイト〉は、自宅の染みひとつないダイニングルームで、ラップトップの前にくつろいで座っていた。

本当の意味でそこにいたわけではなかったが。

マシン・ワールドに没頭していた。さきほどハックしたコンピュータの内部をうろつき、このあとの襲撃について作戦を練っていた。

と、突然マシンのスピーカーが緊急のビープ音を発した。同時に、画面右上に赤いボックス

が現われた。ボックスのなかには一言、

アクセス

〈フェイト〉は驚きに息を呑んだ。誰かがこのマシンからファイルをダウンロードしようとしている！　こんなことはいままで一度もなかった。その衝撃に顔から汗が噴き出した。事情を理解するのに、わざわざシステムを調べるまでもない。すぐにわかった。〈ヴラスト〉が送ってきたことになっているあの写真が、実はワイアット・ジレットからのｅメールで、〈フェイト〉のマシンにバックドア・ウィルスを植えつけたのである。

裏切り者ユダの〈ヴァレーマン〉が、このシステム内をこそこそ這いまわっている！　〈フェイト〉は電源スイッチに手を伸ばした――道路でリスを見かけたドライバーが無意識にブレーキを踏むように。

だがそこで、彼は一部のドライバーと同じ行動に出た。冷たく微笑するとマシンをフルスピードで疾駆させた。

両手をキーボードに戻すと、シフトとコントロールを押しながら、同時にEのキーを叩いた。

00011111／31

ワイアット・ジレットのモニターに文字が躍った。

　一括暗号化開始

その後、別のメッセージが現われた。

　暗号化中――国防総省　スタンダード12

「やられた！」とジレットは叫んだ。〈フェイト〉のファイルのダウンロードが止まり、〈つぎの計画〉のファイルの中身がデジタルのオートミールと化したのである。

「何が起きた？」とビショップが訊いた。

「〈フェイト〉はダウンロード・アラームを設定していたんだわ」ノーランは力なく言った。自分自身に憤っているのだ。「私が間違ってた」

ジレットは漠然と画面を見ていた。「やつはダウンロードを阻止したが、ログオフはしてない。ホットキーを押して、マシン上のすべてを暗号化している」

「解読できないのか？」シェルトンが叫んだ。

バックル捜査官がジレットを注意深く見つめていた。

「〈フェイト〉の暗号解読キーがないと無理だ」ハッカーはきっぱりと言った。「フォートミードのパラレル・アレイでも、これだけの分量のデータの解読には一カ月以上かかる」

シェルトンは言った。「おれはおまえがキーを持っているかどうかを訊いたんじゃない。クラックできるかどうかを訊いたんだ」

「できない。言ったはずだ。おれはスタンダード12をクラックする方法を知らない」

「くそっ」シェルトンはジレットを睨めつけながらつぶやいた。「やつのコンピュータにはいってるものを見つけないと、人が死ぬんだぞ」

ＤｏＤのバックル捜査官が溜息をついた。ジレットは、バックルの視線がホワイトボードのララ・ギブソンの写真に動いていくのに気づいた。バックルはジレットに言った。「つづけろ。もしそれで人の命を救えるなら、つづけろ」

ジレットは画面に向き直った。今度ばかりは指の力を抜き、空中でキーを打つのを我慢しながら、画面いっぱいに流れる意味不明の文字列を見つめた。このなかのどこかに〈ショーン〉の正体、〈フェイト〉の居所、つぎの犠牲者の住所を示す手がかりがふくまれているかもしれないのだ。「いいからやれ」とシェルトン。

バックルが囁いた。「私からも言おう。この件に関しては目をつぶる」

ジレットは催眠術のように流れていくデータを見つめた。キーボードに手をのせる。全員の視線が注がれるのを感じた。

ビショップが疑問を挟んだ。「待ってくれ。これはオフラインにすればすむことなんじゃないのか？　やつはなぜ暗号化する？　筋が通らない」

「そうだったのか」ジレットは質問の答えをすぐさま理解した。身体をまわし、壁にある灰色の箱を指さした。その中心に赤いボタンが突き出ている。「スクラム・スイッチを押せ！　早く！」いちばん近くにいたスティーヴン・ミラーに向かって叫んだ。

ミラーはスイッチを一目見て、またジレットに視線を戻した。「なぜ？」

ハッカーは、椅子をふっ飛ばして立つと、ボタンに向かってダイブした。だが遅すぎた。ボタンを押すまえに、CCUのメイン・コンピュータから擦るような音がして、部屋にあったすべてのマシンのモニターがシステムの停止を示す青一色に変わった――いわゆる〝死の青い（ブルー・）画面（スクリーン）〟

コンピュータの通気孔から火花が散って、ビショップとシェルトンは後ろに飛びのいた。息の詰まるような煙とガスが部屋を満たしはじめた。

「かんべんしてくれよ……」モットはマシンから離れた。ハッカーがスクラム・スイッチを手のひらで叩くと電源が落ち、ハロンガスがコンピュータ内部に放射されて炎が消えた。

「何がどうなったんだ？」とシェルトン。

ジレットは怒りまじりの声でつぶやいた。「これが〈フェイト〉がデータを暗号化してオンラインにとどまった理由――こっちのシステムに爆弾を送ってきたのさ」

「やつは何をした？」ビショップが訊いた。

ハッカーは肩をすくめた。「まず冷却ファンを止めるコマンドを送ってから、ディスク上に存在しないセクターをハードディスク・ドライブに探させたんだと思う。で、ドライブのモーターが焼けてオーバーヒートを起こしたんだ」

ビショップはくすぶっているマシンを調べると、ミラーに言った。「三十分で直して動くようにしてほしい。なんとかしてくれ」

ミラーは自信なさそうに言った。「本部にどんなハードウェアの在庫があるかわからないんだ。あそこの手持ちはひどくて。このまえなんかマシンどころか、ディスクを取り換えるのに二日もかかった。だから――」

「いいか」ビショップが怒声を響かせた。「三十分だ」

梨型の男は室内に目を走らせ、何台かあるパーソナル・コンピュータを顎で示した。「あれで小さなネットワークを組んで、バックアップ・ファイルをリロードできるかもしれない。そうすれば――」

「とにかく、やってくれ」ビショップは言うと、プリンターから印刷ずみの紙を取りあげた。〈フェイト〉がデータを暗号化するまえに、スクリーン・ダンプを使って彼のコンピュータから盗み出したものである。ビショップは残りのメンバーに言った。「とにかく調べよう」

ジレットはコンピュータから出る煙で目と耳に痛みを覚えた。気づけば、ビショップ、シェルトン、サンチェスの三人がくすぶりつづけるマシンを心配そうに見つめている。そんな彼らも同じように気持ちが萎えてしまったにちがいない。たかが0と1の羅列にすぎないソフトウェア・コードのような実体のないものが、これほどまでにたやすく人体を蝕み、死に至らしめることさえ可能であると知ったのだから。

リビングルームに飾られた偽の家族写真が見おろすなかを、〈フェイト〉は怒りで息もつげないほどになって歩きまわっていた。

〈ヴァレーマン〉がおれのマシンにはいりこんだ……。

それもハイスクールのオタク同士でも書けそうな、愚鈍なバックドア・プログラムでやられたのだ。

当然、コンピュータのIDとインターネット・アドレスは即座に変更した。ジレットにふたたび侵入される気遣いはない。だがいま彼を悩ませているのは、警察が何を見たのかということだった。ロスアルトスの家につながるものは、このマシン内には何もないが、現在そして将来の襲撃に関しては多くの情報がはいっている。〈ヴァレーマン〉は〈つぎの計画〉のフォルダーを見ただろうか。〈フェイト〉がこの数時間のうちにやろうとしていることを目にしたのか。

つぎの襲撃のための計画はできあがっている……。いや、もうすでにはじまっているのだ。新しい生け贄を探すべきなのか。

だがこれまでに費やした時間と労力を考えると、この計画を捨て去るのはつらい。努力を無駄にすること以上に腹立たしいのは、計画を放棄する原因が、ひとりの男の裏切りへと行き着いてしまうことだった——マサチューセッツ州警察に彼を売り、壮大なソーシャル・エンジニアリングを暴いて事実上ジョン・パトリック・ホロウェイを葬り去り、〈フェイト〉を永遠に地下の存在とした男の。

〈フェイト〉はもう一度コンピュータ画面の前に座り、胼胝のできた指を、磨いた女の爪のように滑らかなプラスティックのキーの上にのせた。目を閉じると、ハッカーたちがスクリプトの欠点をどうやってデバッグするかを考えるときのように、心をそのおもむくままにさせた。

ジェニー・ビショップは病院のお仕着せの、例の後ろあきのローブを着ていた。

それにしても、ローブについたこの青い点々はなんなのだろう。

枕にもたれ、ぼんやりと黄色い部屋を見まわしながら、ドクター・ウィリストンを待った。もう十一時十五分、医師は遅れていた。

この検査が終わったあとの予定を考えていた。買い物をして、ブランドンを学校へ迎えにいき、テニスコートに連れていく。きょうブランドンは四年生でいちばん可愛いリンダ・ガーランドと試合をすることになっている。ジェニーが思うに、あらゆるチャンスを利用してネットに突進することを唯一の戦法としている小娘は、対戦相手の鼻を殺人ボレーでつぶそうとしている。

もちろんフランクのことも考えた。そして夫がこの場にいないことで、どんなに救われているかを思ったりする。彼はあまりに矛盾した存在だ。オークランド市街で悪人を追いかけ、自分の二倍もあるような殺人犯を怯まずに逮捕するし、売春婦や麻薬の売人と楽しそうにおしゃべりする。彼がふるえあがるところを見るなんて想像もしなかった。

先週までは。健康診断でジェニーの白血球の数が確たる理由もなく異常な値となって出たときまでは。そのことを伝えると、フランク・ビショップは真っ青になって黙りこんだ。何度も何度もうなずき、頭を大きく上下させた。ジェニーは夫が泣きだすのではないかと思った。そんな姿はいまだかつて一度も見たことがない。あのとき、話はどこまで正確に伝わったのだろうか。

「それで、それは何を意味する？」フランクはふるえる声で訊ねたのだった。

「悪性の感染症かもしれない」彼女は夫の目をまっすぐ見つめた。「それか癌かも」

「わかった、わかった」フランクは囁き声でくりかえした。それ以上大きな声を出したり別の言葉を口にしたら、妻を危険な状態に陥れてしまうとでもいうように。

それから、どうでもいいようなこと――予約の時間、ドクター・ウィリストンの経歴――を話し合って、あとは夕食の準備をするあいだ夫を果樹園の世話に送り出したのである。

〝悪性の感染症かもしれない……〟

ああ、フランク・ビショップを愛してる。ほかの誰よりも愛してきたし、ほかの誰よりも愛していく。それでも、ジェニーは夫が同席していないことを感謝していた。いまは他人の手を握る気分にはなれない。

〝それか癌かも……〟

もうすぐ結果がわかる。彼女は時計を見た。ドクター・ウィリストンはどうしたのだろう。病院も不快な検査も我慢はするけれど、待たされるのは嫌だった。テレビで何かやっているかもしれない。『ザ・ヤング・アンド・ザ・レストレス』は何時から？　それともラジオを聴いて――

ずんぐりした看護婦がカートを押して部屋にはいってきた。「おはようございます」ときついラテン訛りで言った。

「おはようございます」

「ジェニファー・ビショップさんね？」

「そうです」

ジェニーは壁の医療モニターにつながれた。低いビープ音が周期的に鳴りはじめる。つぎに看護婦はコンピュータのプリントアウトを見ながら、ずらりと並んだ薬を調べていった。

「ドクター・ウィリストンの患者さんでしょ？」

「そうです」

看護婦はジェニーがはめていたプラスティックのブレスレットを見てうなずいた。

ジェニーは頰笑んだ。「私が信じられない？」

「かならず再確認。私の父は大工だったの。いつも言ってたわ。『測るのは二度、切るのは一度』って」

患者を前にしての最適の表現とはいえないと思いながらも、ジェニーはどうにか笑いをこらえた。

ジェニーは看護婦が透明な液体を注射器に吸いあげるのを見た。「ドクター・ウィリストンが注射の指示を？」

「ええ」

「私は検査をうけにきただけなのよ」

看護婦はプリントアウトをもう一度確認してうなずいた。「ドクターの指示です」

ジェニーは紙を見たが、印刷されている単語と数字を理解することはできなかった。

看護婦はアルコール綿でジェニーの腕を消毒すると、薬を注射した。針が抜かれたあと、ジェニーは腕の注射されたあたりが妙に疼くのを感じた——焼けるような冷たさを。

「ドクターはすぐ来ます」

ジェニーが何の注射をしたのか訊くまえに、看護婦は部屋を出ていった。不安がよぎった。

こんな身体のときは薬に気をつけなければならない。でも大丈夫と自分に言い聞かせる。妊娠していることはカルテに明示されているはずだし、だいたい病院が赤ん坊を危険にさらすような真似をするはずがないのだから。

00100000／32

「必要なのは相手の使っている携帯電話の番号、あとは約一マイル四方の距離ですね。それだけあれば、そいつの背後にぴったりつくこともできますよ」

と自信の程を示したのはガーヴィー・ホッブズである。年齢不詳の金髪の男で、痩せているのに腹だけは異常にせり出しているのを見ると、どうやらビール党らしい。ブルージーンズに格子縞のシャツという服装だった。

ホッブズは北カリフォルニアの大手携帯電話会社、モバイル・アメリカのセキュリティ部門を率いている。

ジレットが〈フェイト〉のコンピュータに見つけた、携帯電話サービスに関する〈ショーン〉のeメールは、携帯でオンラインに接続する場合にどの会社のサービスが最適かを調査したものだった。報告ではモバイル・アメリカが筆頭に挙げられており、チームの面々は〈フェイト〉が〈ショーン〉の勧めに従ったのではないかと考えた。トニー・モットが過去に何度もコンピュータ犯罪課に協力してくれたホッブズに連絡をして、オフィスまで足を運んでもらったのである。

ホッブズは多くのハッカーがモバイル・アメリカを利用していることを認めた。携帯電話でオンラインにするには、モバイル・アメリカが提供する安定した高品質の信号が必要だからだという。ホッブズはリンダ・サンチェスとともにオンラインの復旧をめざし、CCUのコンピュータ群と格闘しているスティーヴン・ミラーに向かってうなずいた。「ちょうど先週、スティーヴとその話をしてたんですよ。スティーヴは、うちの会社名をハッカーズ・アメリカに変更したほうがいいと思ってるらしい」

ビショップは、おそらくは非合法だがモバイル・アメリカの顧客であることがわかった〈フェイト〉を、どうやったら見つけ出せるのかを訊ねた。

「必要なのは、むこうが使ってる携帯のESNとMINだけです」とホッブズは言った。

そのイニシャルの意味を、フォン・フリーキングの体験者であるジレットが説明した。すべての携帯電話にはESN（電子シリアル番号——非公開）とMIN（モバイル識別番号——エリアコードと電話本体に付された七桁の番号）がある。

ホッブズが後を引きとった。仮にその番号がわかって、電話の使用中に一マイル前後の距離にいれば、無線方向検出装置を使って電話の持ち主の居場所を数フィートの範囲まで割り出すことができる。あるいはホッブズ自身がくりかえしたように、「男の背後にぴったりつく」ところまで。

「やつの電話のその番号を突き止めるには？」とビショップが訊いた。

「ああ、そこがむずかしいところですね。われわれは通常、顧客から盗難届けが出された段階で番号を知るわけですから。しかし電話を他人のポケットから失敬するような相手でもなさそうだし。いずれにしても、この二種類の番号が必要です――それがないとお役には立てません」

「その番号がわかったとして、そちらの対応は？」

「私ですか？　もう全速力で。屋根に点滅灯のついた車に乗ればさらに速く」ホッブズは冗談を飛ばすと名刺を配った。オフィスの電話番号がふたつ、ファクス、ポケットベル、それに携帯電話の番号がふたつ。ホッブズはにやっと笑うと、「ガールフレンドが、連絡をとりやすくしろってうるさいんですよ。むこうには、これも愛してるからだって言ってますけど、本当は電話が通じないときでも連絡がとれるようにって会社からのお達しがあって。それにしても、携帯電話サービスの盗難は新世紀の重大な犯罪になりつつありますからね」

「そう、なかのひとつにね」リンダ・サンチェスは、デスクに置かれたアンディ・アンダーソンの娘の写真を見ながらつぶやいた。

ホッブズは去り、チームは暗号化されるまえに〈フェイト〉のコンピュータから抜き出したわずかばかりの書類の調べに戻った。

やがてミラーから、ＣＣＵの即席ネットワークができあがり、稼動中との報告があった。ジレットはそれをチェックすると、最新のバックアップ・テープのインストールを監督した。このマシンからはISLEネットにリンクしないよう確実を期したのである。ちょうど最後の診断プログラムを走らせたところで、マシンがビープ音を発した。

ジレットは、自作のボットがまた何かを見つけたのだろうかと訝りながら画面を見た。だが、そうではなかった。eメールの着信を知らせる音だったのだ。発信者は〈トリプル-X〉。

「〝われわれの友人(フレンド)に関するささやかな情報のファイルを送る〟」とジレットはメッセージを読みあげてから、「フレンドはP-H-R-I-E-N-D、ファイルはP-H-I-L-E」

「とにかくスペルが問題か」ビショップが考えこむように言った。「〈トリプル-X〉は怯えてると思ってたんだが――だから電話しか使わないんじゃないかと」

「やつは〈フェイト〉の名前は出してないし、このファイルそのものも暗号化されてる」ジレットは国防総省の捜査官が身じろぎするのに気づいて言い添えた。「バックル捜査官、がっかりさせて申しわけないけど、これはスタンダード12じゃない。一般に市販されてる暗号化プログラムだ」そこで眉をひそめて、「しかし、これを解読するキーは送ってきてない。誰か〈トリプル-X〉の伝言を聞いた人は？」

誰もハッカーからの電話を受けてはいなかった。

「やつの電話番号は？」とジレットはビショップに訊いた。

刑事は知らないと答えた。〈トリプル-X〉が〈フェイト〉のeメールアドレスを知らせてきたとき、ビショップの電話のディスプレイは公衆電話からの発信を表示していたのだ。

だがジレットは暗号化プログラムを調べると、笑って言った。「キーがなくてもクラックできる」ジレットはハッカー・ツールがはいっているディスクをPCの一台に挿入すると、数年まえに作った暗号解読クラッカーをロードした。

リンダ・サンチェスとトニー・モット、それにシェルトンは、殺人犯がダウンロードを中断させてデータの暗号化をするまえに、〈フェイト〉の〈つぎの計画〉フォルダーからジレットがスクリーン－ダンプした数ページ分のデータを調べていた。

モットがその紙をホワイトボードに貼り出すと、そこにメンバーが集まった。

ビショップが言った。「施設管理に関する項目が多い。清掃、駐車場、警備とフード・サービス、職員、給与台帳。標的は大きい場所らしい」

モットが言った。「最後のページを見て。メディカル・サービスだ」

「病院だ」ビショップが言った。「やつは病院を狙ってる」

シェルトンがつけくわえた「筋が通る――セキュリティは高度で、犠牲者は選り取り見取りだ」

ノーランはうなずいた。「挑戦好きでゲームを楽しむというプロファイルにぴったりだわ。誰にでも化けられるだろうし――外科医にでも看護士にでも掃除人にでも。どこの病院か、手がかりはないの？」

しかし特定の病院に関する記述はどこにもなかった。

ビショップがプリントアウトのある箇所を指さした。

CSGEI　請求ID番号――ユニット44

その下は社会保障番号と思われる長いリストになっていた。

「なんとなく見覚えがあるんだが」

「CSGEI」シェルトンもうなずきながら、思いだそうとしていた。「ああ、たしかに聞いたことがあるぞ」

リンダ・サンチェスがだしぬけに言った。「ああ、そうよ。私たちの保険会社だわ――カリフォルニア州被雇用者保険会社（ステイト・ガヴァメント・エンプロイーズ・インシュアランス・カンパニー）。これは患者の社会保障番号よ」

ビショップは電話を取ってサクラメントのCSGEIの事務所にかけると、請求担当者にCCUが見つけた内容を説明して、この情報の意味するところを問い合わせた。それからしばらく相手の話に聞き入っていたが、顔を上げた。「最近、医療サービスを受けた州の職員からの請求」と、ふたたび電話に向かうと、「ユニット44というのは？」

ビショップはすぐに眉をひそめてチームに視線をやった。「ユニット44というのは州警察――サンノゼ。われわれのことだ。これは非公開の情報で……。〈フェイト〉はどうやって手に入れたんだ？」

「そうか」ジレットがつぶやいた。「そのユニットの記録がISLEネットにはいっているか訊いてくれ」

ビショップは訊いた。うなずいて、「間違いない」

「ちくしょう」ジレットは吐き出すように言った。「ISLEネットに侵入したとき、〈フェイト〉がオンラインにいたのは四十秒じゃなかったんだ――くそっ、やつはログ・ファイルを書き換えて、こっちにそう思いこませた。ギガバイト単位のデータをダウンロードしたにちがいない。おれたちは――」

「ああ、なぜ」悲痛に満ちた男の喘ぎ声がした。

みんながフランク・ビショップを振り返った。ビショップは茫然とホワイトボードに貼られた番号のリストを指さしていた。

「どうしたんだ、フランク？」とジレットは訊いた。

「やつはスタンフォード-パッカード・メディカル・センターを襲うつもりだ」刑事は弱々しく言った。

「どうしてわかる？」

「下から二番目の社会保障番号。女房のものだ。いま病院にいる」

男がジェニー・ビショップの部屋にはいってきた。

ジェニーは音を消したテレビから目をそらした。ソープ・オペラの大げさなクロースアップをなんとなく見ながら、女優たちの髪型をチェックしていたのだ。ドクター・ウィリストンかと期待したその男は、濃紺の制服に身を包んだ別人だった。生やしていた濃い黒い口ひげが、砂色の髪にそぐわない印象の若者である。たぶんひげは童顔を大人っぽく見せるための仕掛けなのだろう。「ミセス・ビショップ？」かすかに残る南部のアクセントは、カリフォルニアのこのあたりでは珍しい。

「そうです」

「私はヘルマン。この病院の警備担当スタッフです。ご主人から電話があって、奥さんの部屋で待機するようにと言われました」

「どうして？」

「詳しいことは。ただ、ご主人と警官と担当医以外は部屋に入れないようにとのことでした」

「どうして？」

「さあ」

「息子は大丈夫かしら？　ブランドンは？」

「その話は聞いてません」

「なぜフランクは直接電話してこないの？」

ヘルマンはベルトにつけたメイスの缶をもてあそんだ。「病院の電話は三十分ほどまえから不通で。いま修理作業中です。ご主人は救急車との連絡などに使用する無線で呼びかけてきたんです」

ジェニーのバッグには携帯電話がはいっていたが、病院内では携帯電話の使用禁止という掲示があった。電波が心臓のペースメーカーその他の機器に影響をあたえるからだった。

警備員は病室を見回すと、ベッドの近くに椅子を持ってきて座った。ジェニーはこの若い男と目を合わせなかったが、じっと見られている感じがした。身体を眺めまわし、ガウンの袖口から胸を覗こうとしているようなのだ。だがジェニーが思いきり睨みつけようとすると男は視線をそらした。

ドクター・ウィリストンがやってきた。五十代後半、頭が禿げあがって太った男だった。

「こんにちは、ジェニー。けさの調子はいかがですか？」

「いいわ」ジェニーは自信がなさそうに答えた。

そこで医師は警備員に気づき、怪訝な顔を向けた。

すると男は答えた。「ビショップ刑事から、奥さんのそばにいるようにと言われました」

ドクター・ウィリストンは男をしげしげと見て訊いた。「きみはこの病院の警備員か？」

「そうです」

ジェニーが言った。「フランクが担当している事件の関係で、たまにトラブルに巻きこまれたりすることがあるんです。夫は用心にこしたことはないと思っているようで」

医師はうなずくと、安心させるような表情になった。「わかりました、ジェニー。きょうの検査は時間はかかりませんが、これからどんなことをするのか——何を見つけようとしているのかを説明します」医師はジェニーの腕に絆創膏を認めた。「採血はすんでいるようですね。では——」

「いいえ、これは注射の跡です」

「えっ……？」

「注射です。ご存じでしょ」

「どういうことです？」医師が顔をしかめた。

「二十分くらいまえに。先生の指示で注射すると」

「注射の予定はありませんよ」

「でも……」ジェニーの体内を氷のような恐怖が駆けめぐる——あのちくりとした痛みとともに、薬液が腕に広がっていくときの冷たさが甦ってきた。「注射した看護婦さんは……コンピュータのプリントアウトを持ってました。そこに先生が注射を指示したと書いてあるって！」

「何の薬かわかりますか？」

パニックに息づきながら、ジェニーが囁いた。「わからないわ！　先生、赤ちゃんは……」

「心配しないで。調べましょう。看護婦は誰でした？」

「名前はわかりません。背が低くて、太っていて、髪の毛は黒。ヒスパニックだった。カートを押していたわ」ジェニーは泣きだした。

警備員が身を乗り出した。「何があったんですか？　私にできることは？」

ふたりはそれを無視した。医師の表情にジェニーは恐れおののいていた——医師もまた恐慌をきたしていたのである。ポケットからペンライトを取り出してジェニーの瞳孔を調べると血圧を計った。そしてヒューレット・パッカードのモニターを見あげた。「心拍数と血圧が若干高めだ。でも、いまから心配するのはよしましょう。何が起こったのか調べてきます」

医師は足早に部屋を出ていった。

〝いまから心配するのはよしましょう……〟

警備員が立ちあがってドアを閉めた。

「だめ、開けておいて」

「すみませんが、ご主人の命令なんです」と警備員は静かに答えた。

男は椅子をさらに近づけて腰をおろした。「ここはずいぶん静かですね。テレビの音を大きくしませんか？」

ジェニーは答えなかった。

〝いまから心配するのはよしましょう……〟

警備員はリモコンを取ってボリュームを大きくした。チャンネルを変えて別のソープ・オペラにすると椅子にもたれた。

ジェニーはまた見られているのを感じたが、もう警備員のことを気にする余裕もなかった。頭に浮かぶのはふたつだけ――注射されたときの恐ろしい記憶、そして赤ちゃん。目を閉じて、すべてがうまくいくように祈りながら、彼女は妊娠二カ月のお腹をさすった。きっと眠っている。きっと動かずに浮かんだまま、取り乱した母親の心臓が刻む激しくも怯えた鼓動を聞いている。その音はおそらく、小さな生き物のまったき闇の世界を満たしているにちがいない。

00100001／33

緊張と苛立ちとを感じながら、国防総省のアーサー・バックル捜査官はワイアット・ジレットのコンピュータがよく見える位置に椅子をずらした。

ハッカーは、捜査官の椅子が安っぽいリノリウムの床にこすれる音を聞いて視線を投げたが、すぐに画面に戻ってキーを叩きつづけた。指がキーボード上を飛びまわっている。

現在、コンピュータ犯罪課のオフィスには二名の人間しかいない。妻が殺人犯の標的になるかもしれないと知ったビショップは病院に急行した。他の連中も後を追ったが、ジレットは〈トリプル－X〉という奇妙な名前を持つ男から受け取ったeメールを解読するために残ったのである。ハッカーはバックルも病院に行ったほうが役に立つだろうと勧めたのだが、捜査官は無気味な薄笑いを浮かべただけで椅子をジレットのほうに引き寄せた。この笑いが被疑者を激怒させることは本人も承知している。

バックルは、ハッカーの厚く胼胝ができた指がキーの上を躍る速度に唖然としている。

おもしろいことに、捜査官はコンピュータのキーを打つ能力を評価できる人物だった。それはひとつには、彼の勤め先である国防総省がどこよりも長くコンピュータの世界に関わってきた連邦機関だということがある（しかも公事を司るという印象が強い国防総省だが、実はインターネットを創設した機関のひとつにかぞえられる）。また通常の研修の一環として、捜査官は自省以外にもCIAや司法省が主催するさまざまなコンピュータ犯罪講習を受けていた。ハッカーの行動はヴィデオで何時間にもわたって見ているのである。

ジレットの姿は最近ワシントンDCであった研修を思い起こさせた。ペンタゴンに数ある会議室のひとつ、安っぽいファイバーボードの机で、犯罪捜査部の捜査官たちは典型的な軍の教官とはいえないふたりの若者の指導を仰いだ。ひとりは髪を肩まで伸ばし、マクラメ編みのサンダルとショートパンツに、皺の寄ったTシャツを着ていた。もうひとりはずっとまともな服装をしていたが、大量のボディピアスをして、クルーカットの髪は緑色だった。ふたりは〝タイガー・チーム〟——暗黒面（ダークサイド）と訣別した元不良ハッカーのグループを指す用語——のメンバーなのだ（たいていは企業や政府のコンピュータをかつての仲間たちから護ることで、どれほど金が稼げるかに気づいてしまった連中である）。

はじめはその若造たちに懐疑のまなざしを向けていたバックルだったが、やがてふたりの優秀さに圧倒された。暗号化とハッキングに関して、普通ならとても理解できないような内容を平易に説明してしまう能力に感心していた。その講義はDoD犯罪捜査部に在籍した六年間に受けたなかでもずぬけて明快で、わかりやすいものだった。

バックルは自分が専門家でないことを自覚しているが、その講義のおかげで、ジレットのクラッキング・プログラムの作業内容はおおよそつかめた。DoDのスタンダード12暗号化システムと関係があるとは思えない。だがミスター緑髪（グリーン・ヘア）はプログラムをカムフラージュする方法を説明してくれていた。たとえば、スタンダード12に殻のようなものをかぶせて別のプログラム――ゲームやワードプロセッサーに見せかけることができるのだと。だからこそ、バックルは焦燥もあらわに身を乗り出している。

ジレットはまた肩を強ばらせ、キーを打つ手を止めると捜査官を見た。「本気で集中したいんだ。首に息を吹きかけられると気が散るんだよ」

「いままた走らせているプログラムは何だ？」

「こいつに〝また〟なんてない。第一、あんたには何も話してない」

ふたたび薄笑い。「じゃあ、話してくれるか？　興味がある」

「ハッカーマート・ウェブのサイトからダウンロードして、こっちで修正した暗号化／解読プログラム。フリーウェアだから著作権法には触れないはずだ。とにかく、あんたの管轄じゃない。もしかして、こいつが使ってるアルゴリズムを知りたいのか？」

バックルは答えず、相手を焦らす微笑を意識しながら画面を見つめた。

ジレットは言った。「いいかバックル、おれは集中したい。あっちの食堂でコーヒーとベーグルでもやってさ、おれのことは放っておいてくれないか」そして陽気に、「これが終わったら全部調べて、なんでも好きな容疑で逮捕すればいいだろう」

「おたがい、ちょっとぎすぎすしてないか？」バックルはそう言って椅子の脚を引きずった。

「私は自分の仕事をやってるだけだ」

「こっちも自分の仕事をやろうとしてる」ハッカーはコンピュータに向きなおった。

バックルは肩をすくめた。ハッカーの態度が気分を鎮めたわけではなかったが、ベーグルを食べるというアイディアは気に入った。彼は立ちあがると伸びをして、コーヒーの匂いがするほうへ歩いていった。


フランク・ビショップは、スタンフォード＝パッカード・メディカル・センターの駐車場にクラウン・ヴィクトリアを突っ込むと、エンジンを切るのもドアを閉めるのも忘れて車を離れた。

正面玄関に向かう途中、ふと我にかえって後ろを振り返った。そこに女の声がする。「行って、ボス。まかせて」リンダ・サンチェスだった。彼女、ボブ・シェルトン、トニー・モットが覆面車輛でビショップの後を追ってきていた。ビショップが妻のもとへ急ぐあまり、仲間を待たずにCCUを出たからである。パトリシア・ノーランとスティーヴン・ミラーが三台目に乗っていた。

ビショップは玄関まで一気に走って病院に飛び込んだ。

中央の十人以上の患者が待っているエリアを駆け抜けると、受付のデスクでは、三人の看護婦が受付係のまわりに集まってコンピュータの画面を覗いていた。誰もすぐにはビショップのほうを見ようとしない。どこかに異常があるのだ。不審そうに交代でキーボードをいじっている。

「失礼、警察だが」ビショップはバッジを見せながら言った。「ジェニー・ビショップの部屋を知りたい」

看護婦がひとり顔を上げた。「すみません。システムがおかしくなっていて。原因はわからないんですけど、患者さんの情報が出せないんです」

「見つけなくちゃならないんだ。いますぐに」

看護婦はビショップの必死の形相に気づいて近づいてきた。「せっかちな方（インペイシェント）ですか？」

「えっ？」

「入院されてる患者さん（ペイシエント）？」

「いや。検査を受けてるだけだ。一時間か二時間。担当はドクター・ウィリストン」

「腫瘍科の外来ですね」看護婦は納得した。「わかりました。三階の西病棟です。あちらです」

看護婦は指をさして何かを言いかけたが、すでにビショップは廊下を走りだしていた。白いものが目の端をよぎったので下を見ると、シャツの裾が完全に出てしまっている。彼はまったく足をゆるめずにシャツをズボンにたくしこんだ。

階段を昇り、一マイルもあるかと思える廊下を通って西病棟へ。

廊下の端で出くわした看護婦に病室を教えてもらった。その若い金髪の看護婦は警戒するような表情を見せたが、それはジェニーに何かあったせいなのか、あるいはビショップのただならぬ様子がそうさせたのか、はっきりしなかった。

廊下から病室に駆けこんだビショップは、あやうくベッドの脇に座っていた若い警備員と衝突しそうになった。警備員はすばやく立ちあがって拳銃に手を伸ばした。

「あなた！」ジェニーが叫んだ。

「大丈夫だ」ビショップは警備員に言った。「私は夫だ」

彼は静かに泣いている妻を両腕で抱きしめた。

「看護婦に注射をされたの」妻は囁いた。「医者から指示されてないのに。何の薬かわからない。いったいどうなってるの、フランク？」

ビショップは警備員に目をやった。名札には〈R・ヘルマン〉とある。男は言った。「私が来るまえのことでした。いまその看護婦を探しているところです」

ビショップはこの警備員に対してとにかく感謝していた。病院の警備スタッフに掛けあって、ジェニーの病室へ人を遣る算段をするまでが大変だったのである。〈フェイト〉が病院の電話交換機をクラッシュさせていたし、無線は雑音がひどくて相手の言葉はろくに聞きとれなかった。だが用件は伝わっていたらしい。しかもこの警備員が病院で見かけた他の職員とはちがって武器を携行していることに、ビショップは満足をおぼえた。

「何があったの、フランク？」ジェニーがくりかえした。

「われわれが追っている男。その男がきみが病院にいるのを知った。まだこの建物のどこかにいるかもしれない」

リンダ・サンチェスが病室にはいってきた。警備員は彼女が首から下げた警察のＩＤを見て、身振りで請じ入れた。ふたりの女性は顔見知りだったが、動揺したジェニーは会釈さえできなかった。

「フランク、赤ちゃんはどうなるの？」ジェニーはいまや泣きじゃくっていた。「その男が赤ちゃんに悪いものを注射させたりしたら？」

「医者は何て？」

「わからないって！」

「大丈夫だ、ハニー。心配ない」

ビショップはリンダ・サンチェスに事情を話した。すると大柄な女はベッドに腰かけてジェニーの手を取ると、やさしいけれどしっかりした声で言った。「私を見て、ハニー。私を見るの……」ジェニーが従うと、「いい、私たちは病院にいるのよ。そうでしょ？」

ジェニーがうなずいた。

「だから、誰かに余計なことをされたって、すぐに治療してもらえるってこと」警官の浅黒く太い指が、まるで相手が凍えるほどの嵐から逃れてきたとでもいうように、力強くジェニーの腕をさすった。「ここにはヴァレーのどこよりも医者の人口密度が高いの。そうでしょ？　私を見て。私は正しい？」

ジェニーは目を拭ってうなずいた。すこし落ち着いたようだ。

ビショップもまた一緒になってほっとしていた。だが、このささやかな安心はもうひとつの思いとわずかに隣り合わせだった。もし妻や赤ん坊にどんな形にせよ危害のおよぶことがあれば、〈ショーン〉も〈フェイト〉も生きて拘束されることはない。

トニー・モットが息も切らさず走ってきた。逆にボブ・シェルトンはよたつく足取りで姿を現わすと、戸口にもたれてぜいぜい喘いだ。ビショップは言った。「〈フェイト〉がジェニーの薬に細工したらしい。いま調べているところだ」

「くそっ」シェルトンがつぶやいた。このときばかりはビショップも、トニー・モットが前線にいて、クロムメッキの大型のコルトを腰に挿しているのが頼もしいと感じた。もはや〈フェイト〉や〈ショーン〉のような犯罪者を相手にするには、味方と武器はいくら多くても多すぎることはないと考えるようになっていた。

サンチェスは元気づけるようにジェニーの手を握ったまま、他愛のない言葉を囁きかけている。顔色は悪くないとか、病院の食事はまずそうだとか、廊下にいたあの付添い人はいい男じゃないかとか。こんな母親がいるサンチェスの娘は果報者だとビショップは思った。娘が苦しみぬいてこの世に子供を産み落とすまで、この母親はこんなふうにそばに付き添っているにちがいない。

モットは先見の明を発揮してマサチューセッツ州警から入手した、ホロウェイ逮捕時の写真のコピーを階下の警備員たちに渡し、病院職員に配らせていると説明した。しかし、いまのところ殺人犯は目撃されていない。

若い警官はビショップに言った。「パトリシア・ノーランとミラーは病院のコンピュータ部門で、ハックの被害程度を調査中」

ビショップはうなずき、シェルトンとモットに言った。「ふたりには――」

突然、壁の医療モニターがけたたましい警告音を発した。ジェニーの心拍を示すグラフが、狂ったように上がったり下がったりしている。

画面に燃えるような赤い字でメッセージが現われた。

警告：心室細動

ジェニーは息を呑み、顔をあおむけてモニターを見つめた。そして金切り声をあげはじめた。

「なんてこった！」ビショップはコールボタンをつかんで狂ったように押しつづけた。ボブ・シェルトンが廊下に走り出てわめいた。「助けてくれ！　ここだ！　早く！」

と、画面上の線が不意に平らになった。警報は鋭く軋るような音に変わり、新しいメッセージがモニターに輝いた。

警告：心停止

「あなた」ジェニーは泣きじゃくった。ビショップは無力感に襲われながら妻を支えた。顔から汗を滴らせ、身をふるわせてはいたが意識はまだある。リンダ・サンチェスがドアのところに走って怒鳴った。「さっさと医者を連れてきて！」

やがてドクター・ウィリストンが走ってきた。モニターと患者を見較べてから機械の電源を切った。

「何とかしてくれ！」ビショップは叫んだ。

ウィリストンは心音を聞いて血圧を測ると、患者から離れて言った。「大丈夫」

「大丈夫？」モットが迫った。

サンチェスは医師の上着をつかんで患者のところへ引き戻しかねない勢いだった。「もう一度調べなさい！」

「異常は見あたりません」と医師は婦人警官に言った。

「しかし、モニターが……」ビショップは口ごもった。

「誤作動です」医師は説明した。「メイン・コンピュータ・システムに何か起こったらしい。このフロアのモニター全部が同じ調子だ」

ジェニーは目を閉じると頭を枕に戻した。ビショップは妻をきつく抱きしめた。

「それと例の注射ですが」医師はつづけた。「わかりました。薬剤部のほうにビタミン注射をする指示が出たということです」

「ビタミン？」

ビショップは安堵にふるえた。涙を懸命にこらえた。

医師は言った。「あなたにも胎児にも何の害もありません」彼は頭を振った。「おかしなことに、その指示は私の名前で出されていて、しかも私のパスコードを使って正規のものとしているわけです。パスコードは自分のコンピュータの個人ファイルに保管してあるのに、どうしてこんなことになるのか」

「どうしてだろうね」トニー・モットは冷笑まじりの視線をビショップに向けた。

五十代の軍人らしい挙措の男が病室にはいってきた。地味なスーツを着た男はレス・アレンと名乗った。この病院の警備部門の長である。病室にいた警備員のヘルマンが会釈をしたが、アレンはそれには応えずビショップに訊ねた。「どうしましたか、刑事さん？」

ビショップは妻とモニターをめぐる異変について語った。

アレンは言った。「要するに、そいつはメイン・コンピュータに侵入したと……。きょうの警備委員会でその件を話し合います。しかし、さしあたって何をすればいいのか。その男はまだ病院内にいるとお考えですか？」

「ええ。やつはここにいます」ビショップはジェニーの頭上にある暗いモニターに手を振った。「これはわれわれの目をジェニーとこの病棟に向けさせる陽動作戦です。つまり、標的は別の患者だ」

「もしくは患者たち」とボブ・シェルトン。

モットがつけくわえる。「あるいはスタッフの誰か」

ビショップは言った。「この容疑者は挑戦を好みます。病院でいちばん侵入しにくい場所はどこです？」

ドクター・ウィリストンとレス・アレンは考えこんだ。「どうですかね、先生？　手術室ですか？　あそこはみんな、出入りを管理するドアがついてます」

「そうなりますかね」

「どこですか？」

「別棟です。この病棟から地下のトンネルを通って」

「そこでは医者や看護婦は白衣にマスク姿が多いんじゃない？」リンダ・サンチェスが訊ねた。

「ええ」

それは〈フェイト〉が殺しの現場を自由に歩きまわれるということだった。ビショップは訊いた。「現在、手術中の患者さんはいますか？」

ドクター・ウィリストンは笑った。「そんな、二十件はおこなわれていると思いますよ」彼はジェニーのほうを向いた。「十分で戻ります。検査が終わったら帰宅して結構です」医師は出ていった。

「さあ、狩りに出かけるぞ」ビショップはモット、サンチェス、シェルトンに声をかけた。ジェニーをもう一度抱き寄せた。病室を出るとき、若い警備員が椅子をベッドの側に引き寄せていた。三人が廊下に出ると、警備員はドアをさっと閉めた。ビショップは掛け金のかかる音を聞いた。

彼らは廊下を足早に歩いた。モットはオートマティックのそばに手を置いて周囲に目をやっている。すこしでも〈フェイト〉に似ている男がいれば、すぐに銃を抜いて撃ちかけそうな気配だった。

ビショップにしても、カメレオンのように姿を変える殺人鬼を見逃してしまう可能性を思うと、とても冷静ではいられない。

エレベーターまで来て、何かが頭をかすめた。胸騒ぎがして、ジェニーの部屋の閉まったドアを振り返る。ビショップは〈フェイト〉のソーシャル・エンジニアリングの技術について、詳しくは話さないままアレンに言った。「われわれの追ってる容疑者ですが、つぎに現われるときにどんな外見をしているか、まったく見当がつきません。妻の部屋にいる警備員にはあまり注意を払わなかったのですが、彼は犯人と年齢も体型も似ている。間違いなくあなたの部下として働いているんですね？」

「えっ？　ディック・ヘルマンですか？」アレンはゆっくりうなずきながら答えた。「まあ、私の娘婿で、面識をもって八年になるのは確かです。あなたの質問の〝働いている〟という部分ですが——八時間のシフトのうち四時間仕事をして働いてると言えるなら、ええ、答えはイエスでしょう」

コンピュータ犯罪課の小さな食堂では、アート・バックル捜査官が牛乳かコーヒークリームを見つけ出そうと冷蔵庫をむなしく探索していた。ベイ・エリアにスターバックスが出現して以来、ほかのコーヒーを口にしたことがないバックルだが、この煮詰まって焦げ臭い飲み物が、何かしら入れてごまかさないかぎりとんでもない味がすることは想像に難くない。バックルは胸を悪くしながら、大量のコーヒーメイトをカップに入れた。液体は灰色になった。

皿からベーグルを取ってかぶりつく。くそったれ……。バックルはゴム製の偽物を放り投げてから、ジレットがこのくだらない悪戯を仕掛けたのだと気づいた。ハッカーが刑務所に戻ったら——

あの音は？

バックルはドアのほうを振り向こうとした。

だが音の正体を走ってくる足音と認識したとき、襲撃者はすでに背後まで迫っていた。男は細身の捜査官の背中にぶつかり、壁まで弾き飛ばした。その衝撃にバックルは息を詰まらせた。

明かりが消され、窓のない部屋は漆黒の闇に沈んだ。襲撃者はバックルの襟をつかんで床に叩きつけた。頭がコンクリートにぶつかり、鈍い音をたてた。

捜査官は息を喘がせながら拳銃を手探りした。

だが、別の手が先にそれを抜き取っていた。

〝きみは誰になりたい？〟

〈フェイト〉は州警察コンピュータ犯罪課のオフィスを、中央の廊下に沿ってゆっくり歩いている。着古されて染みがあるパシフィック・ガス＆エレクトリック（ＰＧ＆Ｅ）の制服を着て、ヘルメットをかぶって。カバーオールの内側にはケーバー・ナイフ、それにオートマティックの大型拳銃――グロック――とクリップ三個を隠していた。ほかにも武器を持っていたが、それは作業員が手にしていても武器とは思われないもの、大きなモンキー・レンチである。

〝きみは誰になりたい？〟

警官たちが信用する相手、その場にいても不審の目で見られない相手。そういう人間になりたい。

〈フェイト〉はまわりを見て、ＣＣＵが〝恐竜の檻〟を本部に使っていることに驚いた。ここに店を構えたのは偶然なのか。それとも死んだアンディ・アンダーソンが意図したことなのか。

彼は立ち止まって方向を確認すると、〝檻〟の中央制御エリアの暗い片隅に向かってゆっくりと――そして静かに移動を再開した。ブースのなかから凄まじいキーの打撃音が聞こえてきた。

ＣＣＵが空であることも驚きだった。少なくとも三、四人はいると想定して大きな銃と予備の銃弾を持ってきたのだが、全員が病院へ出かけてしまったらしい。けさ彼が指示しておいた栄養豊富なビタミンB注射のおかげで、フランク・ビショップ夫人がかなりのトラウマを抱えてしまったはずの場所へ。

本当は女を殺そうかとも思った。それは造作もないことで、薬剤部に大量のインシュリン投与でも指示すればよかったのである。しかしゲームのこの局面で、それは最良の戦術ではない。生きてパニックに悲鳴をあげることが、陽動作戦のキャラクターとして価値がある。死んでいたら、警察は彼女が標的であったと拙速な結論を下してこの本部に戻ってきたかもしれないのだ。いまごろ警官たちは、真の犠牲者を捜して病院中を走りまわっていることだろう。

事実、犠牲者は別にいる。ただそれはスタンフォード-パッカード・メディカル・センターの患者でも職員でもない。男はここ、CCUにいる。

男の名はワイアット・ジレット。

〈フェイト〉からわずか二十フィートの場所、正面の薄汚れた小部屋のなかにいるのだ。

〈フェイト〉は〈ヴァレーマン〉の速く力強いキーボード操作が奏でる驚異のスタッカートに耳をかたむけた。その容赦ないタッチは、つぎつぎマシンのCPUに叩きこまなければ、思いついたすばらしいアイディアが煙のように消え失せるといわんばかりだ。

〈フェイト〉は重いレンチを握ってブースに近づいていった。

ふたりの若者が〈ナイツ・オブ・アクセス〉を率いていたころ、ジレットはよく、ハッカーは即興の技に熟達していなければならないと言っていた。

〈フェイト〉もまたそのスキルを身につけたからこそ、きょうになって即興を披露した。

ジレットにマシンに侵入され、病院襲撃についても知られたリスクは大きすぎると判断して計画に若干の変更を施した。手術室で複数の患者を殺すつもりでいたが、かわりにCCUに来た。

むろんジレットが警官たちと一緒に病院へ行ってしまう可能性はあったから、暗号化した意味不明の文章を〈トリプル-X〉からのメッセージに見せかけて送り、ジレットがそれを解読するためここに残るよう仕向けた。

〈フェイト〉はこれをゲームの山場とすることにした。彼にしてみればCCUにはいりこむとは大きな挑戦であるばかりか――これで一気に二十五ポイントを稼げる――うまくいけば長年の敵を滅ぼすチャンスも手にはいる。

〈フェイト〉はもう一度あたりに気を配り、耳を澄ました。広い室内には裏切り者の〈ヴァレーマン〉以外の人間はいない。しかもここの警備態勢は思ったほど厳重ではない。だからといって準備にかける手間――PG&Eの制服、電気制御盤を点検するという偽の作業指示書、IDマシンを使って作り、ラミネート加工もしたバッジ、時間のかかった入口の鍵のピッキング――を惜しむ気持ちはなかった。本物のウィザードを相手に〈アクセス〉をプレイするとき、用心をしすぎるということはない。殊にそのウィザードが警察署というダンジョンに隠れているのならば。

いまや敵は数フィートの距離にいる。〈フェイト〉はその相手の死にざまを想像しながら、ずいぶんと長い時間をすごしてきた。

だが犠牲者の脈打つ心臓を刺し貫く伝統的な〈アクセス〉の手法とはちがって、〈フェイト〉はジレットには別の待遇を考えている。

最初にレンチで頭を殴打して気絶させたのち、〈ヴァレーマン〉の頭をつかんでケーバー・ナイフを使う。このアイディアはセント・フランシス・アカデミーのジェイミー・ターナーから得た。この若者が一度、兄へのeメールに書いていたのだ。

〈ジェイミーTT〉ねえ、もし自分がハッカーだとして、目が見えなくなることより怖いことって思いつく?

いいや、ジェイミー、思いつかないな。〈フェイト〉は声を出さずに答えた。

〈フェイト〉はブースの横で身をかがめ、淀みなく響くキーの音を聞いた。そして深呼吸をひとつして足を踏み入れると、レンチを振りかぶった。

00100010／34

レンチを振りかざした〈フェイト〉は無人の小部屋に立っていた。

「ばかな！」と小声で悪態をつく。

キーボードを打つ音は、ワイアット・ジレットの指が発しているものではなかった。コンピュータに接続されたスピーカーから流れていたのだ。部屋は空だった。

だが彼がレンチを落としてカバーオールから拳銃を抜こうとしたとき、隣りから現われたジレットが、哀れなバックル捜査官から取りあげた銃を〈フェイト〉の首に突きつけた。そして殺人犯の手から銃を奪った。

「動くなよ、ジョン」ジレットは殺人犯のポケットを探った。Ｚｉｐディスク、ポータブルＣＤプレーヤーとヘッドフォン、車のキーと札入れ。それからナイフ。全部をデスクの上に並べた。

「あれはよかった」と〈フェイト〉はコンピュータを顎で指した。ジレットがキーをひとつ叩くと音が止まった。

「WAVファイルに録音したわけだ。それで、おれはおまえがここにいると思いこんだ」

「そういうことだ」

〈フェイト〉は苦笑して頭を振った。

ジレットは退いて、ウィザードたちはおたがいを観察した。ふたりが顔を合わすのはこれが初めてだった。いままで何百という秘密や計画を共有し、何百万もの言葉を交わしてきたが、そうしたやりとりをじかにしたことは一度もなかった。それらはすべて銅線や光ファイバー・ケーブルを伝う奇蹟のような電子の化身を通じておこなわれたのである。

ジレットの見たところ、〈フェイト〉はこぎれいで、ハッカーにしては健康そうな外見をしていた。ほどよく日焼けしていたが、それが人工的な色であることはジレットも知っている。たとえ十分でも、マシンに向かう時間を割いてビーチに出るハッカーはいない。楽しそうな表情はしていても、目は石のかけらのように冷ややかだった。

「いい服だな」ジレットはPG&Eの制服に顎をしゃくった。〈フェイト〉が持っていたZipディスクを手にして眉を上げた。

「ハイド&シークのおれのバージョンだ」〈フェイト〉が説明した。これはCCUのすべてのマシンに感染して、データ・ファイルとオペレーティング・システムを暗号化してしまう強力なウィルスである。唯一の問題は解読する方法がないことだった。

〈フェイト〉が訊ねた。「どうしておれが来るとわかった？」

「おまえはもともと病院で人を殺すつもりだった——でもそのうちに、おれがマシンに侵入してメモを見たんじゃないかと心配になってきた。それで計画を変更した。人払いをしておれを狙った」

「だいたいそんなところだ」

「暗号化したeメールを〈トリプル-X〉からのものに見せかけて送りつけ、おれをここに引きとめた。そのおかげで、おまえが来るってわかったのさ。〈トリプル-X〉だったらeメールは送ってこない。電話を使ったはずだ。トラップドアのせいで、おれたちに手を貸してることがばれるんじゃないかとびくびくしてたからな」

「まあ、どっちにしろ、ばれたわけだ」そして〈フェイト〉は言い添えた。「やつは死んだよ。〈トリプル-X〉は」

「何だって？」

「ここに来る途中に寄り道した」ナイフのほうにうなずいてみせる。「あそこに付いてるのは、やつの血だ。名前はピーター・C・グロドスキー。サニーヴェイルにひとり住まいでね。昼間は信用調査機関でコード・クランチャー、夜はハック。自分のマシンのそばで死んだよ。その意味はともかく」

「どうしてわかった？」

「おまえたちがおれの情報を交換していたことをか？」〈フェイト〉は嘲笑した。「おれが知りたいと思ってわからないことが、この世にあると思うか？」

「ばかばかしい」ジレットは銃を押しつけて〈フェイト〉が怯むのを待った。が、〈フェイト〉は顔色ひとつ変えない。にこりともせずジレットの目を見返してつづけた。「どう転んでも〈トリプル－X〉は死ぬ運命だった。やつは裏切り者のキャラクターだったからな」

「何だと？」

「おれたちのゲームさ。おれたちのMUDゲームだよ。〈トリプル－X〉は人を売った。売ったやつは死ななくちゃならない――ユダのように。『指輪物語』のボロミアのように。おまえのキャラクターもかなりわかりやすい。何だと思う？」

キャラクター……ジレットは瀕死のララ・ギブソンの写真に添えられていたメッセージを思いだした。〝世界はすべてひとつのMUD、人間はキャラクターにすぎない……〟

「教えてくれ」

「おまえは欠点のあるヒーローだ――その欠点のせいでまわりをトラブルに巻きこんでしまう。ああ、最後に英雄的な行為でいくつもの命を救い、取り巻きを泣かせる。それでもおまえはゲームの最終レベルにはたどり着けない」

「おれの欠点とは？」

「わからないのか？　好奇心だよ」

ジレットは訊ねた。「じゃあ、おまえのキャラクターは？」

「おれはおまえより強くて優秀な敵役で、道徳に縛られることはない。しかし、おれに対抗して結束する善の力があって、そいつがおれの勝利を邪魔する……そうだな、ほかに誰がいた？アンディ・アンダーソン？　やつは賢者で死後も魂は生きている。オビ＝ワン・ケノービだ。フランク・ビショップは戦士だ……」

ジレットは考えていた。〈トリプル＝X〉には警察の護衛をつけることもできたはずだった。できることがあったはずなのだ。

また楽しそうな顔をして、〈フェイト〉はジレットが握る銃を見おろした。「連中に銃を持たされたのか？」

「借りたのさ」とジレットは説明した。「おれのお守りをするために残ったやつから」

「で、そいつは殴り倒されたのか？　縛られて猿ぐつわをかまされて？」

「そんなところだ」

〈フェイト〉はうなずいた。「それで、そいつはやられた相手を見てないから、おまえはやったのはおれだと言いふらすわけだ？」

「まあな」

苦笑い。「おまえがMUDの策士だってことを忘れてたよ。〈ナイツ・オブ・アクセス〉では静かなる男、詩人だった。でもゲームは得意だった」

ジレットはポケットから手錠を取り出した。これもコーヒー・ルームで襲ったバックルのベルトからはずしたものである。暴行を働いたことに対する罪悪感は意外なほど感じなかった。

その手錠を〈フェイト〉に投げて後ずさった。「はめろ」ハッカーは受け取った手錠を手首に回そうとはせず、ジレットのことをつくづく眺めた。そして、「教えてくれ――なんであっち側に行った？」

「手錠を」ジレットは身振りで示しながら小声で言った。「はめるんだ」

だが、目に懇願の色を浮かべて〈フェイト〉はまくしたてた。「いいか。おまえはハッカーだ。おまえのブルー・ノーウェアに生きるために生まれてきたんだ。どうして連中のために働く？」

「おれはハッカーだから連中のために働く」ジレットは言い放った。「おまえはちがう。おまえはマシンを人殺しに使うようになった落伍者だ。そんなのはハッキングじゃない」

「〈アクセス〉がハッキングなんだ。誰かのシステムにできるかぎり深く潜りこむことが」

「でも、おまえはその誰かのC:ドライブにとどまれないのさ、ジョン。おまえはつづけずにはいられない、身体の内側にはいりこむまで」ジレットは怒りにまかせてホワイトボードに手を振った。そこにはララ・ギブソンとウィレム・ボーテの写真が貼ってある。「おまえは人殺しをしてる。彼らはキャラクターじゃない、バイト数では表せない。彼らは人間なんだ」

「だから？　おれにはソフトウェア・コードと人間のちがいがちっともわからない。どっちも創られたもので、どっちも目的に奉仕して、人は死に、コードは最新バージョンに取って代わられる。マシンの内側か外側か、身体の内か外か、細胞か電子か。なんのちがいもない」

「ちがうんだよ、ジョン」

「そうなのか？」と〈フェイト〉は訊いた。ジレットの言葉に戸惑っている。「考えてみろ。

生命はどうやってはじまった？　炭素、水素、窒素、酸素、燐、硫黄でできた原始のスープに雷が落ちたのが始まりだ。すべての生物はこれらの成分からできている。すべての生物は電気インパルスで動いている。で、こうした成分はどれも、なんらかの形でマシンのなかに見つけることができる。マシンも電気インパルスのおかげで動いてる」

「チャットルームのガキ向けのえせ哲学は願い下げだ、ジョン。マシンは素晴らしい玩具だ。つねに世界を変えてきた。でもマシンは生きてるわけじゃない。考えたりしないんだ」

「いつから考えることが生命の必要条件になったんだ？」〈フェイト〉は笑った。「地球上の人間の半分は間抜けだよ、ワイアット。訓練した犬やイルカは、九割の人間より頭がいい」

「いったいどうした？　そんなちがいもわからないほどマシン・ワールドに呑みこまれちまったのか？」

〈フェイト〉は目を剝いた。「マシン・ワールドに呑みこまれた？　おれに他の世界はない！こうなったのは誰のせいだ？」

「どういう意味だ？」

「ジョン・パトリック・ホロウェイはリアル・ワールドに生きていた。ケンブリッジに住み、ハーヴァードで働き、友達がいて、食事に出かけ、デートもした。そこらの皆さんと変わらない現実の生活さ。しかも、やつはなんとそれが好きだった！　伴侶を見つけて、家庭を持とうとしていた！」〈フェイト〉の声がうわずった。「それがどうなった？　おまえが警察に密告して、やつを破滅させたんだ。もうやつの居場所はマシン・ワールドしか残っていなかった」

「ちがうな」ジレットは静かに言った。「現実のおまえはネットワークにクラックしてコードやハードウェアを盗み、911をクラッシュさせた。ジョン・ホロウェイの生活は完全なまがい物だった」

「それでも大切だった！　あれはおれにとって、いちばん生活に近いものだった！」〈フェイト〉は唾を呑んだ。ジレットは一瞬、彼が泣きだすのではないかと思った。だが殺人犯はすぐに感情を抑えて笑みを浮かべ、〝恐竜の檻〟を見まわした。壊れたキーボード二台が隅に放置されているのに気づくと、「二台しか壊していないのか？」と笑った。

ジレットは頰笑まずにはいられなかった。「まだここに来て二日しかたってない。時間をくれ」

「そういえば、軽いタッチができないって言ってたな」

「いつだったかハッキングをしてたとき、もう五年まえになるが、小指の骨を折った。気づかないで、そのあと何時間もキーを打ちつづけた。内出血で手が黒くなるまでね」

「耐久時間の記録は？」〈フェイト〉が訊ねた。

ジレットは考えこんだ。「一度、三十九時間ぶっつづけで叩いたことがある」

「おれは三十七時間。もっとつづけるつもりだったんだが眠ってた。目が覚めたら二時間手が動かなくてね……しかし、おたがいどうしようもない馬鹿だな」

ジレットが言った。「あの男を憶えているか――空軍の将軍。CNNで見た。連中の新兵募集用ウェブサイトはフォート・ノックスより守りが堅くて、そこらのチンピラにはハックできないって言った」

「それで、おれたちはやつらのＶＡＸに侵入した。たしか十分で？」

若いハッカーたちはキンバリー＝クラーク社の広告をそのサイトにアップロードしたのだった。ジェット戦闘機や爆撃機の刺激的な写真がコーテックスの箱と入れ換わっていた。

「あのハックはよかった」と〈フェイト〉が言った。

「そう、ホワイトハウス報道局の代表電話を公衆電話にしたこともあったな？」

ふたりは黙りこんだ。やがて〈フェイト〉が口を開いた。「ああ、おまえのほうがましだ……ちょっぴりしくじっただけじゃないか。あのギリシャ娘と結婚したんだったな。名前は？エリー・パパンドロス？」〈フェイト〉は女の名前を言いながらジレットを凝視した。「おまえは離婚した……でもまだ彼女を愛してる。そうだな？　わかるよ」

ジレットは何も言わなかった。

〈フェイト〉がつづけた。「おまえはハッカーなんだよ。女はおまえの領分じゃない。マシンが命なら恋人はいらない。わずらわしいだけだ」

ジレットはやり返した。「〈ショーン〉はどうなんだ？」

〈フェイト〉の顔に影がさした。「それは話がべつだ。〈ショーン〉はおれという人間を正確に理解している。そんなやつはそうめったにいない」

「誰なんだ？」

「おまえの知ったことじゃない」〈フェイト〉はそう言い放つとすぐに笑みを浮かべて、「なあ、ワイアット、一緒にやらないか。おまえがトラップドアの情報を欲しがっていることはわかってる。こいつの仕組みを知るためなら何でも差し出すんじゃないのか？」

「仕組みはわかってるよ。パケット－スニッファーでメッセージを方向転換させる。つぎにステガノグラフィを使ってデーモンをパケットに埋めこむ。デーモンはターゲットのマシン内部にはいると自発的に動きだして、通信プロトコルをリセットする。ふだんはゲーム・プログラムのなかに隠れていて、誰かが探しにくると自動的に消滅する」

〈フェイト〉は笑った。「しかし、それじゃあまるで『あっ、あの男は腕をばたつかせて飛んでるぞ』と言ってるのと同じだ。どうやってそれを実現したか？　そこがおまえにはわからないし、誰にもわからない……。ソース・コードがどうなってるか知りたくないのか？　コードが見たくてしょうがないんじゃないか、ミスター好奇心？　それは神を見るようなものさ、ワイアット。おまえはそれを望んでいる」

つかの間、ジレットの心はあるソフトウェアのプログラミングを一行また一行とスクロールしていった――トラップドアの複製をつくるとしたらどう書くだろうか。しかし、あるところまで来ると、心の目に映るスクリーンは真っ白になってしまう。その先が見えないとなると強烈な欲望が募るのだ。ああ、そうだ。おれはソース・コードを見たい。死ぬほど見てみたい。

だがジレットは言った。「手錠をはめろ」

〈フェイト〉は壁の時計をちらっと見た。「ハッキングしてたころ、おれが復讐について話してたのを憶えているか？」

「〝ハッカーの復讐は忍耐強い復讐〟。それがどうした？」

「ただ、そいつを心に留めておいてほしくてね。ああ、それともうひとつ……マーク・トウェインを読んだことは？」

　ジレットは顔をしかめて答えなかった。

「『アーサー王宮廷のヤンキー』。どうだ？　十九世紀の男が中世のイギリスに迷いこんでしまう話なんだが。そこに主人公か誰かが苦境に立たされて、騎士たちに殺されそうになる場面が出てくる」

「ジョン、手錠をはめるんだ」ジレットは銃を突き出した。

「で、つづきはどうなるか……これが傑作でね。男が持っていた暦でその年の日付を調べてみると、皆既日食が起こることがわかった。そこで、手を引かないと昼を夜に変えちまうぞと騎士たちを脅す。もちろん誰も信用しないんだが日食が起こる。みんなひどく怯えちまって、男は助かるというわけだ」

「それで？」

「おれは自分が苦境に立たされてるんじゃないかと思った」

「何が言いたい？」

〈フェイト〉は無言だった。だが答えはすぐ明らかになった。時計がちょうど十二時半を指したとき、〈フェイト〉が電力会社のコンピュータにロードしたと思われるウィルスによって、ＣＣＵのオフィスの電源が落ちたのである。

部屋が真っ暗になった。

ジレットは後ろに飛んでバックルの銃を構え、狙いを定めようと暗がりに目を凝らした。そのとき〈フェイト〉の強力な拳が首を捉えた。〈フェイト〉は怯んだジレットを壁に突き飛ばして倒した。

ジレットは鍵のじゃらつく音を聞いた。〈フェイト〉がデスク上の物をつかんだのだ。ジレットは相手の札入れに手を伸ばした。だが〈フェイト〉のほうが一瞬早く、かろうじて押さえたのがCDプレーヤーだった。モンキー・レンチで脛をしたたか殴られ、膝をついたジレットは〈フェイト〉のいそうな方向に見当をつけてバックルの銃の引き金を引いた。

しかし何も起きない。安全装置が掛かったままだった。それをはずそうとしたとき、顎に強烈な蹴りが飛んだ。ジレットは銃を取り落とし、ふたたび床に突っ伏した。

V

熟達者の水準

ハッカーやフリーカーを排除する方法はわずかにふたつ。ひとつはコンピュータと電話をなくしてしまうこと……。もうひとつはわれわれの要求をかなえること、つまり**すべて**の情報に自由にアクセスさせることだ。このいずれかが現実とならないかぎり、われわれも変わりようがない。

レベレーションの名で知られるハッカー

『ハッキングとフリーキングに関する究極の入門書』より

00100011／35

「大丈夫なの？」ジレットの顔と首、ズボンに付いた血に目をやりながら、パトリシア・ノーランは訊いた。

「なんともない」とジレットは答えた。

けれども彼女はその言葉を真に受けず、食堂に姿を消して濡らした紙タオルと液体石鹸を手に戻ってくると、〈フェイト〉との格闘で切れた眉や頬を看護婦気取りで拭いていった。彼女の力強い両手は塗ったばかりのネイル・コンディショナーの匂いがした。病院とこのオフィスに対する〈フェイト〉の攻撃を考えると、化粧を直す時間を見つけたのが不思議なほどである。

彼女はジレットにズボンの裾を引き上げさせると、ふくらはぎを支えて脚の傷を消毒した。

それが終わるとなれなれしい笑みを浮かべた。

忘れろよ、パティ……おれは重罪犯で仕事もない。しかも別の女を愛している。もうかまわないでくれ。

「痛む？」湿った布で傷にふれながら、彼女は訊いた。

一ダースの蜂に刺されたような疼きがある。「ほんのかすり傷さ」ジレットはこの言葉がしつこいお節介に水を差すことを願った。

トニー・モットが大型の銃をホルスターにしまいながら、ＣＣＵに駆けこんできた。「影も形もない」

すこし遅れてシェルトンとビショップがはいってきた。三人の警官はメディカルセンターから戻ったのち、〈フェイト〉の痕跡、もしくは〈フェイト〉がＣＣＵに侵入／逃亡した際の目撃者を探して三十分を費やしていた。しかし殺人課の刑事たちの顔は、収穫の面でモットと大差がないことを物語っている。

ビショップは疲れきった様子で腰をおろした。「で、何があった？」彼はハッカーに訊いた。

ジレットは〈フェイト〉のＣＣＵ襲撃について語った。

「何か役に立ちそうな発言は？」

「いや、なかった。もうすこしでやつの財布が取れそうだったんだけど、手にはいったのはあれだけさ」ハッカーはＣＤプレイヤーを顎で示した。すでに鑑識の人間が調べて、〈フェイト〉とジレットの指紋だけを検出していた。

ハッカーは〈トリプル－Ｘ〉の死を告げた。

「そうか」フランク・ビショップは、リスクを冒して協力してくれた市民が殺されたことに胸を衝かれたようだった。ボブ・シェルトンは腹立ちまぎれの大息をついた。

モットがホワイトボードに歩み寄り、〈犠牲者〉の項目のアンディ・アンダーソン、ララ・ギブソン、ウィレム・ボーテのつぎに〈トリプル－X〉と書きくわえた。

だがジレットは怪我した脛をかばいながら立ちあがると、ボードまで行ってその名前を消した。

「どうするつもりだ？」とビショップが訊いた。

ジレットはマーカーを取りあげて、〝ピーター・グロドスキー〟と書き入れた。「これが本名なんだ。サニーヴェイルに住むプログラマーだった」彼はチームに顔を向けて、「スクリーン・ネーム以上の存在だったことを忘れないようにしようと思ってね」

ビショップはウエルト・ラミレスとティム・モーガンに電話を入れ、グロドスキーの住所を調べて犯行現場を捜索するよう指示した。

ジレットは伝言を書き取ったピンク色のメモに気づいてビショップに言った。「あんたが病院から帰ってくるちょっとまえに電話があった。奥さんからだ」とメモに目を通して、「検査の結果が出て、いい知らせだ。いや、やっぱり自信がないな――悪性の感染症だって言った気がするし。何がいい知らせなのかわからない」

それでも珍しく喜色満面のビショップを見ると、やはり伝言は間違っていなかったのだろう。刑事のことはそれでよかったにせよ、ジレット自身はエラナが電話をよこさないことに失望を味わっていた。彼女はいまどこにいるのか。エドが一緒なのか。怒りと嫉妬で手のひらが汗ばんだ。

バックル捜査官が駐車場からオフィスにはいってきた。入念にととのえられていた頭髪は乱れ、足取りもおぼつかない。捜査官は駐車場に待機する救急車輌で、プロの医療スタッフによる治療を受けてきたのである。コーヒー・ルームで襲われて軽い脳震盪を起こし、いまは頭に包帯を巻かれていた。

「気分は？」ジレットは快活に声をかけた。

捜査官は答えなかった。ジレットの脇の机に自分の銃を認めるとすぐに取りあげ、大げさなほど念入りに点検してホルスターに戻した。

「いったい、何があったんだ？」捜査官は訊いた。

ビショップが答えた。「侵入してきた〈フェイト〉が、あなたを不意打ちして武器を奪った」

「で、おまえがやつから奪い返したのか？」捜査官は疑わしげに質した。

「ああ」

「おまえは私がコーヒー・ルームにいることを知っていた」バックルの声は尖っていた。「犯人は知らなかった」

「知ってたんじゃないかと思うけどね」ジレットは答えた。「そうでなきゃ、あんたの不意をついて武器を奪えるはずがないだろう？」

「これは想像だが」捜査官はゆっくりと言った。「おまえはやつがここに来ると考えていた。だから武器が欲しくて自分で調達した」

「いいや、そうじゃない」ジレットはそう言ってビショップを見やった。刑事は捜査官の言い分にも一理あるとばかりに片方の眉を上げてみせた。が、口は開かなかった。

「もしおまえだとわかったら――」

ビショップが言った。「まあまあ……そちらもすこし感謝してもいいんじゃないですか。ここにいるワイアットがあなたの命を救ったとも言えるわけだし」

捜査官は刑事を威圧しようと睨みつけたが、結局あきらめて歩み寄った椅子にそろそろと腰をおろした。「おまえの監視はつづけるからな、ジレット」

ビショップが電話を取った。通話を終えると言った。「ウエルトだ。ハーヴァードから報告があったそうだ。ホロウェイと同じ時期にショーンという名の学生および職員が在籍した記録はない。ホロウェイの勤務したほかの場所――ウェスタン・エレクトリック、アップルなどもあたってみたが、ショーンという従業員がいた形跡はなかった」刑事はシェルトンに目をやり、「それからMARINKILL事件のほうも動きが慌ただしくなってきたらしい。われわれの裏庭で犯人たちが目撃されたそうだ。サンタクララの一〇一号線で」

ボブ・シェルトンはいつにない笑い声をあげた。「あの事件をやろうがやるまいが関係ないじゃないか、フランク。むこうからあんたにつきまとってくる」

ビショップは頭を振った。「かもしれないが、いまはこっちに来てほしくない。人手を取られてしまう。こっちは猫の手も借りたいぐらいなんだ」そしてパトリシア・ノーランを見た。「病院では何か?」

彼女はミラーとともにメディカル・センターのネットワークを調べた状況を説明した。彼らは〈フェイト〉がシステムにクラックした痕跡は見つけたが、ハックした経路についてはつかめなかった。

「シスアドミンがプリントしてくれたの」ノーランはジレットに厚いプリントアウトの束を渡した。「過去一週間のログインとログアウトの記録よ。あなたなら何か見つけられるかもしれないと思って」

ジレットは百ページはありそうな書類を慎重にチェックしはじめた。

一方、ビショップは〝恐竜の檻〟を眺めまわして顔を曇らせた。「ところで、ミラーはどこにいる?」

ノーランが、「私より先に病院のコンピュータ室を出たわ。まっすぐここに帰るって言ってたけど」

ジレットがプリントアウトから顔を上げずに言う。「見かけてない」

「スタンフォードのコンピュータ・センターかもしれない」とモット。「よくあそこのスーパーコンピュータを使っているし。手がかりを探そうとしてるんじゃないのかな」彼はミラーの携帯に電話をしたが、応答がないのでヴォイスメールにメッセージを残した。

プリントアウトを読んでいたジレットはある項目に思わず目をとめた。胸の鼓動が高まる。念のため、もう一度読み直した。「まずいな……」

その声は低かったが、チームの全員が話をやめて彼に注目した。

ハッカーは顔を上げた。「〈フェイト〉はスタンフォードパッカードのルートを奪ってから、病院とリンクしてるほかのシステムにログインしている。ただし外部のコンピュータに飛ぶのも病院からだった。相手のコンピュータ・システムはスタンフォードパッカードを信頼できるシステムと認知するから、彼はファイアウォールを楽々通り抜け、またしてもルートも奪った」

「そのシステムというのは？」ビショップが訊いた。

「サニーヴェイルの北カリフォルニア大」ジレットはビショップを見あげた。「やつは警備手順のファイルと、大学に勤務する警備員全員の人事情報を手に入れた」ハッカーは吐息を洩らした。「つぎの犠牲者を見つけ出すのは大変だ。むこうは二千八百人の学生の名前と個人ファイルをダウンロードしてる」

誰かが尾けてくる……

何者だ？

ＣＣＵ本部を脱出した〈フェイト〉はフリーウェイ二八〇号線を走りながら、ミラーで後続の車輛を確認した。またも〈ヴァレーマン〉に出し抜かれて、とにかく家へ帰って出直そうという気になっていた。

すでにつぎの標的については考えている——北カリフォルニア大。目星をつけたなかでは困難なほうではないが、学生寮のセキュリティは厳重だし、総長はかつてあるインタビューに答えて、大学がハッカー・プルーフのコンピュータ・システムを備えていると豪語していた。さらに興味深いのは、このシステムが学生の大半に住居を提供する二十五の学生寮に設置された、最先端の火災報知器とスプリンクラーのシステムを制御していることだった。

たやすいハックだ。ララ・ギブソンやセント・フランシスのときほど意欲は湧かない。しかし、いまの〈フェイト〉には勝利が必要なのである。ゲームのこのレベルで敗北しかけて自信が大きく揺らいでいた。

そして彼の妄想に油を注ぐのは……。〈フェイト〉はふたたびルームミラーを覗く。

ほら、やっぱりだ！　男がふたり、フロントシートからこちらを見つめている。

道路に視線を戻して、またミラーに目をやる。

だが彼が見た――見たと思った――車は、ただの影か反射光だった。

いや、待て！　戻ってきたぞ……。でも、今度は女がひとりで運転している。

三度目に見たときには、もうドライバーの姿もなかった。ばかな、あれは人間じゃない！

亡霊。

悪鬼（デーモン）。

そうだ、いや……。

おまえの言ったとおりだ、〈ヴァレーマン〉。コンピュータが生きがいで、退屈という死の呪いから身を護る唯一のトーテムであるなら、いずれふたつの次元を隔てる境界線は消滅し、ブルー・ノーウェアのキャラクターたちがリアル・ワールドに姿を現わす。

そのキャラクターが友達ということもある。

ときにはそうではないことも。

ときには彼らが後ろを走っていることもあるし、ときには路地裏に彼らの影を見ることもある。家のガレージやベッドルームやクローゼットに潜んでいることもある。見知らぬ他人の瞳のなかに見えることもある。

真夜中にマシンを前にしていると、モニターに映る彼らの姿が見えたりする。

想像力の産物にすぎないということもある。

ルームミラーを見る。

けれども、本当にそこにいるということもあるのだ。

ビショップは携帯電話の〈終了〉ボタンを押した。

「北カリフォルニア大キャンパスにある寮のセキュリティは大学としては月並みなものだ。つまり、抜けるのはじつに簡単ということだ」

「あいつはチャレンジャーだと思ってたんだけどな」モットが言った。

ジレットが答えた。「今回は安直な殺しを狙うと思う。このところ、近くまで迫られて、相当かりかり来てるはずだ。たぶん血に飢えてる」

「また陽動作戦かもしれない」

そういう可能性もあるとジレットは同意した。

ビショップは言った。「総長に講義を中止して、学生を全員帰宅させるように言ったんだが断わられた。あと二週間で期末試験がはじまるそうだ。だからキャンパスには州と郡の警官を配置することになる。だがそうなると、大学関係者以外の人間がふえる――〈フェイト〉のためにソーシャル・エンジニアリングのチャンスを作ってやるようなものだ」

「じゃあ、どうします？」モットが訊ねた。

「昔ながらの地道な仕事をもうすこしやる」ビショップは〈フェイト〉のCDプレイヤーを手に取ってカバーを開けた。はいっていたのは『オセロ』の舞台公演を録音したものである。

刑事はプレイヤーを裏返して製品番号をメモした。「〈フェイト〉がこのあたりで買ったことも考えられる。会社に電話してこの製品の出荷先を調べてみる」

ビショップは全国に散らばるアキシャ・エレクトロニック・プロダクツ社の販売店、集配センターに片っ端から電話をしていった。しかし協力してもらえそうな――少なくとも協力する気がありそうな――相手に行きあたるのは並大抵のことではなく、ビショップはひたすら待たされたあげく担当の盥回しという仕打ちを何度も受けた。

刑事が回線のむこう側にいる人間と揉めているのを尻目に、ワイアット・ジレットは座った回転椅子を手近なコンピュータ端末に向けてキーボードを叩いた。やがて立ちあがり、プリンタから一枚の紙を取りあげた。

「こっちはそんな情報に二日も待っちゃいられない」と電話に向かって苛々をぶつけるビショップに、ジレットはプリントアウトを手渡した。

アキシャ・エレクトロニック・プロダクツ出荷──第一四半期
モデル：HBヘヴィ・ベース・ポータブル・コンパクトディスク・プレイヤー

製造番号　　発送日　　受取人

HB40032─　1／12　マウンテン・ヴュー・ミュージック＆エレクトロニクス
HB40068　　　　9456　リオ・ベルデ　＃4
　　　　　　　　マウンテン・ヴュー　CA

刑事は受話器を取り落としそうになった。「もういい」と言って電話を切ると、「どうやって手に入れた？」とジレットに訊ねてからすぐ片手で制した。「気が変わった。知らないほうがよさそうだ」そしてふっと笑った。「やっぱり、昔ながらの地道な仕事だ」

ビショップは電話を取りあげ、もう一度ウエルト・ラミレスに連絡を入れると、〈フェイト〉の写真を持って〈マウンテン・ヴュー・ミュージック〉にあたり、彼が近所に居住していないかを確認するよう指示した。「それから、やつが芝居好きらしいということも話すんだ。『オセロ』のCDを持ってることを。それで何か思いだしてくれるかもしれない」

サンノゼの州警察本部からビショップ宛ての封書が届いた。

ビショップはその中身を要約してみせた。「〈フェイト〉が送ってきたララ・ギブソンの写真の詳細について、ＦＢＩからの報告書だ。トゥルーヒート社製、ＧＳＴ３００ガス炉だそうだ。三年まえに発表されたモデルで、新しく開発された住宅地域の家によく使われる。熱容量からいって通常、二階建てか三階建ての独立家屋に取り付けるらしく、タウンハウスや平屋向きじゃない。またコンピュータ処理によって、地下室の石膏ボードに刻印された文字も読みとれた。製造は去年の一月だ」

「最近開発された住宅地の新築家屋」モットが声に出しながらホワイトボードに新しい情報を書きこんでいった。「二階ないし三階建て」

ビショップは軽く笑って、さも感心したというふうに眉を上げた。「諸君、合衆国の税金はじつに有効に使われてるぞ。ワシントンの連中は自分の使命をわきまえている。かの捜査官たちはパテ埋めや床タイルの並べ方にかなりむらがあることを発見し、その事実から、問題の家は地下室の内装を仕上げないまま売られて、持ち主が自分でタイルを貼ったと考えた」

モットはボードに書き添えた。「地下室は内装未完成のまま販売」

「まだある」刑事はつづけた。「ごみ箱に見える新聞紙の一部を処理した結果、それがフリーペーパーの『シリコン・ヴァレー・マーケティア』であることがわかった。戸別に配達される区域はパロ・アルト、クパティーノ、マウンテン・ヴュー、ロスアルトス・ヒルズ、サニーヴェイル、サンタクララに限られる」

ジレットが訊いた。「その範囲で新興の住宅地を探せるかい？」

ビショップはうなずいた。「いまからそれをする」彼はボブ・シェルトンを見た。「サンタクララ郡の例の委員会に、まだ相棒はいるのか？」

「ああ、いる」シェルトンは都市計画策定委員会に電話をかけた。そしていま候補に上がっている街のなかで昨年の一月以降、二階ないし三階建てで、地下室の内装が未完成という宅地の開発認可について訊ねた。五分後、受話器を顎と肩で挟んだシェルトンはペンをつかんで書きはじめた。この作業がしばらくつづいたのは、宅地開発のリストが相当な長さになったからである。七つの街を合わせて四十件にのぼった。

電話を切ってから、シェルトンはつぶやいた。「建築が需要に追いつかないそうだ。ドットコムのせいで」

ビショップは開発のリストを手にシリコン・ヴァレーの地図に歩み寄ると、シェルトンが書き取った場所を円で囲んでいった。途中で彼の携帯が鳴った。黙って話を聞いていたビショップは電話を切ると、「ウエルトとティムだ。ミュージック・ストアの店員が〈フェイト〉の写真を確認した。この数カ月の間に五、六回現われてる——買うのはいつも演劇で、音楽は一度もない。最後に買ったのは『セールスマンの死』。だが店員はやつの住所に心あたりはないと言ってる」

刑事はミュージック・ストアのある場所に印をつけた。その部分を指で叩くと、今度はエル・カミノ・レアルにあるオリーのコスチューム・ショップを円で囲んだ。〈フェイト〉が演劇用の接着剤と変装用具を買った店である。この二軒の店を隔てる距離はおよそ四分の三マイル。その位置関係から見て、シリコン・ヴァレーの中央部から西部にかけてが〈フェイト〉の活動拠点と思われた。それにしてもまだ七、八平方マイルにもおよぶ範囲には、二十二カ所の住宅開発地域が点在している。「しらみつぶしにするには広すぎる」

彼らは地図とホワイトボードを眺めながら捜査範囲を狭める方法について議論を重ねたが、これといった策も出ないまま気まずい十分間が過ぎた。サニーヴェイルのピーター・グロドスキーのアパートメントから連絡がはいった。青年は心臓をひと突きされて死んでいた。現実の〈アクセス〉ゲームで、過去の被害者を襲ったのと同じ手口だった。警官たちによる現場の捜索では、手がかりの類はまったく発見されなかった。

「くそっ」ボブ・シェルトンが椅子を蹴り飛ばした。それは全員が感じていたフラストレーションを体現するものだった。

ホワイトボードを見据えるチームの頭上に長い沈黙が流れた——だがその沈黙は意外なことに、背後からの気後れした声に破られた。「すみません」

度の強い眼鏡をかけた十代の小太りの少年が、二十代の男に伴われて入口に立っている。ジェイミー・ターナー、とジレットは思いだしていた。あのセント・フランシスの生徒とその兄のマークだった。

「やあ」ビショップは少年に頬笑みかけた。「元気か」

「ええ、まあ」少年が見あげた兄のほうが励ますようにうなずいた。ジェイミーはジレットに歩み寄った。「言われたことをやってみたんだ」そう言って心配そうに唾を呑みこんだ。

ジレットは何の話かとっさに思いだせなかった。しかし、うなずいて先を促した。「つづけて」

「それで、学校のコンピュータ室にあるマシンを調べてみたんだ。言われたとおりに。そしたら、捕まえるのに役立ちそうなものが見つかった——あの、ボーテ先生を殺したやつを」

00100100／36

「オンラインのときには、このノートをつけてる」とジェイミー・ターナーはワイアット・ジレットに言った。

概してハッカーとはさまざまな意味でだらしのない、いい加減な人種だが、真剣な連中ならオンラインの最中はかならずペンと使い古しのメモか〈ビッグ・チーフ〉のノート——枯れ木ものならなんでも——をマシンのそばに常備している。そして発見したウェブサイトのURL——ユニフォーム・リソース・ロケーター、アドレス——やソフトウェアの名称、調べてみたいハッカー仲間のハンドル・ネームやハックに有益な情報を事細かに記録するのだ。これを欠かすことができないのは、ブルー・ノーウェアの内部を漂う情報の大半が非常に複雑で、詳細な部分まで記憶するのが不可能であるからだ——そこへもってきて、情報は正確でなければならない。たったひとつのタイプミスが壮大な（モビー）ハックの実行や、最高にイカすウェブサイトや掲示板への接続を断ち切ってしまう。

午後の早い時間だったが、ＣＣＵチームのメンバーはいまこの瞬間にも〈フェイト〉が北カリフォルニア大で行動を起こしているのではと気が気でなくなっている。そんななかでも、ジレットは少年に自分のペースでしゃべらせた。

ジェイミーはつづけた。「いままで書いたものを調べてみたんだ。ボーテ先生が……先生があんなことになるまでのやつだけど」

「で、何を見つけたんだい？」励ますようにジレットは言った。フランク・ビショップが少年の隣りに腰をおろし、笑顔でうなずいた。「さあ」

「うん。その、ぼくが図書室で使ってたマシンなんだけど――警察が持ってったやつ――あれは二、三週間まえまでは調子がよかったんだ。それから、おかしなことになりはじめて。致命的(フェイタル)なエラーだよ。それでぼくのマシンがフリーズした」

「フェイタル・エラーだって？」ジレットは驚いて訊きかえした。ノーランを見ると首を振っていた。目にかかった髪をぼんやりと指に巻きつけている。

ビショップはふたりの顔を交互に見やった。「つまり？」

ノーランが説明する。「ふつう、この手のエラーはマシンがふたつの異なるタスクを同時に処理しようとしたときに、制御しきれなくなって起こるものなの。表計算ソフトを走らせている最中に、オンラインでｅメールを読むとかね」

ジレットは納得してうなずいた。「で、それだけが理由じゃないにせよ、マイクロソフトやアップルといった会社は複数のプログラムを同時に処理できるオペレーティング・システムを開発した。いまではそういったフェイタル・エラーに出くわすことはめったにない」

「そう」少年は言った。「だから、ぼくもおかしいと思ったんだ。それで同じプログラムを学校にあるほかのコンピュータで走らせてみた。でもだめだった、同じエラーは起こせなかった」

トニー・モットが声を出した。「そうかそうか、なるほど……トラップドアにはバグがあるんだ」

ジレットは少年にうなずきかけた。「すごいぞ、ジェイミー。それこそ、ぼくらが探してた突破口だ」

「なぜ？」ビショップが訊ねた。「わからないな」

「〈フェイト〉を追跡するには、やつが持ってるモバイル・アメリカのシリアル番号と電話番号が必要だった」

「それは憶えてる」

「うまくいけば、これでその両方が手にはいるんだ」ジレットは少年に向かって言った。「障害が起きてシャットダウンしたときの時間と日にちはわかるかい？」

少年はノートをめくり、開いたページをジレットに示した。そこにはクラッシュの状況がその都度詳しく書かれていた。「いいね」ジレットはうなずいて、トニー・モットに言った。「ガーヴィー・ホッブズに電話して、スピーカーフォンに出してくれ」

モバイル・アメリカのセキュリティ・チーフはすぐ電話に出た。

「どうも」ガーヴィー・ホッブズは言った。「われらが悪党の手がかりはつかめましたか？」

ジレットはビショップの顔を見た。ビショップは手を振って、この場の主導権をハッカーに委ねた。「これは新しいスタイルの警官仕事だからな。そっちにまかせる」

そこでハッカーはこう言った。「聞いてくれ、ガーヴィー。仮におたくの携帯で約六十秒間、通話不能になったのちに復旧したというケースが四回あったとする。どれも同じ番号にかけていた場合、正確な日時がわかればその電話を特定できるかい？」

「ふむ。そんな依頼は初めてですけど、やってみますか。日にちと時間を教えてください」

ジレットが情報を伝えると、ホッブスは言った。「電話を切らずにお待ちを」

その間を利用して、ハッカーは自分のもくろみをチームに説明した。すなわち、コンピュータがフリーズした際、ジェイミーはオンラインに戻るのにマシンを再起動させたはずである。それに要した時間がおよそ一分。当然〈フェイト〉の携帯電話も同じ時間だけ通話が切れて、こちらのほうもマシンをリスタートさせてオンラインに接続しなおしたことになる。ジェイミーのコンピュータがフリーズしてオンラインに復帰するまでの正確な時間と、モバイル・アメリカの特定の携帯電話が通話の切断・再接続をくりかえした時間とを照合すれば、その携帯が〈フェイト〉のものであると確認できるはずなのだ。

五分後、セキュリティの専門家が電話口に戻ってきた。「楽しいですね。わかりましたよ」ホッブズは陽気に言うと、困惑と敬意が入り混じったような声でつけくわえた。「ところが妙なことに、その電話番号は未割り当てのものなんです」

ジレットは説明した。「ガーヴィーは、〈フェイト〉が安全で非公開の電話交換機にハックして番号を盗んだって言ってる」

「これまで、うちのメインボードにクラックした人間は皆無です。この男、只者じゃありませんね」

「それはもうわかってる」とフランク・ビショップはつぶやいた。

「やつはいまでもその番号を使ってるのか？」シェルトンが訊いた。

「きのうからはまだ。典型的なコール・ジャッカーの場合、もし二十四時間その番号を使わなかったら、それはもうちがう番号に乗り換えたってことですね」

「すると、やつがまたオンラインにしても、もう後を追えないってことか？」ビショップは悄然として訊いた。

「そうです」ホッブズは認めた。

だがジレットは肩をすくめて、「まあ、こっちが追跡してることに気づいた段階で、あいつが番号を変えるのは予想がつく。それでも、この二週間にどこから電話していたかを絞りこむことはできる。そうだろ、ガーヴィー？」

「もちろん。私たちはすべての通話について、それがどの地区から発信されたかの記録を持ってます。問題の電話は、ほとんどの通話が八七九番地区からですね。ロスアルトスです。ＭＩＴＳＯのデータを使って、そこからさらに場所を絞りこんでみました」

「何のデータだって？」

答えたのはジレットだった。「携帯電話の中継局さ。そこに区域特定機能があって、やつがその地区内のどのあたりにいたかを突き止めることができる。だいたい一平方キロ単位で」

ホッブズは笑うと、警戒するように訊ねた。「ミスター・ジレット、うちのシステムのことをよくご存じで」

「いろいろ読んだからね」ジレットは皮肉っぽく応じると、「その場所の座標が知りたい。道路の名前で説明できるかい？」と訊ねて地図に歩み寄った。

「当然です」ホッブズがすらすらと四つの交差点の名を挙げると、ジレットはその四つの点を線で結んだ。ロスアルトスのかなり大きな部分を占める台形ができあがった。「やつはこのなかのどこかにいる」とハッカーは地図を叩いた。

線で囲んだ内側には六カ所の新しい住宅開発地があった。サンタクララの都市計画策定委員会によって、住居表示が割り当てられていた。

二十二カ所よりはましだが、それでもうんざりするほどの広さがある。

「六カ所？」リンダ・サンチェスが落胆して言った。「三千人は住んでるわよ。これ以上絞りこめないの？」

「やってみよう。こっちはやつが買い物をした店がわかってる」とビショップは地図上のオリーのコスチューム・ストアと〈マウンテン・ヴュー・ミュージック＆エレクトロニクス〉の中間点にある住宅地を指で叩いた。ストーンクレストという名だった。

チームは活気を帯びた。ビショップはロスアルトスのその住宅地付近でガーヴィーと落ち合う算段をすると、バーンスタイン警部に電話でブリーフィングした。そして私服の警官にホロウェイの写真を持たせて、地区全域で聞き込みにあたらせた。通りでホロウェイに見られた場合に備えて、ビショップは小さなプラスティックのバケツを警官たちにあたえ、恵まれない子供のための募金を集めるふりをさせることにした。また戦術部隊には慎重に行動するよう注意を促した。CCUのチームも出動の準備をはじめた。ビショップとシェルトンは銃を点検し、ジレットはラップトップを点検した。トニー・モットは、もちろんその両方を。

パトリシア・ノーランは、チームがCCUのコンピュータにアクセスする必要が生じたときのことを考えて、オフィスに残ることになった。

出発しようとしていたところに電話が鳴り、ビショップが出た。彼はしばらく無言で聞いていたが、やがてジレットを一瞥すると訝るような面持ちで受話器を差し出した。

ハッカーは眉をひそめて受話器を耳にあてた。「もしもし」

しばしの沈黙。そしてエラナ・パパンドロスの声が答えた。「私よ」

「ああ、やあ」

ジレットはビショップが全員を外に追い立てる様子に見入った。「電話がくるとは思わなかった」

「自分でも驚いたわ」エラナは答えた。

「どうして？」

「あなたには借りがあるような気がしたの」

「借りって、何の？」

「やっぱり、あしたニューヨークへ発つって話しておかないと」

「エドと？」

「そう」

その言葉は、まだ痛みの残る〈フェイト〉の拳より強く彼をとらえていた。彼女が出発を延期するのではと心のどこかで期待していた。

「だめだ」

ふたたび、ぎこちない沈黙がつづく。「ワイアット……」

「愛してるんだ。行かないでくれ」

「でも行くことにしたの」

ジレットは言った。「ひとつだけ頼みがある。行くまえに会ってくれ」

「なぜ？　会ってどうなるっていうの？」

「お願いだ。十分だけでいい」

「私の心は変えられないわ」

いや、変えられる、と彼は思った。

「もう切らないと。さようなら、ワイアット。これからの人生の幸運を祈ってるわ」

「やめろ！」

それ以上何も言わず、エリーは電話を切った。

ジレットは沈黙した電話機をじっと見つめた。

「ワイアット」ビショップが声をかける。

ジレットは目を閉じた。

「ワイアット」刑事はもう一度呼んだ。「行くぞ」

ハッカーは顔を上げ、受話器を置いた。虚脱したように廊下を歩く警官の後を追った。

刑事が彼の耳もとに囁きかけた。

ジレットはぼんやりとビショップの顔を見た。そして、いま何を言ったのかと訊き返した。

「パトリシアとふたりで言ってたような具合になってきた、と言ったのさ。こいつはあのMUDゲームみたいだ」

「だから？」

「おれたちはエキスパートのレベルに達したらしい」


エル・モンテ・ロードは、エル・カミノ・レアルとそこから数マイルを隔てて並行して走るシリコン・ヴァレーのバックボーン、フリーウェイ二八〇号線とをつなぐ道路だった。

南のフリーウェイに向けて車を走らせると、エル・モンテの眺めはまず商店街、そして一九五〇年代から六〇年代にかけて建てられた典型的なカリフォルニア風ランチハウスが並ぶ地域へと移り、最後には近郊に蒔かれたドットコム・マネーの収穫を目的として造成された新興住宅地へと至る。

そんな住宅地のひとつであるストーンクレストからほど近い場所に、パトロールカーが十六台、カリフォルニア州警察戦術部隊のヴァンが二台駐まっていた。ロスアルトスのファースト・バプティスト教会は高い柵に囲まれて、エル・モンテ・ロードから内部をうかがうことはできない。ビショップはそれを理由に、神の家の傍らにある駐車場を集結地点に選んだのである。

ワイアット・ジレットはクラウン・ヴィクトリアの助手席に座っていた。運転席にはビショップ。シェルトンは後部座席に無言で陣取り、湿った微風にそよぐヤシの木を眺めている。隣りの車にリンダ・サンチェスとトニー・モットがいた。どうやらビショップはエリオット・ネス気分の若者を御する努力を放棄したらしく、モットはさっそく車を飛び出して、戦術部隊と防弾衣を着けた制服警官の一団に合流した。戦術部隊を率いるアロンゾ・ジョンソンの姿もある。ジョンソンは人群れから離れて立ち、顔を伏せるようにして無線の声に聞き入っていた。

ビショップの車を追って現場に到着した国防総省のアーサー・バックル捜査官は、傘をさして刑事の車に寄りかかり、頭の包帯をいじっていた。

ストーンクレスト一帯では、大勢の警官が聞き込みにまわっていた。ソーシャル・エンジニアリングで寄付集めを装い、黄色いバケツをこれ見よがしにして、ジョン・ホロウェイの写真を出してみせるのだ。

時は過ぎても、これといった報告は来なかった。疑念が忍び寄る――もしかして〈フェイト〉はちがう住宅地にいるのではないか。モバイル・アメリカが割り出した電話番号は間違っていたのかもしれない。番号は合っていたのだが、ジレットとの格闘があって〈フェイト〉は州外へ逃げたかもしれない。

そのときビショップの携帯が鳴った。電話に出たビショップはうなずき、笑顔でシェルトンとジレットに言った。「信頼できる証言が出た。隣家の住人が写真を確認した。やつはアルタ・ヴィスタ・ドライヴの三四〇〇四にいる」

「よし！」シェルトンは勢いこんで拳をつくり、車を降りた。「アロンゾに話してくる」がっしりした刑事は蝟集する警官のなかに紛れた。

ビショップはガーヴィー・ホッブズを呼び出し、わかった住所を伝えた。このセキュリティの専門家はジープの車中にセルスコープ——コンピュータと無線方位測定機を接続したもの——を据えつけていた。モバイル・アメリカの携帯電話の周波数をスキャンしながら〈フェイト〉の家の付近を通過して、〈フェイト〉が送信中かどうかを確認するのが彼の役目だった。

ほどなくホッブズからの報告がビショップのもとに返ってきた。「彼は家のなかで携帯電話を使ってます。音声ではなく、データの送信中」

「オンラインにいるんだ」ジレットが言った。

ビショップとジレットは車を降りて、シェルトンとアロンゾ・ジョンソンにこの情報をもたらした。

ジョンソンは宅配トラックに擬装した監視用ヴァンを〈フェイト〉の家の前に配置した。そこからの報告によると、家のブラインドは下りているがガレージの扉は開いているという。ドライブウェイにはくたびれたフォード。屋内の灯りは外から見えない。生い茂ったジャカランダの近くに伏せた第二の監視チームが、これもまた似たような報告をよこした。くわえてどちらのチームも、すべての出口と窓に目が向いていると言った。それはたとえ〈フェイト〉が警官に気がついたとしても、逃走は不可能であるということだった。

次いでジョンソンは、ビニールで包んだストーンクレストの詳細な道路地図を広げた。〈フェイト〉の家をダーマトグラフで囲んでから、この住宅地域のモデルハウスのカタログを調べていった。「やつが住んでるのはトルバドールというモデルだ」と彼は間取り図のページをめくり、それを軍人風で愛想のない、クルーカットの若い部下に見せた。

ワイアット・ジレットはカタログの図面の下に記されたコピーに目を留めた。〝トルバドール……。それは貴方と貴方の家族が、来るべき年月をともに楽しむ夢の家……〟

ジョンソンの部下が簡潔に言った。「これで地上にある表と裏の扉は全部押さえました。扉のもうひとつは裏側のテラス。階段はありませんが、わずかに地上十フィートの高さで、飛び降りることは可能です。側面に入口はなし。ガレージにはふたつ出入口があって、ひとつは内側のキッチン、もうひとつは裏庭に面しています。われわれは三チームに分かれて突入します」

リンダ・サンチェスが言った。「とりあえず彼をコンピュータから引き離して。キーひとつだって、さわらせちゃだめよ。ディスクの中身をあっという間に破壊できる相手なんだから。

私たちのほうでそれを調べて、新たな標的がいるかどうかを確かめるわ」

「了解」

ジョンソンが言った。「エイブル隊は正面から。ベイカーは裏。チャーリーはガレージから行け。チャーリー隊はふたりを残して、テラスからやつが飛び降りた場合に備えること」彼は目を上げて、左の耳朶につけた金のイアリングを引っぱった。「よし、猛獣狩りの開始だ」

ジレット、シェルトン、ビショップ、それにサンチェスはクラウン・ヴィクトリアの一台に戻り、住宅地の内側へ車を走らせると、〈フェイト〉の家から死角となるように戦術部隊のヴァンの脇に駐めた。バックル捜査官も影のように後をついてきた。彼らは部隊がすばやく散開し、身をかがめて植え込みの陰を音もなく移動するのを見守った。

ビショップはジレットを振り返り、かしこまった様子で手を差し出してハッカーを驚かせた。「ワイアット、結果がどう出るにせよ、あんたなしではここまで来られなかった。リスクを負いながらこれだけ働いてくれる人間はなかなかいるもんじゃない」

「そうよ」リンダ・サンチェスが同意した。「彼のような人は貴重だわ、ボス」と大きな茶色の瞳をジレットに向けて、「ねえ、出所したときに仕事が欲しかったら、CCUに応募するのよ」

ジレットは感謝の気持ちを言葉にしようと思った。しかし心は逸るばかりで何も浮かんでこない。彼はただうなずいた。

今回ばかりはボブ・シェルトンも、仲間の意見に同調しそうな気配を見せたが、結局は車を降りて顔見知りらしい私服警官の群れに姿を隠した。

アロンゾ・ジョンソンが近寄ってきたので、ビショップは車のウィンドウを下ろした。「監視の連中はまだ家の内部を確認できてない。容疑者はエアコンを最高に効かせていて、赤外線スキャナーも何ひとつ感知しない。まだコンピュータを使ってるのか？」

ビショップがガーヴィー・ホッブズを呼び出してそれを訊ねると、「ええ」と答えが返ってきた。「セルスコープは相変わらず、彼が送ってる信号を拾ってますよ」

「よし、こっちが訪問するときには、ほかに気を取られておとなしくしていてもらいたい」ジョンソンはマイクロフォンに向かって言った。「道路を閉鎖しろ」

警官たちはアルタ・ヴィスタを走ってきた車数台をUターンさせ、隣家に住む白髪の婦人が、ガレージから出そうとしていたフォード・エクスプローラーを誘導して殺人者の家から遠ざけた。雨にもかかわらず、少年が三人、騒がしいスケートボードに乗って楽しそうにアクロバットをはじめた。ショートパンツにアイゾッドのシャツを着た警官がふたり、さりげなく彼らに近づいて視界の外に連れ出した。

気持ちのよい郊外の通りには、人っ子ひとりいなくなった。

「よさそうだな」ジョンソンはそう言うと、姿勢を低く家に向かって走っていった。

「最後はこれか……」ビショップはつぶやいた。

リンダ・サンチェスはビショップの声を聞きつけて言った。「そうよ、ボス」彼女は敷地の境界上にある垣根の陰に配された六人の戦術要員に混じり、ひざまずいているトニー・モットに親指を立ててみせた。モットはリンダにうなずき返して、また家のほうに向きなおった。

「あの子、自分を撃ったりしなきゃいいけど」リンダは優しい声で言った。

ボブ・シェルトンが戻ってきて、クラウン・ヴィクトリアのシートにどさりと腰を落とした。

ジレットの耳には命令を下す声は聞こえなかったが、ＳＷＡＴの隊員たちがそれまで身を潜めていた場所から一斉に立ちあがり、建物めがけて疾走するのが見えた。

不意に大きな振動音が三度、立てつづけに轟いた。ジレットは飛びあがった。

ビショップは説明した。「スペシャル・ショットガン・シェルだ。あれでドアのロックを吹っ飛ばす」

ジレットの手のひらに汗がにじんだ。気がつけば息を殺していた。銃声を、爆発音を、叫び声を、サイレンを待ちながら……。

ビショップは身じろぎもせず、鋭い視線を家のほうに向けている。実際は緊張しているとしても、そんな様子は微塵も見せなかった。

「早く、早くして」リンダ・サンチェスがつぶやく。「どうなってるの？」

延々とつづく静寂のなか、聞こえるのは車のルーフを叩く鈍い雨音だけだった。

車の無線が唐突に雑音を発して、全員をぎょっとさせた。

「アルファ・チーム・リーダーからビショップへ。聞こえるか？」

ビショップはマイクをつかんだ。「どうぞ、アロンゾ」

「フランク」アロンゾの声が告げた。「やつはいない」

「何だって?」刑事は混乱して問い返した。

「われわれは家中を探索したが、どうやら犯人は逃走した模様。モーテルのときとまったく同じだ」

「あの野郎」とシェルトンが吐き棄てた。

ジョンソンがつづけた。「いまダイニングにいる。やつはここをオフィスにしていたようだ。マウンテン・デューの缶があって、まだ冷たい。体熱検知器で調べると、コンピュータの前の椅子につい五分か十分まえまで座っていたらしい」

ビショップは必死の思いを声に出した。「アル、やつはそこにいる。いるはずだ。きっとどこかに隠し部屋がある。クローゼットのなかを調べろ。ベッドの下も」

「フランク、赤外線は椅子に残された痕跡以外は感知していないんだ」

「でも、外に出られるはずがないわ」サンチェスも言った。

「捜索をつづける」

ビショップは車の窓にぐったりもたれた。その鷹のような顔には絶望が刻まれていた。

十分後、戦術部隊の指揮官がふたたび無線連絡をしてきた。

「屋内はすべて確認したぞ、フランク」ジョンソンは言った。「やつはいない。現場を見たければご自由に」

00100101／37

家のなかは清潔そのものだった。

ジレットの予想を完全に裏切っていた。ハッカーのねぐらとはだいたいが不潔で、コンピュータの部品やワイア、本、マニュアル類、工具、フロッピーディスク、食べ物がこびりついた容器、汚れたグラス、さらに本、その他のガラクタで足の踏み場もないほどなのだが。

〈フェイト〉の家のリビングは、たったいまマーサ・スチュアートが内装をすませたばかりのように見えた。ＣＣＵのチームは室内を見回した。ジレットは最初、家を間違ってしまったのかと思ったが、やがて額入りの写真の多くにホロウェイの顔が写っていることに気づいた。

「見てよ」リンダ・サンチェスは額に収められた一枚のスナップを指さした。「あの女の人が〈ショーン〉ね」と別の写真にも目をやって、「ふたりには子供たちがいるの？」

シェルトンが言った。「ＦＢＩにこの写真を送れば――」

しかし、ビショップは首を振った。

「何か問題でもあるのか？」とアロンゾ・ジョンソンが訊ねた。

「全部合成だな？」ビショップはジレットに向かって眉を上げてみせた。

ハッカーは額をひとつ手に取り、中身の写真を抜き出した。それは暗室で焼き付けられた光沢紙ではなく、カラープリンターで出力されたものだった。「ネットからダウンロードしたか雑誌からスキャンして、それに自分の顔をはめこんだんだ」

炉棚の上の、プールサイドのビーチチェアに寝そべる幸福そうなカップルの写真の横に、古風な箱時計があって二時十五分を指していた。その時を刻む大きな音が、〈フェイト〉のつぎの犠牲者、犠牲者たちの死が間近に迫っていることを連想させた。

ジレットは部屋のなかを見わたした。いかにも裕福な郊外族の趣味を思わせるリビングである。

〝トルバドール……それは貴方と貴方の家族が、来るべき年月をともに楽しむ夢の家……〟

ウエルト・ラミレスとティム・モーガンは近所の聞き込みをしてまわったが、〈フェイト〉と関わりがありそうな場所についての手がかりはまったく得られなかった。ラミレスによれば、「通りをはさんだ向かいの住人の話では、やつはウォレン・グレッグと名乗ってたそうです。家族は子供たちの学期末を待って来ると話してたらしい」

ビショップはアロンゾに言った。「やつのつぎのターゲットが北カリフォルニア大の学生らしいということはわかってるんだが、そこの誰かを特定するまでには至らない。どんなことでもいいから、そのあたりの情報を探すように、そっちの部下にも徹底させてくれ」

ジョンソンは頭を振って言った。「しかし、隠れ家を手入れされたばかりなんだぞ。しばらくは獲物のことも忘れて、どこかでじっとしてるんじゃないのか？」

ビショップはジレットの顔を見た。「おれの見立てではそういうタイプじゃない」

ハッカーも同意した。「〈フェイト〉はいま勝ちを欲しがってる。なんとかして、きょうじゅうに殺しを実行しようとするはずだ」

「そのとおりに伝える」とSWATの警官は答えてその場を離れた。

チームはほかの部屋も調べてまわったが、どの部屋も実質家具ひとつなく、人目を避けるようにブラインドを下ろしていた。バスルームだけはノー・ブランドの剃刀とシェービング・クリーム、シャンプー、石鹼など最低限の品物が置いてあった。彼らはそこで軽石のはいった大きな箱を見つけた。

ビショップは興味深そうに箱から一個を取り出してみた。

「指さ」とジレットは指摘した。「胼胝をこすり落とすのに使う。キーが打ちやすいように」

彼らは〈フェイト〉のラップトップが置いてあるダイニングルームにはいった。

ジレットはスクリーンをちらりと見て、嫌悪もあらわに頭を振った。「見ろよ」

ビショップとシェルトンはその文字を読んだ。

インスタント・メッセージ　発信者：ショーン

アルタ・ヴィスタ・ドライヴ34004にコード10―87

「これは戦術作戦のコードだ――10の87は。もしこのメッセージが届かなかったら、いまごろやつを捕まえていた」とビショップは言った。「もうすこしだったのに」

「〈ショーン〉め」とシェルトンが言う。

地下室から声がかかった。「逃亡に使われた抜け穴を発見しました。こっちです」

ジレットは刑事たちと階段を降りていった。だが最後の一段に来て、目のあたりにしたのはララ・ギブソンの写真にあった光景だった。粗い仕上げのタイル、未塗装の石膏ボード。床の血溜まり。胸もふさがる思いがした。

アロンゾ・ジョンソンとフランク・ビショップが、他の警官たちに混じって壁の小さなドアを調べていた。そのドアを開くと、排水管を思わせる三フィート径のパイプに通じていた。警官のひとりが懐中電灯でパイプの内部を照らした。「隣りの家につづいてます」

ジレットとビショップは顔を見合わせた。刑事は言った。「やられた！　あの白髪の婆さんだ――エクスプローラーの！　ガレージから出そうとしてた。あれがやつだ」

ジョンソンは無線をつかみ、隣家にはいるよう部下に指示した。それから問題の四輪駆動車を捜索するためＥＶＬ（緊急車輌探知）を手配した。

すぐに連絡がはいった。「隣家は空家です。家具も何もありません」

「両方の家を持っていたのか」

「くそっ、またソーシャル・エンジニアリングか」ビショップは大声を出した。この刑事の口から悪態が飛び出すのを、ジレットは初めて聞いた。

五分もして、エクスプローラーが発見されたという報がはいった。四分の一マイルと離れていないショッピングセンターの駐車場だった。後部座席に白髪のウィッグとドレスが残されていた。ショッピングセンターでの聞き込みでは、エクスプローラーから別の車に乗り換えた人物の目撃情報はなかった。

州警察の鑑識班が二軒の家を徹底的に調べたが、役立ちそうなものはほとんど見つからなかった。判明したのは〈フェイト〉が――ウォレン・グレッグと偽って――この二軒を現金で購入したという事実である。警察で彼に家を売った不動産業者に確認してみると、その女性は二軒分の代金がすべて現金で支払われたことについて、とくに不審は抱かなかったという。〝心の歓びの谷〟では、コンピュータ企業の若くて裕福なエグゼクティブが住居用に一軒、投資用に一軒と買うのは珍しいことではなかった。ただし、この取引きには妙なことがひとつあると女性は言い足した。警察の求めに応じて信用報告書と購買申込みの記録を調べてみると、件の売買に関する記録だけが全部消えているというのだ。「おかしいでしょう？　それだけ偶然に消えてしまうなんて」

「ああ、おかしいな」ビショップは皮肉をこめて言った。

「そう、偶然なんてね」ジレットがつけくわえた。

ビショップはハッカーに言った。「やつのマシンをＣＣＵに持って帰ろう。運がよければ大学の標的について情報が残ってるかもしれない。急いだほうがいい」

ジョンソンとビショップが現場を開放すると、リンダ・サンチェスは押収品の保管用カードに必要事項を記入して、〈フェイト〉のコンピュータとディスク類を梱包した。

チームは車に戻り、ＣＣＵの本部へ急いだ。

ＣＣＵに着くと、ジレットはパトリシア・ノーランに逮捕失敗のニュースを伝えた。

「〈ショーン〉がまた情報を流したっていうの？」ノーランは腹立たしげに訊いた。

サンチェスはジレットとノーランに〈フェイト〉のラップトップを渡して電話を受けた。

「おれたちがあの家に踏みこむことをどうやって知ったんだ？」トニー・モットが疑問を口にした。「わからないなあ」

「おれはひとつだけ知りたい」シェルトンがひとりごちた。「〈ショーン〉はいったい誰なんだ？」

そのときのシェルトンは明確な答えを期待していたわけではなかったが、すぐにそれを知るはめになった。

「私は知ってるわ」とリンダ・サンチェスが恐怖にかすれた声で言った。チームの全員を見つめながら、手にしていた受話器を置いた。赤く塗った爪を打ち合わせながらつづけた。「サンノゼのシスアドミンと話したの。十分まえに何者かがＩＳＬＥネットにクラックして、さらにＩＳＬＥが信頼されてるシステムであることを利用して国務省のデータベースに侵入したわ。〈ショーン〉よ。彼は国務省のシステムに指示を出して、古い日付のパスポートを二冊発行させた。偽名でね。でも、そのシスアドミンは〈ショーン〉がスキャンしてシステムに送りこんだ写真に見覚えがあったの。一枚はホロウェイよ」――リンダは深く息を吸った――「もう一枚はスティーヴンだった」

「スティーヴンって？」トニー・モットが訊いた。事態が把握できていないのだ。

「スティーヴン・ミラーよ」サンチェスはすすり泣いていた。「彼が〈ショーン〉なのよ」


ビショップとモット、サンチェスはミラーのブースにはいってデスクを調べた。

「おれは信じないぞ」モットは息巻いた。「また〈フェイト〉のしわざだ。やつがおれたちを煙に巻こうとしてるんだ」

「だとしたら、ミラーはどこにいる？」とビショップは訊いた。チームが〈フェイト〉の家にいる間、ＣＣＵで待機していたパトリシア・ノーランによれば、ミラーからは一度も連絡がなかったという。彼女はミラーと連絡を取るため、地元大学のコンピュータ関連の学科にいくつも問い合わせをしたが、ミラーの所在はついにつかめなかった。

モットはミラーのコンピュータを起動した。

スクリーンにパスワードの入力を要求するプロンプトが現われた。モットは知恵を絞り、誕生日やミドルネームを使ったいかにもありがちなパスワードをいくつかひねり出したが、アクセスは拒否された。

ジレットがはいってきて、自作のクラック‐イット・プログラムを起動させた。数分後にはパスワードをクラックして、ジレットはミラーのマシンにはいりこんでいた。そしてミラーが〈ショーン〉のスクリーン・ネームで〈フェイト〉宛てに送ったメッセージを何十通も見つけた。モンタレー・オン‐ライン経由でインターネットにログオンしたものである。メッセージは暗号化されていたが、差出人のヘッダを見ればミラーの正体は歴然としていた。

パトリシア・ノーランが言った。「でも〈ショーン〉は有能だったわ――それに較べたらスティーヴンはしょせん素人よ」

「ソーシャル・エンジニアリング」とビショップが言った。

ジレットはうなずいた。「いかにも無能に見えたから疑われることもない。ところが、その裏で〈フェイト〉に情報を流していたわけだ」

モットがまくしたてる。「アンディ・アンダーソンが死んだのはあいつのせいだ。あいつがはめたんだ」

シェルトンがつぶやいた。「おれたちが〈フェイト〉にあと一歩のところまで迫るたびに、ミラーは警報を出していたのか」

「そのシスアドミンはミラーがどこからハックしていたか、何かつかんでなかったのか？」とビショップが訊ねた。

「なかったわ、ボス」サンチェスは答えた。「ミラーは強力なアノニマイザーを使ってた」

ビショップはモットに訊いた。「ミラーがコンピュータ時間を予約していた学校だが――そこに北カリフォルニア大もはいっているのか？」

「わからないけど、たぶん」

「だとすれば、彼はつぎの犠牲者を決める〈フェイト〉の手助けをしていた」ビショップの携帯が鳴った。ビショップは黙って用件を聞き、電話を切って言った。「ウエルトだ」リンダ・サンチェスがISLEネットのシスアドミンから連絡を受けた直後に、ビショップはラミレスとモーガンをミラーの家に向かわせていたのである。「ミラーの車が消えてる。家には何もない。ケーブルの束とコンピュータのスペア・パーツだけだ――マシンとディスクは全部持ち出されたあとだった」刑事はモットとサンチェスに訊いた。「彼は夏の別荘を持ってるか？　近くに家族は？」

「いいや。マシンが彼の人生そのものだったから」とモットが答えた。「事務所でも仕事、家に帰っても仕事で」

ビショップはシェルトンに、「ミラーの写真を公開して、そのコピーを持たせた警官を北カリフォルニア大に派遣する」それから〈フェイト〉のコンピュータを見てジレットに言った。「まさか、そのなかのデータまで暗号になってるのか？」

「いや」ジレットが顎で指した画面には〈フェイト〉のスクリーン・セーバーがスクロールしていた――〈ナイツ・オブ・アクセス〉のモットーが。

〝アクセスは神……〟

「さあ何が見つかるか」彼はラップトップの前に腰をおろした。

「なかにはまだ〈フェイト〉の仕掛けた罠がたくさん残っているかもしれないわ」サンチェス

が注意した。

「ゆっくりと慎重にやるよ。まずはスクリーン・セーバーを切って、それで様子を見る。細工をする場所は理詰めで考えればわかるんだ」ジレットはスクリーン・セーバーを切るのに、コンピュータのキーボードのなかでいちばん安全なキー——シフト——を選んだ。シフトキーは単独でコマンドを出したり、マシンが記憶しているプログラムやデータに働きかけたりすることはないので、ハッカーがこのキーに罠を仕掛けるはずはない。

しかし、〈フェイト〉は並みのハッカーではなかった。

ジレットがシフト・キーを押した瞬間、スクリーンが真っ白になって文字が現われた。

一括暗号化開始
暗号化中——国防総省
スタンダード12

「まずい！」ジレットはスイッチを叩いた。しかし〈フェイト〉は電源制御を無効にしており、マシンは反応しなかった。ジレットはバッテリーを取り出そうとラップトップを裏返したが、リリース・ボタンがはずされていた。わずか三分でハードディスクの中身がすべて暗号化されていた。

「ちくしょう……」ジレットはテーブルを叩いていた。「役立たずめ」

国防総省のバックル捜査官が立ちあがり、ゆっくりマシンに近づいた。ジレットの顔から目を転じたスクリーンには、ただ意味不明の細かい文字の連なりが映っているだけである。捜査官はホワイトボードにテープで貼られた犠牲者の写真を見やるとジレットに訊いた。「そこに人命を救う情報がはいってると思うのか？」ラップトップに顎をしゃくる。

「たぶん」

「まえに話したあれは本気だ。おまえが暗号をクラックしても、こっちは目をつぶってやる。ただし、そのクラッキング・プログラムで入手したディスクをすべてこちらに引き渡すのが条件だ」

ジレットはためらった。やがて訊ねた。「本気か？」

バックルは不気味に笑うと頭に手をやった。「あの野郎のおかげでひどい頭痛だ。罪状に連邦捜査官への暴行も追加してやる」

ジレットはビショップを見た。ビショップはうなずいた——それはジレットを支えるという彼なりの意思表示だった。ハッカーはワークステーションに向かい、オンラインにした。ハッカー・ツールを隠してあるロスアラモスの自分のアカウントに戻り、パックマンと名づけたファイルをダウンロードした。

ノーランが笑い声をあげた「〝パックマン〟ですって？」

ジレットは肩をすくめた。「これを仕上げたときは二十二時間ぶっ通しでね。ましな名前を思いつかなかった」

彼はそれをフロッピーディスクにコピーして、〈フェイト〉のラップトップに挿入した。スクリーンに文字が現われた。

暗号化／解読
ユーザー名入力：

ジレットはタイプした。Luke Skywalker

パスワード入力：

文字、数字、記号をジレットが入力すると、十八個のアステリスクの列が現われた。モットが言う。「すごいパスワードだな」
つぎにスクリーンに現われたのは、

使用する暗号方式の選択：

1　プライヴァシー・オン－ライン
2　国防暗号標準

3　国防総省スタンダード12
4　NATO
5　インターナショナル・コンピュータ・システムズ

　すると今度はパトリシア・ノーランがモットにつづいて、「すごいハックね。あなたの書いたスクリプトで、ここにある組織の暗号標準が全部クラックできるわけ？」

「普通なら、ファイルの中身の九十パーセントは解読できる」ジレットは3のキーを押して、暗号化されたファイルを自分のプログラムに通しはじめた。

「どうやってやるんだい？」モットはすっかり引きこまれている。

　ジレットは説明しながら、自分の声にある熱狂を——そして誇りを——振り払うことができずにいた。「基本的には、それぞれの暗号標準について充分なサンプルを入力してやって、その暗号化に用いられているアルゴリズムのパターンをプログラムに認識させる。そうすると、このプログラムは自分で推論を立てはじめる。つまり——」

　不意にバックル捜査官がビショップの傍らから手を伸ばし、ジレットの襟首をつかんで床に引き倒した。「ワイアット・エドワード・ジレット、おまえをコンピュータ詐欺および濫用法違反、国家機密窃盗ならびに反逆罪の容疑で逮捕する」

「なんの真似だ！」とビショップ。

　トニー・モットが詰め寄る。「ふざけるな！」

バックルはジャケットの前を開き、銃の台尻を覗かせた。「気をつけろ。きみのやっていることについては、あとでじっくり検討させてもらおうか、お巡りさん」

モットは後ずさった。バックルはそれこそ悠々と囚人に手錠をかけた。

ビショップは激昂した。「いい加減にしろ、バックル。こっちの話は耳にはいってるはずだ。〈フェイト〉はあの大学の誰かを狙ってる。もうキャンパスにいるかもしれないんだぞ！」

パトリシア・ノーランが言う。「あなたが許可したんじゃない！」

バックルは平然と彼女を無視すると、ジレットを椅子に押しこんでから無線機を手にした。「バックルからユニット23へ。容疑者を拘束した。いつでも連行可能」

「了解」とひび割れた声の応答があった。

「彼をはめたのね！」ノーランは怒鳴った。「この機会を薄汚く狙ってたんだわ」

「警部に連絡をとる」ビショップは嚙みつくように言うと、携帯電話を取り出して玄関に向かった。

「好きにすればいい。こいつは監獄に戻るんだ」

シェルトンがわめいた。「おれたちが追ってる犯人は、いままた新しい獲物を狙ってるんだぞ！　これがやつを止める最後のチャンスなんだ」

バックルはジレットを顎で示して答えた。「そしてこいつが盗んだコードで百人の人間が死ぬかもしれない」

サンチェスが言った。「あなたは約束したわ。それはどうでもいいの？」

「ああ。こういう連中を捕まえることこそ大事なんでね――何をおいても」

「一時間だけくれ」ジレットは懇願した。

だがバックルは悪意に満ちた笑いを浮かべると、ジレットに対して権利を読みあげていった。

そのとき、表でつづけざまに銃声が響き、ＣＣＵの正面扉のガラスが銃弾で粉砕されたのである。

00100110／38

モットとバックルは銃を抜いて入口を向いた。サンチェスはひざまずき、バッグに武器を探った。ノーランはデスクの下にもぐりこんだ。

フランク・ビショップが、外の扉から〝恐竜の檻〟につづく短い廊下を這うようにして戻ってきた。

サンチェスが呼びかけた。「撃たれたの、ボス？」

「大丈夫だ！」刑事は壁際に身を寄せるとかろうじて立った。銃を抜いて、全員に声をかけた。「やつだ——〈フェイト〉だ！　ロビーにいたおれに発砲してきた。まだ外にいる！」

無線機を手にしたバックルが、襲撃者に注意しろと仲間たちに呼びかけながら刑事の脇を走りすぎた。バックルはドアのそばにかがみこんで、銃弾が壁に穿った穴と砕けたガラスに目をやった。トニー・モットが——例の大型拳銃を手に——ＤｏＤの捜査官の背後についた。

「やつはどこだ？」バックルはすばやく表をうかがうと頭を引っ込めた。

「あの白いヴァンの後ろ」刑事は叫んだ。「左のほうだ。ジレットを殺しに戻ったんだろう。ふたりは右から行って、やつを釘づけにしてくれ。こっちは裏にまわって側面を突く。頭を下げろ。かなりの腕前だ」

捜査官と若い警官は、顔を見合わせてうなずきあうと玄関を飛び出していった。

ふたりの後ろ姿を見送ったビショップは銃をホルスターに戻した。シャツの裾をベルトの下にたくしこんでから鍵を取り出し、ジレットの手錠をはずしてポケットに入れた。

「どういうつもりなの、ボス？」身を起こしながらサンチェスが訊いた。

事情を察知したパトリシア・ノーランが笑った。「これって脱獄じゃない？」

「ああ」

「でも、銃声は？」とサンチェスが訊いた。

「あれはおれだ」

「あんたが？」ジレットが呆れたように言った。

「表に出て、玄関に二発撃ちこんだ」刑事はにやりとした。「ソーシャル・エンジニアリング——すこしコツがつかめたかな」そして〈フェイト〉のコンピュータに顎をしゃくってジレットに言った。「さて、じっとしちゃいられない。やつのマシンを持ってここを出よう」

ジレットは手首をさすった。「こんなことをして気は確かなのか？」

「確かなのは〈フェイト〉とミラーがこの瞬間にも、北カリフォルニア大のキャンパスにいるかもしれないってことだ。もうこれ以上人を死なせるわけにはいかない。行くぞ」

ハッカーはマシンを抱えて刑事につづいた。

「待って」パトリシア・ノーランがふたりを呼び止めた。「裏に私の車があるわ。それで行きましょう」

ビショップは躊躇した。

「私のホテルに行くのよ。マシンのことなら私も手を貸せるわ」

刑事はうなずいた。リンダ・サンチェスに言葉をかけようとすると、女のほうでぽっちゃりした手を振って彼を制した。「私が知ってるのは、振り返ったら逃げるワイアットと追いかけるあなたが見えたってことだけよ。ワイアットはナパをめざして逃亡中で、あなたは必死に追跡中。幸運を祈るわ、ボス。彼が見つかりますように。私のぶんまでワインを楽しんで」


しかし、ビショップの英雄的行為も無駄になりそうだった。

パトリシア・ノーランのホテルの部屋——ワイアット・ジレットが初めて目にする豪華なスイート——で、ハッカーはすぐに〈フェイト〉のコンピュータのデータを解読した。だがそれでわかったのは、このマシンは以前ジレットがはいりこんだのとは別物であるということだった。ホット・マシンではなく、はいっていたのはオペレーティング・システムとトラップドア、それに〈ショーン〉が新聞からダウンロードして〈フェイト〉に送ってきた切抜き記事のファイルだけだった。記事の大半はシアトル関連のもので、〈フェイト〉が計画するつぎのゲームの予定地と思われた。もっとも、このマシンが警察の手に渡ったとあっては、当然場所も変更されるだろう。

北カリフォルニア大学および潜在的な犠牲者に言及したファイルはなかった。

がっかりしたビショップはプラッシュの肘掛椅子に身を沈め、両手の指を組み合わせて床に目を落とした。

「私にやらせて」ノーランがジレットの隣りに腰をおろし、ディレクトリをスクロールしていった。「〈フェイト〉は使っていたファイルを消去してるかもしれないわ。復元できるかどうかリストア8で試してみた？」

「いや、してない。やつならみんなシュレッドしてると思ってね」

「そこまで気にしてなかったかも」ノーランは指摘した。「だって、彼は自分のマシンには誰も侵入できないって相当な自信を持っていたのよ。仮にはいられても暗号化爆弾で阻止できるって」

ノーランがリストア8のプログラムを走らせると、一瞬にして〈フェイト〉がこの数週間に消去したデータがスクリーンに出現した。彼女はそこにざっと目を通した。「あの学校に関するものはないわ。襲撃に関するものも。あるのはコンピュータのパーツを売った先の受取伝票が数枚。ほとんどのデータが破損してる。でも、これはどうにか意味をつかめるんじゃないかしら」

Ma%%ch 27 ＊＊＊200!!!++
55eerrx3^^shipped to:
San Jose Com434312 Produuu234aawe%%
2335 Winch4ster 00u46lke^
San Jo^^ 44^^^9^^^$$###
Attn: 97J＊＊seph McGona%%gle

ビショップとジレットはスクリーンを覗きこんだ。
ハッカーが口を開いた。「でも、役には立たないね。あいつからパーツを買った会社だ。こっちが欲しいのは発送元、〈フェイト〉の住所なんだ」
ジレットはノーランと交代して、復元された残りのファイルをスキャンしてみた。結果はデジタルのごみだった。「何もない」
だがビショップは首を振った。「ちょっと待った」とスクリーンを指し、「戻してくれ」
ジレットは部分的に意味をなしていた受取伝票まで画面を戻した。
ビショップはスクリーンを指で叩いて言った。「この会社——サンノゼ・コンピュータ・プロダクツ——ここならパーツを買い入れた相手や出荷元の住所について、何らかの記録を残しているはずだ」
「そのパーツが盗品であることを知らなければ」とパトリシア・ノーランが言った。「知って

いれば〈フェイト〉に関しては知らぬ存ぜぬを通すはずよ」

「〈フェイト〉が連続殺人犯だと知ったら、すこしは協力的になるんじゃないか？」とジレット。

「あるいはその逆か」疑わしげにノーランが言った。

ビショップが補足する。「盗品の買取りは重罪だ。サン・クエンティン行きを避けるつもりなら、協力的にもなるさ」

刑事はスプレーで固めた髪にさわりながら、身を乗り出して電話機を取った。そしてバックルをはじめとする連邦捜査官ではなく、チームの誰かが出てくれることを祈りながらCCUに連絡を入れた。さいわい出たのはトニー・モットだった。「トニー、フランクだ。いま話せるか？……そっちの状況は？……やつらは尻尾をつかんだのか？……いや、おれたちの尻尾だ……そうか、ありがたい。それで頼みがある。サンノゼ・コンピュータ・プロダクツを調べてくれ。サンノゼ、ウィンチェスターの二三三五……いや、このまま待ってる」

やがてビショップは顔を上げ、ゆっくりとうなずいた。「オーケイ、わかった。助かった。〈フェイト〉はここにコンピュータのパーツを売ってたらしい。会社の人間と話してみる。何かわかれば連絡する。もうひとつ、北カリフォルニア大の学長と警備責任者に電話して、殺人犯が学校に向かっていると伝えてくれ。警官の人数もふやすんだ」

電話を切った刑事はノーランとジレットに言った。「この会社はシロだ。最近十五年間、IRS（国税局）やEPA（環境保護庁）、州の収税課とはまったくトラブルは起こしてない。営業許可もきちんと取っている。〈フェイト〉からずっとパーツを買ってたにしろ、盗品だってことは知らなかったんだろう。とにかくここを訪ねて、このマガナグルとかいうやつの話を聞こう」

ジレットは刑事の後につづいたが、ノーランはこう言った。「ふたりで行って。私はこのマシンに手がかりがないか、もうすこし調べてみるわ」

ジレットはドアのところから、キーボードに向かう女を振り返った。彼女は励ますように微笑を浮かべた。だがそれはどこか物欲しげな感じで、その表情に別の意味が込められているような気がしてくる――おそらくは、ふたりの関係が花ひらく見込みはないと悟ってしまったのではないか。

と、そのとき、これまでハッカーの身にも何度となく起きてきたように、女の笑顔がふっと消え、ノーランは輝くモニターに注意を戻してキーを叩きはじめた。つぎの瞬間、一心不乱の表情に覆われて、彼女はリアル・ワールドからブルー・ノーウェアにのめりこんでいった。

もはやゲームの面白さは失せている。

汗と怒りと絶望にまみれて、〈フェイト〉はデスクの前でうつむき、ぼんやりと周囲に視線をやった――貴重なコンピュータの遺物に。ジレットと警察の追跡の手が身近に迫り、もうこの緑多きサンタクララ郡でゲームを継続することはできない。

それがことのほかつらいのは、今週――Ｕｎｉｖａｃウィーク――をゲームのなかでも特別なバージョンと考えていたからである。かの有名なMUDのゲーム〈クルセーズ〉のように、シリコン・ヴァレーを新たな聖地として、彼はあらゆるレベルで圧倒的な勝利を収めることを望んでいた。

しかし警察——と〈ヴァレーマン〉——は予測を越えてはるかに優秀だった。

だから選択の余地はない。まだひとつアイデンティティが残っており、すぐにここを引き払うつもりでいた。つぎの目的地にはシアトルを考えていたのだが、すでにジレットがスタンダード12の暗号化コードをクラックして、シアトルのゲームと標的に関する詳細を発見している可能性があった。

シリコン大草原（プレーリー）、シカゴもいいかもしれない。あるいはルート一二八号線、ボストンの北。

だが今度の殺しまでそう長くは待てない——ゲームをつづけたいという渇望に食い尽くされてしまいそうだった。そこでまずは北カリフォルニア大学の寮に立ち寄ってガソリン爆弾を置いてくることに決めた。お別れのプレゼントに。寮のひとつはシリコン・ヴァレーの先駆者の名がつけられていたが、そこをターゲットとするのはあまりに見え透いている。で、通りを挟んだ反対側にある寮の学生を死なせることにした。その寮は、マシンとマシンの象徴する世界を知り得なかった大詩人にちなんでイェーツ・ホールと呼ばれる。

建物自体も古い木造なので、火に対しては無防備だった。ことにいまは警報システムとスプリンクラー・システムが大学のメイン・コンピュータによって停止させられている。

けれども、やるべきことがもうひとつあった。もし相手が別の人間だったら一顧だにしない。

だがゲームの今回の水準（レベル）における敵はワイアット・ジレットなのだ。爆弾を仕掛け、そのあと東へ逃げるチャンスを確保するために、〈フェイト〉は時間を稼がねばならない。気が昂ぶっているせいか、マシンガンを乱射して十人ばかり殺し、警察の目を惹きたいと思ったりもする。むろん、そんな武器は彼のような人間にふさわしいものではない。だからこそコンピュータ端末の前に座り、ただ静かに、慣れ親しんだ呪文を打ちこみはじめたのである。

00100111／39

サンノゼの南西にあって、有刺鉄線に囲まれた複合施設内の一隅を占めるサンタクララ郡公共事業部（ＤＰＷ）の本部には、ポップシンガーにあやかって〈アラニス〉の名がついた巨大なメインフレーム・コンピュータが置かれている。

保守管理や道路補修の日程調整、渇水期の給水割当て、下水道や廃棄物処理の監視、シリコン・ヴァレー内にある数万機の信号機の調整など、このマシンはＤＰＷの数千にもおよぶタスクを管理していた。

〈アラニス〉と外部をつなぐメインリンクのひとつが、本体近くの高さ六フィートという金属ラックに設置された三十二台の高速モデムである。いまこの瞬間——午後三時三十分——にも、多数の電話通信がこれらのモデムにはいりつづけている。そのなかのひとつが、マウンテン・ヴューのベテラン修理係から送られてきたデータ・メッセージだった。長年ＤＰＷの仕事を請け負ってきたこの男は、最近になってようやく現場からラップトップ・コンピュータを通してログインし、新しい指示を受けたり、問題が発生した公共施設の場所を確認したり、修理完了の報告をするといった部の方針をしぶしぶ受け入れたのだ。コンピュータなど時間の浪費と決めつけていた肥満気味の五十五歳は、いまやすっかりマシンの虜で、ログオンする機会を心待ちにするほどになっていた。

男が〈アラニス〉に送ったのは、下水修理が終わったことを報告する簡単なeメールだった。コンピュータが受け取ったメッセージは、しかし微妙に異なっていた。修理係がずんぐりした指で雨垂れ式にキーを叩いて作り出した散文には、余分なコードがわずかにはめ込まれていた——トラップドア・デーモンが。

こうして疑うことを知らない〈アラニス〉の内部で、eメールから跳び出したデーモンがマシンのオペレーティング・システムの奥深くに巣食った。

そこから七マイル離れた場所で、コンピュータを前にした〈フェイト〉はルートを奪い、必要なコマンドを求めて〈アラニス〉の中身をスクロールしていた。探しあてた情報を黄色いパッドに書きつけて、彼はルート・プロンプトに戻った。その紙を見ながら“permit/g/segment-*”と打ってエンターを押す。専門的なコンピュータ・オペレーティング・システムにおける多くのコマンドと同様、これも暗号化はされているが確実な結果をもたらすはずだった。

つぎに〈フェイト〉は手動入力優先プログラムを破壊し、ルート・パスワードをZZY?a##9/%48?95にリセットした。人間が見てまったく意味不明のコードだが、たとえスーパーコンピュータでもクラックするには数日を要する。

　そしてログオフした。

　シリコン・ヴァレーを脱出するため、荷造りをしようと立ちあがるころには、彼の作品が奏でるかすかな音が午後の空を埋めようとしていた。


　スティーヴンズ・クリーク・ブールヴァードの交差点を抜けた臙脂(えんじ)のボルボが、悲鳴とともにスキッドして、ビショップのパトロールカーにまっすぐ突っ込んできた。

　ドライバーは衝突の恐怖に目を瞠るばかりだった。

「あっ、危ない！」ジレットは身を守ろうと本能的に両腕を突き出しながら叫んだ。スウェーデン車のグリルを飾る有名なクロムのストライプが迫ってくる。ジレットは顔を左にそむけて目をつぶった。

「大丈夫だ」ビショップの声は冷静だった。

　直感に従ったのか、それとも警察の運転教則を実践したのか、刑事はブレーキをかけなかった。かわりにアクセルを床まで踏みこむと、接近してくる車に向かってクラウン・ヴィクトリアをスキッドさせた。この対応が奏功した。わずか数インチの差で衝突は回避され、ボルボは後続のポルシェのフロント・フェンダーに突っ込んだ。ビショップは流れた車体を立て直してブレーキを踏んだ。

「信号を無視しやがった」ビショップは事故を報告しようとダッシュボードの無線機をつかん

だ。

「いや、無視じゃない」ジレットは振り返りながら言った。「ほら、信号が両方とも青だ」

ふたりがいる場所の一ブロック先でも車が二台、交差点の真ん中に停まっていた。車体は斜めを向き、ボンネットから煙が立ち昇っている。

無線に、事故と信号機の異常に関する報告が飛び交いはじめた。ふたりはしばらく耳をかたむけた。

「信号が全部青になってる」刑事は言った。「郡全域で。〈フェイト〉だな？ やつのしわざか」

ジレットは苦々しく笑った。「公共事業部にクラックしたな。やつとミラーで逃げやすいように煙幕を張ったんだ」

ビショップはふたたび車を発進させたが、道は渋滞のせいで一時間かけて二、三マイルを進むのがやっとだった。ビショップはダッシュボード上で虚しく点滅するライトを止めると、あちらこちらに響くクラクションの音に負けじと怒鳴った。「どうしたら元どおりにできる？」

「たぶん、やつはシステムをフリーズさせたか、解読不可能なパスコードを入れた。バックアップ・テープから全部リロードしないと。かなり時間がかかるだろうな」ハッカーは頭を振った。「でもこの渋滞じゃ、本人だって足止めを食うことになる。とすると目的は？」

ビショップは言った。「いや、やつはきっとフリーウェイにいる。たぶんランプの近くに。北カリフォルニア大もランプに近い。やつはつぎの標的を殺してフリーウェイにとんぼ返りする。あとは誰ぞ知る目的地までスムースに移動するだけだ」

ジレットはうなずいてつけくわえた。「少なくとも、サンノゼ・コンピュータ・プロダクツの人間もどこにも行けないでいる」

目的地から四分の一マイルの地点で車の流れが完全に止まった。車は乗り捨てるほかなかった。ビショップとジレットは焦燥に駆られて走りだしていた。〈フェイト〉がこの交通渋滞を作り出したのは、大学を襲う準備がととのったからだともいえるのだ。仮に運よくサンノゼ・コンピュータで発送元の住所がわかったとしても、〈フェイト〉の隠れ家にたどり着くころには死者が出て、〈フェイト〉とミラーは姿を消しているかもしれない。

会社の建物まで来たふたりは、金網のフェンスにもたれて荒い息をついた。

不協和音があふれている。車のクラクションと付近をホヴァリングするヘリコプターの飛行音。ローカルのニュース局が〈フェイト〉の実力を――同時にサンタクララ郡の脆さを――全国に知らしめようと撮影しているのだ。

ふたりはまた走りだし、ビルの搬送ドックにつづく入口へと急いだ。ドックへの階段を昇り、その内側に足を踏み入れると、パレットに段ボール箱を積んでいた白髪混じりの太った男が顔を上げた。

「警察です」とビショップはバッジを見せた。「ちょっと話を伺いたい」

男は部厚い眼鏡ごしに目を細めて、ビショップのＩＤを確認した。「はい、どんなことで？」

「ジョー・マガナグルを捜してるんです」

「私ですが」男は答えた。「事故でもあったんですか？　あのクラクションは」

「信号機の故障です」

「それは大変だ。そろそろラッシュアワーなのに」

ビショップは訊いた。「この会社はあなたが経営されてるんですね？」

「義理の弟とですが。いったいどういうことなんでしょうか、刑事さん？」

「先週、こちらにスーパーコンピュータのパーツの入荷があったはずですが」

「毎週あります。それが仕事ですから」

「じつはある人間が、あなたに盗品を売りつけているという情報がありましてね」

「盗品を？」

「あなたを調べるつもりじゃないんです。ただわれわれとしては、あなたにそれを売った人物を見つけ出す必要がある。こちらの搬入記録を見せてもらえませんか？」

「盗品だなんて、誓って私は知りませんでした。ジム、というのは弟ですが、彼も無関係です。敬虔なクリスチャンですから」

「とにかくわれわれは売った男のほうを見つけたい。パーツの発送元の電話番号や住所を知りたいのですが」

「伝票類はすべてここにあります。」彼は廊下を先に立って歩いた。「しかし弁護士が必要な状況にあるのなら、先にそう言ってくださいよ」

「もちろんですす」ビショップは本心から答えた。「われわれの関心はこの男を見つけることにしかありません」

「名前は？」マガナグルは訊ねた。

「おそらくウォレン・グレッグという名を使っているはずです」

「聞き覚えがありませんね」

「偽名をいくつも使い分けてます」

マガナグルは小さなオフィスにはいってファイリング・キャビネットを開けた。「日付はわかりますか？　いつごろの入荷です？」

ビショップは手帳を調べた。「五月二十七日だと思います」

「さて……」マガナグルはキャビネットを覗きこみ、書類を引っかきまわした。

ワイアット・ジレットはひとり頬笑まずにはいられなかった。皮肉な話ではないか。コンピュータを売る会社がいまだに書類をファイル・キャビネットに保管している。枯れ木ものを。そんな話をビショップに耳打ちしようとして、マガナグルがキャビネットの引出しの取っ手にかけた左手に目がいった。

力のみなぎる指先は扁平で、しかも黄色い厚い胼胝に覆われていた。

〝ハッカーのマニキュア……〟

ジレットの笑みが消え、彼は身を強ばらせた。それに気づいたビショップが視線を向けてくる。ハッカーは自分自身の指先を指してから、マガナグルの手のほうに顎をしゃくった。ビショップも見た。

マガナグルが顔を上げ、ビショップの真実を見抜いた目を凝視した。

ただし、この男の名は当然ながらマガナグルではない。灰色に染めた髪、偽の皺、眼鏡、詰め物をした身体の内側はジョン・パトリック・ホロウェイなのだ。ジレットの心のなかで、これまで見聞した事実の断片がソフトウェアのスクリプトのようにスクロールされていった。ジョー・マガナグルは〈フェイト〉のもうひとつの顔だった。この会社もまた隠れ蓑になっていた。州の商業登記簿にハックして十五年の営業実績がある企業をでっちあげ、彼自身と、おそらくはスティーヴン・ミラーを共同所有者としたのである。問題にした例の伝票も、〈フェイト〉が売ったのではなく買ったコンピュータ・パーツのものだった。

誰ひとり動かない。

そして、

ジレットが身をかわすのと同時に、〈フェイト〉はファイリング・キャビネットから銃を取って後ろへ跳んだ。ビショップは銃を抜く間もなく殺人鬼に飛びかかった。床に落ちた銃をビショップが蹴り飛ばしたとき、〈フェイト〉は刑事の利き腕を押さえて、木箱の上にあったハンマーをつかんだ。振りおろされた鈍器がビショップの頭を直撃して、胸の悪くなるような音をたてた。

刑事はうっと息を洩らして倒れた。〈フェイト〉はさらにもう一発、刑事の後頭部を殴打してからハンマーを放り出すと、床の拳銃に手を伸ばした。

00101000／40

ジレットはやみくもに突進して、銃を拾おうとする〈フェイト〉の襟首と腕をつかんだ。殺人鬼はジレットの顔や首を狙って拳を振りまわしたが、たがいに接近しすぎてダメージをあたえることができない。

彼らはもつれあい、オフィスの別のドアから広い空間に転がり出た。そこはＣＣＵ本部そのままの、もうひとつの〝恐竜の檻〟だった。

二年のあいだ怠らなかった指立て伏せの成果を出し、ジレットは強烈な握力で〈フェイト〉をつかんだが、鍛えているのは敵も同様で優位には立てなかった。レスラーよろしく組み合った彼らは隆起した床に足をとられた。ジレットは武器になるものを探して周囲に目をやり、仰天した。旧式のコンピュータとパーツが見事にコレクションされている。コンピュータの全史がそこにあった。

「もう全部ばれてるぞ、ジョン」ジレットは喘ぎながら言った。「スティーヴン・ミラーが〈ショーン〉だってことも。計画も、つぎのターゲットもわかってる。ここからは逃げられない」

だが〈フェイト〉は答えなかった。唸り声をあげながらジレットを床に押しつけ、近くに転がるバールを手探りした。そうはさせまいとジレットのほうも懸命に〈フェイト〉を引っぱった。

それから五分間、ふたりのハッカーは漫然と殴りあいながら、しだいに消耗していった。そしてついに〈フェイト〉は身を振りほどいた。バールをつかんでジレットに向かっていく。武器を探していたジレットはテーブルの上に木箱を認めて蓋を引きはがし、その中身を抜き出した。

〈フェイト〉は凍りついた。

ジレットが手にしていたのは、骨董のガラス電球のように見えた——が、その正体は本物の三極管、つまり真空管はもちろんのこと、ひいてはシリコンのコンピュータ・チップの先駆けとなったものである。

「やめろっ！」と〈フェイト〉は片手を上げて叫び、囁くようにつけくわえた。「そっと扱ってくれ。お願いだ！」

ジレットはフランク・ビショップのいるオフィスに向けて後ずさった。

〈フェイト〉もバールを野球バットのように構えてじりじりと前進した。ジレットの腕なり頭なりをつぶせばいいのだとわかってはいた――その気になれば、いとも簡単なことなのだ――しかし、その精巧なガラスの芸術品を危険にさらすことはできない。

〝犯人にしてみたら、人間よりマシンのほうが大切なのよ。人間が死んでも平気だけど、ハードディスクがクラッシュしたら悲劇なんだわ〟

「気をつけて」〈フェイト〉は囁いた。「お願いだ」

「そいつを捨てろ！」バールを身振りで示して、ジレットは鋭く言った。

殺人者は得物を振ろうとして最後の最後、脆いガラス管を壊してしまうかもしれないという思いに踏みとどまった。ジレットは静止して背後の距離を測ると、三極管を〈フェイト〉に放った。〈フェイト〉は悲鳴とともにバールを投げ捨て、そのアンティークを受け止めようとした。だが三極管は床に落ちてこなごなに砕けた。

虚ろな叫び声をあげて、〈フェイト〉はがっくり膝をついた。

ジレットはフランク・ビショップが倒れているオフィスに急いだ。血まみれで息も浅い刑事の銃を手にしてそこを出ると、子供の墓を前にした父親さながらに三極管の残骸を見つめる〈フェイト〉に銃口を向けた。男の顔に浮かんだ陰湿な憎悪に、ジレットはショックを受けた。いましがた同じ人間が見せた憤怒など比較にならない、怖気立つような表情だった。

「こんなことをして」殺人者の口から暗いつぶやきが洩れた。濡れた両目を袖で拭いながら、彼はゆっくり立ちあがった。ジレットが武器を手にしていることなど、まるで意に介していないようだ。

床のバールを拾いあげると、狂ったように吼えながら前進した。

ジレットは怯んだ。銃を構えて引き金を引こうとした。

「だめよっ！」女の声が響いた。

ジレットは身をすくませた。振り向くと、パトリシア・ノーランが急ぎ足で〝恐竜の檻〟にはいってくるのが見えた。ラップトップのバッグを肩に掛け、黒い懐中電灯のようなものを右手に持っていた。彼女の堂々たる登場に〈フェイト〉の動きも止まった。

どうしてここに——それになぜ？　と訊こうとしたジレットの刺青のある腕に、ノーランは手にしていた黒いシリンダーの先端を押しあてた。それは懐中電灯ではなかった。電気の弾けるような音がして黄白色の閃光が走ったと思うと、激痛が顎から胸に駆け降りていた。ジレットは息を喘がせて膝を落とし、拳銃が床に転がった。

渦巻く思い。くそっ、また間違えたのか！　スティーヴン・ミラーは〈ショーン〉じゃなかった。

銃を取ろうとしたジレットの首筋に、ノーランがもう一度スタンガンをあてててボタンを押した。

00101001／41

頭と指しか動かせない。ワイアット・ジレットは苦痛のなかで意識を取り戻した。どれくらい気を失っていたのだろうか。

オフィスにビショップが横たわっているのが見えた。出血は止まっているようだが、呼吸はいかにも苦しそうだった。またビショップとここに来たときに、〈フェイト〉が荷造りしていた初期コンピュータの芸術品群がそのまま放置されていることにも気がついた。百万ドルの価値があるコンピュータの名機の数々を後に残していくとは驚きだった。

彼らは行ってしまったのだ。この倉庫はフリーウェイ二八〇号線、ウィンチェスターのランプと隣接するような場所にあった。ビショップと予測していたとおり、〈フェイト〉と〈ショーン〉は交通渋滞を迂回し、いまごろは北カリフォルニア大でゲームのこのレベルの最後の犠牲者を仕留めていることだろう。やつらは——

だが待て。ジレットは痛みの霧を通して思いをめぐらせた。なぜおれは生きてる？　おれが始末されない理由などない。やつらは何を——

すぐ後ろのあたりで男の悲鳴がした。息を呑んだジレットはどうにか首をまわした。薄暗い天井に伸びる金属製の柱、それを背にもがき苦しむ〈フェイト〉の上に、パトリシア・ノーランが覆いかぶさるようにして立っていた。ノーランはいつもの乱れた髪をひっつめにしている。神経過敏なオタク少女という見せかけは消え、〈フェイト〉を検視官の目で吟味していた。〈フェイト〉は縛られているわけではない——手は両脇に垂らしている。やつもおそらくスタンガンにやられたのだろうとジレットは思った。ただし、ノーランはそのハイテク武器のかわりに、〈フェイト〉がビショップを攻撃したあのハンマーを手にしていた。

すると彼女も〈ショーン〉ではない。では、いったい何者なのか。

「私が本気だってことはわかったわね」彼女は指示棒を手にした大学教授のように、ハンマーを殺人犯に向けた。「あなたを痛めつけることなんか、なんとも思っちゃいないのよ」

〈フェイト〉はうなずいた。汗が顔を伝って落ちた。

ジレットの頭が動いたのを目の端に認めたのだろう。ノーランは彼に視線を投げたが、当面の脅威ではないと判断して〈フェイト〉に向きなおった。「トラップドアのソース・コードが欲しいのよ。どこにあるの？」

〈フェイト〉は女の背後のテーブルに置かれたラップトップ・コンピュータに顎をしゃくった。ノーランはそのスクリーンに目をやると、〈フェイト〉の脚めがけてハンマーを打ちおろした。

吐き気を催す、柔らかく鈍い音がした。〈フェイト〉はふたたび絶叫した。

「あなたはソース・コードをラップトップに入れて、持ち歩いたりはしない。あれは偽物よね？　トラップドアと名前をつけてあのマシンに入れてあるプログラム——あれは、本当は何なの？」

彼女はハンマーを振りかざした。

「シュレッダー・4」ハッカーは喘いだ。

それはいったんロードしたら、そのコンピュータのデータを破壊しつくすというウィルスだった。

「それじゃ話にならないわね、ジョン」ノーランが男に身を寄せると、型崩れしたニットのドレスがさらに伸びた。「あのねえ、ビショップが応援を呼んでないことはわかってるの。ジレットと逃亡中の身なんだから。たとえ手を打ってたとしても、誰もここまで来られやしない——あなたのおかげで——道路が使い物にならないんだから。知りたいことをあなたにしゃべらせようと思えば、いくらでも時間はあるわ。それに、私はそれができる女なのよ。慣れてるの」

「地獄へ落ちろ」

ノーランはやさしく男の手首を握ってゆっくり腕を引き、手をコンクリートの上に置いた。抗おうとして何もできずに、〈フェイト〉は開いた自分の指と、その上に浮かぶ鉄製の工具を眺めた。

「ソース・コードが欲しいの。ここには置いてないはずよね。どこか秘密の場所にアップロードしてあるんでしょ――パスコードでプロテクトされたFTPサイトに。どう？」

FTPサイト――ファイル転送プロトコル――は、多くのハッカーが自分のプログラムをキャッシュする場所である。そのありかは世界中のどのコンピュータ・システム上であってもおかしくない。正確なFTPアドレスとユーザー名、パスコードを知らないと、ファイルを入手するのに、熱帯雨林でマイクロフィルムのかけらを探すほどの手間がかかることになる。

〈フェイト〉は逡巡していた。

ノーランはあやすように、「ほら、この指……」と言ってハッカーの平らな指先を優しく撫でた。それから囁いた。「コードはどこ？」

〈フェイト〉は頭を振った。

ハンマーが一閃して〈フェイト〉の小指に振りおろされた。ジレットにはハンマーが当たる音さえ聞こえなかった。ただ〈フェイト〉のしわがれた悲鳴だけが耳に届いた。

「こんなことを一日中だってやってられるのよ」彼女は淡々と言った。「べつに平気、仕事だから」

ふと暗い怒りが〈フェイト〉の顔をよぎった。支配することに慣れた男、MUDのマスター・プレイヤー、その彼がいまや絶体絶命だった。「自分で自分をファックしたらどうだ？」

彼は弱々しい笑いを見せた。「あんたとやりたがるやつなんてほかにいない。タコでオタクの御局(おつぼね)だからな――この先、あんたを待ってるのもクソ色の人生さ」

女の目に現われた怒りの炎はすぐに消えた。またハンマーを掲げた。

「やめろ、やめてくれ！」と〈フェイト〉は叫び、そして深く息をついた。「わかったよ……」

彼はインターネット・アドレスの数字とユーザー名、パスコードを告げた。

ノーランは携帯電話を取り出してボタンをひとつ押した。たちどころに相手に通じたらしい。

〈フェイト〉から得たサイトの情報を、電話の相手に伝えて言った。「待ってるわ。確かめて」

〈フェイト〉の胸が大きく上下した。細めた目から苦痛の涙をあふれさせ、彼はジレットのほうに向いた。「というわけで、〈ヴァレーマン〉、おれたちの芝居の第三幕だ」わずかに上半身を起こし、血まみれの手を一、二インチ動かして痛みにたじろいだ。「思っていたようには運ばなかったな。意外な結末を迎えたらしい」

「静かに」ノーランが低い声で言った。

だが〈フェイト〉はそれを無視して、とぎれがちに言葉をつづけた。「おまえに話しておきたいことがある。いいか？〝おのれに忠実なれ、それを守れば、夜が昼につぐごとく、他人に対しても不実ではいられぬ〟」と、しばらく咳きこんでから、「おれは演劇を愛してる。いまのは好きな『ハムレット』からの引用だ。忘れるなよ〈ヴァレーマン〉。ひとりのウィザードからの忠告だ。〝おのれに忠実なれ〟」

電話に聞き入っていたノーランの顔が曇った。がっかりしたように肩を落とすと、「待機してて」とひとこと言って携帯を脇に置いた。〈フェイト〉を睨みつけてハンマーを手にする。

〈フェイト〉は痛みでそれどころではないはずなのに、かすかに声を出して笑った。

「あなたが言ったサイトを調べたわ。eメールのアカウントだった。ファイルを開いたら、通信プログラムがアジアの大学に何かを送ったわ。これがトラップドアですって？」

「どうかな」つぶされて血まみれの手を見つめながら、ハッカーはつぶやいた。顔をしかめたが、すぐに冷笑が取って代わった。「アドレスを間違えたかもしれないな」

「だったら、正しいのを教えて」

「なぜそう急ぐんだ？」〈フェイト〉の口調には悪意がこもっていた。「家で猫との大事なデートでもあるのか？　テレビ？　ワインで乾杯する？……ひとりで？」

憤怒がほとばしり、ハッカーの手にハンマーが叩きつけられる。

〈フェイト〉がまた悲鳴をあげた。

しゃべれよ、とジレットは念じた。たのむからしゃべってくれ！

〈フェイト〉はハンマーが上下しては指が砕かれていくという、拷問の果てない五分間を黙って耐えた。が、ついにその気力も挫けた。「わかった、わかったよ」彼は別のアドレスとユーザー名、パスコードを口にした。

ノーランは電話を取りあげ、待っていた仲間にその情報を伝えた。何分かの間をおいて彼女は指示した。「それを一行ごとにチェックして、それからコンパイラで本物かどうか確かめて」

ノーランは返事を待ちながら古いコンピュータを眺めていった。ときには目を輝かせて特定の機種に見入り、そのまなざしに愛情と喜びを浮かべることもあった。

五分後、仲間が電話口に戻ってきた。「いいわ」ノーランはソース・コードが本物であることに満足した様子だった。「じゃあ、FTPサイトに戻ってルートを確保して。アップロードとダウンロードのログをチェックしなさい。彼がそのコードをほかへ転送してないか調べるのよ」

電話の相手は誰なのかとジレットは訝った。トラップドアのように複雑なプログラムを精査してコンパイルするのは、本来なら時間のかかる作業だった。かなりの人員がこの件に関わっており、分析専用のスーパーコンピュータを動かしているにちがいない。

やがてノーランは小首を傾げて話に聞き入った。「オーケイ。そのFTPサイトと、関連するところ全部を燃やして。InfektⅣを使うのよ……。いいえ、ネットワーク全体を。リンク先にNORAD（北米航空宇宙防衛軍団）があってもかまわない。航空交通管制があってもかまわないわ。燃やしなさい」

このInfektⅣというウィルスは、いわば制御できない小火事である。〈フェイト〉がソース・コードを保管したFTPサイトと、そこにつながるマシンのファイルの中身を残らず破壊していくはずだった。Infektは何千ものマシン上のデータを、無作為に選んだシンボルの意味不明な組み合わせに変えて、ワーキング・ソース・コードはいうまでもなく、トラップドアに関する些細な事柄までも発見不能にしてしまうのだ。

〈フェイト〉は目を閉じて、柱に頭をもたせかけた。

ノーランはハンマーを手にしたまま立ちあがり、ジレットに近づいた。ジレットは身体をまわして逃げ出そうとしたが、まだ電気ショックから回復していなかった。手足が言うことをきかず、ふたたび床に崩れ落ちた。パトリシアが見おろしてくると、ジレットはハンマーに目をやり、間近に彼女を観察した。髪の根元の色が毛先とは微妙にちがっていたし、目にはグリーンのコンタクト・レンズをはめている。厚化粧でむくんだ顔という印象だったのに、よく見ると細い輪郭がうかがえた。ということは、実際には引き締まった筋肉質の身体に三十ポンド分のボディ・パッドをつけているはずだった。

そして彼女の手にも気がついた。

あの指……先端がかすかに光り、ぼんやりして見える。彼女がネイル・コンディショナーを欠かさなかったのは、指先にも塗って指紋を隠すためだったのだ。

この女もソーシャル・エンジニアリングをしていた。初日から。

ジレットは囁いた。「ずいぶんやつを追っかけてたんだろう？」

ノーランはうなずいた。「一年も。私たちがトラップドアのことを耳にしてから」

「私たち？」

彼女は答えなかったが、答える必要もなかった。彼女を雇ったのはホライゾン・オン-ラインではなく――少なくともホライゾン単独ではなく――思いもかけない相手の人生に完璧にアクセスしてみせる究極の覗きソフトウェア、トラップドアのソース・コードを探すＩＳＰ（インターネット・サービス・プロバイダー）の連合体ではないのか。何もノーランのボスたちがトラップドアを使うのではなく、一兆ドルのオンライン産業にとって大きな脅威であるこのプログラムのワクチンを書き、それを破壊あるいは隔離しようというのだろう。ジレットにも想像はつくのだが、もしもハッカーたちが他人のコンピュータの間を自在に往来して、どんな詳細までも把握できると知れたら――盗みと暴露で相手を破滅させることさえできると知れたら、インターネット・プロバイダーの加入者たちは雪崩を打ったように逃げ出し、もう二度とオンラインに接続しなくなるだろう。

だからこそ彼女はアンディ・アンダーソン、ビショップ、そしてCCUのメンバーを利用した。おそらく〈フェイト〉と〈ショーン〉の以前の襲撃地であるポートランドや北ヴァージニアの警察を利用したように。

ジレット自身が利用したように。

彼女は訊いた。「彼、ソース・コードのことで何かあなたにしゃべった？　キャッシュ先については？」

「いや」

〈フェイト〉がそんなことをする理由はなかった。注意深くジレットの表情をうかがって、やっと納得したらしい。彼女はゆっくり立って〈フェイト〉を振り返った。ハッカーを値踏みするようなその目つきを見て、ジレットは衝撃を受けた。あたかもソフトウェアが偏りも無駄も逸脱もなく、最初から最後まで動く仕組みを知り抜いているプログラマーのごとく、ジレットもまたノーランのつぎの行動をたちどころに理解したのである。

彼は訴えかけるように言った。「いけない」

「こうするしかないのよ」

「そんなことはない。やつは二度と世間には出られない。残りの人生を刑務所ですごすことになるんだ」

「刑務所が彼みたいな人間をオフラインにさせておけると思う？　あなたを止められなかったのよ」

「やめてくれ！」

「トラップドアは危険すぎるわ」彼女は説明した。「それに、コードはまだ彼の頭のなかにある。たぶん同じように危険なもう一ダースのプログラムと一緒にね」

「だめだ」ジレットは必死の思いで囁いた。「やつほど優秀なハッカーはほかにいない。これからだって現われれない。おれたちには想像もつかないコードを書けるんだ」

彼女は〈フェイト〉のほうに引き返した。

「やめろ！」ジレットは叫んだ。

だが、それが無駄な抗議であることはわかっていた。

ノーランはラップトップ・バッグに入れていた小さなレザーケースを開き、取り出した皮下注射器に壜入りの透明な液体を注入した。そして〈フェイト〉の脇にしゃがむと、首に躊躇なく針を刺した。もがきもしないその様子を見て、ジレットは男が観念して死を受容しているのだと感じた。〈フェイト〉はジレットを見つめ、それから近くのテーブルに載せられたアップル・コンピュータの木箱に目を転じた。初期のアップルこそはハッカーのための真のコンピュータだった——マシンの中身だけを購入して、外側は自分で組み立てなければならなかったのだ。何かを語りかけようとするように、〈フェイト〉はそのユニットを見つめてからジレット に目を戻した。「〃おのれに……〃」その言葉は囁きとなって消えた。

ジレットは首を振った。

〈フェイト〉は咳きこみ、弱々しい声で紡いだ。「〃おのれに忠実なれ……〃」がくんと頭が垂れて、彼の呼吸は止まった。

ジレットは喪失感と悲しみを覚えずにはいられなかった。むろんジョン・パトリック・ホロウェイは死んで当然の人間だった。邪悪で、人の命をMUDゲームのキャラクターの身体からデジタルの心臓を取り去るかのように奪った。それでも、この若い男のなかにはもうひとりの人間が棲んでいた。交響楽のごとき優美なコードを書く男。彼がキーボードに指を走らせれば、ハッカーたちの静かな笑いを呼び、解き放たれた精神が横溢した。それが――もっとまえに、多少でもちがった方向に導かれていれば――ジョン・ホロウェイを世界中で尊敬されるコンピュータ・ウィザードたらしめていたはずなのだ。

彼はまたジレットとともに、そう、本物のモビー・ハックをやらかした仲間だった。たとえどんな人生を歩むにせよ、ブルー・ノーウェアを探検するなかで生まれた絆は失われるものではない。

パトリシア・ノーランが立ちあがってジレットを見た。

彼は思った。おれは死ぬ。

ノーランは注射器に液体を補充しながら溜息をついた。少なくとも、この殺しは気が進まないらしい。

「だめだ」彼は小声で言った。首を振って、「おれは何もしゃべらない」

逃げようとしても、まだ電気のショックが残っていて筋肉が言うことをきかない。傍らに来たノーランが襟をゆるめて首を揉み、動脈の位置を確認する。

ジレットは部屋のむこうに倒れているビショップを見た。気を失ったままだった。刑事がつぎの犠牲者になるのだ。

ノーランが注射器を前にかたむけた。

「いやだ」ジレットは囁いた。目を閉じて、エリーに思いを致した。「いやだ！　やめてくれ！」

そのとき男の怒声がした。「おい、手を上げろ！」

一瞬のためらいもなくノーランは注射器を捨てると、ラップトップ・バッグから銃を取り出し、入口に立っていたトニー・モットに発砲した。

「くそっ」若い警官は怯んでいた。「どういうことなんだよ」彼は床に伏せた。

ノーランはもう一度銃を構えたが、彼女が引き金を引くより早く、すさまじい爆発音が連続して空気をふるわせ、彼女をあおむけざまに倒した。モットが例の派手な銀色のオートマティックで応射していた。

銃弾は命中しなかった。ノーランはすぐに起きあがり、モットに向かってはるかに小さなピストルを撃った。

　ＣＣＵの警官は自転車用ショーツ、ゲスのシャツ、首からさげたオークリーのサングラスという出立ちで倉庫のなかを匍匐しながら、再度発砲してノーランを守勢に立たせた。彼女のほうも何発か撃ったが、やはりすべて外れた。

「いったいどうなってるんだ？　あの女、どういうつもりだ？」

「彼女がホロウェイを殺した。つぎはおれの番だったんだ」

　ノーランは銃を撃ちながら、倉庫の正面に向かってゆっくり移動した。

　モットはジレットのズボンの裾をつかみ、掩護できるように引き寄せると、女のいるほうに連射してクリップを空にした。日ごろのＳＷＡＴチームへの憧れとは裏腹に、この警官は本物の銃撃戦にうろたえているようだった。しかも射撃の腕もなっていない。彼が再装塡している間に、ノーランは積まれたカートンの後ろに姿を消した。

「撃たれたのか？」モットは手をふるわせ、息を切らしている。

「いや、あの女にスタンガンみたいなものでやられた。動けないんだ」

「フランクは？」

「撃たれてない。でも医者に見せないと。どうしてここだってわかった？」

「ここの記録を調べるようにって、フランクから電話があったんだ」

　ジレットは、ホテルのノーランの部屋からビショップが電話していたのを思いだした。

　倉庫内に目を走らせながら、若い警官はつづけた。「バックルの野郎が、フランクとあんたが一緒に逃げたことに気づいたんだ。電話を盗聴しやがって。ここの住所を聞いて、あんたを連行する人間を差し向けた。それで忠告しようと思ってきたのさ」

「でも、あの渋滞のなかをどうやってここまで？」

「おれの自転車、憶えてるだろ？」モットは身じろぎしたビショップに這い寄った。そこへ〝恐竜の檻〟のむこう側から、ノーランが六発ほど銃弾を撃ちこんできた。彼女はそのまま正面の扉を出ていった。

モットはいやいや彼女の後を追った。

ジレットは声をかけた。「気をつけろ。女もあの渋滞のなかは逃げられない。表で待ち伏せてるかもしれない……」

しかし彼の声は、急速に接近してくる独特の振動音にかき消されていた。ジレットは悟った。ハッカーたちがそうであるように、パトリシア・ノーランのような職を持つ人間は即興の名人なのである。たとえ郡全域の交通が麻痺しても、彼女の計画が阻止されることはない。轟音をあげて接近してくるのは、ここに来るときプレス用かと思って見あげたヘリに間違いなかった。ノーランはあれに乗って現われたのだ。

三十秒もたたないうちに、ヘリコプターはノーランを乗せてふたたび上昇し、みるみるうちに遠ざかっていった。ローターの騒音はやがて消え、かわって車やトラックのクラクションで構成されるオーケストラの、不思議に調和した音が午後も遅い空を満たした。

00101010／42

ジレットとビショップはコンピュータ犯罪課に戻った。

刑事は緊急治療室から解放されていた。彼の苦難を物語るのは脳震盪にひどい頭痛、さらに八針を縫った傷だけで――つけくわえるなら、血まみれのシャツを新しいシャツに換えたことである（新しいシャツは、まえのものよりいくぶん身体にフィットしているが、やはりズボンにはすっきりおさまらないようだ）。

時刻は午後六時三十分、公共事業部は信号機を制御するソフトウェアのリロードをどうにかやり遂げた。サンタクララ郡の交通渋滞はほぼ解消していた。サンノゼ・コンピュータ・プロダクツを捜索した結果、ガソリン爆弾と北カリフォルニア大の火災警報システムの資料が発見された。相手の注意をそらすという、〈フェイト〉の嗜好に気づいていたビショップは、殺人鬼がキャンパスに第二の装置を仕掛けたのではと懸念した。だが、大学寮と校内の建物を限なく探しても何も見つからなかった。

ホライゾン・オン－ラインは当然のことながら、パトリシア・ノーランという人物など知らないと主張した。シアトルの重役連やセキュリティ部門の責任者の話では、ララ・ギブソン殺害事件後に、カリフォルニア州警察本部と連絡をとった者はいないし、またアンディ・アンダーソン宛てにノーランの身元保証書をeメール、もしくはファクスで送った者もいないとのことだった。アンダーソンが彼女の在籍を確認するためにかけたホライゾン・オン－ラインの番号は会社の回線だったが、シアトルの電話会社によれば、その番号にかかってきた電話はすべて、所有者が特定できないモバイル・アメリカの携帯電話へと転送されていた。そしてその番号は現在使われていない。

ホライゾンのセキュリティ・スタッフにしても、ノーランの外見に一致する人物に心あたりはなかった。滞在していたサンノゼのホテルの記録にあった住所はでたらめで、クレジットカードも偽造されたものだった。彼女がホテルから電話をした先は、ハックされたモバイル・アメリカの番号と同じだった。

ホライゾンの否定の言葉に耳を貸す者など、もちろんCCUにはひとりとしていない。しかし、HOLとパトリシア・ノーランのつながりを立証するのはむずかしいだろう——そもそも彼女を探し出すこと自体が困難なのである。CCU本部の保安用ヴィデオテープから起こされた女の写真は、ISLEネットを通じて各州の警察当局と、VICAPへのポスティング用としてFBIにも送られた。けれどもビショップはそこに、女が州警察の施設内で数日をすごしたにもかかわらず指紋のサンプルが皆無であること、実際の容貌がテープに映っているものとはかなり異なっていると思われることを、ばつの悪い但し書きにして補足しなければならなかった。

少なくとも、共犯者の居所はわかっていた。〈ショーン〉――スティーヴン・ミラー――の死体は自宅裏の森で発見された。州警に正体を見抜かれたと知り、制式のリヴォルヴァーで自殺したのだ。自責の念を記した遺書は、やはりeメールに残されていた。

CCUのリンダ・サンチェスとトニー・モットは、ミラーによる機密の漏洩がどこまで及んでいるかをつかもうとしていた。州警察は、身内である警官のひとりがシリコン・ヴァレーの殺人ハッカー事件の共犯であったという事実を公表しなければならず、内務監査課はミラーによって被った損害の度合いと、仲間であり恋人でもあった〈フェイト〉との関係がどのくらいつづいていたのかを追究していた。

国防総省のバックル捜査官は、スタンダード12の暗号化プログラムへの侵入を含めた違法行為の長いリストを掲げて、相も変わらずワイアット・ジレットの首根っこを押えようと躍起になっていた。そのうえ、監督下にあった連邦の囚人を逃がした廉でフランク・ビショップの逮捕まで狙った。

スタンダード12へのハックでジレットが罪に問われたことについて、すでにビショップはバーンスタイン警部へ申し開きを立てていた。「じつに簡単なことです。ジレットはホロウェイのＦＴＰサイトのルートを奪って、スクリプトのコピーをダウンロードしたか、単にホロウェイのマシンにTelnetで直接はいりこんでファイアウォールをくぐり抜け、そのコピーを手に入れたかのどちらかでしょう」

「いったい、何の話なんだ?」白髪頭をクルーカットにした警部は鋭い口調で質した。

「失礼しました」ビショップは技術用語を嚙み砕いて話した。「ホロウェイがDoDのコンピュータに侵入して、解読プログラムを書いたと思われるということです。ジレットはわれわれの要請に応じてそのプログラムを盗用した」

「思われる、か」バーンスタインは皮肉っぽくつぶやいた。「まあ、私には最近流行りのコンピュータのことは理解できないが」警部はそう言いながらも受話器を取りあげ、連邦検事に電話をかけた。検事はジレットとビショップに対して告発の手続きをとるのに先立ち、ビショップの説の裏づけとなる、CCUからの提出可能な証拠についてはすべて検討しなおすことに同意したのだった(このとき、すでにジレットとビショップの株は〝シリコン・ヴァレー・クラッカー Kracker〟の正体を暴いたことで相当上がっていた。地元のテレビ各局は〈フェイト〉をそう呼んでいたのである)。

バックル捜査官は、サンフランシスコのプレシディオにあるオフィスに不承不承引き揚げていった。

いずれにせよ警察当局の目下の関心は、〈フェイト〉とスティーヴン・ミラーからMARINKILL事件へと移行していた。新たに銀行を物色しているらしい犯人たちの目撃情報が――今回はサンノゼのまさしく近所から――何件も飛び込んできているような状況なのだ。ビショップとシェルトンはFBIと州警察の合同特別捜査班に召集されていた。家族と夕食をともにしたら、今夜遅くにFBIのサンノゼ支局へ出向くことになっている。

すでにボブ・シェルトンは家路についた(彼はジレットへの別れの挨拶に曖昧な一瞥を投げてよこしたが、その意図はハッカーにまるで通じなかった)。ビショップのほうは帰宅を遅らせて、ハッカーとポップターツを分けあい、コーヒーを喫しながら、ジレットをサンホーへ移送する警官たちの到着を待った。

電話が鳴った。ビショップが出た。「コンピュータ犯罪課」

彼はしばらく電話の声に聞き入った。「お待ちください」彼はジレットを見て片方の眉を吊りあげた。受話器を差し出す。「電話だ」

ジレットはそれを受け取った。「もしもし?」

「ワイアット」

聞き慣れたエラナの声は、目に見えないキーを叩いている指先にも感じとれそうだった。その声音だけで、ジレットには彼女の心の振幅がわかってしまう。ふざけているのか、怒っているのか、怯えているのか、感傷的になっているのか、求めているのか。それを知るのに言葉ひとつあれば充分だった。きょうの彼女はやけに刺々しく、周囲にめぐらした防壁は、いつか一緒に観たSF映画に出てくる宇宙船のシールド並みに思えた。

それなのに電話をかけてきた。

エラナが言った。「彼が死んだって聞いたわ。ジョン・ホロウェイ。ニュースで」

「そうなんだ」

「あなたは大丈夫？」

「ああ」

長い間があいた。その沈黙を埋めるものを探すかのように彼女は言い添えた。「ニューヨークへ行く気持ちは変わらないから」

「エドと」

「そうよ」

ジレットは目を閉じて息をつくと、ざらついた声で訊いた。「だったら、なぜ電話を？」

「うちに寄る気があるなら、どうぞって言おうと思ったの」

なぜ惑わす？　どういうつもりだ？

そして答えた、「十分でそっちへ行く」

電話を切った。振り向くと、そこに警戒するようなビショップの視線がある。ジレットは言った。「一時間くれ。たのむ」

「送ってはやれないぞ」と刑事は言った。

「車を貸してくれ」

刑事は〝恐竜の檻〟を眺めわたして考えを凝らした。悩んだすえに、彼はリンダ・サンチェスに言った。「ＣＵの車で使えるのは？」

彼女は渋りながら鍵束を手渡した。「こんなの手続きにないわよ、ボス」

「責任はおれが取る」

ビショップはジレットに鍵束を投げると、携帯電話でジレットをサンホーに移送する警官たちに連絡した。エラナの住所を伝えて、ジレットがそこへ行くのを自分が許可したと言った。四人は一時間以内にCCUに戻ると告げて電話を切った。

「戻ってくるよ」ハッカーが言った。

「わかってるさ」

ふたりの男はつかの間、見つめあった。握手を交わすと、ジレットはうなずいてドアに向かった。

「待った」ビショップは眉をひそめて訊ねた。「ところで運転免許証は持ってるのか?」

ジレットは笑って答えた。「いや、免許は持ってない」

ビショップは肩をすくめて言った。「じゃあ、警官に止められるなよ」

ハッカーはうなずくと真顔で言った。「ああ。刑務所に入れられるからね」

その家はいつも変わらないレモンの香りがした。

これは手際よく台所仕事をこなすエラナの母、イレーネ・パパンドロスのおかげだった。彼女は昔ながらの用心深い、物静かなギリシャの主婦ではなくて、業績の良いケータリング会社を所有する機知に富んだビジネスウーマンなのである。それでもいまだに時間をやりくりして、出来合いの食材は使わずに、家族のため一日三度の食事をこしらえている。そしてこの夕食時には、ローズ色のビジネススーツの上に染みのついたエプロンをしていた。

イレーネはにこりともせずにジレットを迎え入れると、奥の小部屋に通した。

ジレットはピレウスの海岸を描いた絵の下にあるカウチに腰かけた。ギリシャの家庭ではつねに血縁関係が重んじられ、テーブル二台を占領している一族の写真は、安手のものから金、銀めっきを施した頑丈なものまで種々雑多な額に納まっていた。ジレットはウェディングドレスに身をつつんだエラナの写真に目をやった。それはジレットの記憶にはない一枚で、もとはふたり一緒に写っていたものを半分に切り取ったようにも見える。

エラナが部屋にはいってきた。

「ひとりで来たの？」と笑顔はなく訊ねる。それ以上の言葉はなかった。

「どういう意味だい？」

「警察のベビーシッターはいないの？」

「自主管理制度ってやつさ」

「警察の車が二台、通り過ぎていったわ。あなたの連れかと思った」彼女は顎で家の外を指した。

「いや」ジレットは否定した。実際には警官たちが監視しているのかもしれない。

彼女は腰をおろすと、スタンフォードのスウェットシャツの袖口を窮屈そうに引っぱった。

「さよならを言うつもりはない」ジレットは顔をしかめる彼女にかまわずつづけた。「話をするのは行くのをやめてほしいからさ。これからもきみに会いたいんだ」

「私と会う？　あなたは刑務所にいるのよ、ワイアット」

「あと一年で出所する」

彼女はその厚かましさに呆れて笑った。

「もう一度、やりなおしたい」

「あなたの望みはやりなおすこと。じゃあ、私の望みはどうなるの？」

「きみの望みなら、ぼくがかなえる。約束するよ。いろいろ考えたんだ。ぼくはもう一度きみに愛してもらえるようにする。きみのいない人生なんて欲しくない」

「あなたは私よりコンピュータを選んだわ。望むものは手に入れたはずよ」

「それは過去のことさ」

「私の人生は変わったわ。いまは幸せなの」

「本当に？」

「ええ」エラナは言い切った。

「エドがいるから」

「それもあるわ……ねえ、ワイアット、あなたに何ができるって言うの？　あなたは重罪犯で、どうしようもないコンピュータ中毒で。仕事もないし、出所しても一年はオンラインに接続できないって判決を受けたのよ」

「で、エドのほうはいい職に就いているって？　きみが収入にこだわるとは知らなかった」

「お金がどうこうじゃないのよ、ジレット。責任の問題よ。あなたには責任感がないわ」

「まえはそうだった。認めるよ。でも、これからはちがう」ジレットが手を握ろうとすると、エラナはやんわりとかわした。「お願いだ、エリー……。eメールを見たんだ。きみの話からすると、エドは完璧な夫になる素質の持ち主とは思えない」

エラナが身を硬くするのを見て、ジレットは痛いところを突いてしまったのだと気づいた。

「エドのことは持ち出さないで。私は、あなたと私のことを話してるんだから」

「ぼくも同じさ。まったく同じことを話し合ってるんだよ。愛してる。たしかに一度はきみの生活をめちゃくちゃにしてしまった。でも、そんなことはもう二度としない。きみは子供のいる普通の生活に憧れていたね。仕事を見つけるよ。家族をつくろう」

そこにまた、ためらいが生じる。

彼はたたみかけるように、「どうして出発があしたなんだ？　なぜ急ぐ？」

「仕事が来週の月曜からなの」

「なぜニューヨークで？」

「できるだけあなたから離れたいから」

「一カ月待って。一カ月でいいんだ。面会が週に二度許される。会いにきてくれ」と彼は笑顔を浮かべた。「ゆっくりできる。ピッツァでも食おう」

床を這う視線を見て、ジレットは彼女の葛藤を感じた。

「あの写真からおれを切り取ったのは、きみのお母さん？」彼はにっこりしてウェディングガウン姿のエラナの写真に顎をしゃくった。

彼女は頰笑んだ。「いいえ、あれはアレクシスが撮ったの――芝生の上で。私ひとりで。憶えてる？　足が見えなくなるあの場所のこと」

ジレットは笑った。「なんであんなに結婚式で靴をなくす花嫁がいるんだろう」

彼女がうなずいた。「どうしたのかしらって、ふたりでいつも不思議がってた」

「ああ、お願いだ、エリー。出発を一カ月延ばしてくれ。ほかには何も望まないから」

彼女は何枚かの写真をていねいに眺めていった。何かを言いかけたそのとき、母親が戸口に現われた。陰気な表情にはさらに険が増している。「あなたに電話よ」

「ぼくに？」ジレットは訊き返した。

「ビショップって人から。重要な用件だそうよ」


「フランク、いったい――」

刑事は切迫した事態に声を尖らせていた。「よく聞いてくれ、ワイアット。回線がいつ切れるかわからない。〈ショーン〉は死んでなかった」

「えっ？　でもミラーは――」

「ちがう、われわれは間違っていた。スティーヴン・ミラーは〈ショーン〉じゃない。別人だ。いまCCUにいる。リンダ・サンチェスがCCUのメインのヴォイス・メールに、おれ宛てのメッセージを見つけた。ミラーが死ぬまえに伝言を残していたんだ。〈フェイト〉がCCUに侵入して、あんたを襲おうとしただろう？」

「ああ」

「あのとき、ミラーはメディカル・センターから戻ってきたところだった。駐車場で、〈フェイト〉が建物から飛び出してきて車に乗りこむのを見た。それで跡を追った」

「なぜ？」

「捕まえるためだ」

「ひとりで？」

「殺人犯を自力で逮捕したいというメッセージが残っていた。何度もドジを踏んだから、自分がまともにやれるところを証明したいとね」

「すると、自殺じゃないんだね？」

「ちがう。解剖は終わってないが、検視官には両手に火薬痕がないかを調べてもらった。何もなかった――もし自殺なら、かなりの火薬が付着していたはずなんだ。〈フェイト〉はミラーが尾行してきたことに気づいて彼を殺した。そしてミラーになりすまし、わざと捕まるように国務省にクラックした。ＣＣＵにあるミラーのワークステーションにもハックして、例のｅメールを捏造してそこに残し、ミラーの家からマシンやディスクを持ち出した。われわれは遺書も偽物だと確信している。すべては本物の〈ショーン〉捜しを妨害するためだ」

「で、やつの正体は？」

「手がかりはない。わかってるのは、われわれがそれこそ面倒な立場に立たされたってことだ。トニー・モットはここにいる。〈ショーン〉は、ワシントンとサンノゼにあるＦＢＩの戦術指揮用コンピュータにISLEネットを通じてハックして、ルートアクセスを手に入れた」ビショップは低声でつづけた。「いいか、よく聞いてくれ。〈ショーン〉はMARINKILL事件の容疑者らに対し、逮捕令状と交戦規則を出した。こっちはいま、それを画面で見てる」

「意味がわからない」とジレットは言った。

「令状によれば、容疑者らはサニーヴェイルのアブレゴ・アヴェニュー三二四五番地に潜伏しているらしい」

「この場所じゃないか！　エラナの家だ」

「わかってる。やつは戦術部隊に、その家を二十五分以内に攻撃せよという命令を出した」

Ⅵ

すべては綴りにあり

```
CODE SEGMENT
     ASSUMEDS:CODE,SS:CODE,CS:CODE,ES:CODE
     ORG $ +0100H
VCODE:JMP
                                   ＊＊＊
virus:PUSH CX
     MOV DX,OFFSET vir-dat
     CLD
     MOV SI,DX
     ADD SI,first_3
                MOV CX,3
        MOV DI,OFFSET 100H
        REPZ MOVSB
        MOV SI,DX
                mov ah,30h
                int 21h
                cmp al,0
                JnZ dos_ok
        JMP quit
```

ウィルス、ヴァイオレーター――ストレインII――の実際のソース・コードからの抜粋

00101011／43

エラナは身を乗り出して、ジレットのただならぬ表情を見つめた。「何なの？　どうしたの？」

ジレットはその問いを無視してビショップに言った。「ＦＢＩに電話して、この状況を伝えるんだ。ワシントンに」

「かけた」ビショップは答えた。「バーンスタインのほうからも。だがＦＢＩの連中に電話を切られた。〈ショーン〉が出した交戦規則には、犯人は州警察を装い、攻撃命令の取消し、または遅延を試みるだろうと記されている。すべてこの権限はコンピュータ・コードにある。ロで言っても駄目なんだ。たとえワシントンからでも。時間があれば説得できるかもしれないが……」

「でも、フランク……」

どうして〈ショーン〉に居場所がわかったのか。思いあたるのはビショップが州の警察官に、ジレットは一時間ほどエラナの家に行くと電話で伝えていたことだった。〈フェイト〉と〈ショーン〉は〈トリプル－X〉、ホロウェイ、そしてジレットというキーワードに関して無線と電話の通信を傍受していた。〈ショーン〉がビショップの通話を聞いたにちがいない。

「部隊は現在、その家の近辺に集合してる」とビショップは言った。「こんなことをする〈ショーン〉の意図が読めない」

だが、ジレットにはわかる。

〝ハッカーの復讐は忍耐強い復讐〟

ジレットは何年もまえに〈フェイト〉を裏切り、彼がソーシャル・エンジニアリングによって創りあげた人生を崩壊させた……そしてきょう、ハッカーの人生を終わらせるのに手を貸した。だから〈ショーン〉はジレットと、ジレットの愛する者たちを滅ぼそうというのだ。

窓の外に目をやると、何か動くものが見えた気がした。

「ワイアット？」エラナが訊ねた。「何があったの？」外を覗こうとする彼女を、ジレットは乱暴に引き戻した。「何なのよ？」彼女は叫んだ。

「下がって！　窓から離れるんだ！」

ビショップがつづけた。「〈ショーン〉はレベル4の交戦規則を出している――つまり、SWATチームはいかなる降伏要求もしない。自爆覚悟の抵抗を想定して突入する。このレベルの命令は、死ぬことも辞さないテロリストに対する場合に発令される」

「すると催涙弾を打ち込んで、ドアを蹴破り、動く者がいれば射殺するのか」

ビショップは間をおいた。「そういうことになる」

「ワイアット？　どうしたのよ？　答えて！」

彼は振り向いて叫んだ。「みんなにリビングルームの床に伏せるように言うんだ！　きみもだ！　早く！」

エラナの黒い瞳が怒りと恐怖にたぎっていた。「あなた、何をしたの？」

「本当にすまない……。いますぐ言ったとおりにしてくれ。頭を低くして！」

ジレットは窓のほうに向きなおり、外を見やった。黒塗りの大型ヴァン二台が五十フィート先の路地を移動している。百フィートの上空には、ヘリコプターが飛んでいた。

「いいか、ワイアット。FBIは最終確認があるまで攻撃は開始しない。それも交戦規則の一部だ。〈ショーン〉のマシンを停止する方法はないのか？」

「トニーに代わってくれ」

「代わった」モットが出た。

「FBIのシステムにつながってるか？」

「ああ、いまスクリーンを見てる。〈ショーン〉はワシントンの戦術作戦センターと偽ってコードを送ってる。現場の戦術捜査官がごく普通に応答してる」

「回線をトレースして〈ショーン〉の居場所を突き止められるか？」

モットが答えた。「令状はないけど、パシフィック・ベルのつてを頼ってみる。ちょっと待った」

表には大型トラックの音。ヘリコプターも近づいていた。

リビングルームではエラナの母親が泣きじゃくり、義弟が怒りの言葉をわめきちらしていた。エラナは無言だった。胸で十字を切り、絶望のまなざしをジレットに向けると、母親の傍らでカーペットに顔を埋めた。

ああ、おれは何をした？

やがてビショップが電話に戻ってきた。「パシフィック・ベルが追跡中だ。地上通信線で電話局と交換機まで絞りこんだ——やつはサンノゼの西、ウィンチェスター・ブールヴァード付近にいる。〈フェイト〉の倉庫があったあたりだ」

ジレットは言った。「サンノゼ・コンピュータ・プロダクツの建物にいるって言うのか？だとすると、建物の捜索が終わったあとで戻ってきたことになる」

「あるいは近くに潜んでいるか——あの辺には古い倉庫が何十とある。ここからは十分の距離だ」刑事は言った。「いまから行ってみる。〈ショーン〉の正体がわかるといいんだが」

ジレットはあることを思いついた。そしてコードを書くときのように、その仮説を既知の事柄や論理と照らし合わせることで結論に行き着いた。「心あたりがある」

「〈ショーン〉のことか？」

「ああ。ボブ・シェルトンは？」

「家だ。どうして？」

「本当に家にいるか、電話で確かめてくれ」

「わかった。車から折り返し電話する」

数分が過ぎ、パパンドロス家の電話が鳴ると、ジレットはひったくるように受話器を取った。フランク・ビショップは、ウィンチェスターに向けてサンカルロスを疾走しながら電話をかけてきた。

「ボブは家にいるはずなんだが誰も電話に出ない。しかしボブが〈ショーン〉だと思ってるなら、それは間違いだ」

窓の外を警察の車がまた一台と、それにつづいて軍用トラックが通り過ぎていく。ジレットは言った。「いや、フランク、聞いてくれ。シェルトンはコンピュータを毛嫌いして、コンピュータの知識はまったくないと言った。でも思いだしてくれ。彼の家にはハードディスク・ドライブがあった」

「何だって？」

「おれたちの見たディスクだ――あのハードウェアはハッキングにはまっているか、掲示板を運営してる連中が何年かまえに使っていたタイプなんだ」

「どうだろう」ビショップはおもむろに言った。「証拠品の類かもしれない」

「まえに、コンピュータ事件の捜査をしたことは？」

「いいや、ない……」

ジレットはつづけた。「それにロスアルトスの〈フェイト〉の家に踏みこむまえ、いっとき彼の姿が見えなくなった。〈フェイト〉に襲撃コードのメッセージを送って、やつを逃がす時間があった。それから考えてみると——〈フェイト〉がＩＳＬＥネットに侵入して、ＦＢＩのコンピュータ・アドレスと戦術コードを手に入れる原因をつくったのも彼だ。シェルトンはおれの履歴を調べるためにオンラインにしたと言っていたけど、本当はＣＣＵのアドレスとパスワードを残すためだった——あれで〈フェイト〉はＩＳＬＥネットにクラックできた」

「しかし、ボブはコンピュータ人間じゃない」

「本人がそういっても証拠がない。彼の家にはよく行くのか？」

「いや」

「夜は何をしてた？」

「たいていは家にいた」

「出かけたりせずに？」

ビショップはしぶしぶ答えた。「そうだ」

「ハッカーの特性だ」

「しかし、やつとは三年の付き合いになる」

「ソーシャル・エンジニアリング」

ビショップは言った。「ありえない……。待ってくれ——割り込みがはいった」

保留になっているあいだ、ジレットはカーテンの隙間から外を覗いた。さほど遠くないところに、軍隊の一団でも乗っていそうな運搬車輌が駐まっていた。通りのむこうの藪のなかに動きがある。迷彩服の警官たちが、生け垣から生け垣へと小走りに移動している。警官の数は百人にもなりそうだった。

ビショップが電話に戻ってきた。

「〈ショーン〉がFBIにクラックしている場所をパシフィック・ベルが突き止めた。やつはサンノゼ・コンピュータ・プロダクツにいる。もうすぐそこだ。なかにはいったら連絡する」

フランク・ビショップは掩護を要請してから、通りを隔てた駐車場の目につかない場所に車を駐めた。サンノゼ・コンピュータは窓のない建物のようだが、〈ショーン〉に姿をさらす危険を冒すつもりはなかった。

ビショップはこめかみと後頭部の疼痛を無視して、腰を落とした姿勢で倉庫に急いだ。

ボブ・シェルトンについて、ジレットの説を信じたわけではない。にもかかわらず、ビショップはその考えを振り払えずにいる。これまで組んだ刑事のなかで、相手を知らないという点でシェルトンは筆頭格だった。あの大柄な刑事は、夜はきまって家にいる。ほかの刑事とは付き合わない。それに自分を考えてみても、ISLEネットの基本的な知識があったところで、シェルトンがやったようにシステム内にはいり、ジレットの情報を探るという芸当はできなかっただろう。しかも、シェルトンはこの事件の担当に志願していた。なぜMARINKILLではなくこの事件なのかと、あのときビショップは訝ったものである。

だが、いまはそんなことはどうでもいい。〈ショーン〉がボブ・シェルトンであろうとなかろうと、ＦＢＩの戦術チームが攻撃を開始するまで十五分しか残されていない。ビショップは拳銃を抜くと、搬送ドックの壁に背中をつけて耳を澄ました。屋内から音は聞こえてこない。

オーケイ……。行くぞ！

ビショップは扉を開け放つと廊下を走り、オフィスを抜けて倉庫本体のじめついた空間にはいった。なかは真っ暗で、人のいる気配はない。天井の照明用の配電盤を見つけて、拳銃を正面に構えたまま左手ですべてのスイッチを入れた。照明の直射光が倉庫内をすみずみまで照らしだすと、そこは空っぽで何もなかった。

〈ショーン〉は別棟にいるのでは、とビショップはもう一度外に飛び出して建物を調べた。だが倉庫とつながる施設はほかになかった。戻りかけてふと外から見た倉庫が、内部にいたときより大きく見えることに気づいた。

また倉庫にはいって奥の壁を調べると、後付けされた形跡があった。従来の建物と較べて、ごく最近につくられたものだった。なるほど、〈フェイト〉は隠れ部屋をつくっておいたのだ。〈ショーン〉はそこで……。

倉庫内の隅の薄暗がりに、取っ手のない蝶番付きの羽目板を見つけると、ビショップはそれをそっと試してみた。錠はおりていなかった。大きく息を吸うと、だぶついたシャツで手の汗を拭い、あらためて羽目板を押した。足音や照明を入れたことで〈ショーン〉を警戒させてしまっただろうか。犯人は部屋の入口に武器を向けているだろうか。

〝最後はこれだ……〟

フランク・ビショップは銃を握りしめて突入した。

飛び込んで膝をつき、標的を探して暗い室内に目を走らせた。エアコンディショニングが肌寒い。彼が見たのは〈ショーン〉の姿ではなく、機械装置、梱包用の箱とパレット、工具、手動の油圧式フォークリフトだった。

空だ。ここは――

そして悟った。

ああ……

ビショップはワイアット・ジレット、前妻とその家族の命運が尽きたことを知った。その部屋は電話の中継場所にすぎなかった。〈ショーン〉はどこか別の場所からハッキングしている。

彼はなすすべなくジレットに電話をかけた。

応答するハッカーの声は必死だった。「やつらの姿が見えるよ、フランク。機関銃を手にしてる。このままじゃまずい。何か見つかったかい？」

「ワイアット、いま例の倉庫にいる……。しかし……すまない。〈ショーン〉はいなかった。ここはただの中継場所らしい」ビショップは大型で黒い金属製ボックス・コンソールについて話した。

「それは電話を中継するためのものじゃない」とつぶやいたジレットの虚ろな声には、絶望が聞きとれた。「インターネット・ルーターだ。だからって状況は変わらない。信号をトレースして〈ショーン〉に行き着くのに一時間はかかる。とても間に合わない」

ビショップはその箱を見た。「スイッチは見あたらないし、配線は床に埋めこまれている——ここもCCUのような〝恐竜の檻〟だ。つまり、プラグははずせない」

「そんなことをしても無駄さ。端末をシャットダウンしても、〈ショーン〉の転送装置は自動的にFBIへの別ルートを探し出す」

「やつの居場所を知る手がかりがあるかもしれない」ビショップはデスクや梱包用の箱を引っかきまわした。「書類や本が山ほどある」

「どんな?」ハッカーは訊ねたが、抑揚のない口調にあるのは無力感ばかりで、子供じみた好奇心などはとうに失せていた。

「マニュアル、プリントアウト、ワークシート、コンピュータのディスク。専門的なものばかりだ。サン・マイクロシステムズ、アップル、ハーヴァード、ウェスタン・エレクトリック——どれも〈フェイト〉の勤め先だ」ビショップは箱を引き裂き、書類をまき散らした。「だめだ、ここには何もない」と虚しく周囲を見まわすと、「時間までにエリーの家へ行って、攻撃を開始するまえにネゴシエーターを送りこむようFBIを説得する」

「そこからは二十分かかるんだ、フランク」ジレットは囁いた。「ぜったいに無理だ」

「やってみる」刑事は穏やかに言った。「いいか、ワイアット、リビングルームの中央で床に伏せるんだ。両手はよく見える位置に。最善を祈ろう」彼は出口に向かった。

そのとき、ジレットの叫び声を聞いた。「待ってくれ!」

「どうした?」

「梱包のなかにあったマニュアルだ。もう一度、どこの会社か言ってくれ」

ビショップは書類に目を注いだ。「〈フェイト〉の昔の職場だ。ハーヴァード、サン、アップル、ウェスタン・エレクトリック。それに――」

「NEC!」ジレットは叫んだ。

「そうだ」

「頭字語だ!」

「どういう意味だ?」とビショップが訊ねた。

「おぼえてるか? ハッカーが頭文字を使うってことを? やつの職場のイニシャル――Sはサン(Sun)。Hはハーヴァード(Harvard)。Aはアップル(Apple)、ウェスタン・エレクトリック(Western・Electric)、NEC……S、H、A、W、N……そのマシン――その部屋にある……そいつはルーターなんかじゃない。そのボックスが――それが〈ショーン〉なんだ。やつは盗んだコードとハードウェアで〈ショーン〉を創ったんだ!」

ビショップは一笑した。「まさか」

「いや、だからその場所までしかたどれなかったのさ。〈ショーン〉はマシンなんだ。彼が……いや、そいつが信号を発している。〈フェイト〉は死ぬまえに、FBIのシステムにクラックして攻撃を手配するように、あらかじめそいつをプログラムしておいたんだ。〈フェイト〉はエリーのことを知っていた――CCUに侵入したとき彼女の名前を口にしたんだ。おれがやつを裏切ったのは、彼女のせいだと信じているようだった」

ビショップは突きあげてくる悪寒に身をふるわせながら、その黒い箱に向きなおった。「コンピュータにそんなことまでできるわけが――」

だが、ジレットはみなまで言わせず、「いやいや、ちがう……もっと頭を使うべきだった。マシンはやつにとって唯一の方法だったんだ。スクランブルのかかった信号にクラックして、CCUの通話や無線をすべてモニターできるのはスーパーコンピュータだけだ。人間には無理なんだ――交信が多すぎて。政府のコンピュータは毎日それをやって、〝大統領〟と〝暗殺〟といったキーワードが同じセンテンスのなかにないかチェックしてる。〈フェイト〉はそうやって、アンディ・アンダーソンが〈ハッカーの丘〉へ行くことを知り、おれのことを知った――〈ショーン〉はバックルが国防総省にかけた電話を傍受して、〈フェイト〉にその交信の主旨を伝えた。そして、おれたちがロスアルトスへ向かったときには襲撃コードを聞いて、〈フェイト〉に危険を知らせるメッセージを送ったんだ」

刑事は言った。「しかし、〈フェイト〉のコンピュータには〈ショーン〉のeメールがあった……まるで本当の人間が書いたようだった」

「マシンとの意思の疎通は自分の好きなようにできる――eメールだって使える。〈フェイト〉は、eメールを誰かが書いたように見せかけるプログラムをつくったんだ。人間の言葉みたいな文面を見ると、ほっとしたんだろう。まえにも話したけど、おれとトラッシュ‐80の関係と同じさ」

S－H－A－W－N

〝とにかくスペルが問題なんだ……〟

「どうすればいい？」刑事は訊いた。

「ひとつ方法がある。そっちで――」

そこで回線は切れた。

「回線を不通にしました」通信技術班の通信係がマーク・リトル特別捜査官に告げた。リトルはFBIのMARINKILL作戦を束ねる戦術指揮官である。「それから携帯電話も停止しました。周囲一マイルでは使用不可能です」

「よし」

リトルは副官のジョージ・ステッドマン特別捜査官とともに、サニーヴェイルの指揮所としている小型ヴァンにいた。その車輌はMARINKILL事件の犯人が潜伏しているとされる、アブレゴ・アヴェニューの家から角を曲がったところに駐められている。

電話回線の遮断は通常の手順だった。そうすれば、襲撃が迫っていることを外から警告する手立てはなくなる。

リトルは犯人の立てこもる場所への突入を幾度となく経験している。その大半がオークランドやサンノゼの麻薬絡みの逮捕劇で、これまでひとりの部下も失っていない。だが、今回の作戦は三十一歳のこの捜査官にとって厄介なものになりそうだった。リトルは捜査の初日からM

ＡＲＩＮＫＩＬＬ事件に関わり、すべての報告書に目を通していた。なかでもごく最近、ある匿名の情報提供者から寄せられたところによると、犯人たちは自らの苦境をＦＢＩおよび警察のせいにしており、捕らえた法執行官は誰かまわず拷問にかける気でいるらしい。くわえて、連中は生きて囚われるなら、闘って死を選ぶ覚悟であるとの報告も受けていた。

たしかに簡単というわけにはいくまい。しかし今回は……

「銃撃の準備、防弾具の着用はすんだか？」リトルはステッドマンに訊ねた。

「ああ。三つの部隊と狙撃手の準備完了。通りの安全は確保した。トラヴィスからの救急ヘリ(メディヴァック)は上空に待機。消防車は通りの角に配置した」

リトルはその報告を聞きながらうなずいた。すべてが順調に運んでいるようだ。それなのに、何か釈然としないものがある

理由ははっきりしない。たぶん、あの男の尋常ではなかった声音だ——州警察の人間を名乗っていた。名前はビショップと言ったろうか。誰かがＦＢＩのコンピュータにハックして、罪のない人間に対して偽の襲撃コードを出したのだとわめいていた。だがワシントンからの交戦規則は、犯人らが味方を装い、作戦全体が過ちだと主張する可能性を指摘している。犯人が州警察の名を騙ったとしてもおかしくない。それに、とリトルは男の言葉を反芻してみた。ＦＢＩのコンピュータにハッキングした？　できるわけがない。公開されているウェブサイトなら話もわかるが、難攻不落の戦術コンピュータに？　ありえない。

リトルは腕時計を見た。

あと八分。

彼はコンピュータ・モニターを見つめる通信係に声をかけた。「イエローを確認しろ」

男がキーを叩く。

送信者：司法省北カリフォルニア支局　戦術指揮官
宛先：司法省戦術作戦センター　ワシントンＤＣ
件名：司法省北カリフォルニア支局　作戦１３９－０１
イエロー・コードの確認は？

つづいてエンターキー。

戦術作戦コードにはグリーン、イエロー、レッドと三段階のレベルがある。グリーン・コードは、作戦の準備地域への捜査官の召集を認可する。これは三十分まえにすんでいた。イエロー・コードの認可は、攻撃の準備をととのえ、標的を包囲する位置につくことを意味する。レッド・コードは実際の攻撃そのものを制御する。

やがてメッセージがスクリーンに現われた。

送信者：司法省戦術作戦センター　ワシントンＤＣ
宛先：司法省北カリフォルニア支局　戦術指揮官

件名：司法省北カリフォルニア支局　作戦139-01

イエロー・コード：<OAKTREE>

「プリントアウトしろ」リトルは通信係に命じた。

「了解」

リトルとステッドマンは暗号化された言葉を照合し、〝オークツリー〟が正しいことを確認した。これで家の周辺に捜査官を配することができる。

この期におよんでも、リトルには迷いがある。フランク・ビショップを名乗る男の声が頭のなかにこだまする。ウェーコの事件で殺された子供たちのことを思った。レベル4の交戦規則は、今回のような犯人が関わった戦術作戦にネゴシエーターは不適切としていたが、リトルはサンフランシスコへ連絡することを考えていた。そこの支局には、以前一緒に仕事をした包囲作戦担当の優秀なネゴシエーターがいる。あるいは――

「リトル捜査官？」通信係がコンピュータ・スクリーンを顎で示している。「メッセージです」

リトルは身体を寄せて読んだ。

緊急指令　緊急指令　緊急指令

送信者：司法省戦術作戦センター　ワシントンDC

宛先：司法省北カリフォルニア支局　戦術指揮官

件名：司法省北カリフォルニア支局　作戦139-01
米陸軍の報告によれば、MARINKILLの容疑者が本日一五四〇時、サンペドロの陸軍施設に侵入。大量の自動小銃、手榴弾、防弾具を掠奪。
戦術部隊にこの旨通知すること

なんてことだ。リトルの脈拍は一気に上昇した。メッセージを読んで、ネゴシエーターを使うという思いつきは頭から消し飛んでいた。彼はステッドマン捜査官に目をやり、スクリーンに顎をしゃくると落ち着いた口調で言った。「このメッセージをみんなに伝えるんだ、ジョージ。それから全員を配置につけろ。六分で突入する」

00101100／44

フランク・ビショップは〈ショーン〉のまわりを歩いた。

外装は一辺四フィートで、幅のある金属板でできている。通風板をつぎ合わせた背の部分から吐き出される温かい空気は白い筋となり、寒い日の息のように見えた。正面のパネルには緑色の目が三つ——そのインジケーター・ライトがときおり点滅し、〈ショーン〉が〈フェイト〉死後の指令を熱心に遂行しているのがわかる。

刑事はワイアット・ジレットに電話をかけなおそうとしたが、回線は不通になっていた。そこでCCUのトニー・モットへ電話をした。モットとリンダ・サンチェスにマシンのことを説明して、ジレットがそれを止める特別な方法を思いついたらしいと言った。ただし、ハッカーにはそれを告げる時間がなかったと。「何かアイディアはあるか？」

彼らは話し合った。マシンをシャットダウンして、〈ショーン〉がFBIの戦術指揮官へ確認コードを流すのを阻止するというのがビショップの意見だった。しかしトニー・モットは、その場合は別のマシンがあとを引き継いで確認コードを送るだろうと考えていた。〈ショーン〉が停止したことを察知した場合、よりひどい損害をあたえるプログラミングがされているかもしれない――たとえばＦＡＡ（連邦航空局）の航空交通管制コンピュータを誤作動させるような。〈ショーン〉にハックしてルートを奪うほうが良策だという判断を示した。

モットに異を唱えるつもりはなかったが、〈ショーン〉にクラックしようにもここにはキーボードがないのだとビショップは言った。しかも、あと数分で攻撃がはじまることを考えると、パスコードを探してマシンのコントロールを奪取する時間などない。

「シャットダウンする。電話は切るな」

だが刑事にその方法がわかるはずもない。もう一度、電源スイッチを探したが、場所がわからなかった。アクセスパネルを開ければ、板張りの厚い床に埋めこまれた電源ケーブルにたどりつくはずだが、そのパネルも見つからなかった。

ビショップは腕時計を見た。

攻撃まで三分。また外に出て電力会社の変圧器ボックスを探している暇はない。

六カ月まえ、オークランドの路地であった出来事を思いだし、ビショップは当時と同じ行動をとることにした。レミントンの十二番径のショットガンを肩にあて、自分と市の警官二名を狙おうとしたトレメイン・ウィンターズに対し、刑事は冷静に自分の制式拳銃を抜いて見事な三発を敵の胴に撃ちこんだのである。

だがギャングのリーダーを死に至らしめたときとはちがい、銅に被われた弾丸はひしゃげて小さなパンケーキと化し、床に跳ねた。〈ショーン〉の皮膚はほとんど無傷だった。ビショップはさらに近づき、跳弾を避けるように立つと、インジケーター・ライトに向けてクリップが空になるまで引き金を絞った。緑のライトのひとつが粉々になったが、依然として通風孔からは空気が流れ出ている。

ビショップは携帯電話をつかむとモットに怒鳴った。「いまクリップの弾丸をあるだけマシンに撃ちこんだ。まだオンラインになってるか？」

発砲したせいで耳がよく聞こえず、ビショップは携帯電話を耳に押しつけなければならなかった。ＣＣＵの若い警官は、〈ショーン〉はまだ稼働していると答えた。

くそ……

ビショップは弾丸を装塡しなおし、背面の通風孔に銃を突っ込むとふたたびクリップを空にした。今回は跳弾が――熱い鉛のかけらが――手の甲をかすめ、皮膚を裂いて傷痕を残した。ビショップはスラックスで血を拭って電話をつかんだ。

「だめだ、フランク」モットは力なく言った。「やっぱり動きは止まらない」

刑事はボックスを睨めつけた。なるほど、全能の神を演じて創造するなら、ここまで頑丈につくれということか。

六十秒。

ビショップは挫折感に苛まれた。ワイアット・ジレットのことを思った。空っぽの子供時代から脱け出そうとしてつまずいた男。かつてビショップが検挙した少年たち――イースト・ベイやハイトにいた連中のなかには、いまや冷酷な殺し屋となって街を闊歩しているのも多い。ワイアット・ジレットは神と自らの才能とに導びかれるまま、誰を傷つけることもなく己の道を歩んできた。その結果が彼と彼の愛する女性、そしてその家族までも巻きこんだ、このむごい仕打ちなのだ。

時間は残っていない。〈ショーン〉は攻撃許可のシグナルをいまこの瞬間にも送ろうとしている。

どうにかして〈ショーン〉を止められないものか。

こいつは燃やせないのか。通風孔から火をつける？　ビショップは机に駆け寄ると引き出しの中身を床にぶちまけ、マッチかライターを探した。

ない。

と、何かが閃く。

何だ？

はっきりとは思いだせない。大昔に聞いたような――初めてCCUに足を踏み入れたとき、ジレットが口にしたこと。

ハッカーは火災のことを話した。

〝それが糸口だ〟

腕時計に目をやる。攻撃開始の時刻だ。無傷で残った〈ショーン〉のふたつの眼球が無感情に明滅している。

〃それが……〃

火災。

〃……糸口だ〃

そうだ！　ビショップは〈ショーン〉に向けていた目を、狂ったように部屋の方々にさまよわせた。あそこだ！　中央に赤いボタンのついた、灰色の小さな箱に駆け寄る――〃恐竜の檻〃のスクラム・スイッチ。

彼は手のひらを思いきり赤いボタンに叩きつけた。

天井からけたたましい警報が響きわたり、ハロンガスが頭上のパイプとコンピュータの下のパイプから勢いよく噴射され、部屋のなかのものを――人間と、そうでないものとを――亡霊のような白い霧で包んでいった。

マーク・リトル特別捜査官は、指揮用のヴァンでコンピュータのスクリーンを見つめていた。

レッド・コード：〈Mapleleaf〉

攻撃開始を認可するコードである。

「プリントアウトしろ」リトルは通信係に言った。そしてジョージ・ステッドマン捜査官に向かって、「〈メイプルリーフ〉がレベル4の交戦規則の攻撃許可であることを確認しろ」

命令を受けた捜査官は小冊子を開いて調べた。表紙には〝機密文書〟と大きくブロック体で書かれ、その下に司法省の印章がある。

「確認した」

リトルは出入口を監視している三名の狙撃手に無線連絡をした。「突入する。窓から標的の姿が見えるか？」

姿はないとの報告が三名から返ってきた。

「わかった。武装してドアから出てくる者がいたら射殺しろ。起爆装置のボタンを押す暇をあたえないように、相手の頭部を狙って倒せ。武装していないと思ったときの判断は任せる。だが今回の交戦規則がレベル4であることは忘れるな。この意味はわかるな？」

「はっきりと（ファイヴ・バイ・ファイヴ）」ひとりが言うと、ほかの二名の狙撃手もそれにならって応答した。

リトルとステッドマンはヴァンを降り、それぞれの部隊をめざして薄霧のかかる暗がりを駆けていった。リトルは庭の側面に身をすべりこませ、自らが指揮する八名の警官にくわわった――アルファ・チームだ。ステッドマンは自分のチーム、ブラヴォーに合流した。

リトルは捜索／監視チームの報告を聞いていた。「アルファ・チーム・リーダー、赤外線探知機がリビングルームと客間に体温程度の熱を示しています。キッチンにもですが――こっちはコンロの熱と思われます」

「了解」リトルは無線に向かって告げた。「アルファ・チームは家の右手から作戦を開始する。

スタン擲弾で飽和攻撃をかける──客間に三、リビングルームに三、キッチンに三だ。五秒間隔で投げ入れる。三度目の爆発音でブラヴォーは正面から、チャーリーは裏口から突入しろ。家の両側の窓から交差射撃に備えろ」

ステッドマンともうひとりの隊長が命令を確認してきた。

リトルは手袋をはめ、フードとヘルメットをつけた。盗まれた大量の自動小銃、手榴弾、防弾具のことが頭に浮かぶ。

「いいか、アルファ・チームが先発だ。ゆっくり行け。遮蔽物があればすべて利用しろ。蠟燭を灯す準備にかかれ」

00101101／45

パパンドロス家――レモンの家、写真の家、家族たちの家――で、ワイアット・ジレットはレースのカーテンに顔を押しつけた。いつの秋だったたか、エラナの母がこのカーテンを縫っていたのを思いだす。そんなノスタルジックな場所から、彼はＦＢＩ捜査官たちが行動するさまを見ていた。

一回に数フィートの距離を、身をかがめて用心深く。

背後に目をやると、床に伏せたエラナが母親に腕をまわしていた。弟のクリスチャンもそばにうつ伏せていたが顔は上げたまま、底知れない怒りをあらわにジレットの目を見つめ返してきた。

詫びようにもふさわしい言葉など見つかるはずもなく、ジレットは無言で窓に目を戻した。

何をするかは決めていた――本当はかなりまえから決意を固めていたのだが、死ぬまえのわずかな時間、愛する女のそばにいたいという思いに安んじていた。

皮肉にもこれを思いついたのは〈フェイト〉のおかげだった。

〝おまえは欠点のあるヒーローだ――その欠点のせいでまわりをトラブルに巻きこんでしまう。ああ、最後に英雄的な行為でいくつもの命を救い、取り巻きを泣かせる……〟

投降して表に出るつもりだった。ビショップによると、むこうはそれを信用せずに、自爆をする気か銃を隠し持っていると考えるはずなのだ。〈フェイト〉と〈ショーン〉は警察が最悪の事態を予想することまで計算ずくだった。だが連中も人間だ――ためらうことだってある。そうなればこっちを信じて、エラナと家族を外へ呼び出そうとするかもしれない。

〝それでもおまえはゲームの最終レベルにはたどり着けない〟

また仮に失敗して――射殺されたとしても――死体を調べて非武装であるとわかれば、残る者たちもおとなしく降伏すると考えるかもしれない。そしてすべてがひどい間違いだったことに気づく。

ジレットは妻に目を向けた。こんなときでさえ彼女のことを心から美しいと思う。エラナは顔を上げなかったけれども、かえってそれでよかった。彼女の視線の重さには耐えられなかった。

むこうが近づいてくるまで待て、と自分に言い聞かせる。こちらが脅威ではないと相手にもわかるように。

玄関扉の脇で待機しようと廊下に一歩踏み出したとき、奥の小部屋のデスク上にある旧式の

ＩＢＭ互換機が目にはいった。ワイアット・ジレットはこの数日、何十時間もオンラインでいたことを思い返した。そして考えた。エラナの愛を胸に死ぬことはできなくても、青い虚空（ブルー・ノーウェア）ですごした記憶が道連れになるのだと。

アルファ・チームの戦術捜査官たちは、郊外にありがちなスタッコの家に向かってすこしずつ前進していた――今回の作戦の舞台とは思えないような家である。マーク・リトルはチームに対して、家の西側二十フィートのところにあるシャクナゲの花壇の後ろに身を隠すよう指示した。

彼は強力なスタン擲弾をベルトに下げた捜査官のうち、三名に手で合図を送った。捜査官たちはそれぞれ客間、リビングルーム、キッチンの窓の下まで駆けていき、手榴弾のピンを抜いた。さらに三名が警棒を手に三カ所へ散った。警棒はパートナーが手榴弾を投げ入れる際に窓ガラスを割るためのものだった。

男たちはリトルを振り返り、ゴーサインが出るのを待った。

そのとき、リトルのヘッドセットに無線がはいった。

「アルファ・チーム・リーダー・ワン、陸線から緊急連絡。サンフランシスコのＳＡＣからです」

主任特別捜査官のイェーガーから？　いったい何の用だ？

「つないでくれ」と彼はストーク・マイクに囁きかけた。

カチッという音。

「リトル捜査官」聞き慣れない声だった。「フランク・ビショップです。州警察の」

「ビショップ？」さっきも電話をかけてきた警官だった。「ヘンリー・イェーガーを電話に出せ」

「ここにはいません。嘘をつきました。どうしてもあなたと連絡をとりたかった。切らないでくれ。話を聞いてもらいたい」

ビショップについては、家のなかで捜査の攪乱を謀る犯人の一味という見方がされていた。しかし考えてみれば、家からの電話も携帯電話も不通になっている。ということは、この電話が殺人犯のグループからということはありえない。

「ビショップ……。何が目的だ？　ＦＢＩ捜査官の身分を偽って、ただで済むとは思うなよ。切るぞ」

「待て！　切るな！　攻撃の再確認を要請してくれ」

「ハッカーの戯言は聞きたくない」

リトルは家の様子をうかがった。すべての動きが止まっている。こうした刹那に、人は奇妙な感覚に誘われ——興奮と恐怖と無感覚を同時に味わう。その一方で殺し屋が自分に照準を合わせて、防弾チョッキから二インチはずれた肉を抉ろうとしているのではとたまらなく不安になったりする。

刑事は言った。「たったいま、ハッキングした犯人を捕まえてそいつのコンピュータを停止したんだ。攻撃の再確認はできないはずだ。要請してみてくれ」

「そんなことは手続きにない」

「いいからやってくれ。レベル4の交戦規則に従って突入したら、あんたは一生を後悔しながらすごすことになる」

リトルは口をつぐんだ。なぜビショップにレベル4の作戦が展開中であることを知られているのか。本来チームの一員か、捜査局のコンピュータにアクセスする者だけが知り得る情報なのだ。

捜査官は副官のステッドマンがしきりと腕時計を叩きながら、家を顎で指しているのに気がついた。

ビショップは必死に食いさがってくる。「頼む。こっちの首を懸けてもいい」

捜査官は躊躇したあげくに低い声で言った。「覚悟しておけよ、ビショップ」彼はマシンガンを肩に掛けると、無線の周波数を戦術チームに戻した。「全チームに告ぐ、そのまま待機せよ。くりかえす、そのまま待機せよ。銃撃を受けた場合には全面報復を許可する」

リトルは全力疾走で指揮所に戻った。通信係が驚いて顔を上げた。「何事です？」

スクリーンには、いまだ攻撃許可の確認コードが表示されている。

「もう一度、レッド・コードを確認しろ」

「えっ？　再確認は必要ないと――」

「やれ」リトルは鋭く言った。

男はタイプした。

送信者：司法省北カリフォルニア支局　戦術指揮官
宛先：司法省戦術作戦センター　ワシントンＤＣ
件名：司法省北カリフォルニア支局　作戦１３９－０１
レッド・コードの確認は？

メッセージが浮かびあがった。

〈お待ちください〉

この数分のあいだに、潜伏する犯人たちは攻撃に備えることができるだろう。家に爆発物を仕掛けて集団自殺をされたら、十数名の部下の命も巻き添えとなってしまう。

〈お待ちください〉

時間がかかりすぎる。リトルは通信係に告げた。「もういい。突入だ」彼はドアに向かいかけた。

「ちょっと待ってください」通信係が言った。「様子が変です」そう言ってスクリーンを顎で示しながら、「見てください」

送信者：司法省戦術作戦センター　ワシントンDC
宛先：司法省北カリフォルニア支局　戦術指揮官
件名：司法省北カリフォルニア支局　作戦139－01
〈情報なし。作戦番号を確かめてください〉

男が、「この番号は合ってます。ちゃんと照合しました」
リトルは、「もう一度送ってみろ」
捜査官は再度キーボードを叩き、エンターキーを押した。
さらに待ち時間。そして、

送信者：司法省戦術作戦センター　ワシントンDC
宛先：司法省北カリフォルニア支局　戦術指揮官
件名：司法省北カリフォルニア支局　作戦139－01
〈情報なし。作戦番号を確かめてください〉

リトルは黒のフードを取ると、顔をごしごし擦った。いったい、どういうことだ？

受話器をつかみ、三十マイル離れた場所にいるFBI捜査官に電話をかけた。サンペドロの陸軍施設から近い地区を受け持つこの捜査官によれば、きょうの午後は侵入も武器の盗難もなかったという。リトルは受話器を戻してスクリーンを見つめた。

ステッドマンがトレイラーのドアから飛び込んできた。「いったい、どうなってるんだ、マーク？　待機が長すぎる。襲うなら、いましかないぞ」

リトルはスクリーンを見つめたままだった。


〈情報なし。作戦番号を確かめてください〉


「マーク、やるのか？」

指揮官は家を見やった。これだけ時間が経過していると、潜伏者たちは電話回線がつながらないことに疑いを持ちはじめているかもしれない。おそらく近隣の住民は地元の警察に電話をかけ、この地区に出動してきた部隊について問い合わせているだろうし、警察の無線を傍受している記者たちなら、そうした通話をキャッチしているだろう。マスコミのヘリがこちらに向かっていて、いずれ上空からの中継をはじめる。家のなかの犯人たちは、やがて詳細をテレビで観ることになる。

突然、無線から声が流れた。「アルファ・チーム・リーダー・ワン、こちらスナイパー・スリー。正面入口の階段に容疑者一名。白人男性、年齢は二十代後半。両手を上げています。射殺可能。実行に移しますか？」

「武器は？　爆発物は？」

「見えません」

「その男は何をしているんだ？」

「ゆっくりと前進中。背中をこっちに見せました。いまだ武器は確認できず。しかしシャツの下に隠している可能性はあり。あと十秒で木の陰に標的を失います。スナイパー・ツー、男が茂みを通り過ぎたら照準を合わせてくれ」

「了解」と別のスナイパーの声がした。

ステッドマンが言った。「やつは爆弾を持ってるぞ、マーク。どの報告書にも、それがやつらのやり方だって書いてあったじゃないか――こっちの命を奪えるだけ奪おうとするって。この男が口火を切って、残りの連中が裏手から、銃を撃ちながら飛び出してくる」


〈情報なし。作戦番号を確かめてください〉

マーク・リトルはマイクロフォンに向かって言った。「ブラヴォー・チーム・リーダー・ツー、容疑者に地面に伏せるよう命令しろ。スナイパー・ツー、五秒以内に男が伏せなければ撃て」

「了解」

すぐに拡声器の声が聞こえてきた。「こちらはＦＢＩ。地面に伏せて両手を伸ばせ。早く、早くしろ！」

情報なし……

捜査官が無線を入れてきた。「地面に伏せました。身体検査のうえで身柄を拘束しますか？」

妻とふたりの子供たちのことを思いながら、リトルは言った。「いや、私がやる」そしてマイクに向かって、「全チームに告ぐ、後退しろ」

彼は通信係を見て、「ワシントンの副長官につないでくれ」と言うと、攻撃許可のプリントアウトと〝情報なし〟を映し出すコンピュータの画面という、相矛盾したメッセージを肉厚の指で示した。

「それから、どうしてこんなことが起きたのかをきちんと説明してくれ」

00101110／46

土と雨の匂い、それと仄かなライラックの香りを嗅ぎながら芝生に伏せていたワイアット・ジレットは、強力なサーチライトに照らされて目を瞬いた。苛立った感じの若い捜査官が慎重に近づいてくる。大型の銃をジレットの頭に向けていた。

捜査官はジレットに手錠をかけ、念入りにボディチェックをした。ビショップという名の州警察官に電話すれば、FBIのコンピュータ・システムがハックされたのであり、家にいる人間はMARINKILL事件の容疑者ではないとわかるからとジレットが説明して、ようやく捜査官は肩の力を抜いた。

エラナとその家族が外に出された。彼女、母親、弟の三人は両手を上げた恰好で芝生の上に歩み出た。身体を探られ、手錠をかけられた彼らが乱暴な扱いは受けなくとも、まるで肉体的に虐げられたかのように威厳を失い、恐怖におののいていることは、そのこわばる表情を見ればおのずと明らかだった。

だがジレットの苦しみはその比ではないのだ。ＦＢＩから受けた扱いにはなんら痛痒を感じない。ただ愛する女を永遠に失ったという現実がひたすら重くのしかかってくる。彼女はエドとニューヨークへ移ることに迷いを見せはじめていた。ところが数年まえにふたりを引き裂いたマシンは、今度は彼女の家族まで殺しかけた。それは許されることではない。収入が安定して責任感のあるエドとともに、彼女は東海岸へ行ってしまうのだろう。そうしたら、ジレットにとってエリーは、ＪＰＥＧやＷＡＶのファイルと同じ思い出（メモリー）のコレクションでしかなくなる――夜に電源を落とせばＣＰＵから消えてしまう画像やサウンドにすぎなくなってしまう。

ＦＢＩの捜査官たちは集まって話し合い、やたらに電話をかけたかと思うと、また首を揃えて相談をした。その結果わかったのが、襲撃命令は違法に出されたということである。一家は解放された――むろんジレットを除いてだが、そのジレットも立つことを許され、手錠も多少ゆるめてもらえた。

するとエラナが前夫の前に立ちはだかった。ジレットは立ちつくし、頬を力任せに張られても声はあげなかった。怒りに貫かれたときでも麗しさの変わらない女性は、何も言わずに背を向けると母を支えて階段を昇っていった。弟のほうは二十二歳の若者らしく、訴えるとか報いを受けさせるなどと脅しの言葉を吐きちらすと、姉たちの後から家にはいって扉を叩きつけた。

捜査官たちが引き揚げようとしているところにビショップが到着した。彼はハッカーのほうに歩み寄って声をかけた。「スクラム・スイッチだ」

「ハロンの放出」ジレットはうなずいた。「それを言おうとしてたら回線が切れたんだ」

ビショップもうなずいて言った。「CCUでその話をしてたのを思いだした。初めて〝恐竜の檻〟を見た日に」

「ほかにダメージは？」とジレットは訊いた。「〈ショーン〉に？」

そうなっていないことを祈った。ジレットはそのマシンについて知りたくてたまらなかった――その仕組みと性能を、知性と知能を生み出したオペレーティング・システムの正体を突き止めたかった。

マシンにたいした損傷はない、とビショップは言った。「あの箱に向けてクリップをふたつ空にしたが、さほど効果がなかった」と微笑すると、「ほんのかすり傷さ」

眩しいスポットライトのなかから、頑丈な体軀の男が歩いてくる。近くまで来て、ようやく男がボブ・シェルトンであるとわかった。あばた面の刑事は相棒に会釈すると、ジレットにはいつもの侮蔑をこめた目を向けた。

ビショップは一連の出来事について語ったが、シェルトンを〈ショーン〉と疑ったことにはふれなかった。

刑事は冷めた笑いを洩らして頭を振った。「〈ショーン〉はコンピュータだと？　くそっ、あんなものは残らず海に沈めちまえばいい」

「なんでそんなことばかり言う？」ジレットは食ってかかった。「いいかげん聞き飽きたよ」

「なんだと？」シェルトンもすかさず言い返す。

この数日、刑事から受けてきたひどい扱いを思うと憤りは抑えきれず、ハッカーは不満を吐き出していた。「あんたは口を開くたび、おれとマシンのことを罵倒してきた。でも家の居間に千ドルもするウィンチェスター・ドライブを置いているやつから、そんな言葉を浴びせられるのは心外だ」

「何のことだ?」

「あんたの家に行ったとき、サーバー用ドライブを見たんだよ」

刑事の目が燃えあがった。「あれは息子のだ」と声を荒らげた。「捨てるつもりだった。部屋を整理して、あいつが持ってたコンピュータのがらくたは全部処分するつもりだった。それを女房が嫌がって何ひとつ捨てさせやしない。あのときもそれで喧嘩をしてたんだ」

「コンピュータに入れこんでいたのか、息子さんは?」ジレットは少年が数年まえに死んだことを思いだして訊いた。

また苦い笑いがこぼれる。「ああ、そうだ。コンピュータに入れこんでたよ。何時間もオンラインにしてたな。ハックだけが目的で。それがサイバーギャングに警官の息子だと見破られて、警察に密告するんじゃないかと勘ぐられた。息子は追いかけまわされたんだ。嘘八百をインターネットに流され——ゲイだとか、前科があるだとか、幼児に性的ないたずらをしてるとか……そのうえ、やつらは学校のコンピュータにも侵入して、息子が自分の成績を書き換えたかのように見せかけた。それで息子は停学になった。すると今度は息子の名前で、息子が付き合ってた女の子に卑猥な内容のeメールを送りつけた。そのせいで彼女は息子と別れた。彼女にふられた日、息子は飲酒運転をしてフリーウェイの柱に突っ込んだ。事故だったのかもしれない——自殺だったのかもしれない。どっちにしても、息子を殺したのはコンピュータだ」

「気の毒に」ジレットはつぶやいた。

「くそくらえだ」シェルトンはハッカーに迫った。その怒りは和らぐことがない。「だからこの事件の担当を買って出た。犯人があのギャングの一味の小僧かもしれないと思ってな。それであの日、オンラインにつないだ——おまえも仲間かどうか確かめるためだ」

「おれはちがう。誰に対してもそんなことはしなかった。ハックの目的はそんなものじゃない」

「ああ、なんとでも言え。だがな、おまえも息子にプラスティックの箱が世界だなんて信じこませた連中と同罪だぞ。あんなのは偽物なんだ。あんなところに生命なんかない」シェルトンはジレットの上着をつかんだ。ハッカーは無抵抗で、怒り狂う男の顔を見つめていた。シェルトンは叫んだ。「生命はここにある！　血の通った肉体に……人間に……家族に、子供たちに……」声が詰まる。目に涙があふれていた。「それが現実じゃないか！」

シェルトンはハッカーを突き放すと、両手で目頭を拭った。ビショップが前に進み出て相棒の腕にふれた。が、シェルトンは身を引き、警官と捜査官がたむろするなかに姿を消した。

ジレットは哀れな男に同情しながらも、こう考えずにはいられなかった。マシンもまた現実なんだよ、シェルトン。マシンは日ごと血の通った肉体の一部となりつつあり、その流れはこれからも改まりはしない。変化そのものがいいか悪いか、そんなことを自問自答する必要はない。ただ単純に、モニターからブルー・ノーウェアへはいっていくときには誰になるかを思うこと。

残された刑事とハッカーはおたがい向きあっていた。ビショップはシャツの裾がはみ出しているのに気づいた。彼はそれをズボンにたくしこむと、ジレットの前腕にあるヤシの木のタトゥーに顎をしゃくった。「あんたはそれを取るつもりかもしれないが、あまり効果がないような気がする。ハトはともかく、木のほうはそんなに悪くない」

「カモメさ」とハッカーは答えた。「でも話題にしたからには、フランク……ひとつやってみないか？」

「何を？」

「タトゥーを」

刑事は何か言いかけて眉を上げてみせた。「そうだな、それもいい」

ジレットは背後から両腕を拘束された。州警察がすでに現場に到着していた。予定どおり、ジレットをサンホーへ送り届けるためだった。

00101111／47

ハッカーが刑務所に戻って一週間後、フランク・ビショップはアンディ・アンダーソンに代わって約束を果たした。またも所長の反対を押し切り、くたびれた中古の東芝ラップトップ・コンピュータをワイアット・ジレットのもとに届けたのである。

ラップトップを起動させて最初に目に飛び込んできたのは、生まれてまもない、丸々と太った色黒の赤ん坊のデジタル画像だった。画像の下には、〝こんにちは――リンダ・サンチェスと新入りの孫娘、マリア・アンディ・ハーモンより〟と書かれていた。忘れずにお祝いの手紙を送ろう、とジレットは頭にメモした。プレゼントのほうは待ってもらわなければならない。連邦刑務所にその手のギフトショップはないのだ。

もちろん、そのコンピュータにモデムは内蔵されていなかった。デヴォン・フランクリンのウォークマン（ジレットがアプリコットのプリザーブ数個と交換したもの）の部品でモデムを作れば、オンラインに接続することは可能だったが、あえてそうしないことにした。ビショップと約束したからだ。それにいまは刑務所で最後の一年を無事に終え、人生をやり直すことだけを考えていた。

それでネットから完全に隔離されたというわけではなかった。スタンドフォード大学という新しい里親のもとに預けられた〈ショーン〉の分析を手伝うため、図書館にあるのろまなＩＢＭ−ＰＣの使用を許されていた。ジレットは大学のコンピュータ科学者たちやトニー・モットと分析に取り組んだ（ビショップはモットが提出した殺人課への異動願を頑として受けつけず、かわりにコンピュータ犯罪課の課長代理というポストに推薦することで若い警官を納得させ、サクラメントにもそれを承諾させた）。

〈ショーン〉の内部を調べたジレットは驚愕した。トラップドアを通して、〈フェイト〉が可能なかぎり多くのコンピュータにアクセスできるように、独自のオペレーティング・システムが構築されていたのだ。それはＷｉｎｄｏｗｓ、ＭＳ−ＤＯＳ、アップル、Ｕｎｉｘ、Ｌｉｎｕｘ、ＶＭＳといった既存のオペレーティング・システムと、一般的には知られていない科学や工学分野のアプリケーション用システムを合体させた独創的なものだった。しかも〈フェイト〉が新しいシステムをロードすれば、それを吸収できるようにシステムが自動修正される機能がある。プロティアン１・１と名づけられたそのシステムはジレットに、宇宙のあらゆる物質とエネルギーの作用を解き明かす、漠とした統一場理論を思わせた。

ただし〈フェイト〉は、アインシュタインやその後継者とはちがって、その探究に成功したようである。

ひとつ〈ショーン〉がどうしても口を割らないのがトラップドアへのソース・コード、もしくはそのコードが隠されているサイトの場所だった。パトリシア・ノーランと名乗った女はそのサイトを接続不能にし、コードを盗んだあとコピーをすべて消去するという荒業をやってのけたらしい。

彼女も行方不明だった。

その知らせを聞いてジレットは、昔は追跡するコンピュータがなかったから行方をくらますのも簡単だったのだとビショップに話した。いまはコンピュータが古いアイデンティティの名残りをすっかり消し、真新しいものを創ってくれるから、やはり簡単に姿を消すことができる。

ビショップはスティーヴン・ミラーが正式な警察葬で見送られたことを伝えた。リンダ・サンチェスとトニー・モットは、ミラーを裏切り者と決めつけてしまったことをいまも気に病んでいるという。現実のミラーは昔日のコンピュータ界を偲ばせる悲しき遺物で、シリコン・ヴァレーの次の大物（ネクスト・ビッグ・シング）を虚しく追い求めた過去の男にすぎなかったのだ。ワイアット・ジレットとしてはふたりの警官に、罪の意識を感じることはないと言ってやりたかった。ブルー・ノーウェアは無能よりも欺瞞に対してはるかに寛大なのだから。無力感などとは縁遠い、虚構で築かれた世界なのだから。

ハッカーには、さらに新たな任務のためのオンライン接続という特別免除もあたえられた。

その任務とは停職中の国防総省犯罪捜査部長、デイヴィッド・チェンバーズの容疑についての調査である。フランク・ビショップ、バーンスタイン警部、そして連邦検事は〈フェイト〉が邪魔者を排除し、ケニヨンを後継にしてジレットを刑務所へ送り返すもくろみで、チェンバーズの私用および業務用のコンピュータをハックしたという結論に達した。ハッカーはわずか十五分でチェンバーズのマシンがクラックされ、株取引きの記録と海外の口座が〈フェイト〉によって偽造された証拠を見つけ出し、それをダウンロードした。容疑が晴れてチェンバーズは復帰を果たした。

スタンダード12のハックに関するワイアット・ジレットの容疑と、ジレットがCCUから逃走する幇助をしたというビショップの容疑は、いずれも起訴には持ちこまれなかった。連邦検事が捜査打ち切りの決定をくだしたのだ——スタンダード12を破るクラッキング・プログラムを書いたのが〈フェイト〉であるという申し立てを信じたからではなく、国防総省の内部監査委員会が、本質的に安全ではない暗号化プログラムに三千五百万ドルを費やした原因調査に乗り出したからである。

またジレットは過去一週間のあいだに初めてお目見えした、ポローニアスというとりわけ危険度の高いコンピュータ・ウィルスの出所を突き止めるよう依頼されていた。このウィルスは勝手にコンピュータをオンラインに接続し、電子アドレス帳にある連絡先すべてに過去と現在のeメールを残らず送ってしまうというデーモンだった。結果、大規模なインターネット渋滞を世界中で引き起こすばかりか、予期せぬeメールを受信することで人々のあいだに大きな混乱が生じたのである。浮気や性感染症の病歴、不正なビジネス取引きが発覚して、自殺を図る者まで現われた。

しかし、そのウィルスの本当の恐ろしさはコンピュータへの感染経路だった。ファイアウォールとウィルスシールドがほとんどのウィルスの侵入を食い止めることを認識していた犯人は、商業用ソフトウェア・メーカーのネットワークにクラックし、ディスク製造機に指示をあたえて、店頭や通信販売で売られるソフトウェア・パッケージの中身の、真っさらなディスクにウィルスを仕込んでいたのだ。

FBIが事件の究明に乗り出したが、わかったのはそのウィルスが二週間まえに遡り、シンガポールの大学に端を発したということだけである。ほかに手がかりはなかった――事件を担当したFBI捜査官のひとりがこんな疑問を発するまでは。「ポローニアス――『ハムレット』の登場人物じゃなかったか？」

ジレットは〈フェイト〉の言葉を思い起こし、シェイクスピアの戯曲を手に入れて件の箇所を見つけた。そう、あの台詞はポローニアスが言ったのだ。〝おのれに忠実なれ……〟ジレットは初めてウィルスが発現した日付と時間を捜査官に調べさせた――それはパトリシア・ノーランが〈フェイト〉を殺害した日の夕刻だった。〈フェイト〉が最初に告げたFTPサイトに回線をつないだノーランの仲間たちが、図らずもポローニアス・ウィルス――〈フェイト〉の置き土産――を世界に解き放ってしまったのである。

そのコードのあまりに優雅な出来ばえに、ウィルスの根絶はきわめて困難であるとされた。ソフト・メーカーはディスクの製造システムを全面的に書き換える必要に迫られ、ユーザーはハードディスクの内容をすべてワイプし、ウィルスに感染していないプログラムを使って一からやり直すことになるだろう。

〝忘れるな、〈ヴァレーマン〉。ひとりのウィザードからの忠告だ。『おのれに忠実なれ……』〟

四月も半ばを過ぎたある火曜日、房内のジレットがラップトップを前に〈ショーン〉のオペレーティング・システムを分析していると、看守が扉のところにやってきた。

「面会人だ、ジレット」

たぶんビショップだろう。いまなおMARINKILL事件を捜査中の刑事は、容疑者らが潜伏しているとの噂が根強いナパの北に多くの時間を割いている（犯人たちはサンタクララ郡には一度も現われていない。メディアや警察に送られた報告は、おおかた〈フェイト〉自身が目くらましのために流したものなのだろう）。それでもビショップは近くに来るとサンホーに立ち寄った。このまえはポップターーツと、ジェニーが自宅の果樹園で採れたアプリコットで作ったプリザーブを差し入れてくれた（これは好物ではなかったが、ジャムは所内で素晴らしい交換貨幣となる――実際、モデムの材料にもなるウォークマンと交換できたわけだけれど、そういう使い方をすることはないだろう。おそらく十中八九は）。

だが面会人はフランク・ビショップではなかった。

面会用の個室に腰をおろしたジレットは、エラナ・パパンドロスの姿を目にしていた。ネイヴィ・ブルーのワンピース。質の硬い黒髪は後ろにまとめられている。豊かな髪を押さえているバレッタが、いまにも弾けてしまいそうだ。丁寧にやすりをかけてラベンダー色に塗った短い爪に気づき、ジレットは初めてであることを思った。ピアノ教師のエリーは、やはりその手で自分の道を切り拓いてきた——ジレットがそうだったように——ただし彼女の指は変わらずに美しく、胼胝で汚されるなどということはないのだ。

彼女は座った椅子を前に引いた。

「まだこっちにいたのか」ジレットは頭をすこし低くして、プレキシグラスの穴を通して話しかけた。「連絡がなかったから、もう二週間まえに出発したのかと思った」

彼女は答えなかった。仕切りを見つめた。「これが付いたのね」

数年まえ、彼女が最後の面会に来たときには向きあったテーブルに仕切りはなく、看守が同席していた。新しい制度が導入されて看守はつかなくなり、プライバシーは確保されたが近づけなくなった。だったら近くにいられるほうがよかったとジレットは思う。面会のあいだに彼女に軽くふれたり、靴を彼女の足の側面に押しあてたりするのが好きだった。そんな接触が愛しあう行為にも似て、電気が走るような興奮を生んだ。

身を乗り出したジレットは、自分の指が狂ったように宙を叩いていることを意識して、両手をポケットに入れた。

彼は訊いた。「モデムのことを誰かに相談してみたかい?」

エラナはうなずいた。「弁護士を見つけたわ。売れるかどうか、彼女にはわからないって。でももし売れたら、やり方しだいであなたの弁護費用と失った家の半分を取り戻せる。残りはあなたのものよ」

「いや、ぼくはきみに――」

彼女はそれをさえぎって、「計画は先に延ばしたわ。ニューヨーク行きのこと」

ジレットは黙ってその意味を分析してから訊ねた。「どのくらい先に？」

「わからない」

「エドはどうなる？」

彼女は後ろを振り返った。「彼なら外にいるわ」

それがジレットの心を刺した。元の亭主に会いにいく妻を送り届けるなんて、素敵な男じゃないか。ハッカーは激しい嫉妬をおぼえた。「じゃあ、どうしてここへ？」

「あなたのことをずっと考えてたわ。あの日、あなたが言ったことを。警察が来るまで」

彼はうなずいて先を促した。

「私のためにマシンを捨ててくれる？」

ジレットは深く息を吸った。それを吐き出すとともに抑揚のない声で答えた。「いや。それはできない。マシンはぼくの人生とは切り離せない」

〝おのれに忠実なれ……〟

彼女は席を立って部屋を出ていくだろう。そこで彼の一部も死ぬ――ほとんどすべてかもしれない――だがもう一度彼女と話す機会がもてたら、嘘は言わないと心に誓っていた。

彼はつづけた。「でも約束する。まえみたいに、ふたりの間の壁になるようなことはない。

今後ぜったいに」

エラナはゆっくりうなずいた。「わからないのよ、ワイアット。あなたを信じていいのか。父はウーゾのボトルを一晩で空けてしまうの。お酒はやめるって何度も誓いを立ててるけど。そう――年に六回は」

「一か八か賭けるしかないな」

「こんなときに言う言葉じゃないと思うけど」

「でもそれが正直な気持ちなんだ」

「自信がないのよ、ジレット。自信ができたら、そこからこの話も考えていけるけど」

ジレットは答えなかった。自分が変わるという、納得のいく証拠を示すことができない。この女性が暮らし、理解する場所とまったくかけ離れた世界に焦がれたせいで、彼は彼女とその家族を死ぬような目に遭わせ、こうして刑務所にいる。

やがて彼は言った。「いまぼくに言えるのは、きみを愛してる、きみと一緒にいたい、きみと家庭を築きたいってことなんだ」

「しばらくは町に残るから」彼女はゆっくりした口調で言った。「なりゆきに任せてみるのもいいわ」

「エドは？　彼の意見は？」

「自分で訊いてみたら？」

「ぼくが？」ジレットは不意を突かれていた。

エラナが立ちあがってドアのほうへ行った。

いったい何を言えばいい？　ジレットはパニックのなかで考えた。これから妻の心を奪った相手と差し向かうのか。

彼女がドアを開けて手招きした。

するとエラナの実直で笑顔のない母親が部屋にはいってきた。一歳半くらいの小さな男の子の手を引いている。

そういうことか……ジレットは打ちのめされた。エラナとエドの間には赤ん坊がいた！

前妻はあらためて椅子に腰かけると、子供を膝に乗せた。「これがエドよ」

ジレットは囁いた。「彼が？」

「そう」

「しかし……」

「あなたはエドが私のボーイフレンドだと思ってた。でも、この子は私の息子よ……。本当は私たちの、と言うべきね。あなたの名前からとったの。ミドルネームを。エドワードはハッカーの名前じゃないわ」

「ぼくたちの？」

エラナはうなずいた。

ジレットは実刑となって刑務所に身柄が移されるまえに、ふたりで最後にすごした数日のことを思い起こした。ベッドに横たわり、彼女を引き寄せた……。

彼は目を閉じた。そうだったのか……。CCUから逃げ出した夜、サニーヴェイルのエラナの家は監視されていた――警察が見たのはエラナの姉の子供たちだと思っていた。ところが、そのひとりがこの子だった。

〝eメールを見たんだ。きみの話からすると、エドは完璧な夫になる素質の持ち主とは思えない……〟

彼はくすりと笑った。「教えてくれなかった」

「あなたに腹を立ててたから教えたくなかった。ぜったいに」

「でも気が変わった？」

「わからない」

よく見ると男の子の髪は黒々とした巻き毛で、まさしく母親譲りだった。黒く澄んだ瞳も輪郭の丸い顔立ちもそっくりだ。「抱きあげてくれないか？」

彼女は息子を自分の膝の上に立たせた。男の子はすばしこい目をジレットに注いだ。そしてプレキシグラスに気づいたらしい。赤ん坊らしい太い指を伸ばしてガラスにふれると、にこっと笑った。興味をそそられて、ガラスのむこうは見えてもさわれないということを理解しようとしている。

好奇心が強いのだとジレットは思った。それはこっちから受け継いだものだ。

看守が部屋にはいってきて、面会時間の終了を告げた。エラナは子供を床に降ろして立ちあがった。彼女の母親が子供の手を取り、エドはおばあちゃんと一緒に部屋を出ていった。

エラナとジレットはプレキシグラスの仕切りを挟んで、おたがいの顔を見つめた。

「どうなるか見てみる」彼女が言った。「それでどう？」

「ほかには何も望まない」

彼女はうなずいた。

こうしてふたりは別々の方向に向かった。エラナは面会者用のドアを出ていき、看守はワイアット・ジレットを、マシンの待つ独房へつづく暗い廊下に導いた。

（了）

著者あとがき

本書を書くにあたっては、連邦とカリフォルニア州における法執行機関の組織と行動に関してかなり恣意的な描き方をした。われわれの個人生活に侵入するという、コンピュータ・ハッカーの能力についても同様であると言えればよいのだが、悪いニュースがある。それが現実に、驚くほど頻繁に起きているのだ。話を伺ったコンピュータの専門家のなかには、現時点でトラップドアのようなプログラムを書くのは不可能であるとおっしゃる方がいた。しかし私は確信がもてない——そんな意見を聞くと、一九五〇年代に世界最大級のコンピュータ会社で、マイクロチップには未来がないから真空管一筋で行くべきと主張したある主任研究員のことを考えずにはいられない。また別の国際的なハードウェア兼ソフトウェア製造業を率いる人物が——一九八〇年代に——パーソナル・コンピュータの市場などありえないと発言したことを思いださずにはいられない。

さしあたってトラップドア的なプログラムは存在しないと判断してよさそうである。たぶん。ああ、それから各章の冒頭に付した数字には二進法を使っている。気を悪くなさらないでほしい——私自身も調べたのだから。

謝辞

この業界でひとりの小説家のキャリアがつづくかぎり、その男が、多大な努力を払ってくださったことに変わらぬ感謝を捧げる人々のリストも伸びていく。デイヴィッド・ローゼンタール、メリースー・ルッチ、ジョージ・ルーカスとアメリカの一流出版社、サイモン&シュスター／ポケット・ブックスの皆さん。素晴らしい英国の出版社、ホダー&ストートンで若干の名を挙げるならスー・フレッチャー、キャロリン・メイズ、ジョージナ・ムーア。さらにエージェントのデボラ・シュナイダー、ダイアナ・マッケイ、ヴィヴィアン・シュスター、そのほかロンドンはカーティス・ブラウンの素敵な人々、映画の魔術師ロン・バーンスタイン、そして世界中の読者の手に私の本を届けてくださる海外のエージェントの皆さんにも。妹であり作家仲間でもあるジュリー・ディーヴァー、それから——いつものように——マデリン・ウォーショリクにはひとかたならぬ感謝を捧げる。彼女がいなければ、読者は白紙のままの本を買うことになっていただろう。

この小説を執筆する際に参考とした、大変貴重な（しかも非常におもしろい）文献には以下のものがある。ジョナサン・リットマンの『天才ハッカー「闇のダンテ」の伝説』と『ＦＢＩ

が恐れた伝説のハッカー』、ミシェール・スラタ－ラとジョシュア・クウィットナーの『サイバー・スペースの決闘』、エリック・S・レイモンドの『ハッカーズ大辞典』、クリフ・ストールの『カッコーはコンピュータに卵を生む』、ブルース・スターリングの『ハッカーを追え！』、アンドルー・レナードの『ボッツ』、ポール・フライバーガーとマイケル・スウェインの『パソコン革命の英雄たち』。

訳者あとがき

昨年の『エンプティー・チェア』に次いで、ようやくお届けすることができたジェフリー・ディーヴァーの新刊は、著者自身が一年おきにと公言していたとおり、リンカーン・ライムのシリーズから離れた作品である。

設定に制約があるせいか、シリーズ化は……と口を濁しながら、読者の要望にみごと応えてみせているディーヴァーとしては、また別のテーマにも取り組んでリフレッシュしたいという意向があるそうだが、シリーズであろうとなかろうと、この作家のサービス精神には並々ならぬものがある。「続きに夢中になった読者に電車を乗り過ごさせて、仕事に遅刻させたい」と望みを抱きつつ、八カ月を調査とアウトライン作りについやし、それから執筆と推敲をひたすらくりかえして、なお事情が許せば印刷中のものでも書きなおしてしまうという姿勢には畏怖さえ感じられるのだ。

で、本書の舞台となるのは西海岸、アメリカのハイテクの聖地であるシリコン・ヴァレー。そこで起きた奇妙なストーカー殺人を捜査するにあたって、カリフォルニア州警察は服役囚のワイアット・ジレットを一時釈放させる。いわば毒をもって毒を制すやり方で、名うてのハッカーだったジレットに〈フェイト〉を名乗る容疑者のクラッカー——違法行為を犯すハッカー——を追わせようというのだ。コンピュータを武器とする魔法使い（ウィザード）どうしの、知力を尽くした闘いがはじまる……

と、こんなふうに今度のジェットコースターは、また新たな驚きを用意して発車する。ぜひともお乗り遅れのないよう、そうしてスリルとツイストの効いた展開を楽しんでくださるよう切に願うばかりだ。

ちなみに原題の“*The Blue Nowhere*”は、電脳空間（サイバースペース）を意味するディーヴァーの造語である。コンピュータの画面のむこうにひろがる場所、限りのない世界、底知れない存在を想起させる用語を探して行き着いたものらしい。またストーリーが進むなかで、主人公ジレットにまつわるそのもうひとつの意味も明らかになってくる。

本書を読むと、青い虚空（ブルー・ノーウェア）のそこはかとない恐ろしさにじわりと思いが至る。それはディーヴァーの「著者あとがき」でもふれられているように、コンピュータの世界に人智を超えてしまったところがあるからではないのか。もしやそこに人間の悪意がくわわるといかなることになるのか。短絡ではあるけれど、善意を前提にしたかの国の〇〇ネットの行く末が見えるようでもある。

未確定ながらひとつ補足をしておくと、『マトリックス』で名を揚げたハリウッドのプロデューサー、ジョエル・シルヴァーが本書の映画化を進めているとのこと、もしかすると来年に公開という可能性もある。フィルム版『ボーン・コレクター』の出来にはがっかりしたらしい原作者も、今度こそはと楽しみにしているようだ。

さて、ここでディーヴァーの新刊にまつわる情報をすこしお伝えしておこう。去年、ペイパーバック・オリジナルで刊行された“*Hell's Kitchen*”は、長年お蔵入りしていたものが日の目を見たというかたちで、『死を誘うロケ地』に登場した元スタントマンでハリウッドのロケハン・スカウト、ジョン・ペラムのシリーズ。また今年になって、一九九二年刊のものに加筆、訂正をした“*Mistress of Justice*”の改訂版が出された。

最新のライム・シリーズが今春に出版された“*The Stone Monkey*”で、今回はホームグラウンドのニューヨークに戻り、ライムとサックスが中国系の不法移民にまつわる組織犯罪を追うというもの（文藝春秋より近刊予定）。

そして二〇〇三年の春に本国で上梓される予定の次回作はタイトルも決まっている。この“*The Vanished Man*”はライム・シリーズである。これは前言を翻すようなことになってしまうが、作家の弁によれば“*The Stone Monkey*”の執筆中に着想を得て、どうしても書きたくなってしまったというから、いやが上にも期待の高まる一作といえるだろう。

最後になったが、いつものように脱稿にあたっては多くの方々の力添えをいただいた。文藝春秋の薬師迪夫氏にはひとかたならずお世話になったし、翻訳家の田口俊樹氏、同じく近藤隆文氏からはさまざまに激励を頂戴した。ここにあらためてお礼を述べたい。とりわけ訳者にとっては難解だったコンピュータ関係の事実に多くの示唆をあたえてくださった日経クリック編集部の大谷真幸氏、さらにスローハンドの河野光雄氏には深く感謝を捧げる。しかしながら本文中に何かしら齟齬（そご）があれば、それはすべて訳者の責任によるものである。

二〇〇二年仲秋

土屋　晃

THE BLUE NOWHERE
by Jeffery Deaver

文春文庫

青い虚空

定価はカバーに
表示してあります

2002年11月10日　第1刷

著　者　ジェフリー・ディーヴァー
訳　者　土屋　晃
発行者　白川浩司
発行所　株式会社　文藝春秋

東京都千代田区紀尾井町 3-23　〒102-8008
TEL 03・3265・1211
文藝春秋ホームページ　http://www.bunshun.co.jp
文春ウェブ文庫　http://www.bunshunplaza.com

落丁、乱丁本は、お手数ですが小社営業部宛お送り下さい。送料小社負担でお取替致します。

印刷・凸版印刷　製本・加藤製本

Printed in Japan
ISBN4-16-766110-1

文春文庫

海外ミステリー・セレクション

（　）内は解説者

リオノーラの肖像
ロバート・ゴダード（加地美知子訳）
かつて笑い声に包まれていたミアンゲイト館に何が起きたのだろう？　戦死した父、夭折した母、そして殺人事件。謎に挑むリオノーラに、ある日……。重厚なミステリー・ロマンの傑作。
コ-6-1

蒼穹のかなたへ（上下）
ロバート・ゴダード（加地美知子訳）
讒言で会社を追われたハリーは元部下で現有力政治家の好意でロードス島の別荘番となり失意の日を送る。そこに現われた美女、そしてその失踪。〝善意の恐さ〟を描く力作。（佐々木徹）
コ-6-2

闇に浮かぶ絵（上下）
ロバート・ゴダード（加地美知子訳）
入水自殺したはずの婚約者の出現に心乱れる人妻。憎悪に燃える夫が正体を暴かんと乗り出すが、そこには准男爵家の闇の歴史が待っていた。精巧なゴシック・ミステリー。（佐々木徹）
コ-6-4

日輪の果て（上下）
ロバート・ゴダード（成川裕子訳）
『蒼穹のかなたへ』のダメ男、ハリーに息子がいた！　しかし我が子の命は風前の灯、父性に目覚めたハリーが追う天才数学者の息子の秘密とは？　今、一番読みたい作家ゴダードの力作。
コ-6-6

悪魔の涙
ジェフリー・ディーヴァー（土屋晃訳）
世紀末の大晦日、ワシントンの地下鉄駅で無差別の乱射事件が発生。手掛かりは市長宛に出された二千万ドルの脅迫状だけ。捜査本部は筆跡鑑定の第一人者キンケイドの出動を要請する。
テ-11-1

神は銃弾
ボストン・テラン（田口俊樹訳）
娘を誘拐し、元妻を惨殺したカルトを追え。元信者の女を相棒に、男は血みどろの追跡を開始する。斬新な文体が描く銃撃と復讐の宴――激烈で崇高な傑作ノワール。CWA新人賞受賞作。
テ-12-1

文春文庫

海外ミステリー・セレクション

（　）内は解説者

リンドバーグ・デッドライン
マックス・アラン・コリンズ（大井良純訳）
空の英雄リンドバーグの愛児が誘拐された！　アメリカ最大の悲劇と冤罪疑惑を残した「世紀の犯罪」に、ひとりの私立探偵が挑む。アメリカ私立探偵作家協会最優秀長篇賞受賞の大作。
コ-13-1

フリーダムランド（上下）
リチャード・プライス（白石朗訳）
夜の熱気のなか、ふらふらと病院にあらわれた白人女性が、カージャックの被害を訴える。犯人は黒人、しかも後部座席には四歳の息子が……。事件は思わぬ方向へ展開する。（関口苑生）
フ-14-1

アンダードッグス
ロブ・ライアン（伏見威蕃訳）
シアトルの地下に広がる巨大迷宮に、強盗犯が少女を人質に逃走。警察、ヴェトナム帰還兵、犯罪者、テロ対策部隊が、それぞれの思惑から追撃を開始する。傑作マンハント・サスペンス。
ラ-4-1

9ミリの挽歌
ロブ・ライアン（鈴木恵訳）
タクシー運転手エドが乗せた客。それは今やマフィアの大物となったかつての裏切り者だった。ともに地獄をくぐった仲間とエドは復讐に乗り出す。期待の新鋭が放つ、激情の犯罪小説。
ラ-4-2

フリッカー、あるいは映画の魔（上下）
セオドア・ローザック（田中靖訳）
映画の中には魔物がいる！　ミステリーファンのみならず、映画ファン、文学ファンをも堪能させた危険かつ悩殺的なゴシック・ミステリー。'98年度のミステリー・ベスト1。（高橋良平）
ロ-4-1

斧
ドナルド・E・ウェストレイク（木村二郎訳）
わたしは今、人を殺そうとしている――リストラで失職した男は乾坤一擲の勝負に出る。再就職のライバルをこの手で消してしまえ！　平凡な男を徐々に侵す狂気を描く戦慄のノワール。
ウ-11-1

文春文庫

海外ミステリー・セレクション

海外ミステリー・セレクション

ニューヨーク・デッド
スチュアート・ウッズ（棚橋志行訳）

刑事の目の前で、高層ビルの窓から女が降った。駆け寄ると女は有名美人キャスター、しかもまだ息がある。しかし病院に急ぐ救急車が衝突事故、以来女の姿はこの世から消えてしまった。

ウ-8-2

サンタフェの裏切り
スチュアート・ウッズ（土屋晃訳）

自分と妻と友人の三人が自宅で惨殺された、と新聞で読んで驚いた当人。だが、一時的記憶喪失で事件当夜の記憶がまったくない。〝殺された自分〟の謎を追ってたどりついた意外な真相。

ウ-8-3

LAタイムズ
スチュアート・ウッズ（白石朗訳）

マフィアの取り立て屋にして無類の映画好き、口八丁手八丁の青年カラブレーゼは、ハリウッドに乗りこんで何を得たか？LAの雰囲気の中で野望とその結末をスカッと描く娯楽小説。

ウ-8-4

草の根
スチュアート・ウッズ（矢野浩三郎訳）

上院議員への道を着実に歩む弁護士ウィル・リーを、悪夢のようなレイプ殺人裁判が揺さぶる。上院選の舞台裏と選挙戦の酷薄な人間模様に迫り、代表作『警察署長』の六十年後を描く力作。

ウ-8-5

暗黒底流
ウィリアム・D・ピーズ（田村義進訳）

平凡な変死事件の周辺調査――それが退職刑事エディの仕事だった。だが事件の陰には国際政治の暗部に巣喰う物騒な連中が。謀略の危険な迷宮で、エディは己の誇りを賭けた大博打に出る。

ヒ-1-3

目覚める殺し屋
ロバート・リテル（雨沢泰訳）

アメリカで指令を待つ身の元KGBの殺し屋パージファルは、湾岸戦争の兵士フィンとインディアン保留地で奇妙な出会いをする。ソ連が崩壊したいま、二人は共通の敵を追うことになる。

リ-2-2